DIVERGENTE

RBA MOLINO

DIVERGENTE

VERONICA ROTH

Traducción de Pilar Ramírez Tello

RBA

Título original: *Divergent.*
Autora: Veronica Roth.

© Veronica Roth, 2011.
Publicado por acuerdo con HarperCollins Children's Books,
una división de HarperCollins Publishers.
© de la traducción, Pilar Ramírez Tello, 2011.
© de esta edición, RBA Libros, S.A., 2011.
Avda. Diagonal, 189 - 08018 Barcelona
www.rbalibros.com

Diseño de cubierta original: Joel Tippie.
© del símbolo de la cubierta: Rhythm & Hues Design, 2011.
Adaptación de la cubierta: Compañía.

Primera edición: octubre de 2011.
Decimosexta edición: febrero de 2014.

RBA MOLINO
REF: MONL054
ISBN: 978-84-272-0118-7

VÍCTOR IGUAL, S.L. • FOTOCOMPOSICIÓN

A mi madre,
que me ofreció el momento en que Beatrice se da cuenta de lo fuerte
que es su madre y se pregunta cómo no lo había visto antes.

CAPÍTULO
UNO

En mi casa hay un espejo, está detrás de un panel corredero, en el vestíbulo de arriba. Nuestra facción me permite mirarme en él el segundo día de cada tercer mes, el día que mi madre me corta el pelo.

Me siento en el taburete y mi madre se pone detrás de mí con las tijeras. Los mechones caen en el suelo formando un anillo rubio pálido.

Cuando termina, me aparta el pelo de la cara y me lo recoge en un moño. Soy consciente de lo tranquila y concentrada que parece, tiene bien aprendido el arte de abstraerse. Ojalá pudiera decirse lo mismo de mí.

Espero a que no preste atención para echar un vistazo furtivo a mi reflejo, no por vanidad, sino por curiosidad. El aspecto de una persona puede cambiar mucho en tres meses. En mi imagen veo un rostro estrecho, ojos redondos y grandes, y una nariz larga y fina... Sigo pareciendo una niña, a pesar de que cumplí los dieciséis en algún momento de los últimos meses. Las otras facciones celebran los cumpleaños, pero nosotros no. Sería un exceso de indulgencia.

—Ya está —dice cuando termina con el moño.

Sus ojos se encuentran con los míos en el espejo y es demasiado tarde para apartar la mirada. Sin embargo, en vez de regañarme, sonríe a nuestra imagen. Frunzo un poquito el ceño: ¿por qué no me reprende por mirarme?

—Bueno, hoy es el día —dice.

—Sí.

—¿Estás nerviosa?

Me quedo un momento mirándome a los ojos en el espejo. Hoy es el día de la prueba de aptitud que me dirá a cuál de las cinco facciones pertenezco. Y mañana, en la Ceremonia de la Elección, me decidiré por una; decidiré el resto de mi vida; decidiré si me quedo con mi familia o la abandono.

—No —respondo—. Las pruebas no tienen por qué cambiar nuestra elección.

—Cierto —dice, y sonríe—. Vamos a desayunar.

—Gracias. Por cortarme el pelo.

Me da un beso en la mejilla y corre el panel para tapar el espejo. Creo que, en un mundo distinto, mi madre sería preciosa. Tiene pómulos altos y largas pestañas, y, cuando se suelta el pelo por la noche, la ondulada melena le cae sobre los hombros. Sin embargo, en Abnegación debe esconder su belleza.

Caminamos juntas hasta la cocina. En estas mañanas en las que mi hermano prepara el desayuno, la mano de mi padre me roza el pelo mientras lee el periódico y mi madre recoge la mesa tarareando es cuando me siento más culpable por querer abandonarlos.

El autobús apesta a humo de tubos de escape. Cada vez que da con un bache en el asfalto, me zarandea de un lado a otro, a pesar de que me sujeto al asiento para no moverme.

Mi hermano mayor, Caleb, está de pie en el pasillo, agarrado a la barra que tiene sobre la cabeza para no caerse. No nos parecemos. Él tiene el cabello oscuro y la nariz aguileña de mi padre, y los ojos verdes y los hoyuelos en las mejillas de mi madre. Cuando era más joven, esa combinación de rasgos resultaba extraña, pero ahora le queda bien. Si no fuera de Abnegación, seguro que las chicas del instituto se le quedarían mirando.

También ha heredado el talento de mi madre para el altruismo. En el autobús le ha dado su asiento a un maleducado hombre veraz sin pensárselo dos veces.

El hombre veraz lleva un traje negro con una corbata blanca, el uniforme estándar de su facción. En Verdad se valora la sinceridad y creen que todo es blanco o negro, por eso se visten con esos colores.

Los espacios entre los edificios empiezan a estrecharse y las calles a allanarse conforme nos acercamos al corazón de la ciudad. El edificio al que antes llamaban Torre Sears (nosotros lo llamamos el Centro) surge de entre la niebla como una columna negra en el horizonte. El autobús pasa bajo las vías elevadas. Nunca he montado en un tren, aunque no paran nunca y hay vías por todas partes. Solo los de Osadía los usan.

Hace cinco años, los obreros voluntarios de Abnegación volvieron a pavimentar algunas de las calles, empezaron en el centro de la ciudad y continuaron hasta que se quedaron sin material. Las calles de mi barrio siguen agrietadas y llenas de baches, y no es seguro conducir por ellas. De todos modos, no tenemos coche.

Caleb mantiene su plácida expresión mientras el autobús se agita y salta por la calle. La túnica gris se le resbala por el brazo al agarrarse a una de las barras para guardar el equilibrio. Por el movimiento constante de sus ojos, sé que está observando a la gente que nos rodea, que se esfuerza por verlos solo a ellos y olvidarse de sí mismo. En Verdad se valora la sinceridad, pero nosotros, los de Abnegación, valoramos el altruismo.

El autobús se detiene delante del instituto, así que me levanto y paso rápidamente por delante del hombre de Verdad. Tropiezo con sus zapatos y me agarro al brazo de Caleb para no caerme. Los pantalones me están demasiado largos y nunca he sido muy grácil.

El edificio de Niveles Superiores es el más antiguo de los tres colegios de la ciudad: Niveles Inferiores, Niveles Medios y Niveles Superiores. Como los edificios que lo rodean, está hecho de cristal y acero. Frente a él hay una gran escultura metálica por la que trepan los de Osadía después de clase, retándose entre ellos a subir cada vez más alto. El año pasado vi a uno caer y romperse una pierna. Yo fui la que corrí en busca de la enfermera.

—Hoy son las pruebas de aptitud —digo.

Caleb no me lleva un año entero, así que estamos en el mismo curso.

Asiente con la cabeza al entrar por la puerta principal y a mí se me tensan los músculos en cuanto lo hacemos; el ambiente parece querer comernos, como si todos los alumnos de nuestra edad intentaran devorar este último día. Es probable que no volvamos a caminar de nuevo por estos pasillos después de la Ceremonia de la Elección. Una vez que escojamos, las respectivas facciones se harán responsables del resto de nuestra educación.

Hoy reducen a la mitad la duración de cada clase para que asistamos a todas antes de las pruebas, que tendrán lugar después de la comida. Ya tengo el pulso acelerado.

—¿No te preocupa nada lo que te vayan a decir? —le pregunto a Caleb.

Nos detenemos en el pasillo, en el punto en el que él se irá por un lado, a Matemáticas Avanzadas, y yo por el otro, a Historia de las Facciones.

—¿Y a ti? —pregunta a su vez, arqueando una ceja.

Podría decirle que llevo semanas preocupada por lo que me dirá la prueba de aptitud: ¿Abnegación, Verdad, Erudición, Cordialidad u Osadía?

En vez de hacerlo, sonrío y respondo:

—La verdad es que no.

—Bueno..., que pases un buen día —dice, devolviéndome la sonrisa.

Me dirijo a la clase de Historia de las Facciones y me muerdo el labio inferior; no ha respondido a mi pregunta.

Los pasillos están abarrotados, aunque la luz que entra por las ventanas crea la ilusión de un espacio mayor; este es uno de los únicos lugares en los que se mezclan las facciones, a nuestra edad. Hoy, la multitud tiene una energía distinta, la demencia del último día.

Una chica de largo pelo rizado grita al lado de mi oreja para

13

saludar a una amiga lejana. La manga de una chaqueta me da en la mejilla. Entonces, un chico de Erudición vestido con jersey azul me empuja, pierdo el equilibrio y caigo al suelo.

—¡Quítate de en medio, estirada! —me suelta antes de seguir andando por el pasillo.

Noto calor en las mejillas, me levanto y me sacudo el polvo. Unas cuantas personas se pararon cuando me caí, pero ninguna se ha ofrecido a ayudarme; sus ojos me siguen hasta el borde del pasillo. Hace meses que este tipo de cosas ocurren con los de mi facción: los de Erudición han estado publicando informes hostiles sobre Abnegación, y eso ha empezado a afectar a nuestra forma de relacionarnos en el instituto. Se supone que la ropa gris, el corte de pelo sencillo y el comportamiento sin pretensiones hacen que me sea más fácil olvidarme de mí y que los demás lo hagan también, pero ahora me convierten en un objetivo.

Me paro junto a una ventana del Ala E y espero a que lleguen los de Osadía. Lo hago todas las mañanas: a las 7:25 en punto, los osados demuestran su valor saltando de un tren en marcha.

Mi padre llama «demonios» a los de esa facción. Llevan *piercings*, tatuajes y ropa negra. Su principal misión es proteger la valla que rodea la ciudad. ¿De qué? Ni idea.

Deberían desconcertarme, debería preguntarme qué tiene que ver el valor (que es la virtud que más aprecian) con ponerse un aro de metal en la nariz. Sin embargo, no puedo quitarles la vista de encima allá donde van.

Se oye el silbato del tren y el sonido me retumba en el pecho. La luz fija en la parte delantera del vehículo se enciende y apaga al pasar a toda velocidad junto al instituto, chirriando sobre sus vías de hierro, y, cuando casi ha terminado de pasar, un éxodo en masa de jóvenes de ambos sexos vestidos con ropa oscura salta de los vagones en movimiento. Algunos caen y ruedan, otros dan unos cuantos pasos tambaleantes antes de recuperar el equilibrio; uno de los chicos rodea con un brazo los hombros de una chica mientras se ríe.

Contemplarlos es una estupidez. Doy la espalda a la ventana y me meto entre la gente para llegar a la clase de Historia de las Facciones.

CAPÍTULO DOS

Las pruebas empiezan después de comer. Nos sentamos en las largas mesas del comedor, y los encargados de las pruebas nos llaman de diez en diez, una persona en cada sala de examen. Me siento al lado de Caleb, frente a nuestra vecina, Susan.

El padre de Susan viaja por toda la ciudad a causa de su trabajo, así que tiene un coche y la lleva en él al instituto todos los días. También se ofreció para llevarnos y traernos a nosotros, pero, como dice Caleb, preferimos salir más tarde y no queremos causarle molestias.

Claro que no.

Los encargados de las pruebas son, sobre todo, voluntarios de Abnegación, aunque hay uno de Erudición en una de las salas y otro de Osadía en otra para hacernos las pruebas a los de Abnegación, ya que las reglas especifican que no puede examinarnos un miembro de nuestra misma facción. Las reglas también dicen que no podemos prepararnos de ninguna manera para la prueba, así que no sé qué esperar.

Dejo de mirar a Susan y observo las mesas de Osadía, al otro lado del comedor. Están riendo, gritando y jugando a las cartas.

En otro grupo de mesas, los de Erudición charlan entre libros y periódicos, en su búsqueda constante de conocimiento.

Un grupo de chicas de Cordialidad vestidas de amarillo y rojo están sentadas en círculo sobre el suelo del comedor, en pleno juego de palmadas que va acompañado por una canción con rima. Cada pocos minutos oigo un coro de risas cuando eliminan a alguien, que tiene que sentarse en el centro del círculo. En la mesa de al lado, los chicos de Verdad hacen grandes gestos con las manos; parecen discutir, pero no debe de ser nada serio, ya que algunos siguen sonriendo.

En la mesa de Abnegación permanecemos sentados y esperamos. Las costumbres de la facción dictan que estemos todos tranquilos y sin hacer nada, y que dejemos a un lado las preferencias individuales. Dudo que todos los de Erudición quieran estudiar constantemente o que todos los de Verdad disfruten de un debate animado, pero, al igual que me pasa a mí, no pueden desafiar las normas de sus facciones.

Llaman a Caleb en el siguiente grupo. Él avanza con confianza hacia la salida. No tengo que desearle buena suerte ni que asegurarle que no hay por qué ponerse nervioso. Él es consciente de cuál es su lugar y, por lo que yo sé, siempre ha sido así. Mi primer recuerdo de él es de cuando teníamos cuatro años y me regañó por no darle mi cuerda de saltar en el patio a una niñita que no tenía nada con que jugar. Ya no suele darme sermones, aunque tengo grabada en la memoria su cara de desaprobación.

He intentado explicarle que mis instintos no son como los suyos (a mí ni se me habría ocurrido ofrecer mi asiento al hombre de Verdad del autobús), pero no lo entiende. Siempre dice:

«Tú haz lo que se supone que debes hacer». A él le resulta sencillo. A mí también debería resultármelo.

Noto una punzada en el estómago. Cierro los ojos y los mantengo cerrados hasta que pasan diez minutos y Caleb regresa a la mesa.

Está blanco como la cal; se pone a restregarse las piernas con las palmas de las manos, como hago yo cuando me limpio el sudor, y, cuando las vuelve a sacar, le tiemblan los dedos. Abro la boca para preguntarle algo, pero no me salen las palabras. No se me permite preguntarle por los resultados, y él no puede decírmelos.

Un voluntario de Abnegación recita la siguiente ronda de nombres. Dos de Osadía, dos de Erudición, dos de Cordialidad, dos de Verdad y:

—De Abnegación: Susan Black y Beatrice Prior.

Me levanto porque se supone que tengo que hacerlo, aunque, de ser por mí, me habría quedado sentada el resto del día. Es como si tuviera una burbuja en el pecho que se dilatara por segundos y amenazara con romperme desde dentro. Sigo a Susan a la salida. Es muy probable que las personas junto a las que paso no sepan diferenciarnos, ya que llevamos la misma ropa y el pelo rubio cortado de la misma manera. La única diferencia es que Susan no tendrá ganas de vomitar y, por lo que veo, a ella no le tiemblan las manos tanto como para tener que disimularlo agarrándose el borde de la falda.

Al otro lado de las puertas del comedor nos espera una fila de diez salas. Solo se usan para las pruebas de aptitud, así que nunca he entrado en una de ellas. A diferencia del resto de aulas del instituto, están separadas por espejos, en vez de por cristal. Me contemplo, pálida y aterrada, al dirigirme a una de las puertas. Susan me sonríe con aire nervioso antes de entrar en la sala 5, y yo me meto en la 6, donde una mujer de Osadía me espera.

No tiene un aspecto tan estricto como el de los jóvenes de su facción que he visto. Sus ojos son pequeños, oscuros y angulares, y lleva una americana negra (como las de los trajes de los hombres) y vaqueros. Hasta que se vuelve para cerrar la puerta no me doy cuenta de que tiene un tatuaje en la nuca, un halcón blanco y negro con un ojo rojo. Si no me hubiera migrado el corazón a la garganta, le habría preguntado por lo que significaba; debe de significar algo.

El interior de la habitación está forrado de espejos. Veo mi reflejo desde todos los ángulos: la tela gris que oscurece la forma de mi espalda, mi largo cuello, mis manos nudosas y enrojecidas. El techo brilla con una luz blanca. En el centro del cuarto hay un sillón con el respaldo abatido, como el de los dentistas, con una máquina al lado. Parece un lugar en el que ocurren cosas terribles.

—No te preocupes —dice la mujer—, no duele.

Su pelo es negro y liso, aunque, gracias a la luz, veo que tiene algunos mechones grises.

—Siéntate y ponte cómoda. Me llamo Tori.

Me siento con torpeza en el sillón y me recuesto. Las luces me hacen daño en los ojos. Tori se pone a manipular la máquina que tengo al lado, y yo intento concentrarme en ella y no en los cables que lleva en las manos.

—¿Por qué un halcón? —suelto cuando ella me coloca un electrodo en la frente.

—Nunca había conocido a un abnegado curioso —responde, arqueando una ceja.

Me estremezco y el vello de los brazos se me pone de punta. Mi curiosidad es un error, una traición a los valores de mi grupo.

Mientras tararea un poco, me pone otro electrodo en la frente y explica:

—En algunas partes del mundo antiguo, el halcón era el símbolo del sol. Cuando me hice esto supuse que, si llevaba el sol siempre conmigo, nunca temería la oscuridad.

Intenté evitar preguntar otra cosa, pero no lo conseguí.

—¿Te da miedo la oscuridad?

—Me daba miedo la oscuridad —me corrige mientras se pone el siguiente electrodo en la frente y lo une a un cable; después, se encoge de hombros—. Ahora me recuerda el miedo que he superado.

Se pone detrás de mí. Aprieto los reposabrazos con tanta fuerza que mis nudillos dejan de estar rojos. Tori tira hacia ella de algunos cables, me los pone, se los pone y los engancha a la máquina que tiene detrás. Después me da un frasco lleno de líquido transparente.

—Bébete esto —me dice.

—¿Qué es? —pregunto; noto la garganta hinchada y trago saliva con dificultad—. ¿Qué va a pasar?

—No te lo puedo decir. Confía en mí.

Consigo expulsar el aire de los pulmones y me echo en la boca el contenido del frasco. Cierro los ojos.

21

Cuando los abro ha pasado solo un instante, pero me encuentro en otro sitio. Estoy de nuevo en el comedor del instituto, aunque las largas mesas están vacías y a través de las ventanas veo que está nevando. En la mesa que tengo delante hay dos cestas: en una hay un trozo de queso y, en la otra, un cuchillo tan largo como mi antebrazo.

Detrás de mí, una voz de mujer me dice:

—Elige.

—¿Por qué?

—Elige —repite.

Miro atrás, pero no hay nadie. Me vuelvo hacia las cestas.

—¿Qué haré con ellas?

—¡Elige! —me grita.

Cuando me grita noto que el miedo desaparece y lo sustituye la tozudez. Frunzo el ceño y me cruzo de brazos.

—Como prefieras —dice ella.

Las cestas desaparecen, oigo el chirrido de una puerta y me vuelvo para ver quién es. Pero no es alguien, sino algo: un perro con un hocico alargado está a pocos metros de mí. Se agacha y avanza enseñándome los dientes; de lo más profundo de su garganta surge un gruñido, y entonces entiendo para qué me habría servido el queso. O el cuchillo. Sin embargo, ya es demasiado tarde.

Pienso en correr, pero el perro será más rápido que yo. No puedo luchar con él y tirarlo al suelo. Se me acelera el corazón, tengo que decidirme. Si salto sobre una de las mesas y la uso de escudo... No, soy demasiado baja para saltar por encima y no tengo la fuerza suficiente para tirarla.

El perro ladra y casi noto la vibración del sonido en el cráneo. Mi libro de Biología decía que los perros huelen el miedo por una sustancia química que segregan las glándulas humanas en momentos de tensión, la misma sustancia química que segrega la presa de un perro. Oler el miedo los impulsa a atacar. El perro se acerca más, oigo sus uñas arañar el suelo.

No puedo correr, no puedo luchar, así que huelo el asqueroso aliento del perro e intento no pensar en lo que habrá comido. En sus ojos no hay blanco, solo un brillo negro.

¿Qué más sé sobre perros? No debería mirarlo a los ojos, es un signo de agresión. Recuerdo haber pedido a mi padre un perro cuando era pequeña, y ahora, mirando al suelo frente a las patas de uno, no recuerdo por qué. Se acerca más, sigue gruñendo. Si mirarlo a los ojos es un signo de agresión, ¿qué sería un signo de sumisión?

Tengo la respiración alterada, aunque firme. Me pongo de rodillas. Lo que menos me apetece en el mundo es tumbarme en el suelo delante del perro (de modo que sus dientes estén a la altura de mi cara), pero es mi mejor opción, así que estiro las piernas detrás de mí y me apoyo en los codos. El perro se acerca más, cada vez más, hasta que noto su cálido aliento en el rostro. Me tiemblan los brazos.

Me ladra en la oreja y aprieto los dientes para no gritar.

Algo rasposo y húmedo me toca la mejilla. El perro deja de gruñir y, cuando levanto la cabeza para mirar, está jadeando: me ha lamido la cara. Frunzo el ceño y me siento sobre los talones, y el perro me pone las patas sobre las rodillas y me lame la barbilla. Hago una mueca, me limpio la saliva de la piel y me río.

—En realidad no eres una bestia asesina, ¿eh?

Me levanto poco a poco para no sobresaltarlo, pero parece un animal distinto al que se me había enfrentado unos segundos antes. Extiendo un brazo con cuidado, por si tengo que retirarlo rápidamente, y el perro me acaricia la mano con la cabeza. De repente me alegro mucho de no haber elegido el cuchillo.

Parpadeo y, cuando abro los ojos, al otro lado del cuarto hay una niña con un vestido blanco. La niña extiende los dos brazos y chilla:

—¡Cachorrito!

Mientras corre hacia el perro que tengo al lado, abro la boca para advertirla, pero es demasiado tarde: el perro se vuelve y, en vez de gruñir, ladra y sus músculos se contraen como un muelle, listo para saltar. No me lo pienso, solo reacciono: me lanzo sobre el perro y le rodeo el grueso cuello con los brazos.

Me doy con la cabeza contra el suelo. El perro ha desaparecido, al igual que la niña. Estoy sola en la sala de la prueba, que se ha quedado vacía. Me doy la vuelta lentamente y no me veo en los espejos. Abro la puerta y salgo al pasillo, pero no es un pasillo, sino un autobús, y todos los asientos están ocupados.

Me quedo en el pasillo y me agarro a una barra. Cerca de mí hay un hombre sentado leyendo el periódico. No le veo la cara por encima del periódico, aunque sí las manos, que están llenas de cicatrices, como si se las hubiera quemado, y se aferran al papel como si quisiera arrugarlo.

—¿Conoces a este tío? —pregunta, dando unos golpecitos en la portada del periódico; en el titular se lee: «¡Brutal asesino atrapado por fin!».

Me quedo mirando la palabra «asesino». Hace mucho tiempo que no la leía, pero incluso su forma me aterroriza.

En la fotografía, bajo el titular, se ve a un joven de cara normal con barba. Me da la impresión de que lo conozco, aunque no recuerdo de qué, y, a la vez, me da la impresión de que sería mala idea decírselo al hombre.

—¿Y? —insiste, enfadado—. ¿Lo conoces?

Una mala idea, no, una idea malísima. El corazón me late muy deprisa y me agarro a la barra para que no me tiemblen las manos y no delatarme. Si le digo que conozco al hombre del artículo, me sucederá algo horrible, pero puedo convencerlo de que no lo conozco. Puedo aclararme la garganta y encogerme de hombros, aunque eso sería mentir.

Me aclaro la garganta.

—¿Lo conoces? —repite.

Me encojo de hombros.

—¿Y?

Me estremezco. Mi miedo es irracional; esto no es más que una prueba, no es real.

—No —respondo, como si nada—. No tengo ni idea de quién es.

Se levanta y por fin le veo la cara: lleva gafas de sol oscuras y tuerce la boca como si gruñera. Tiene la mejilla repleta de cicatrices, como las manos. Se inclina sobre mí, cerca de mi cara, y el aliento le huele a cigarrillos. «No es real —me recuerdo—. No es real.»

—Mientes —dice—. ¡Estás mintiendo!

—No.

—Te lo veo en los ojos.

—No puedes —respondo, poniéndome más derecha.

—Si lo conoces podrías salvarme —insiste en voz baja—. ¡Podrías salvarme!

—Bueno —respondo, decidida, y entrecierro los ojos—, pues no lo conozco.

CAPÍTULO
TRES

Me despierto con las palmas de las manos sudorosas y una punzada de culpabilidad en el pecho. Estoy tumbada en el sillón de la habitación de los espejos. Echo la cabeza atrás y veo a Tori detrás de mí; tiene los labios apretados y está quitándonos a las dos los electrodos de la cabeza. Espero a que diga algo sobre la prueba, que ha terminado o que lo he hecho bien, aunque ¿cómo iba a hacerlo mal en una prueba de este tipo? Sin embargo, no me dice nada, se limita a quitarme los cables de la frente.

Me echo hacia delante y me seco las manos en los pantalones. Debo de haber hecho algo mal, aunque solo haya ocurrido en mi cabeza. ¿Tiene Tori esa expresión tan extraña porque no sabe cómo decirme lo mala persona que soy? Ojalá lo soltara de una vez.

—Esto ha sido desconcertante —dice al fin—. Perdona, ahora mismo vuelvo.

¿Desconcertante?

Me llevo las rodillas al pecho y escondo la cara en ellas. Tengo ganas de llorar, porque las lágrimas me ayudarían a descargar-

27

me un poco, pero no lo hago. ¿Cómo se puede suspender una prueba para la que no te dejan prepararte?

Me pongo más nerviosa conforme pasan los segundos. Tengo que limpiarme las manos constantemente porque no dejan de sudar... ¿o es porque hacerlo me calma? ¿Y si me dicen que no encajo en ninguna facción? Tendría que vivir en la calle, con los abandonados. No puedo hacerlo. Vivir sin una facción no es solo vivir en la pobreza y la incomodidad, es vivir al margen de la sociedad, separado de lo más importante que hay en la vida: la comunidad.

Mi madre me dijo una vez que no podemos sobrevivir solos, pero que, aunque pudiéramos, no querríamos hacerlo. Sin facción, no tenemos ni objetivo ni razón para vivir.

Sacudo la cabeza, no debo pensar así, tengo que mantener la calma.

Por fin se abre la puerta y entra Tori. Me agarro a los brazos del sillón.

—Siento haberte preocupado —me dice; se queda de pie, con las manos en los bolsillos, y parece tensa y pálida—. Beatrice, los resultados de tu prueba no han sido concluyentes. Normalmente, cada etapa de la simulación elimina una o más facciones, pero, en tu caso, solo se han descartado dos.

—¿Dos? —pregunto, mirándola; tengo la garganta tan cerrada que apenas puedo hablar.

—Si hubieras demostrado un desprecio automático por el cuchillo y elegido el queso, la simulación te habría llevado a otro escenario para confirmar tu aptitud por Cordialidad. Como eso no pasó, Cordialidad queda descartada —explica Tori, rascándose la nuca—. La simulación suele progresar de manera lineal, aislando una facción y descartando el resto. Las elecciones que has hecho ni siquiera permitían descartar Verdad, que era la siguiente posibilidad, así que tuve que alterar la simulación para ponerte en el autobús. Y, ahí, tu insistencia en mentir descartó Verdad. No te preocupes —añadió, sonriendo a medias—. Solo los veraces son sinceros en esa situación.

Uno de los nudos de mi pecho se suelta; quizá no sea tan mala persona.

—Bueno, supongo que eso no es del todo cierto: son sinceros los de Verdad... y los de Abnegación —se corrige—. Y eso nos supone un problema.

Se me abre la boca.

—Por un lado, te lanzaste sobre el perro en vez de dejar que atacara a la niña, lo que es una respuesta típica de Abnegación. Sin embargo, por el otro, cuando el hombre dijo que la verdad lo salvaría, seguiste negándote a contarla. No es una respuesta de Abnegación —explica, suspirando—. No huir del perro sugiere Osadía, pero también elegir el cuchillo, cosa que no hiciste. —Se aclara la garganta antes de seguir hablando—. Tu inteligente respuesta al perro indica una fuerte afinidad con Erudición. No tengo ni idea de cómo interpretar tu indecisión en la primera etapa, pero...

—Espera —la interrumpo—, entonces, ¿no tienes ni idea de cuál es mi aptitud?

—Sí y no. Mi conclusión es que demuestras tener igual aptitud para Abnegación, Osadía y Erudición. Las personas con este clase de resultados son... —empieza a decir, pero vuelve la vista atrás antes de hacerlo, como si esperara que apareciese alguien—. Se les llama... divergentes.

Dice la última palabra tan bajo que casi no la oigo, y Tori vuelve a ponerse tensa y a mirar detrás de ella. Rodea el sillón y se acerca más a mí.

—Beatrice, no debes compartir esta información con nadie, bajo ninguna circunstancia. Es muy importante.

—Se supone que no debemos revelar nuestros resultados —respondo, asintiendo con la cabeza—. Ya lo sé.

—No —insiste ella, arrodillándose al lado del sillón para apoyarse en el reposabrazos; nuestras caras están a pocos centímetros de distancia—. Esto es distinto, no me refiero a ahora; quiero decir que no debes contárselo a nadie nunca, pase lo que pase. La divergencia es extremadamente peligrosa. ¿Lo entiendes?

No lo entiendo, ¿por qué iban a ser peligrosos unos resultados no concluyentes? Sin embargo, asentí. De todos modos, no quería contarle lo de mis resultados a nadie.

—Vale.

Levanto las manos de los brazos del sillón y me levanto, algo inestable.

—Te aconsejo que vuelvas a casa —dice Tori—. Tienes mucho en qué pensar y quizá no te beneficie esperar con los demás.

—Tengo que decirle a mi hermano que me voy.

—Yo se lo diré.

Me toco la frente y me quedo contemplando el suelo al salir del cuarto. No puedo mirarla a los ojos, no puedo pensar en la Ceremonia de la Elección, que se celebra mañana.

Ahora sí que es mi elección, diga lo que diga la prueba.

Abnegación. Osadía. Erudición.

Divergente.

Decido no ir en autobús. Si llego a casa temprano, mi padre se dará cuenta cuando compruebe el registro al final del día, y tendré que explicarle lo sucedido. Así que voy andando. Tendré que interceptar a Caleb antes de que mencione algo a nuestros padres, pero Caleb sabe guardar un secreto.

Camino por el centro de la calzada. Los autobuses suelen pegarse a la acera, así que es más seguro ir por aquí. A veces, en las calles cercanas a mi casa, veo los sitios donde antes estaban las líneas amarillas. Ya no nos sirven para nada porque hay muy pocos coches. Tampoco necesitamos semáforos, aunque en algunos lugares todavía cuelgan en precario equilibrio sobre la calzada, como si fueran a caerse en cualquier momento.

Las obras de rehabilitación van muy lentas en la ciudad, que es un mosaico de edificios nuevos y limpios, y edificios viejos y en ruinas. Casi todos los nuevos están cerca del pantano, que hace mucho tiempo era un lago. La agencia de voluntarios de Abnegación en la que trabaja mi madre es responsable de casi todas las obras de rehabilitación.

Cuando examino el estilo de vida de mi facción desde fuera, me parece precioso. Me enamoro de nuevo de esta vida cuando observo a mi familia funcionar en armonía, cuando vamos a alguna comida de celebración y todos limpian juntos después sin que nadie se lo pida o cuando veo a Caleb ayudar a desconocidos a llevar la compra. Sin embargo, cuando intento vivirla yo misma, tengo problemas, como si no lo hiciera con sinceridad.

Por otro lado, elegir otra facción significa renunciar a mi familia. Para siempre.

Justo después del sector de Abnegación está la zona de estructuras de edificios y aceras rotas por la que paso ahora. Hay puntos en los que la calle se ha hundido del todo y deja al descubierto sistemas de alcantarillado y metros vacíos que debo esquivar con precaución, además de lugares que huelen tanto a aguas residuales y basura que tengo que taparme la nariz.

Aquí es donde viven los que no tienen facción. Como no lograron completar la iniciación de la facción que habían elegido, viven en la pobreza y hacen el trabajo que nadie quiere hacer: son porteros, obreros de la construcción y basureros; fabrican telas, manejan los trenes y conducen los autobuses. A cambio de su trabajo obtienen comida y ropa, pero, como dice mi madre, menos de la que necesitan.

Veo a uno de esos abandonados de pie en la esquina por la que voy a pasar. Lleva ropa marrón harapienta y la piel le cuelga de la mandíbula. Se me queda mirando y le devuelvo la mirada, incapaz de apartarla.

—Perdone —dice con voz ronca—, ¿tiene algo de comer?

Noto un nudo en la garganta. En mi cabeza, una voz muy severa me dice: «Agacha la cabeza y sigue andando».

No, sacudo la cabeza. No debo tener miedo de este hombre; necesita ayuda y se supone que tengo que ayudarlo.

—Eh..., sí —respondo.

Meto la mano en mi cartera. Mi padre me dice que lleve

siempre comida en la cartera por esta precisa razón. Le ofrezco al hombre una bolsita con trozos de manzana seca.

Él acerca la mano, pero, en vez de aceptar la bolsa, me agarra la muñeca y sonríe; tiene un hueco entre los dientes delanteros.

—Vaya, qué ojos tan bonitos tienes —dice—. Qué pena que lo demás sea tan soso.

Se me acelera el corazón y, cuando intento tirar de la mano, él me aprieta con más fuerza. Huelo algo acre y desagradable en su aliento.

—Pareces un poquito joven para ir andando por ahí tú sola, cariño.

Dejo de tirar y me enderezo. Sé que parezco menor, no hace falta que me lo recuerden.

—Soy mayor de lo que aparento —respondo—. Tengo dieciséis años.

Estira bien los labios y deja al descubierto una muela gris con un punto negro en el lateral. No sé si está sonriendo o si es otro tipo de mueca.

—Entonces, ¿no es hoy tu día especial? ¿El día antes de elegir?

—Suélteme —respondo.

Me pitan los oídos, mi voz suena clara y seria, cosa que no me esperaba. Es como si no fuera mi voz.

Estoy lista, sé lo que tengo que hacer. Me imagino dándole un codazo, veo la bolsa de manzanas volando por los aires y oigo mis pasos al correr. Estoy preparada para actuar.

Sin embargo, me suelta la muñeca, se lleva las manzanas y dice:

—Elige bien, niñita.

33

CAPÍTULO
CUATRO

Llego a mi calle cinco minutos antes de lo normal, según mi reloj, que es el único adorno permitido por Abnegación y solo porque resulta práctico. La correa es gris y la esfera, de cristal. Si lo pongo en el ángulo correcto, casi veo mi reflejo sobre las manecillas.

Las casas de mi calle son todas del mismo tamaño y de la misma forma. Están construidas en cemento gris, con pocas ventanas, formando rectángulos funcionales y económicos. En vez de césped tenemos malas hierbas, y los buzones son de metal mate. Puede que haya quien lo considere lúgubre, pero a mí me reconforta su simplicidad.

La simplicidad no se debe a que despreciemos la singularidad, como a veces interpretan las otras facciones. Todo (nuestras casas, nuestra ropa, nuestro corte de pelo) está pensado para que nos olvidemos de nosotros y nos protejamos de la vanidad, la codicia y la envidia, que no son más que distintas formas de egoísmo. Si tenemos poco, deseamos poco y todos somos iguales, no envidiaremos a nadie.

Intento que me guste.

Me siento en el escalón de la entrada y espero a que llegue Caleb. No tarda mucho, al cabo de un minuto veo unas figuras con túnicas grises caminando por la calle. Oigo risas. En el instituto intentamos no llamar la atención, pero los juegos y las bromas empiezan cuando llegamos a casa. Aun así, nadie aprecia mucho mi tendencia natural al sarcasmo, ya que el sarcasmo siempre es a costa de otra persona. Quizá sea mejor que Abnegación quiera que lo reprima; quizá no tenga que dejar a mi familia; quizá si lucho por pertenecer a los abnegados mi actuación se convierta en realidad.

—¡Beatrice! —exclama Caleb—. ¿Qué ha pasado? ¿Estás bien?

—Estoy bien.

Está con Susan y su hermano, Robert, y Susan me mira con cara rara, como si yo fuera una persona distinta a la de esta mañana. Me encojo de hombros.

—Cuando terminó la prueba, me mareé. Será por el líquido que nos dieron. Ya me siento mejor.

Intento sonreír de manera convincente, y parece que he convencido a Susan y a Robert, que ya no se preocupan por mi estabilidad mental. Sin embargo, Caleb me mira con los ojos entrecerrados, como hace siempre que sospecha de un engaño.

—¿Habéis venido en autobús? —pregunto a los vecinos; me da igual cómo hayan llegado Susan y Robert a casa, pero necesito cambiar de tema.

—Nuestro padre trabaja hasta tarde —responde Susan— y nos dijo que debíamos dedicar un tiempo a pensar antes de la ceremonia de mañana.

Se me acelera el corazón al recordar la ceremonia.

—Podéis venir después a casa, si os apetece —les ofrece Caleb en tono cortés.

—Gracias —responde Susan, y le sonríe.

Robert arquea una ceja y me mira. Los dos llevamos un año intercambiando miradas cómplices, ya que ese es el tiempo que llevan Susan y Caleb flirteando con indecisión, como solo saben hacer los abnegados. La mirada de Caleb sigue a Susan por la acera. Tengo que agarrarlo del brazo para sacarlo de su ensoñación. Lo conduzco a casa y cierro la puerta.

Se vuelve hacia mí. Sus cejas, oscuras y rectas, se juntan tanto que entre ellas aparece una profunda arruga. Cuando frunce el ceño se parece más a mi madre que a mi padre. En un instante lo veo viviendo la misma vida que mi padre: quedándose en Abnegación, aprendiendo un oficio, casándose con Susan y teniendo una familia. Será maravilloso.

Y puede que yo no lo vea.

—¿Me vas a contar ya la verdad? —pregunta en voz baja.

—La verdad es que se supone que no puedo decirlo y se supone que tú no puedes preguntarlo.

—¿Te saltas todas las reglas, pero esta no? ¿Ni siquiera por una razón tan importante?

Vuelve a apretar las cejas y se muerde la comisura del labio. Aunque me acusa con sus palabras, suena como si me intentara sonsacar información, como si de verdad quisiera oír mi respuesta.

—¿Y tú? —pregunto, entrecerrando los ojos—. ¿Qué ha pasado en tu prueba, Caleb?

Nos miramos a los ojos. Oigo la bocina de un tren, aunque es tan débil que bien podría ser el viento al pasar silbando por un callejón. Pero sé reconocerlo: suena como si los osados me llamaran para ir con ellos.

—Tú... no les digas a papá y a mamá lo que ha pasado, ¿vale? —añado.

Se me queda mirando a los ojos unos segundos antes de asentir con la cabeza.

Quiero subir a mi cuarto y tumbarme. La prueba, el camino de vuelta y mi encuentro con el hombre abandonado me han dejado agotada. Pero mi hermano preparó el desayuno esta mañana y mi madre preparó la comida, y mi padre hizo la cena anoche, así que me toca cocinar. Respiro hondo y entro en la cocina para ponerme con ello.

Un minuto después, Caleb se me une. Aprieto los dientes. Me ayuda con todo. Lo que más me fastidia de él es su bondad natural, su altruismo innato.

Caleb y yo trabajamos sin hablar. Yo cuezo guisantes y él descongela cuatro trozos de pollo. Casi todo lo que comemos está congelado o en lata, ya que estos días las granjas están muy lejos. Mi madre me contó una vez que, hace mucho tiempo, había gente que no compraba productos modificados genéticamente porque les parecía antinatural. Ahora no tenemos otra alternativa.

Cuando llegan mis padres, la cena está preparada y la mesa puesta. Mi padre suelta la cartera junto a la puerta y me da un beso en la cabeza. Otras personas lo consideran un hombre obstinado, quizá en exceso, pero también es cariñoso. Intento ver solo su parte buena; lo intento.

—¿Cómo ha ido la prueba? —me pregunta mientras pongo los guisantes en un cuenco para servirlos.

—Bien —respondo; no podría ser una veraz, me resulta demasiado fácil mentir.

—He oído que hubo un problema con una de las pruebas —dice mi madre.

Como mi padre, trabaja para el gobierno, aunque ella se encarga de los proyectos de mejora de la ciudad. Reclutó a los voluntarios que se encargaban de las pruebas de aptitud. La mayor parte del tiempo se dedica a organizar a los obreros que ayudan a los abandonados con la comida, la vivienda y el trabajo.

—¿De verdad? —comenta mi padre; es raro que haya algún problema en las pruebas.

—No sé mucho, pero mi amiga Erin me contó que algo salió mal en una de las pruebas, así que tuvieron que dar los resultados de palabra —explica mi madre mientras coloca una servilleta al lado de cada plato—. Al parecer, el alumno se puso enfermo y lo enviaron antes a casa —añade, y se encoge de hombros—. Espero que esté bien. ¿Vosotros habéis oído algo?

—No —responde Caleb, sonriendo.

Mi hermano tampoco sería un buen veraz.

Nos sentamos a la mesa. Siempre pasamos la comida hacia la derecha, y nadie come hasta que todos están servidos. Mi padre da una mano a mi madre y otra a mi hermano, y ellos a él y a mí, y mi padre da gracias a Dios por la comida, el trabajo, los amigos y la familia. No todas las familias de Abnegación son religiosas, pero mi padre dice que deberíamos intentar obviar esas diferencias porque solo sirven para dividirnos. No estoy segura de cómo interpretarlo.

—Bueno, cuéntame —pide mi madre a mi padre.

Lo toma de la mano y le acaricia los nudillos con el pulgar. Me quedo mirando sus manos unidas. Mis padres se quieren, aunque rara vez demuestra así su afecto delante de nosotros. Nos han enseñado que el contacto físico es poderoso, así que me produce desconfianza desde que era pequeña.

—Dime qué te preocupa —añade.

Me quedo mirando mi plato; a veces, los agudos sentidos de mi madre me sorprenden, pero ahora sirven para reprenderme. Estaba tan concentrada en mí misma que no me di cuenta de que mi padre tenía la frente arrugada y los hombros caídos.

—He tenido un día difícil en el trabajo —responde—. Bueno, en realidad, Marcus ha tenido un día difícil. No debería apropiarme de ello.

Marcus es un compañero de mi padre; los dos son líderes políticos. La ciudad la gobierna un consejo de cincuenta personas, todas representantes de Abnegación, ya que se considera que nuestra facción es incorruptible gracias a nuestro compromiso con el altruismo. Los líderes son elegidos por sus iguales atendiendo a lo intachable de su reputación, a su fortaleza moral y a sus dotes para el liderazgo. Los representantes de las demás facciones pueden hablar en las reuniones sobre un asunto concreto, pero, al final, la decisión es del consejo. Aunque, técnicamente, el consejo toma las decisiones en grupo, Marcus tiene mucha influencia.

Ha sido así desde el inicio de la gran paz, cuando se crearon las facciones. Creo que el sistema continúa porque nos da miedo lo que pueda pasar si no lo hace: la guerra.

—¿Es por ese informe que ha publicado Jeanine Matthews? —pregunta mi madre.

Jeanine Matthews es la única representante de Erudición, seleccionada por su coeficiente intelectual. Mi padre se queja a menudo de ella.

—¿Un informe? —pregunto, levantando la cabeza.

Caleb me lanza una mirada de advertencia. Se supone que no debemos hablar en la mesa, a no ser que nuestros padres nos hagan una pregunta directa, cosa que no suelen hacer. Que escuchemos es un regalo para ellos, según dice mi padre. A ellos les toca escucharnos después de la cena, en la sala de estar.

—Sí —dice mi padre, entrecerrando los ojos—. Esos arrogantes mojigatos... —empieza, pero se detiene y se aclara la garganta—. Lo siento, es que ha publicado un informe atacando la reputación de Marcus.

—¿Y qué decía? —pregunto de nuevo, arqueando las cejas.

—Beatrice —dice Caleb en voz baja.

Agacho la cabeza y le doy vueltas al tenedor hasta que dejo de notar calor en las mejillas. No me gusta que me regañen, y menos mi hermano.

—Decía que el hijo de Marcus había elegido Osadía en vez de Abnegación por culpa de la crueldad y la violencia con la que lo trataba su padre.

Pocas personas nacidas en Abnegación deciden abandonarla. Cuando se van, lo recordamos. Hace dos años, el hijo de Marcus, Tobias, nos dejó para irse a Osadía, y Marcus se quedó deshecho. Tobias era su único hijo... y su única familia, ya que su mujer murió al dar a luz a su segundo hijo, que también murió minutos después.

No conocí a Tobias. Casi nunca asistía a los acontecimientos de la comunidad y nunca acompañó a su padre a nuestra casa para cenar. Mi padre a menudo comentaba que era extraño, aunque ahora ya no importa.

—¿Cruel? ¿Marcus? —repuso mi madre, sacudiendo la cabeza—. Pobre hombre, como si necesitara que le recordaran su pérdida.

—¿La traición de su hijo, quieres decir? —dice mi padre en tono frío—. A estas alturas no debería sorprenderme. Los de Erudición llevan meses atacándonos con estos informes. Y no han acabado, habrá más, te lo garantizo.

No debería volver a hablar, pero no puedo contenerme, así que suelto:

—¿Por qué nos hacen esto?

—¿Por qué no aprovechas esta oportunidad para escuchar a tu padre, Beatrice? —pregunta mi madre con cariño.

Lo dice como una sugerencia, no como una orden. Miro a Caleb, que está frente a mí, mirándome con su cara de desaprobación.

Me dedico a examinar los guisantes. No estoy segura de ser capaz de seguir con esta vida de obligaciones. No soy lo bastante buena.

—Ya sabes por qué —responde mi padre—: porque tenemos algo que ellos quieren. Valorar el conocimiento por encima de todo lleva a ansiar el poder, y eso, a su vez, conduce a las personas a unos lugares oscuros y vacíos. Deberíamos dar gracias por ser más listos.

Asiento con la cabeza. Sé que no decidiré ser erudita, aunque los resultados de mi prueba indiquen que podría. Soy hija de mi padre.

Mis padres limpian después de cenar. Ni siquiera dejan que Caleb los ayude, ya que se supone que esta noche debemos quedarnos solos en vez de reunirnos en la sala de estar, para que así podamos pensar en los resultados de la prueba.

Quizá mi familia me ayudara a elegir si pudiera hablar de mis resultados, pero no puedo. Oigo los susurros de advertencia de Tori cada vez que flaquea mi determinación de cerrar la boca.

Caleb y yo subimos las escaleras y, arriba, cuando nos separamos para ir cada uno a nuestro dormitorio, me detiene poniéndome una mano en el hombro.

—Beatrice —me dice, mirándome con aire serio a los ojos—. Debemos pensar en nuestra familia, pero... —añade con un tono distinto—. Pero también debemos pensar en nosotros.

Me quedo mirándolo un momento. Nunca lo había visto pensar en él, nunca lo había oído insistir en nada que no fuera el altruismo.

Su comentario me sorprende tanto que solo digo lo que se supone que tengo que decir:

—Las pruebas no tienen por qué cambiar nuestras decisiones.

—Pero lo hacen, ¿no? —responde, sonriendo un poco.

Me da un apretón en el hombro y entra en su cuarto. Me asomo y veo una cama sin hacer y una pila de libros sobre el escritorio. Cierra la puerta. Ojalá pudiera decirle que los dos estamos pasando por lo mismo, ojalá pudiera hablar con él como quiero, en vez de como se supone que debo. Sin embargo, no puedo soportar la idea de reconocer que necesito ayuda, así que doy media vuelta.

Entro en mi dormitorio y, al cerrar la puerta, me doy cuenta de que quizá la decisión sea simple. Elegir Abnegación me exigirá un gran acto de altruismo y elegir Osadía, un gran acto de valor, y puede que el mero hecho de escoger una cosa o la otra ya demuestre que pertenezco a esa facción. Mañana, las dos cualidades lucharán dentro de mí y solo ganará una.

CAPÍTULO
CINCO

El autobús que nos lleva a la Ceremonia de la Elección está lleno de gente con camisas y pantalones grises. Un pálido anillo de luz solar quema las nubes, como la punta de un cigarrillo encendido. Nunca fumaré uno (están muy ligados a la vanidad), pero un grupo de Verdad lo hace delante del edificio cuando bajamos del autobús.

Tengo que echar la cabeza atrás para ver la parte superior del Centro y ni siquiera así logro verlo entero. Parte de él desaparece entre las nubes. Es el edificio más alto de la ciudad. Veo las luces de los dos dientes del tejado desde la ventana de mi dormitorio.

Salgo detrás de mis padres. Caleb parece tranquilo, aunque yo también lo parecería si supiera qué iba a hacer. Como no es así, siento como si el corazón se me fuera a salir del pecho en cualquier momento; me agarro a su brazo para no caerme cuando subimos los escalones de la entrada.

El ascensor está abarrotado, así que mi padre se ofrece voluntario para dar nuestro sitio a un grupo de Cordialidad. Nosotros subimos las escaleras, lo seguimos sin hacer preguntas. Sentamos ejemplo para los otros miembros de nuestra facción, y pronto los tres estamos envueltos en una masa de tela gris que sube por las escaleras de cemento en penumbra. Me adapto a su ritmo. El ruido uniforme de pisadas y la homogeneidad de gente que me rodea me lleva a creer que podría elegir esto, que podría dejarme absorber por la mente colectiva de Abnegación y proyectarme siempre hacia fuera.

Entonces empiezan a dolerme las piernas y me cuesta respirar, y me vuelvo a distraer conmigo misma. Tenemos que subir veinte plantas para llegar a la Ceremonia.

Mi padre abre la puerta de la planta veinte y la sostiene como un centinela hasta que pasan por ella todos los abnegados. Lo esperaría, pero la multitud me empuja adelante, hacia la sala en la que decidiré el resto de mi vida.

La habitación está organizada en círculos concéntricos. En los exteriores están los chicos de dieciséis años de todas las facciones. Todavía no nos llaman miembros; las decisiones de hoy nos convertirán en iniciados y nos convertiremos en miembros si superamos la iniciación.

Nos colocamos en orden alfabético, según los apellidos que quizá dejemos hoy atrás. Me coloco entre Caleb y Danielle Pohler, una chica de Cordialidad con mejillas sonrosadas y un vestido amarillo.

El siguiente círculo lo ocupan las filas de sillas para nuestras familias. Están divididas en cinco secciones, una por facción. No todos los miembros de cada facción asisten a la Ceremonia, pero sí los suficientes como para que se vea muchísima gente.

La responsabilidad de dirigir la ceremonia pasa de una facción a otra cada año, y este año le toca a Abnegación. Marcus dará el discurso de apertura y leerá los nombres en orden alfabético inverso. Caleb elegirá antes que yo.

En el último círculo hay cinco cuencos metálicos tan grandes que servirían para meterme dentro si me hago un ovillo. En cada uno hay una sustancia que representa a la facción correspondiente: piedras grises para Abnegación, agua para Erudición, tierra para Cordialidad, brasas encendidas para Osadía y cristal para Verdad.

Cuando Marcus me llame, caminaré hasta el centro de los tres círculos. No hablaré. Me ofrecerá un cuchillo y tendré que cortarme la mano y derramar sangre sobre el cuenco de la facción que elija.

Mi sangre sobre las piedras. Mi sangre hirviendo sobre las brasas. Antes de sentarse, mis padres se ponen delante de Caleb y de mí. Mi padre me da un beso en la frente y da una palmada en el hombro de Caleb, sonriendo.

—Nos vemos pronto —se despide, sin asomo de duda.

Mi madre me abraza y la poca voluntad que me queda está a punto de ceder. Aprieto la mandíbula y miro al techo, donde unos faroles redondos despiden luz azul. Me sostiene lo que me parece un buen rato, incluso después de que baje las manos. Antes de apartarse, gira la cabeza y me susurra al oído:

—Te quiero. Pase lo que pase.

Frunzo el ceño cuando me da la espalda para alejarse: es consciente de lo que su hija podría hacer. Debe de saberlo, si no ¿por qué iba a decirme algo así?

47

Caleb me da la mano y me aprieta la palma con tanta fuerza que me duele, pero no lo suelto. La última vez que nos dimos la mano fue en el funeral de mi tío, mientras mi padre lloraba. Ahora necesitamos transmitirnos fuerza, igual que entonces.

La habitación se tranquiliza poco a poco. Tendría que estar observando a los de Osadía; tendría que estar recabando toda la información posible, pero solo soy capaz de mirar los faroles. Intento perderme en el brillo azul.

Marcus sube al podio, entre los de Erudición y los de Osadía, y se aclara la garganta frente al micrófono.

—Bienvenidos —dice—. Bienvenidos a la Ceremonia de la Elección. Bienvenidos al día en que honramos la filosofía democrática de nuestros ancestros, que nos dice que todos tenemos derecho a elegir lo que queremos ser en la vida.

O, mejor dicho, una de las cinco cosas que podemos ser en la vida. Aprieto los dedos de Caleb tan fuerte como él aprieta los míos.

—Los hijos a nuestro cargo ya tienen dieciséis años. Están frente al precipicio de la edad adulta y ha llegado el momento de que decidan qué clase de personas van a ser. —La voz de Marcus es solemne y da igual importancia a cada una de sus palabras—. Hace décadas, nuestros ancestros se dieron cuenta de que no se debe culpar de las guerras del mundo a la ideología política, ni a las creencias religiosas, ni a la raza, ni al nacionalismo. Decidieron que era un problema de la personalidad humana, de la inclinación de la humanidad hacia el mal, en la forma que sea. Se dividieron en facciones que pretendían erradicar los rasgos que consideraban responsables del caos del mundo.

Miro los cuencos del centro de la sala. ¿En qué creo? No lo sé; no lo sé; no lo sé.

—Los que culpaban a la agresividad formaron Cordialidad.

Los cordiales intercambian sonrisas. Llevan ropa cómoda roja o amarilla. Cada vez que los veo me parecen amables, cariñosos y libres, pero nunca he considerado la posibilidad de unirme a ellos.

—Los que culpaban a la ignorancia formaron Erudición.

Descartar Erudición era la única parte que me resultaba sencilla.

—Los que culpaban al engaño formaron Verdad.

Nunca me ha gustado esa facción.

—Los que culpaban al egoísmo formaron Abnegación.

Yo culpo al egoísmo, sí.

—Y los que culpaban a la cobardía formaron Osadía.

Pero no soy lo bastante altruista. Dieciséis años intentándolo y no ha bastado.

Se me entumecen las piernas, como si se me hubieran quedado sin vida, y me pregunto cómo caminaré cuando digan mi nombre.

—Estas cinco facciones han trabajado juntas y en paz durante muchos años, años en los que cada una ha contribuido a un sector de la sociedad. Abnegación ha satisfecho nuestra necesidad de contar con líderes altruistas en el gobierno; Verdad nos ha proporcionado líderes de confianza y sensatos en las leyes; Erudición nos ha ofrecido profesores e investigadores inteligentes; Amistad nos ha dado consejeros y cuidadores comprensivos; y Osadía nos protege de las amenazas, tanto internas como externas. Sin embargo, el alcance de cada facción no se limita a esas áreas. Nos damos mucho más de lo que puede resumirse. En nuestras facciones encontramos significado, un objetivo, la misma vida.

Pienso en el lema que se lee en mi libro de Historia de las Facciones: «La facción antes que la sangre». Pertenecemos a nuestras facciones más que a nuestras familias. ¿De verdad tiene que ser así?

—Sin ellas, no sobreviviríamos —añade Marcus.

El silencio que sigue a sus palabras es más profundo que los demás silencios. En él se percibe nuestro mayor miedo, mayor incluso que el miedo a la muerte: quedarnos sin facción.

—Por tanto, este día es una gran ocasión: el día en que recibimos a nuestros iniciados, que trabajarán con nosotros por una sociedad mejor y un mundo mejor.

Aplausos; me suenan ahogados. Intento quedarme completamente inmóvil porque, si mantengo las rodillas tensas y el cuerpo rígido, no temblaré. Marcus lee los primeros nombres, aunque yo no distingo entre una sílaba y otra. ¿Cómo me enteraré de que dice mi nombre?

Uno a uno, los chicos salen de su fila y se acercan al centro de la sala. La primera chica que elige decide ser de Cordialidad, la facción de la que procede. Las gotitas de sangre caen sobre la tierra, y la chica se coloca sola detrás de sus asientos.

La sala está en constante movimiento, un nombre nuevo y una nueva persona que elige, un cuchillo nuevo y una nueva elección. Los reconozco a casi todos, pero dudo que ellos me conozcan a mí.

—James Tucker —dice Marcus.

James Tucker, de Osadía, es la primera persona que tropieza de camino a los cuencos. Extiende los brazos y recupera el equilibrio antes de caer; se pone rojo y camina deprisa al centro de la sala. Cuando llega, mira el cuenco de Osadía y después el de Verdad; las llamas naranja que se elevan cada vez más y el cristal que refleja la luz azul.

Marcus le ofrece el cuchillo. Él suspira profundamente (veo cómo hincha el pecho) y, al espirar, acepta el cuchillo. Después se lo pasa por la palma de la mano con un movimiento rápido y alarga el brazo. Su sangre cae sobre el cristal y el chico se convierte en el primero de nosotros que cambia de facción. El primer trasladado. De la sección de Osadía surge un murmullo y yo me quedo mirando al suelo.

A partir de ahora lo considerarán un traidor. Su familia de Osadía tendrá la posibilidad de visitarlo en su nueva facción dentro de una semana y media, en el Día de Visita, pero no lo harán porque él los ha abandonado. Su ausencia rondará sus pasillos, y él se convertirá en un espacio que no podrán llenar. Y pasará el tiempo y el hueco desaparecerá, como cuando te extirpan un órgano y los fluidos del cuerpo ocupan el espacio que deja. Los humanos no somos capaces de tolerar el vacío durante mucho tiempo.

—Caleb Prior —dice Marcus.

Caleb me aprieta la mano una última vez y, al alejarse, vuelve la cabeza para echarme una larga mirada. Observo sus pies avanzar hacia el centro de la sala, y sus manos, firmes cuando aceptan el cuchillo de Marcus, hacen el corte con destreza. Después se queda de pie, con la sangre acumulándose en la palma de la mano, y se le engancha el labio en los dientes.

Deja escapar el aire y vuelve a inspirar. Y después pone la mano sobre el cuenco de Erudición, y su sangre gotea en el agua y la vuelve más roja.

Oigo murmullos que se convierten en gritos de indignación. Apenas puedo pensar con claridad. Mi hermano, mi altruista hermano, ¿un trasladado? Mi hermano, nacido para Abnegación, ¿un erudito?

Cuando cierro los ojos veo la pila de libros en el escritorio de Caleb y sus manos temblorosas sobre las piernas después de la prueba de aptitud. ¿Cómo no me di cuenta de que, cuando ayer me dijo que pensara en mí, también se daba el consejo a él?

Examino el grupo de Erudición: sonríen, engreídos, y se dan codazos. Los de Abnegación, normalmente plácidos, hablan entre sí con tensos susurros y miran con rabia al otro lado de la sala, a la facción que se ha convertido en nuestro enemigo.

—Silencio —dice Marcus, pero la multitud no lo oye, así que grita—: ¡Silencio, por favor!

La sala guarda silencio, salvo por cierto zumbido.

Dice mi nombre y un escalofrío me impulsa a avanzar. A medio camino de los cuencos estoy segura de que elegiré Abnegación. Lo veo claramente; me veo convirtiéndome en una mujer con la túnica de Abnegación; casándome con Robert, el hermano de Susan; presentándome voluntaria los fines de semana; disfrutando de la paz de la rutina, de las noches tranquilas frente a la chimenea, de la certeza de que estaré a salvo y de que, si bien no seré lo bastante buena, sí seré mejor de lo que soy ahora.

Me doy cuenta de que el zumbido está en mis oídos.

Miro a Caleb, que está detrás de los de Erudición. Él me devuelve la mirada y asiente un poco con la cabeza, como si supiera lo que estoy pensando y estuviera de acuerdo. Mis pasos vacilan. Si Caleb no era adecuado para Abnegación, ¿cómo voy a serlo yo? Pero ¿qué alternativa me queda ahora que nos ha abandonado y me ha dejado sola? No me deja otra opción.

Aprieto la mandíbula. Seré la hija que se queda; tengo que hacerlo por mis padres, tengo que hacerlo.

Marcus me ofrece el cuchillo. Lo miro a los ojos (que son azul oscuro, un color extraño) y lo acepto. Él asiente con la cabeza y yo me vuelvo hacia los cuencos. Tanto el fuego de Osadía como las piedras de Abnegación están a mi izquierda, un cuenco delante de mi hombro y el otro detrás. Me llevo el cuchillo a la mano derecha y apoyo la hoja en la palma. Aprieto los dientes y corto. Pica un poco, aunque apenas me doy cuenta. Me llevo las dos manos al pecho y mi respiración se vuelve entrecortada.

Abro los ojos, extiendo el brazo y la sangre cae en la moqueta, entre los dos cuencos. Después, con un jadeo que no logro contener, la sangre hierve sobre las brasas.

Soy egoísta. Soy valiente.

CAPÍTULO SEIS

Clavo los ojos en el suelo y me pongo detrás de los iniciados nacidos en Osadía que han decidido regresar a su facción. Son todos más altos que yo, así que, cuando levanto la cabeza, solo veo hombros cubiertos de negro. Entonces, la última chica hace su elección (Cordialidad) y llega la hora de marcharse. Los de Osadía salen primero. Paso junto a los hombres y mujeres vestidos de gris que antes componían mi facción, pero mantengo la vista fija en la nuca de alguien.

Sin embargo, tengo que ver a mis padres una última vez. Vuelvo la vista atrás en el último segundo antes de marcharme y, de inmediato, desearía no haberlo hecho: los ojos de mi padre abrasan los míos, acusadores. Al principio, cuando noto el calor detrás de los ojos, pienso que ha encontrado la forma de prenderme fuego, de castigarme por lo que he hecho, pero no..., es que estoy a punto de llorar.

A su lado, mi madre sonríe.

La gente que tengo detrás me empuja para que avance y me aleja de mi familia, que será de las últimas en salir. Puede que incluso se queden a apilar las sillas y limpiar los cuencos. Giro la cabeza para buscar a Caleb entre la multitud de Erudición que sale detrás de mí. Está entre los otros iniciados, estrechándole la mano a un trasladado, un chico que estaba en Verdad. La facilidad con la que sonríe es una traición. Se me revuelve el estómago y miro al frente. Si a él le resulta tan fácil, quizá también a mí debería resultármelo.

Miro al chico que tengo a la izquierda, que antes era de Erudición, y ahora está tan pálido y nervioso como yo debería sentirme. Me pasé todo el rato preocupada por la facción que escogería y nunca me paré a pensar en qué ocurriría si eligiera Osadía. ¿Qué me espera en su sede?

La multitud de Osadía que nos dirige va hacia las escaleras en vez de hacia los ascensores. Creía que solo los de Abnegación usaban las escaleras.

Entonces, todos se ponen a correr. Oigo chillidos, gritos y risas a mi alrededor, y docenas de pisadas ensordecedoras, cada una a un ritmo distinto. Que los de Osadía usen las escaleras no es un acto de altruismo; es un momento de desenfreno.

—¿Qué está pasando? —grita el chico que tengo al lado.

Sacudo la cabeza y sigo corriendo. Al llegar a la planta baja estoy sin aliento, pero los osados corren a la salida. En el exterior, el aire es frío y el cielo se ha teñido de naranja con la puesta de sol; se refleja en el cristal negro del Centro.

Los de Osadía se reparten por la calle e impiden el paso de un autobús, y yo salgo disparada para no quedarme atrás. Mi confusión desaparece mientras corro. No he corrido a ninguna parte desde hace mucho tiempo porque Abnegación no fomenta hacer cosas por disfrute personal, y eso estamos haciendo ahora:

me arden los pulmones, me duelen los músculos, disfruto del feroz placer de una carrera a toda velocidad. Sigo a los de Osadía por la calle, doblamos la esquina y oigo un sonido familiar: la bocina del tren.

—Oh, no —mascula el chico de Erudición—. ¿Se supone que tenemos que saltar a esa cosa?

—Sí —respondo sin aliento.

Es bueno haber pasado tanto tiempo observando la llegada al instituto de los de Osadía. La multitud forma una larga fila. El tren avanza hacia nosotros sobre sus raíles de acero con las luces encendidas y tocando la bocina. Todas las puertas de los vagones están abiertas, esperando a que los osados entren, cosa que hacen, grupo por grupo, hasta que solo quedan los nuevos iniciados. Los nacidos en la facción están ya acostumbrados a hacerlo, así que, en pocos segundos, solo quedamos los trasladados de las otras facciones.

Doy un paso adelante con algunos de ellos y empiezo a correr. Corremos a la altura del vagón un momento y después nos lanzamos de lado al interior. No soy tan alta ni tan fuerte como muchos de ellos, así que no logro meterme en el vagón; me agarro a un asidero cercano a la puerta y me doy con el hombro en el tren. Me tiemblan los brazos y, por fin, una chica de Verdad me agarra y me mete dentro. Le doy las gracias entre jadeos.

Se oye un grito y miro atrás: un chico bajito y pelirrojo de Erudición alza los brazos intentando llegar al tren. Una chica de su facción que está junto a la puerta intenta agarrarle la mano, pero el muchacho está demasiado atrás. Se cae de rodillas junto a las vías y, mientras nos alejamos, veo que esconde la cabeza entre las manos.

Me siento mal, el chico acaba de fallar la iniciación de los osados. Ahora no tiene facción. Podría pasarnos en cualquier momento.

—¿Estás bien? —me pregunta la chica veraz que me ha ayudado a subir; es alta, tiene la piel marrón oscuro y el pelo corto. Es guapa.

Asiento con la cabeza.

—Me llamo Christina —dice, y me ofrece la mano.

También hace mucho tiempo que no estrecho la mano de nadie. Los de Abnegación se saludan con una inclinación de cabeza, una señal de respeto. Acepto su mano, vacilante, y la sacudo dos veces con la esperanza de no apretar demasiado fuerte ni quedarme corta.

—Beatrice.

—¿Sabes adónde vamos? —pregunta a gritos para que pueda oírla por encima del ruido del viento, que sopla cada vez con más fuerza a través de las puertas abiertas. El tren acelera. Me siento para estar más cerca del suelo y mantener mejor el equilibrio. Ella arquea una ceja.

—Si el tren va rápido, habrá viento —explico—. Si hay viento, te caes. Baja.

Christina se sienta a mi lado y se echa un poco atrás para apoyar la espalda en la pared.

—Supongo que vamos a la sede de Osadía —añado—, pero no sé dónde está.

—¿Acaso lo sabe alguien? —dice, y sacude la cabeza, sonriendo—. Es como si salieran de un agujero del suelo o algo así.

Entonces, el viento sopla por el vagón y los otros trasladados, golpeados por la ráfaga de aire, caen al suelo unos encima de otros. Veo que Christina se ríe, aunque no la oigo, y consigo sonreír.

La luz naranja de la puesta de sol se refleja en los edificios de cristal y, al mirar atrás, apenas puedo ver las filas de casas grises en las que antes vivía.

Le toca a Caleb preparar la cena esta noche. ¿Quién ocupará su lugar, mi madre o mi padre? Y cuando vacíen su habitación, ¿qué encontrarán? Me imagino que libros escondidos entre la cómoda y la pared y más libros bajo el colchón. La sed de conocimiento de los eruditos llenando todos los rincones ocultos de su dormitorio. ¿Habrá sabido siempre que elegiría Erudición? Y, de ser así, ¿cómo no me di cuenta?

Qué buen actor era. La idea me pone mala porque, aunque yo también los he dejado, al menos a mí no se me daba bien fingir. Al menos sabían que yo no era una persona sacrificada.

Cierro los ojos y me imagino a mis padres sentados a la mesa en silencio. Se me cierra la garganta al pensar en ellos; ¿es porque tengo una pizca de altruismo o es por egoísmo, porque sé que no volveré a ser su hija?

—¡Están saltando!

Levanto la cabeza. Me duele el cuello, llevo como mínimo media hora acurrucada, con la espalda contra la pared, escuchando el rugido del viento y observando la ciudad pasar a toda velocidad. Me echo adelante. El tren ha frenado en los últimos minutos y veo que el chico que ha gritado tiene razón: los osados de los vagones delanteros están saltando del tren cuando este pasa al lado de un tejado. Las vías están a siete plantas de altura.

La idea de saltar de un tren en marcha a un tejado, sabiendo que hay un hueco entre el borde del tejado y el borde de la vía, me da ganas de vomitar. Me levanto como puedo y camino dando traspiés hasta el lado opuesto del vagón, donde los otros trasladados se han puesto en fila.

—Pues tenemos que saltar —dice una chica de Verdad; tiene la nariz alargada y los dientes torcidos.

—Genial —replica un chico de su facción—, porque eso tiene mucho sentido, Molly. Saltar de un tren a un tejado.

—Se supone que eso es por lo que estamos aquí, Peter —señala la chica.

—Bueno, pues no pienso hacerlo —dice un chico de Cordialidad detrás de mí.

Tiene la piel aceitunada y lleva una camiseta marrón. Es el único trasladado de Cordialidad y veo el brillo de las lágrimas en sus mejillas.

—Tienes que hacerlo —le responde Christina—, si no, fallarás. Venga, no pasa nada.

—¡Que no! ¡Prefiero quedarme sin facción antes que matarme!

El chico cordial sacude la cabeza, parece aterrado. No deja de sacudir la cabeza y de mirar al tejado, que se acerca por segundos.

No estoy de acuerdo con él, yo preferiría estar muerta antes que vacía, como los abandonados.

—No puedes obligarlo —digo, mirando a Christina.

Los enormes ojos castaños de la chica están muy abiertos, y

aprieta tanto los labios que le cambian de color. Me ofrece una mano.

—Así —dice; arqueo una ceja y estoy a punto de afirmar que no necesito ayuda, pero añade—: Es que no..., no puedo hacerlo a no ser que alguien me arrastre.

Le doy la mano y nos ponemos en el borde del vagón. Cuando llega el tejado, cuento:

—Uno..., dos..., ¡tres!

A la de tres, saltamos del tren. Tras un instante de ingravidez, mis pies se estrellan contra el suelo y el dolor me recorre las espinillas. Acabo tirada por el suelo con grava bajo la mejilla y suelto la mano de Christina, que se está riendo.

—¡Qué divertido! —exclama.

Christina encajará con los osados que buscan emociones fuertes. Me quito trocitos de piedra de la mejilla. Todos los iniciados, salvo el chico de Cordialidad, han llegado al tejado, aunque con distintos grados de éxito. La chica de Verdad, la de dientes torcidos, Molly, se sostiene el tobillo y pone una mueca; y Peter, el chico de Verdad de pelo reluciente, sonríe orgulloso. Debe de haber aterrizado de pie.

Entonces oigo un gemido. Vuelvo la cabeza en busca del origen del sonido y veo a una chica osada al borde del tejado, mirando al suelo y gritando. Detrás de ella, otro chico de Osadía la agarra por la cintura para que no se caiga.

—Rita —le dice el chico—. Rita, cálmate. Rita...

Me levanto y me asomo por el borde: hay un cuerpo en el pavimento; una chica con los brazos y las piernas torcidos en ángulos extraños y el cabello extendido como un abanico alrededor de la cabeza. Me da un vuelco el estómago y me quedo mirando las vías del tren. No todos lo han conseguido, y ni siquiera los osados están a salvo.

Rita cae de rodillas, entre sollozos. Me doy la vuelta. Cuanto más la observe, más posibilidades hay de que llore yo también, y no puedo llorar delante de esta gente.

Me digo con toda la severidad posible que así es como funcionan aquí las cosas, que jugamos con el peligro y la gente muere; la gente muere y pasamos al siguiente peligro. Cuanto antes lo aprenda, más probabilidades tengo de sobrevivir a la iniciación.

Ya no estoy segura de que vaya a sobrevivir a la iniciación.

Me digo que debo contar hasta tres y que, cuando acabe, seguiré adelante. Uno. Recuerdo el cadáver de la chica sobre el pavimento y me estremezco. Dos. Oigo los sollozos de Rita y los murmullos del chico que intenta tranquilizarla. Tres.

Aprieto los labios, me alejo de Rita y del borde del tejado.

Me pica el codo, así que me levanto la manga con una mano temblorosa para examinarlo: se me ha levantado parte de la piel, pero no sangra.

—¡Oooh! ¡Qué escándalo! ¡Una estirada enseñando carnes!

Levanto la cabeza. «Estirados» es como llaman a los de Abnegación, y yo soy la única de la facción que hay por aquí. Peter me señala, sonriendo. Alguien se ríe. Noto calor en las mejillas y dejo caer la manga.

—¡Escuchad! ¡Me llamo Max! ¡Soy uno de los líderes de vuestra nueva facción! —grita un hombre desde el otro extremo del tejado.

Es mayor que los demás, se le ven unas profundas arrugas en la oscura piel y pelo gris en las sienes, y está de pie en la cornisa como si fuera una acera. Como si alguien no acabara de caerse de allí.

—Varias plantas por debajo de nosotros está la entrada de los miembros a nuestro complejo. Si no lográis reunir el valor suficiente para saltar, no estáis hechos para este lugar. Nuestros iniciados tienen el privilegio de saltar primero.

—¿Quiere que saltemos de una cornisa? —pregunta una chica de Erudición.

Es unos cuantos centímetros más alta que yo, su pelo es castaño desvaído y tiene labios grandes. Está boquiabierta.

No sé de qué se sorprende.

—Sí —responde Max, que parece divertirse.

—¿Hay agua al fondo o algo así?

—¿Quién sabe? —dice él, arqueando las cejas.

La gente que está delante de los iniciados se divide en dos para dejarnos pasar. Miro a mi alrededor y veo que nadie parece muy ansioso por saltar del edificio, todos evitan mirar a Max. Algunos se tocan las heriditas que se han hecho o se sacuden la gravilla de la ropa. Miro a Peter, que está tirándose de una cutícula, intentando hacer como si no pasara nada.

Soy una persona orgullosa. Seguro que eso acabará causándome problemas, pero hoy me da valor. Camino hasta la cornisa y oigo risitas detrás de mí.

Max se aparta para dejarme espacio, y yo me acerco al borde y miro abajo. El viento me tira de la ropa y hace que la tela haga ruido. El edificio en el que estoy forma un cuadrado con otros tres edificios. En el centro del cuadrado hay un gran agujero en el hormigón, no veo qué hay en el fondo.

Es una táctica para asustar, seguro que aterrizo sana y salva abajo. Saberlo es lo único que me ayuda a ponerme en la cornisa. Me castañetean los dientes, ya no puedo echarme atrás, no con todas las personas que esperan que falle. Me llevo las manos al cuello de la camisa y encuentro el botón que la cierra. Después de unos cuantos intentos, me la desabrocho hasta el final y me la quito.

Debajo llevo una camiseta gris. Es más ajustada que el resto de mi ropa y nadie me ha visto nunca con ella. Hago una bola con la camisa exterior y miro atrás, hacia Peter, antes de tirarle la pelota de tela con todas mis fuerzas, apretando la mandíbula. Le da en el pecho y se me queda mirando. Oigo silbidos y gritos detrás de mí.

Vuelvo a mirar el agujero. El vello de mis pálidos brazos se pone de punta y me da un vuelco el estómago. Si no lo hago ya, no podré hacerlo nunca. Trago saliva.

No pienso, me limito a doblar las rodillas y saltar.

El viento me aúlla en los oídos conforme el suelo se acerca, creciendo y expandiéndose, o conforme yo me acerco al suelo, con el corazón tan acelerado que me duele, con todos los músculos del cuerpo tensos mientras la sensación de caer me tira del estómago. El agujero me rodea y caigo en la oscuridad.

Me golpeo contra algo duro que cede debajo de mí y me recoge. El impacto me deja sin aliento, así que resuello intentando volver a respirar. Me pican las piernas y los brazos.

Una red. Hay una red en el fondo del agujero. Miro arriba, hacia el edificio, y me río, en parte aliviada y en parte histérica. Me tiembla el cuerpo y me cubro la cara con las manos. Acabo de saltar del tejado de un edificio.

Tengo que volver a pisar tierra firme. Veo unas manos que se acercan al borde de la red, así que me agarro a la primera que llega para salir de allí. Ruedo y me habría caído de boca al suelo si él no me hubiera sujetado.

«Él» es el joven que está unido a la mano a la que me he agarrado. Tiene un labio superior fino y un labio inferior carnoso. Sus ojos están tan hundidos que las pestañas rozan la piel bajo las cejas, y son azules, de un color etéreo, durmiente, expectante.

Sus manos se aferran a las mías, pero me suelta en cuanto vuelvo a ponerme derecha de nuevo.

—Gracias —digo.

Estamos en una plataforma a tres metros del suelo. Nos rodea una gran caverna.

—No me lo puedo creer —dice una voz detrás de él; pertenece a una chica de pelo oscuro que lleva tres anillos de plata en la ceja derecha y que me sonríe con sorna—. ¿La primera en saltar ha sido una estirada? Increíble.

—Por algo los habrá dejado, Lauren —responde él con una voz profunda y sonora—. ¿Cómo te llamas?

—Um... —No sé por qué vacilo, pero «Beatrice» ya no me suena bien.

—Piénsatelo —dice él, esbozando poco a poco una vaga sonrisa—. No te dejarán escoger dos veces.

Un nuevo lugar, un nuevo nombre. Aquí puedo rehacerme.

—Tris —respondo en tono firme.

—Tris —repite Lauren, sonriendo—. Haz el anuncio, Cuatro.

El chico, Cuatro, vuelve la vista atrás y grita:

—¡Primera saltadora: Tris!

Mis ojos se acostumbran a la oscuridad y veo a una multitud surgir de ella. Vitorean y alzan los puños, y entonces otra persona cae en la red, gritando hasta el final. Christina. Todos se ríen, pero acompañan las risas con vítores.

Cuatro me pone una mano en la espalda y dice:

—Bienvenida a Osadía.

CAPÍTULO
SIETE

Cuando todos los iniciados están de nuevo en tierra firme, Lauren y Cuatro nos llevan por un túnel estrecho. Las paredes son de piedra y el techo está inclinado, así que es como descender al centro de la tierra. El túnel tiene unas farolas que emiten luz tenue, pero que están bastante separadas entre sí; en el espacio oscuro entre cada farola temo perderme, hasta que un hombro se da contra el mío. En los círculos de luz vuelvo a sentirme segura.

El chico de Erudición que tengo delante se para de repente y me doy con la nariz contra su hombro. Doy unos pasos atrás, desequilibrada, y me restriego la nariz hasta que me recupero. Todos se han parado, y nuestros tres líderes están delante de nosotros de brazos cruzados.

—Aquí es donde nos dividimos —anuncia Lauren—. Los iniciados nacidos en Osadía, conmigo. Supongo que vosotros no necesitáis una visita guiada.

Sonríe y hace una seña a los iniciados nacidos en la facción, que se apartan del grupo y desaparecen entre las sombras. El último talón sale de la zona iluminada y me quedo mirando a los que quedamos. La mayoría de los iniciados eran de Osadía, así que ahora somos nueve. De esos, soy la única trasladada de Abnegación y no hay ninguno de Cordialidad. El resto son de Erudición y, sorprendentemente, de Verdad. Ser sincero en todo momento debe de requerir valor. Yo no sabría hacerlo.

Cuatro se dirige a nosotros.

—La mayor parte del tiempo trabajo en la sala de control, pero, durante las próximas cuatro semanas, seré vuestro instructor —dice—. Me llamo Cuatro.

—¿Cuatro? ¿Como el número? —pregunta Christina.

—Sí, ¿algún problema?

—No.

—Bien. Estamos a punto de entrar en el Pozo, un sitio que aprenderéis a querer con el tiempo. Es...

—¿El Pozo? —repite Christina, riéndose por lo bajo—. Qué nombre más agudo.

Cuatro se acerca a ella y pega mucho la cara a la de la chica; entrecierra los ojos y se queda mirándola durante un segundo.

—¿Cómo te llamas? —pregunta en voz baja.

—Christina —responde ella con voz chillona.

—Bueno, Christina, si hubiese querido aguantar a los bocazas de Verdad, me habría unido a su facción —dice Cuatro entre dientes—. La primera lección que vas a aprender es a mantener la boca cerrada, ¿lo entiendes?

Ella asiente con la cabeza.

Cuatro empieza a caminar hacia las sombras del final del túnel y el grupo de iniciados lo sigue en silencio.

—Qué imbécil —masculla la chica.

—Supongo que no le gusta que se rían de él —contesto.

Me doy cuenta de que lo mejor sería tener cuidado con Cuatro. En la plataforma me pareció muy tranquilo, pero ahora noto algo en su calma que me inquieta.

El instructor abre unas puertas dobles y entramos en el lugar al que ha llamado el Pozo.

—Oh —susurra Christina—, ya lo pillo.

«Pozo» es la mejor manera de describirlo; es una caverna subterránea tan enorme que no veo el otro extremo desde donde estoy, en el fondo. Las paredes irregulares de roca tienen varias plantas de altura y, excavadas en ellas, hay zonas de comida, compras, suministros y actividades de ocio. Unos estrechos senderos y escalones tallados en la roca los conectan. No hay barreras para evitar que la gente se caiga.

Una rendija de luz naranja sale por una de las paredes. El techo del Pozo lo forman unos paneles de cristal y, por encima de ellos, un edificio que deja entrar la luz del sol. Seguro que cuando pasamos junto a él, por fuera, no se distinguía del resto de edificios de la ciudad.

Hay unos faroles azules colgados al azar sobre los senderos de piedra, parecidos a los que iluminaban la sala de la Elección. Su brillo aumenta conforme desaparece el del sol.

Vemos personas por todas partes, todas vestidas de negro, todas vociferando y hablando, expresivas, gesticulantes. No localizo a ningún anciano entre ellas, ¿es que no hay viejos en Osadía? ¿Es porque no duran tanto o porque echan a sus miembros cuando ya no son capaces de saltar de trenes en marcha?

Un grupo de niños sale corriendo por un sendero estrecho

sin barandilla, y eso hace que se me acelere el corazón y me entren ganas de gritarles que frenen antes de que se hagan daño. Recuerdo las disciplinadas calles de Abnegación: una fila de personas a la derecha pasando al lado de una fila de personas a la izquierda; se sonríen un poco, inclinan la cabeza a modo de saludo y siguen en silencio. Se me encoge el corazón, pero el caos de Osadía tiene algo maravilloso.

—Si me seguís, os enseñaré el abismo —dice Cuatro, haciéndonos un gesto para que avancemos.

Por fuera, el instructor parece muy normal, al menos para ser de Osadía, pero, cuando se vuelve, veo que le asoma un tatuaje por el cuello de la camiseta. Nos conduce al lado derecho del Pozo, que está notablemente oscuro. Fuerzo la vista y distingo que el suelo sobre el que estoy acaba en una barrera de hierro. Cuando nos acercamos a la barandilla oigo un rugido: agua, agua moviéndose muy deprisa y estrellándose contra las rocas.

Me asomo por el borde. El suelo desciende en un ángulo agudo y, varias plantas por debajo de nosotros, hay un río. El agua, agitada, golpea el muro que tengo debajo y salpica lo que hay más arriba. A mi izquierda, el agua está más tranquila, pero, a mi derecha, se ve blanca, en plena batalla contra la roca.

—¡El abismo nos recuerda que la línea que separa la valentía de la idiotez es muy delgada! —grita Cuatro—. Un salto temerario desde este borde acabaría con vuestra vida. Ha sucedido y volverá a suceder, quedáis advertidos.

—Esto es increíble —dice Christina cuando todos nos apartamos de la barandilla.

—Increíble es la palabra, sí —coincido.

Cuatro lleva al grupo de iniciados por el Pozo, hacia un agujero abierto en la pared. La sala del otro lado está lo bastante iluminada como para ver adónde vamos: un comedor lleno de gente haciendo ruido con los cubiertos. Cuando entramos, los osados de dentro se levantan y aplauden, dan pisotones en el suelo y gritan. El ruido me rodea y me llena. Christina sonríe y, un segundo después, la imito.

Buscamos asientos libres y encontramos una mesa prácticamente vacía en el lateral de la sala. De repente, me encuentro sentada entre Christina y Cuatro. En el centro de la mesa hay una bandeja de comida que no reconozco: trozos circulares de carne metidos entre rebanadas redondas de pan. Aprieto uno entre los dedos sin saber muy bien qué hacer con él.

Cuatro me da un codazo.

—Es ternera —me explica—. Ponle esto —añade, pasándome un cuenquito lleno de salsa roja.

—¿Nunca has comido una hamburguesa? —pregunta Christina con los ojos muy abiertos.

—No, ¿se llaman así?

—Los estirados comen comida sencilla —explica Cuatro, asintiendo y mirando a Christina.

—¿Por qué? —pregunta ella.

—La extravagancia se considera una falta de moderación y algo innecesario —respondo, encogiéndome de hombros.

—Con razón te has ido —dice ella, sonriendo.

—Sí —contesto, poniendo los ojos en blanco—, ha sido por la comida.

A Cuatro le tiembla un poquito la comisura de los labios.

Se abren las puertas del comedor y la sala guarda silencio. Miro atrás para ver qué pasa: un joven acaba de entrar y hay tan poco ruido que puedo oír sus pisadas. Tiene tantos *piercings* en la cara que pierdo la cuenta, y luce una melena larga, oscura y grasienta. Sin embargo, no es eso lo que resulta amenazador, sino la frialdad de sus ojos al examinar la sala.

—¿Quién es? —pregunta Christina entre dientes.

—Se llama Eric —responde Cuatro—. Es un líder de Osadía.

—¿En serio? Es muy joven.

—Aquí no importa la edad —dice Cuatro, mirándola muy serio.

Me doy cuenta de que la chica está a punto de preguntar lo que yo quiero preguntar: «¿Y qué es lo que importa?». Sin embargo, Eric deja de examinar la sala y se dirige a una mesa; se dirige a nuestra mesa y se sienta al lado de Cuatro. No saluda, así que nosotros tampoco.

—Bueno, ¿no me vas a presentar? —pregunta, señalándonos con la cabeza a Christina y a mí.

—Esta es Tris y esta, Christina —responde Cuatro.

—Oooh, una estirada —dice Eric, sonriéndose; la sonrisa le tira de los *piercings* de los labios y hace que los agujeros que ocupan se ensanchen; hago una mueca—. Ya veremos cuánto duras.

Quiero decir algo, asegurarle que duraré, por ejemplo, pero me fallan las palabras. Aunque no entiendo por qué, no quiero que Eric me mire más de lo estrictamente necesario; no quiero que vuelva a mirarme nunca más.

Él tamborilea con los dedos en la mesa. Tiene los nudillos

llenos de costras, justo donde se desollarían si hubiera dado un puñetazo demasiado fuerte.

—¿Qué has estado haciendo estos días, Cuatro?

—Nada, la verdad —responde él, encogiendo un hombro.

¿Son amigos? Miro a uno y después al otro. Todo lo que hace Eric (sentarse aquí, la pregunta a Cuatro) sugiere que sí, pero la forma en que se ha sentado Cuatro, como si fuera un cable en tensión, indica que son otra cosa. Puede que rivales, aunque, ¿cómo va a ser eso, si Eric es un líder y Cuatro no?

—Me dice Max que ha intentado reunirse contigo y no apareces —dice Eric—. Me ha pedido que averigüe qué pasaba contigo.

Cuatro mira a Eric unos segundos antes de responder:

—Dile que estoy satisfecho con el puesto que tengo.

—Así que quiere darte un trabajo.

Los anillos de la ceja de Eric reflejan la luz. Quizá Eric considere a Cuatro una amenaza potencial para su cargo. Mi padre dice que los que desean el poder y lo consiguen viven aterrados con la idea de perderlo. Por eso tenemos que dar el poder a los que no lo deseen.

—Eso parece —dice Cuatro.

—Y a ti no te interesa.

—Lleva dos años sin interesarme.

—Bueno, esperemos que lo capte de una vez.

Le da una palmada en el hombro a Cuatro, quizá con un poco más de fuerza de la cuenta, y se levanta. Cuando se aleja, me relajo de inmediato; no me había dado cuenta de que estaba tan tensa.

—¿Sois... amigos? —pregunto, incapaz de reprimir la curiosidad.

—Estábamos en la misma clase de iniciados —responde—. Él vino de Erudición.

Se me olvida que había decidido tener cuidado con Cuatro y pregunto:

—¿Tú también eras un trasladado?

—Creía que solo tendría problemas con las preguntas de los veraces —responde en tono frío—. ¿Ahora también me van a fastidiar los estirados?

—Debe de ser por lo accesible que resultas —respondo sin más—. Ya sabes, igual que un colchón de clavos.

Él se me queda mirando y yo no aparto la vista. No es un perro, pero son las mismas reglas: apartar la mirada significa sumisión, mirarlo a los ojos es un reto. Yo elijo.

Noto calor en las mejillas, ¿qué pasará cuando se rompa el momento de tensión?

Sin embargo, se limita a decir:

—Ten cuidado, Tris.

Noto un peso en el estómago, como si acabara de tragarme una piedra. Un miembro de Osadía sentado en otra mesa llama a Cuatro por su nombre, y yo me vuelvo hacia Christina, que arquea las cejas.

—¿Qué? —pregunto.

—Estoy desarrollando una teoría.

—¿Qué teoría?

—Que tienes un instinto suicida.

74

Después de la cena, Cuatro desaparece sin decir palabra. Eric nos conduce por una serie de pasillos sin explicarnos adónde vamos. No sé por qué ponen a un líder de responsable de un grupo de iniciados, aunque quizá sea solo esta noche.

Al final de cada pasillo hay un farol azul, pero el espacio entre ellos está a oscuras, así que tengo que procurar no tropezar con los baches del suelo. Christina camina a mi lado en silencio. Nadie nos ha dicho que no hablemos, pero ninguno lo hace.

Eric se detiene delante de una puerta de madera y se cruza de brazos. Nos reunimos a su alrededor.

—Para los que no lo sepáis, me llamo Eric. Soy uno de los cinco líderes de Osadía. Aquí nos tomamos muy en serio el proceso de iniciación, así que me he presentado voluntario para supervisar la mayor parte de vuestro entrenamiento.

La idea me provoca náuseas; que un líder supervise nuestra iniciación es malo, pero que sea Eric parece mucho peor.

—Algunas reglas básicas —añade—. Tenéis que estar en la sala de entrenamiento a las ocho de la mañana todos los días. El entrenamiento durará hasta las seis, con un descanso para comer. Podéis hacer lo que queráis después de las seis. También tendréis algo de tiempo libre entre cada etapa de la iniciación.

La frase «podéis hacer lo que queráis» se me queda grabada. En casa nunca pude hacer lo que quería, ni siquiera una noche, ya que tenía que pensar primero en las necesidades de los demás. Ni siquiera se me ocurre qué me gusta hacer.

—Solo se os permite salir del complejo si vais acompañados por un osado —sigue diciendo Eric—. Detrás de esta puerta está la habitación en la que dormiréis las próximas semanas. Veréis que hay diez camas, aunque solo sois nueve. Creíamos que llegaríais más hasta aquí.

—Pero empezamos con doce —protesta Christina.

Cierro los ojos y espero a que la regañen; necesita aprender a callarse.

—Siempre hay al menos un trasladado que no llega al complejo —responde Eric mientras se tira de las cutículas; después se encoge de hombros—. En fin, en la primera etapa de la iniciación separamos a los trasladados de los nacidos en Osadía, aunque eso no quiere decir que se os evalúe por separado. Al final de la iniciación, vuestro puesto en la clasificación se determinará en comparación con los iniciados de Osadía. Y ya son mejores que vosotros, así que espero...

—¿Clasificación? —pregunta la erudita de pelo castaño desvaído que tengo a la derecha—. ¿Por qué nos clasifican?

Eric sonríe y, a la luz azul, su sonrisa parece malvada, como si se la hubieran abierto en la cara con un cuchillo.

—Vuestra clasificación obedece a dos propósitos. El primero es determinar el orden en el que podréis elegir trabajo después de la iniciación. Solo hay disponibles unos cuantos puestos «deseables».

Se me contrae el estómago al mirar su sonrisa: igual que me pasó al entrar en la sala de la prueba de aptitud, sé que algo malo está a punto de pasar.

—El segundo es que solo los diez mejores iniciados serán miembros.

Noto una punzada de dolor en el estómago. Nos quedamos quietos como estatuas hasta que Christina dice:

—¿Qué?

—Hay once iniciados nacidos aquí, y vosotros sois nueve —sigue explicando Eric—. Cuatro iniciados caerán al final de la primera etapa. El resto se decidirá después de la prueba final.

Eso quiere decir que, aunque superemos todas las etapas de la iniciación, seis iniciados no llegarán a ser miembros. Por el rabillo del ojo veo que Christina me mira, pero no puedo devolverle la mirada, ya que tengo los ojos fijos en Eric y no soy capaz de despegarlos de él.

Mis probabilidades como la iniciada más bajita, como la única trasladada de Abnegación son escasas.

—¿Qué pasa si no lo conseguimos? —pregunta Peter.

—Abandonaréis el complejo de Osadía —dice Eric con aire de indiferencia— y viviréis sin facción.

La chica de pelo castaño se lleva una mano a la boca y ahoga un sollozo. Recuerdo al hombre abandonado de dientes grises que se llevó la bolsa de manzanas, la mirada de sus ojos apagados. Sin embargo, en vez de llorar (como hace la chica de Erudición), me siento más fría, más dura.

Lograré ser miembro. Lo lograré.

—Pero ¡eso no es... justo! —exclama la chica veraz de anchos hombros, Molly; aunque suena enfadada, tiene cara de terror—. Si lo hubiera sabido...

—¿Estás diciendo que si lo hubieras sabido antes de la Ceremonia de la Elección no habrías elegido Osadía? —suelta Eric—. Porque, si es así, deberías irte ahora mismo. Si de verdad eres una de nosotros, te dará igual la posibilidad de fallar. Y, si no es así, eres una cobarde.

Eric abre la puerta del dormitorio.

—Vosotros nos habéis elegido. Ahora nosotros tenemos que elegiros a vosotros.

Me tumbo en la cama y escucho la respiración de otras nueve personas.

Nunca he dormido en el mismo cuarto que un chico, pero aquí no tengo otra alternativa, a no ser que prefiera dormir en el pasillo. Aunque todos se han puesto la ropa que nos han dado los osados, yo llevo mi ropa de Abnegación, que todavía huele a jabón y aire fresco, a casa.

Antes tenía mi propio cuarto, veía el patio delantero desde la ventana y, más allá, la niebla del horizonte. Estoy acostumbrada a dormir en silencio.

Noto calor detrás de los ojos al pensar en casa y, cuando parpadeo, se me cae una lágrima. Me cubro la boca para ahogar un sollozo.

No puedo llorar, aquí no. Tengo que calmarme.

Estaré bien. Puedo mirarme en los espejos cuando quiera, puedo hacerme amiga de Christina, cortarme mucho el pelo y dejar que cada uno limpie lo suyo.

Me tiemblan las manos y veo borroso por culpa de las lágrimas.

Da igual que la próxima vez que vea a mis padres, el Día de Visita, apenas sean capaces de reconocerme..., si es que vienen. Da igual que me duela cada vez que recuerdo sus caras, aunque sea solo un instante. Incluso la de Caleb, por mucho que me doliera su secreto. Intento inspirar y espirar al ritmo de los demás iniciados; da igual.

Un sonido ahogado interrumpe la respiración, seguido de un fuerte sollozo. Los muelles de una cama chirrían cuando un cuerpo grande se da la vuelta y una almohada intenta esconder el llanto, aunque no lo suficiente. El ruido proviene de la litera que tengo al lado, de un chico de Verdad, Al, el más grande y fornido de los iniciados. Jamás me lo habría esperado de él.

Sus pies están a pocos centímetros de mi cabeza, debería consolarlo..., debería querer consolarlo, porque así me educaron. Sin embargo, siento asco. Alguien que parece tan fuerte no debería ser tan débil. ¿Por qué no puede llorar en silencio, como el resto?

Trago saliva.

Si mi madre se enterase de lo que estoy pensando, sé la cara que pondría: los labios hacia abajo; las cejas más cerca de los ojos, aunque no fruncidas, sino como si estuvieran cansadas. Me llevo la palma de la mano a las mejillas.

Al vuelve a sollozar. Casi noto el sonido en la garganta. Está a pocos centímetros de mí, debería tocarlo.

No, bajo la mano y ruedo hasta ponerme de lado, mirando a la pared. Nadie tiene por qué saber que no quiero ayudarlo. Mantendré ese secreto oculto. Cierro los ojos y me da sueño, pero, cada vez que estoy a punto de dormirme, oigo a Al.

Quizá mi problema no sea que no puedo ir a casa. Echaré de menos a mis padres y a Caleb, la chimenea por las noches y el sonido de las agujas de punto de mi madre, pero no es la única razón por la que noto un vacío en el estómago.

Quizá mi problema sea que, aunque volviera a casa, no sería mi lugar, no me encontraría a gusto entre la gente que da sin pensar y se preocupa sin que le suponga un esfuerzo.

La idea hace que apriete los dientes. Me pongo la almohada sobre las orejas para no oír los llantos de Al y me quedo dormida con unos círculos húmedos apretados contra la mejilla.

CAPÍTULO OCHO

—Lo primero que aprenderéis hoy es a disparar. Lo segundo, a ganar en una pelea —dice Cuatro, y me pone una pistola en la mano sin mirarme antes de seguir caminando—. Por suerte, si estáis aquí, ya sabéis cómo subir y bajar de un tren en movimiento, así que no os tengo que enseñar a hacerlo.

No debería sorprenderme que en Osadía esperen que nos pongamos a trabajar de inmediato, aunque suponía que tendríamos más de seis horas para descansar antes de empezar con ello. Estoy recién salida de la cama y todavía noto el cuerpo pesado.

—La iniciación se divide en tres etapas. Mediremos vuestro progreso y os clasificaremos de acuerdo con vuestro rendimiento en cada una de ellas. Las etapas no tienen la misma importancia para determinar la clasificación final, así que es posible, aunque difícil, mejorar drásticamente la posición con el tiempo.

Me quedo mirando el arma que tengo en la mano. Jamás había pensado que llegaría a tocar una, por no hablar ya de dispararla. Me parece peligrosa, como si con solo tocarla pudiera hacer daño a alguien.

—Creemos que la preparación erradica la cobardía, la cual

definimos como la incapacidad para actuar cuando se tiene miedo —dice Cuatro—. Por tanto, cada etapa de la iniciación está diseñada para prepararos de una forma distinta. Lo esencial de la primera etapa es la parte física; de la segunda, la emocional; de la tercera, la mental.

—Pero ¿qué...? —empieza a decir Peter, bostezando—. ¿Qué tiene que ver disparar un arma con... la valentía?

Cuatro da una vuelta a la pistola en la mano, pone el cañón contra la frente de Peter y coloca una bala en la recámara. Peter se queda helado, con los labios entreabiertos y el bostezo a medias.

—Despierta. Ya —le suelta Cuatro—. Llevas encima una pistola cargada, idiota. Actúa en consecuencia.

El instructor baja el arma y, en cuanto la amenaza inmediata desaparece, los ojos verdes de Peter se vuelven más duros. Me sorprende que logre contener las ganas de responder, teniendo en cuenta que en Verdad ha dicho lo que ha querido toda su vida, pero lo hace, aunque con las mejillas rojas.

—Y, en respuesta a tu pregunta..., es mucho menos probable que os ensuciéis los pantalones y lloréis llamando a vuestras mamás si estáis preparados para defenderos. —Cuatro se detiene al inicio de la fila y se da la vuelta—. Se trata de información que quizá necesitéis cuando llevemos más tiempo con la primera etapa. Así que observadme.

Se pone de cara a la pared en la que está el blanco (un trozo cuadrado de contrachapado con tres círculos rojos para cada uno de nosotros). Abre un poco los pies, sostiene la pistola con ambas manos y dispara. El disparo hace tanto ruido que me duelen los oídos. Estiro el cuello para mirar al blanco: la bala ha atravesado el círculo del centro.

Me vuelvo hacia mi diana. Mi familia nunca aprobaría que disparara un arma; dirían que, aparte de para actos de violencia, las armas son para defenderse y, por tanto, sería egoísta usarlas. Los aparto de mi cabeza, abro las piernas al ancho de mis hombros y rodeo delicadamente con ambas manos la culata. Es pesada y me cuesta apartarla del cuerpo, pero la quiero tener lo más lejos posible de la cara. Aprieto el gatillo, primero con vacilación y después más fuerte, y el retroceso empuja mis manos hacia atrás, hacia mi nariz. Me tambaleo y me apoyo en la pared que tengo detrás para mantener el equilibrio. No sé adónde ha ido la bala, pero seguro que ni se ha acercado al blanco.

Disparo una y otra vez, y ninguna de las balas se acerca.

—En términos estadísticos —dice el chico erudito que tengo al lado, Will, sonriente—, ya deberías haberle dado al blanco al menos una vez, aunque fuera por accidente.

Es rubio, desgreñado y tiene una arruga entre las cejas.

—¿Ah, sí? —respondo, en tono neutro.

—Sí. Creo que estás desafiando a la naturaleza.

Aprieto los dientes y me vuelvo hacia la diana, decidida a, por lo menos, no moverme. Si no domino la primera tarea que nos ponen, ¿cómo voy a superar la primera etapa?

Aprieto con fuerza el gatillo y, esta vez, estoy lista para el retroceso. Las manos se me mueven un poco hacia atrás, pero mis pies se quedan fijos en el suelo. Un agujero de bala aparece en el borde del blanco, así que arqueo una ceja y miro a Will.

—¿Ves? Tenía razón: las estadísticas no mienten —comenta.

Sonrío un poco.

Vacío cinco cargadores para dar en el centro del blanco y, cuando lo hago, noto que me recorre una corriente de energía. Estoy despierta, con los ojos muy abiertos y las manos calientes. Bajo la pistola. Controlar algo que puede causar tanto daño hace que te sientas poderoso; bueno, controlar algo, punto.

Quizá haya encontrado mi lugar.

Cuando paramos para la comida, me duelen los brazos de sostener la pistola y me cuesta estirar los dedos. Los masajeo de camino al comedor. Christina invita a Al a sentarse con nosotras. Cada vez que lo miro oigo sus sollozos, así que intento no mirarlo.

Muevo los guisantes de un lado a otro del plato y pienso de nuevo en las pruebas de aptitud. Cuando Tori me advirtió que ser divergente era peligroso, me sentí como si me lo hubieran grabado en la cara, como si alguien fuera a verlo si daba cualquier diminuto paso en falso. Hasta el momento no he tenido ningún problema, pero eso no quiere decir que me sienta a salvo. ¿Y si bajo la guardia y sucede algo horrible?

—Oh, venga, ¿no te acuerdas de mí? —pregunta Christina a Al mientras se prepara un sándwich—. Estábamos juntos en mates hace unos días, y no soy de las que se callan.

—Me pasaba dormido casi toda la clase de mates —responde Al—. ¡Era la primera hora!

¿Y si el peligro no aparece pronto? ¿Y si surge dentro de muchos años y no lo veo venir?

—Tris —dice Christina, y chasquea los dedos delante de mi cara—. ¿Estás ahí?

—¿Qué? ¿Qué pasa?

—Te he preguntado si recuerdas haber estado en clase conmigo —responde—. Bueno, sin ánimo de ofender, yo seguramente no te recordaría. Todos los de Abnegación me parecíais iguales. En fin, me lo siguen pareciendo, pero ahora tú no eres uno de ellos.

Me quedo mirándola; como si necesitara que me lo recordase.

—Lo siento, ¿he sido grosera? Estoy acostumbrada a decir lo que se me ocurre. Mi madre decía que la educación es un engaño envuelto en bonito papel de regalo.

—Creo que por eso nuestras facciones no se relacionan mucho —respondo, soltando una breve carcajada.

Verdad y Abnegación no se odian como Erudición y Abnegación, pero sí que se evitan. El auténtico problema de Verdad es con Cordialidad. Según Verdad, los que buscan la paz por encima de todo siempre engañarán para mantener las aguas tranquilas.

—¿Me puedo sentar aquí? —pregunta Will, dando unos golpecitos en la mesa con el dedo.

—¿Y eso? ¿No quieres comer con tus amigos eruditos? —dice Christina.

—No son mis amigos —responde Will, dejando el plato sobre la mesa—. Solo porque estuviéramos en la misma facción no quiere decir que nos llevemos bien. Además, Edward y Myra están saliendo, y preferiría no ser el que aguanta la vela.

Edward y Myra, los otros trasladados de Erudición, están sentados a dos mesas de nosotros, tan cerca el uno del otro que se dan codazos mientras cortan la comida. Myra se detiene para besar a Edward. Los observo atentamente; en toda mi vida he visto muy pocos besos.

Edward se vuelve y besa a Myra en los labios. Dejo escapar el aire entre los dientes y aparto la mirada. Parte de mí quiere que los regañen, mientras que otra parte se pregunta, con una pizca de desesperación, qué se sentirá al notar los labios de otra persona en los tuyos.

—¿Tienen que hacerlo en público? —pregunto.

—Si solo lo ha besado... —dice Al, frunciendo el ceño; cuando frunce el ceño, sus gruesas cejas le tocan las pestañas—. Tampoco es que se estén desnudando.

—No está bien besarse en público.

Al, Will y Christina me dedican la misma sonrisa de complicidad.

—¿Qué? —pregunto.

—Se te ve la Abnegación —dice Christina—. A los demás no nos importa mostrar un poquito de afecto en público.

—Ah —respondo, encogiéndome de hombros—. Bueno..., supongo que tendré que superarlo.

—O puedes seguir siendo frígida —dice Will con un brillo malvado en los ojos—. Ya sabes, si quieres.

Christina le tira un panecillo; él lo agarra y lo muerde.

—No seas malo con ella —le pide la chica—. La frigidez es parte de su naturaleza. Igual que para ti ser un sabelotodo.

—¡No soy frígida! —exclamo.

—No te preocupes —dice Will—, resulta atractivo. Mira, te has puesto roja.

El comentario solo sirve para que me ponga más roja todavía. Todos los demás se ríen. Yo me obligo a reír y, al cabo de unos segundos, la risa me sale sola.

Sienta bien volver a reír.

Después de la comida, Cuatro nos lleva a otra sala. Es enorme, tiene un suelo de madera que chirría y está lleno de grietas, con un gran círculo pintado en el centro. En la pared de la izquierda hay un tablero verde: una pizarra. Mis profesores de Niveles Inferiores usaban una, aunque no las había visto desde entonces. Quizá tenga algo que ver con las prioridades de Osadía: lo primero el entrenamiento, después viene la tecnología.

Nuestros nombres están escritos en la pizarra por orden alfabético. Colgados a intervalos de un metro a lo largo del fondo de la sala hay unos sacos de arena de color negro desteñido.

Nos ponemos en fila detrás de ellos, y Cuatro se pone en el centro, donde todos podamos verlo.

—Como dije esta mañana, ahora aprenderéis a pelear. El objetivo es prepararos para actuar; preparar vuestros cuerpos para que respondan a las amenazas y a los desafíos..., cosa que necesitaréis si pretendéis sobrevivir como miembros de Osadía.

Ni siquiera puedo pensar en vivir como miembro de Osadía. Solo soy capaz de pensar en superar la iniciación.

—Hoy repasaremos la técnica y mañana empezaréis a luchar entre vosotros —dice Cuatro—. Así que os recomiendo que prestéis atención. Los que no aprendan deprisa acabarán heridos.

Cuatro nombra unos cuantos tipos de golpes y hace una demostración de cada uno de ellos, primero en el aire y después contra el saco de arena.

Voy pillándolo mientras practicamos. Como con la pistola, necesito unos cuantos intentos para averiguar cómo mantenerme en pie y mover mi cuerpo como lo hace él. Las patadas son lo más difícil, aunque solo nos enseña lo básico. El saco de arena me deja las manos y los pies doloridos, me pone la piel roja y apenas se mueve, por muy fuerte que lo golpee. A mi alrededor oigo el sonido de piel contra tela.

Cuatro da vueltas entre los iniciados para observarnos mientras repetimos los movimientos. Cuando se detiene frente a mí se me retuercen las entrañas como si alguien las agitara con un tenedor. Se me queda mirando, me observa de pies a cabeza sin detenerse en ninguna parte: una mirada práctica y científica.

—No tienes mucho músculo —dice—, lo que significa que será mejor que uses las rodillas y los codos. Puedes darles más potencia.

De repente me pone una mano en el estómago. Tiene unos dedos tan largos que, aunque la muñeca me toca un lado de las costillas, las puntas de los dedos llegan al otro lado. El corazón me late tan fuerte que me duele el pecho, y me quedo mirando al instructor con los ojos muy abiertos.

—Nunca olvides mantener la tensión aquí —dice en voz baja.

Después levanta la mano y sigue andando. Sigo notando la

presión de su palma. Es extraño, pero tengo que detenerme a respirar unos segundos antes de seguir practicando.

Cuando Cuatro nos deja salir para la cena, Christina me da un codazo.

—Me sorprende que no te haya partido por la mitad —dice, arrugando la nariz—. Ese tío me aterra, es por ese tono de voz tan bajito.

—Sí, es de los que... —empiezo a responder, volviendo la vista para mirarlo; es tranquilo y muy sereno, pero no temía que me hiciera daño—, ...de los que intimidan, está claro.

Al, que estaba delante de nosotras, se vuelve cuando llegamos al Pozo y anuncia:

—Quiero un tatuaje.

Desde detrás de nosotros, Will pregunta:

—¿Un tatuaje de qué?

—No lo sé —responde Al, riéndose—. Solo quiero sentir que de verdad he dejado atrás la antigua facción. Dejar de llorar por ella —explica; como no respondemos, añade—: Sé que me habéis oído.

—Sí, aprende a no hacer tanto ruido, ¿vale? —dice Christina, pinchando con un dedo el grueso brazo de Al—. Creo que tienes razón. Ahora mismo estamos medio dentro, medio fuera. Si queremos entrar del todo, deberíamos tener el aspecto adecuado.

Me echa una mirada.

—No, no me voy a cortar el pelo —le aseguro—, ni tampoco pienso teñírmelo de un color extraño. Ni me voy a agujerear la cara.

—¿Y el ombligo? —pregunta.

—¿O el pezón? —sugiere Will, resoplando.

Suelto un gruñido.

Como hemos terminado el entrenamiento del día podemos hacer lo que queramos hasta la hora de dormir. La idea me marea un poco, aunque quizá sea el cansancio.

El Pozo está lleno de gente. Christina anuncia que nos reuniremos con Al y Will en el estudio de tatuaje y me arrastra hacia el local de ropa. Vamos dando tumbos por el camino, subiendo cada vez más por encima del suelo del Pozo, desperdigando piedras con los zapatos.

—¿Qué le pasa a mi ropa? —pregunto—. Ya no voy de gris.

—Es fea y gigantesca —responde, suspirando—. ¿Me dejas que te ayude? Si no te gusta lo que te elijo, te prometo que no tendrás que volver a ponértelo.

Diez minutos después estoy delante de un espejo en el local de la ropa con un vestido negro que me llega a la rodilla. La falda no es de vuelo, aunque tampoco se me pega a los muslos..., a diferencia de la primera que me había elegido y que yo me negué a vestir. Se me pone de punta el vello de los brazos desnudos. Ella me quita la goma que me sujeta el pelo y deshace la trenza, así que la melena ondulada me cae sobre los hombros.

Después saca un lápiz negro.

—Lápiz de ojos —explica.

—No vas a conseguir que parezca guapa, te lo advierto.

Cierro los ojos y me quedo quieta. Ella me pasa la punta del lápiz por el filo de las pestañas. Me imagino que estoy delante de mi familia así vestida y noto un nudo en el estómago, como si fuera a vomitar.

—¿A quién le importa parecer guapa? Lo que pretendo es que se te vea.

Abro los ojos y, por primera vez, miro abiertamente mi reflejo. El corazón se me acelera al hacerlo, como si estuviera rompiendo las reglas y esperara la reprimenda. Será difícil superar los hábitos inculcados por Abnegación, como tirar de un solo hilo dentro de un intrincado bordado. Sin embargo, encontraré hábitos nuevos, ideas nuevas, reglas nuevas. Me convertiré en otra cosa.

Antes tenía los ojos azules, pero de un azul apagado y grisáceo; el lápiz de ojos los ha convertido en ojos penetrantes. Con el pelo enmarcándome la cara, mis rasgos resultan más suaves y más redondos. No soy guapa (tengo los ojos demasiado grandes y la nariz demasiado larga), pero veo que Christina tiene razón: ahora se me ve.

Mirarme en estos momentos no es como mirarme por primera vez; es como mirar a otra persona por primera vez. Beatrice era una chica a la que veía en unos momentos robados frente al espejo, que guardaba silencio en la mesa. Esta persona es alguien que reclama mi atención y no la suelta; esta es Tris.

—¿Ves? —dice Christina—. Estás... llamativa.

Dadas las circunstancias, es el mejor cumplido que podría haberme hecho. Le sonrío en el espejo.

—¿Te gusta? —pregunta.

—Sí —respondo—. Parezco... otra persona.

—¿Y eso es bueno o malo? —pregunta ella, entre risas.

91

Me miro de nuevo, de frente. Por primera vez, la idea de dejar atrás mi identidad de Abnegación no me pone nerviosa, sino que me da esperanza.

—Bueno —aseguro, y sacudo la cabeza—. Lo siento, es que nunca me han dejado mirarme tanto tiempo en un espejo.

—¿En serio? —dice Christina, sacudiendo la cabeza—. Abnegación es una facción extraña, permite que te lo diga.

—Vamos a ver cómo tatúan a Al —respondo; a pesar de haber dejado atrás a mi antigua facción, todavía no quiero criticarla.

En casa, mi madre y yo elegíamos idénticos montones de ropa cada seis meses, aproximadamente. Es fácil asignar recursos cuando todos tienen lo mismo, pero en el complejo de Osadía hay mucha más variedad. Cada osado tiene un número de puntos que puede gastar al mes, y el vestido me cuesta uno de ellos.

Christina y yo corremos por el estrecho sendero hacia el estudio de tatuaje. Cuando llegamos, Al ya está sentado en la silla, y un hombre bajo y delgado que tiene más tinta que piel desnuda está dibujándole una araña en el brazo.

Will y Christina ojean los libros de dibujos, y se dan codazos cuando encuentran uno bueno. Viéndolos así, sentados juntos, me doy cuenta de lo distintos que son: Christina, alta y oscura, y Will, pálido y macizo; aunque los dos se parecen en la facilidad con la que sonríen.

Doy vueltas por la habitación mirando el arte de las paredes. Estos días solo se encuentran artistas en Cordialidad. Abnegación considera el arte como algo poco práctico, y contemplarlo como un tiempo perdido que podría emplearse en ayudar a los demás, así que, aunque he visto obras de arte en los libros de texto, nunca había estado en un cuarto con decoración. Hace que el aire resulte cercano y cálido, y podría pasarme horas aquí dentro sin darme cuenta. Recorro la pared con la punta de los dedos. La imagen de un halcón me recuerda el tatuaje de Tori; debajo hay un bosquejo de un pájaro volando.

—Es un cuervo —dice una voz detrás de mí—. Bonito, ¿verdad?

Me vuelvo y veo a Tori. Es como si estuviera otra vez en la sala de la prueba de aptitud, con los espejos a mi alrededor y los cables conectados a la frente. No esperaba volver a verla.

—Vaya, hola —me saluda, sonriendo—. Creía que no volvería a verte. Beatrice, ¿no?

—Tris, en realidad —respondo—. ¿Trabajas aquí?

—Sí, solo me tomé unos días libres para encargarme de las pruebas. Paso aquí casi todo el tiempo —responde, y se da unos golpecitos en la barbilla—. Reconozco ese nombre: fuiste la primera saltadora, ¿no?

—Sí.

—Bien hecho.

—Gracias —respondo, y toco el bosquejo del pájaro—. Mira, tengo que hablar de... —me detengo, y miro a Will y Christina; ahora no puedo arrinconar a Tori, me harían preguntas— ...una cosa. En otro momento.

—No sé si sería sensato —responde en voz baja—. Te ayudé todo lo que pude y ahora tendrás que seguir sola.

Frunzo los labios. Ella tiene respuestas, lo sé. Si no me las da ahora, encontraré la forma de que me las dé en otra ocasión.

—¿Quieres un tatuaje? —me pregunta.

El dibujo del pájaro me llama la atención. No quería hacerme *piercings* ni tatuajes cuando llegué. Sé que, si lo hago, me separaré un poco más de mi familia, una separación que nunca podré resolver. Y si mi vida aquí continúa como hasta ahora, puede que no sea lo más importante que nos separe.

Pero entiendo lo que me contó Tori, que su tatuaje representaba un miedo que había superado, un recordatorio de lo que era y un recordatorio de lo que es ahora. Quizá haya una forma de honrar mi antigua vida a la vez que abrazo la nueva.

—Sí —respondo—. Tres de estos pájaros volando.

Me toco la clavícula y marco la trayectoria de su vuelo: hacia el corazón. Uno por cada miembro de la familia que he dejado atrás.

CAPÍTULO
NUEVE

—Como sois impares, uno de vosotros no peleará hoy —dice
Cuatro, y da un paso atrás para apartarse de la pizarra de la sala
de entrenamiento; me mira: el espacio junto a mi nombre está
en blanco.

Se me deshace el nudo del estómago; un respiro.

—Esto no es bueno —dice Christina, y me da un codazo.

Su codo me da en uno de mis músculos doloridos (esta mañana tengo más músculos doloridos que músculos no doloridos)
y pongo una mueca.

—Ay.

—Perdona. Pero mira, me toca contra el Tanque.

Christina y yo nos sentamos juntas en el desayuno, y antes de
eso me sirvió de pantalla del resto del dormitorio para que me
cambiara. Nunca había tenido una amiga como ella. Susan
era más amiga de Caleb que mía, y Robert solo iba donde iba
Susan.

Supongo que, en realidad, nunca he tenido un amigo, punto.
Es imposible mantener una amistad real cuando nadie cree poder aceptar ayuda y ni siquiera habla de sus cosas. Eso no me

pasará aquí. Ya sé más de Christina de lo que sabía de Susan, y la conozco desde hace dos días.

—¿El Tanque? —pregunto; busco el nombre de Christina en la pizarra y veo que al lado está el de Molly.

—Sí, de los seguidores de Peter, la que es ligeramente más femenina —responde, señalando con la cabeza el grupo de gente del otro lado de la sala.

Molly es igual de alta que Christina, pero ahí acaba el parecido. La otra chica tiene hombros anchos, piel bronceada y nariz protuberante.

—Esos tres —dice Christina, señalando a Peter, Drew y Molly— son prácticamente inseparables desde que salieron del vientre materno. Los odio.

Will y Al están frente a frente en la arena. Suben las manos a la altura de la cara para protegerse, como nos enseñó Cuatro, y van moviéndose en círculo. Al es unos quince centímetros más alto que Will y dos veces más ancho. Al mirarlo me doy cuenta de que incluso sus rasgos faciales son grandes: nariz grande, labios grandes, ojos grandes. La pelea no durará mucho.

Miro a Peter y sus amigos. Drew es más bajo que Peter y que Molly, aunque su complexión es la de una roca y va siempre encorvado. Tiene el pelo rojo anaranjado, como una zanahoria pasada.

—¿Qué tienen de malo? —pregunto.

—Peter es pura maldad. Cuando éramos pequeños, buscaba pelea con los chicos de otras facciones y después, cuando aparecía un adulto para separarlos, lloraba y se inventaba una historia para echarle la culpa al otro chico. Y, por supuesto, se lo creían porque era un veraz y no podía mentir. Ja, ja —explica Christina, arrugando la nariz—. Drew no es más que su compinche. Seguro que no tiene ni un pensamiento independiente en el cerebro. Y Molly... es la clase de persona que fríe hormigas con una lupa para ver cómo mueren.

En la arena, Al le da un buen puñetazo a Will en la mandíbula. Hago una mueca. Al otro lado de la sala, Eric sonríe con satisfacción y mira a Al, para después darle una vuelta a uno de los anillos de su ceja.

Will se tambalea hacia un lado con una mano apretándose la cara y bloquea el siguiente puñetazo de Al con la mano libre. A juzgar por su mueca, bloquear el golpe le ha resultado tan doloroso como el golpe en sí. Al es lento, pero muy fuerte.

Peter, Drew y Molly nos lanzan miradas furtivas, y se ponen a susurrar juntando sus cabezas.

—Creo que saben que estamos hablando de ellos —digo.

—¿Y? Ya saben que los odio.

—¿Lo saben? ¿Cómo?

Christina finge sonreírles y los saluda con la mano. Yo bajo la mirada, tengo las mejillas ardiendo. De todos modos, no debería cotillear, cotillear es una falta de moderación.

Will engancha con un pie la pierna de Al y tira de ella, tirándolo al suelo. Al se pone de pie como puede.

—Porque se lo he dicho —responde Christina apretando los dientes, aunque sin dejar de sonreír; sus dientes son rectos arriba y torcidos abajo—. En Verdad intentamos ser muy sinceros con nuestros sentimientos —explica, mirándome—. Muchas personas me han dicho que no les caigo bien, y otras muchas no lo han hecho. ¿A quién le importa?

—Es que nosotros... Se supone que nosotros no debemos hacer daño a los demás.

—Me gusta pensar que odiándolos los ayudo. Les recuerdo que no son un regalo de Dios a la humanidad.

Me río un poco antes de volver a concentrarme en la arena. Will y Al se quedan mirándose unos segundos, más vacilantes que antes. Will se aparta de los ojos un pálido mechón de pelo. Miran a Cuatro como si esperaran que detuviera ya la pelea, pero el instructor está de brazos cruzados y no dice nada. A unos cuantos metros de él, Eric mira la hora en su reloj.

Al cabo de unos segundos dando vueltas, Eric grita:

—¿Creéis que esto es para divertirnos un rato? ¿Os toca ya el descanso de la siesta, niñitos? ¡Luchad de una vez!

—Pero... —responde Al, enderezándose y bajando las manos—. ¿Vamos por puntos o algo? ¿Cuándo acaba la pelea?

—Acaba cuando uno de los dos no puede seguir —contesta Eric.

—De acuerdo con las reglas de Osadía —añade Cuatro—, también es posible que uno de los dos se rinda.

—Eso es de acuerdo con las antiguas reglas —lo corrige Eric, entrecerrando los ojos—. De acuerdo con las nuevas reglas, nadie se rinde.

—Los valientes saben reconocer la fuerza de los demás —contesta Cuatro.

—Los valientes nunca se rinden.

Cuatro y Eric se quedan mirando unos segundos. Me siento

como si estuviera viendo dos tipos distintos de osados: el honorable y el despiadado. Sin embargo, incluso yo sé que en esta sala es Eric, el líder más joven de Osadía, el que ostenta la autoridad.

La frente de Al está perlada de sudor; se lo limpia con el dorso de la mano.

—Esto es ridículo —protesta, sacudiendo la cabeza—. ¿Qué sentido tiene darle una paliza? ¡Estamos en la misma facción!

—Ah, ¿tan fácil crees que va a ser? —pregunta Will, sonriendo—. Venga, intenta pegarme, tortuga.

Will levanta de nuevo las manos; veo en su cara una resolución que no estaba ahí antes. ¿De verdad cree que puede ganar? Un solo golpe a la cabeza y Al lo dejará K.O.

Claro que para eso tiene que conseguir darle. Al intenta hacerlo, pero Will se agacha; tiene la nuca reluciente de sudor. Esquiva otro puñetazo, rodea a Al y le da una fuerte patada en la espalda. Al se inclina un poco y se da la vuelta.

Cuando era más pequeña leí un libro sobre osos pardos. Había una imagen de uno de pie sobre las patas traseras, con las zarpas extendidas, rugiendo. Es el aspecto que tiene Al en estos momentos. Carga contra Will agarrándolo del brazo para que no se escape y le da un puñetazo en la mandíbula.

La luz desaparece de los ojos de Will, que son verde pálido, como el apio. Se le ponen en blanco y su cuerpo se relaja, cayendo al suelo como un peso muerto. Noto una corriente fría en la espalda que me llega hasta el pecho.

Al abre mucho los ojos, se agacha junto a Will y le da en la mejilla con la mano. La sala guarda silencio, esperando la reacción de Will. Durante unos segundos no responde, se queda tirado en el suelo con un brazo doblado bajo él. Entonces parpadea, claramente aturdido.

—Levántalo —dice Eric.

El líder mira con avidez el cuerpo caído de Will, como si la imagen fuese una comida y él llevara varias semanas en ayunas. Tuerce los labios en una mueca cruel.

Cuatro se vuelve hacia la pizarra y rodea con un círculo el nombre de Al. Victoria.

—Los siguientes: ¡Molly y Christina! —grita Eric.

Al se echa el brazo de Will al hombro y lo saca de la arena.

Christina hace crujir sus nudillos. Le deseo buena suerte, aunque no sé si eso servirá de algo. Christina no es débil, pero es mucho menos robusta que Molly. Con suerte, la altura la ayudará.

Al otro lado de la sala, Cuatro sujeta a Will por la cintura y lo saca fuera. Al se queda un momento junto a la puerta, observándolos.

Que Cuatro se marche me pone nerviosa, porque dejarnos con Eric es como contratar a una niñera que se entretiene afilando cuchillos.

Christina se mete el pelo detrás de las orejas. Lo lleva a la altura de la barbilla, sujeto con horquillas plateadas. Hace crujir otro nudillo; parece nerviosa, y con razón: ¿quién no lo estaría después de ver a Will desmayarse como si fuera un muñeco de trapo?

Si los conflictos en Osadía acaban cuando solo uno queda en pie, no estoy muy segura de lo que supondrá para mí esta parte de la iniciación. ¿Seré como Al, de pie sobre el cuerpo de alguien, sabiendo que soy la que lo ha derribado? ¿O como Will, tirado en el suelo sin poder moverse? ¿Y es egoísta por mi parte desear la victoria? ¿O es valiente? Me limpio el sudor de las manos en los pantalones.

Vuelvo a prestar atención a la pelea cuando Christina le da una patada en el costado a Molly, que ahoga un grito y aprieta los dientes como si estuviera a punto de gruñir entre ellos. Un rizo de grasiento pelo negro le cae en la cara, pero no se lo aparta.

Al está a mi lado, pero estoy demasiado concentrada en la pelea como para mirarlo o para felicitarlo por ganar, suponiendo que sea eso lo que quiera. No estoy segura.

Molly dirige a Christina una sonrisa de suficiencia y, sin previo aviso, se lanza con las manos extendidas hacia su abdomen. Le da con fuerza, la derriba y la sujeta en el suelo. Christina se revuelve, pero Molly pesa mucho y no se mueve.

Molly le da un puñetazo y Christina aparta la cabeza, pero la otra chica sigue pegando una y otra vez hasta que su puño conecta con la mandíbula de Christina, con su nariz, con su boca. Sin pensar, agarro el brazo de Al y lo aprieto con todas mis fuerzas porque necesito sujetarme. La sangre corre por la cara de Christina y salpica el suelo, al lado de su mejilla. Es la primera vez que rezo para que alguien se desmaye.

Sin embargo, no lo hace. Christina grita, se suelta de un brazo y le da un puñetazo a Molly que la desequilibra. Consigue liberarse y se pone de rodillas, sujetándose la cara con una mano. La sangre que le cae de la nariz es espesa y oscura, y le cubre los dedos en segundos. Grita otra vez y se aleja a rastras de Molly. Por cómo mueve los hombros, sé que está llorando, aunque apenas la oigo por culpa del latido de la sangre en mis oídos.

«Por favor, desmáyate.»

Molly da una patada a Christina en el costado, tirándola de espaldas. Al saca la mano del brazo que tengo agarrado y me acerca más a él. Aprieto los dientes para no gritar. La primera noche no sentí ninguna pena por Al, pero todavía no soy tan cruel; ver a Christina agarrándose las costillas hace que desee ponerme entre las dos.

—¡Para! —gime Christina cuando Molly levanta el pie para darle otra patada; levanta una mano—. ¡Para! No puedo... —se interrumpe para toser—. No puedo más.

Molly sonríe y yo suspiro, aliviada. Al suspira también, noto sus costillas subiendo y bajando contra mi hombro.

Eric se acerca al centro de la arena muy despacio y se queda al lado de Christina, cruzado de brazos.

—Perdona, ¿qué has dicho? ¿Que no puedes más?

Christina consigue ponerse de rodillas. Cuando levanta la mano del suelo deja una huella roja. Se pellizca la nariz para parar la sangre y asiente con la cabeza.

—Levántate —dice Eric.

Si hubiera gritado, quizá no me sentiría como si fuera a echar todo el contenido de mi estómago. Si hubiera gritado, habría sabido que gritar era lo peor que pensaba hacer. Pero habla en voz baja y con palabras precisas; después agarra por el brazo a Christina, la pone de pie y la arrastra al exterior de la sala.

—Seguidme —nos dice a los demás.

Y lo hacemos.

Noto el rugido del río en el pecho.

Nos ponemos cerca de la barandilla. El Pozo está casi vacío; es por la tarde, aunque tengo la sensación de llevar varios días en una noche continua.

Si hubiera personas alrededor, dudo que alguna ayudara a Christina. En primer lugar, estamos con Eric; en segundo, en Osadía se rigen por unas normas distintas, y la brutalidad no infringe esas normas.

Eric empuja a Christina contra la barandilla.

—Trépala —le ordena.

—¿Qué? —responde ella, como si esperase que Eric cediera, aunque sus ojos abiertos como platos y su rostro ceniciento indiquen lo contrario: sabe que Eric no cederá.

—Que trepes por la barandilla —repite Eric, pronunciando cada palabra muy despacio—. Si eres capaz de permanecer cinco minutos colgada sobre el abismo, olvidaré tu cobardía. Si no, no permitiré que continúes con la iniciación.

La barandilla es estrecha y metálica, y está cubierta por el agua del río, lo que hace que resulte resbaladiza y fría. Aunque Christina sea lo bastante valiente como para quedarse cinco minutos colgada de ella, puede que no consiga sujetarse. O decide quedarse sin facción o se arriesga a morir.

Cuando cierro los ojos, me la imagino cayendo sobre las rocas puntiagudas del fondo y me estremezco.

—Vale —dice ella con voz temblorosa.

Su altura le permite pasar la pierna por encima de la barandilla, aunque le tiembla el pie. Apoya el dedo gordo en el saliente para pasar la otra pierna por encima. De cara a nosotros, se limpia el sudor de las manos en los pantalones y se sujeta con tanta fuerza a la barandilla que se le ponen blancos los nudillos. Después baja un pie del saliente; y el otro. Le veo la cara entre los barrotes de la barrera; está decidida, tiene los labios bien apretados.

A mi lado, Al pone el cronómetro de su reloj en marcha.

Christina resiste bien el primer minuto y medio. Agarra con manos firmes la baranda y no le tiemblan los brazos. Empiezo a pensar que quizá lo consiga y logre demostrar a Eric lo tonto que ha sido por dudar de ella.

Pero, entonces, el río da contra la pared y el agua salpica la espalda de Christina, que se da de cara contra la barrera y grita. Se le resbalan las manos hasta que solo se sujeta con las puntas de los dedos. Intenta agarrarse mejor, pero ahora tiene las manos húmedas.

Si la ayudo, Eric me condenaría al mismo destino. ¿La dejaré matarse o me resignaré a quedarme sin facción? Peor aún: ¿es mejor no hacer nada mientras alguien muere o ir al exilio con las manos vacías?

A mis padres no les costaría responder.

Sin embargo, no soy como mis padres.

Por lo que sé, Christina no ha llorado desde que estamos aquí, pero ahora se le descompone el rostro y deja escapar un sollozo más fuerte que el rugido del río. Otra ola golpea la pared, y el agua le salpica el cuerpo. Una de las gotitas me da en la mejilla. Se le vuelven a resbalar las manos y, esta vez, una de ellas cae del pasamanos; Christina se queda colgada de cuatro dedos.

—Vamos, Christina —la anima Al con su voz grave, en un

tono sorprendentemente alto; ella lo mira y él aplaude——. Venga, agárrate otra vez. Puedes hacerlo, agárrate.

¿Sería yo lo bastante fuerte como para sujetarla? ¿Merecería la pena el esfuerzo de intentar ayudarla si, de todos modos, soy demasiado débil para que sirva de algo?

Sé lo que son esas preguntas: excusas. «La razón humana es capaz de disculpar cualquier maldad; por eso es tan importante que no confiemos en ella.» Son las palabras de mi padre.

Christina sube el brazo e intenta aferrarse al pasamanos. Aunque nadie más la anima, Al junta sus enormes manos y grita sin dejar de mirarla a los ojos. Ojalá fuese capaz de imitarlo; ojalá pudiera moverme. Sin embargo, me quedo mirándola y me pregunto desde hace cuánto tiempo soy tan egoísta que doy asco.

Miro el reloj de Al: han pasado cuatro minutos. Me da un codazo en el hombro.

—Vamos —digo, susurrando; me aclaro la garganta—. Queda un minuto —añado, esta vez más alto.

La otra mano de Christina logra agarrarse de nuevo a la barandilla. Le tiemblan tanto los brazos que me pregunto si es que se está produciendo un terremoto que me altera la visión y yo no me he dado cuenta.

—Venga, Christina —decimos Al y yo a la vez, y, al unirse nuestras voces, creo que quizá sí que sea lo bastante fuerte para ayudarla.

La ayudaré. Si se resbala de nuevo, la ayudaré.

Otra ola de agua se estrella contra la espalda de Christina, que grita cuando las dos manos se le resbalan de la barandilla. Grito, aunque suena como si fuera otra persona.

Sin embargo, no se cae, se agarra a los barrotes. Se le resbalan los dedos por el metal hasta que ya no puedo verle la cabeza; solo los dedos.

El reloj de Al marca cinco minutos.

—Ya han pasado los cinco minutos —dice, casi escupiéndole las palabras a Eric.

Eric mira su propio reloj; se toma su tiempo, gira la muñeca y, mientras tanto, noto retortijones en el estómago y soy incapaz de respirar. Cuando parpadeo, veo a la hermana de Rita en el pavimento, bajo las vías del tren, con las extremidades torcidas; veo a Rita gritando y llorando; me veo a mí misma dando media vuelta.

—Vale —dice Eric—. Puedes subir, Christina.

Al se acerca a la barandilla.

—No —lo detiene Eric—. Tiene que hacerlo sola.

—No, no tiene que hacerlo sola —gruñe Al—. Ha hecho lo que le has pedido. No es una cobarde, ha hecho lo que le has pedido.

Eric no responde. Al baja un brazo por la barrera y es tan alto que logra llegar a la muñeca de Christina. Ella se agarra a su antebrazo y Al tira de ella, rojo de frustración. Corro a ayudarlo. Aunque soy demasiado baja para servir de algo, como sospechaba, sujeto a mi amiga por el hombro cuando llega a la altura adecuada, y Al y yo la pasamos por encima de la barandilla. Christina cae al suelo con la cara todavía ensangrentada por la pelea, la espalda empapada y el cuerpo tembloroso.

Me arrodillo a su lado. Me mira a los ojos, mira a Al, y los tres recuperamos juntos el aliento.

CAPÍTULO
DIEZ

Esa noche sueño que Christina está colgada de nuevo de la barandilla, esta vez por los pies, y que alguien grita que solo un divergente puede ayudarla. Así que corro para tirar de ella, pero alguien me empuja por el borde y me despierto antes de darme contra las rocas.

Empapada en sudor y temblorosa por culpa del sueño, me acerco al baño de las chicas para ducharme y cambiarme. Cuando vuelvo, alguien ha pintado con espray rojo la palabra «Estirada» en mi colchón. También lo han escrito con letras más pequeñas en el cabecero y en la almohada. Miro a mi alrededor; el corazón me late con fuerza de la rabia.

Peter está detrás de mí, silbando mientras ahueca su almohada. Cuesta creer lo mucho que se puede odiar a alguien que parece tan amable; las cejas se le arquean de manera natural, y tiene una sonrisa amplia y blanca.

—Bonita decoración —comenta.

—¿Te he hecho algo de lo que no sea consciente? —pregunto; agarro la esquina de una sábana y la arranco del colchón—.

No sé si te habrás dado cuenta, pero ahora estamos en la misma facción.

—No sé de qué me hablas —responde en tono alegre antes de mirarme—. Y tú y yo nunca estaremos en la misma facción.

Sacudo la cabeza mientras le quito la funda a la almohada. «No te enfades», me digo. Él quiere que me altere; no lo conseguirá. A pesar de todo, cada vez que ahueca la almohada pienso en darle un puñetazo en la barriga.

Al entra y ni siquiera tengo que pedirle que me ayude; se limita a acercarse y ponerse a quitar las sábanas conmigo. Después habrá que restregar el cabecero. Al se lleva la pila de sábanas a la basura y después vamos juntos a la sala de entrenamiento.

—No le hagas caso —comenta—. Es un idiota y, si no te enfadas, al final parará.

—Sí —respondo, tocándome las mejillas, que siguen calientes después de haberse puesto rojas de rabia; intento distraerme—. ¿Has hablado con Will? —pregunto en voz baja—. Después de..., ya sabes.

—Sí, está bien, no está enfadado —responde él, suspirando—. Ahora siempre me recordarán como el primer tío que dejó K.O. a alguien.

—Hay peores formas de ser recordado. Al menos, no te fastidiarán.

—También hay mejores formas —dice; sonríe y me da un codazo—. Primera saltadora.

Aunque puede que fuera la primera saltadora, sospecho que ahí es donde empieza y acaba mi fama en Osadía.

Me aclaro la garganta.

—Uno de los dos tenía que acabar en el suelo, ya lo sabes. Si no hubiera sido él, habrías sido tú.

—De todos modos, no quiero volver a hacerlo —afirma, sacudiendo la cabeza demasiadas veces, demasiado deprisa; se sorbe los mocos—. De verdad que no.

—Pero tienes que hacerlo —respondo cuando llegamos a la puerta de la sala de entrenamiento.

Tiene una cara amable; quizá sea demasiado amable para Osadía.

Cuando entro, miro la pizarra. Ayer no tuve que luchar, pero hoy seguro que sí. Al ver mi nombre, me paro a media zancada.

Lucho contra Peter.

—Oh, no —dice Christina, que entra detrás de nosotros, arrastrando los pies.

Tiene la cara amoratada y parece que intenta no cojear; cuando ve la pizarra, hace una bola con el envoltorio de magdalena que lleva en la mano.

—¿Van en serio? —pregunta—. ¿De verdad esperan que luches contra él?

Peter es casi treinta centímetros más alto que yo, y, ayer, venció a Drew en menos de cinco minutos. Hoy, la cara de Drew es más negra y azulada que color carne.

—Quizá puedas dejar que te dé unas cuantas veces y fingir desmayarte —sugiere Al—. Nadie te culparía.

—Sí, puede —respondo.

Me quedo mirando mi nombre en la pizarra y vuelvo a notar calor en las mejillas. Al y Christina solo intentan ayudar, pero me preocupa el hecho de que no crean ni por una milésima de segundo que tengo posibilidades contra Peter.

Me quedo a un lado de la sala, medio escuchando su cháchara y observando a Molly luchar contra Edward. Él es mucho más rápido que ella, así que seguro que Molly no ganará esta vez.

Conforme avanza la pelea y se me pasa el enfado, empiezo a ponerme nerviosa. Cuatro nos dijo ayer que aprovecháramos las debilidades de nuestros adversarios, y, aparte de su absoluta falta de características agradables, Peter no tiene ninguna. Es lo bastante alto como para ser fuerte, pero no tanto como para resultar lento; se le da bien localizar los puntos débiles de los demás; es cruel y no mostrará piedad alguna. Aunque me gustaría decir que me subestima, lo cierto es que mentiría: soy tan poco hábil como sospecha.

Quizá Al tenga razón, quizá deba dejar que me golpee unas cuantas veces y fingir desmayarme.

Sin embargo, no me puedo permitir no intentarlo, acabaría la última.

Cuando Molly consigue levantarse del suelo, medio consciente gracias a Edward, me late tan deprisa el corazón que lo noto bajo la punta de los dedos. No recuerdo cómo levantarme. No recuerdo cómo golpear. Me acerco al centro de la arena y se me encoge el estómago cuando veo a Peter caminar hacia mí, más alto de lo que recordaba y con los músculos en posición de firmes. Me sonríe. Me pregunto si me servirá de algo vomitarle encima.

Lo dudo.

—¿Estás bien, estirada? Pareces a punto de llorar. A lo mejor no te doy fuerte si lloras.

Veo a Cuatro por encima del hombro de Peter, de pie junto a la puerta, con los brazos cruzados. Tiene los labios fruncidos, como si acabara de tragar algo ácido. A su lado está Eric, que da golpecitos con el pie en el suelo a una velocidad mayor que la de mi corazón.

Primero estamos los dos de pie, mirándonos y, un segundo después, Peter se lleva las manos a la altura de la cara, dobla los codos y hace lo mismo con las rodillas, como si estuviera listo para saltar.

—Venga, estirada —dice; le brillan los ojos—. Solo una lagrimita. O suplicar un poco.

La idea de suplicar a Peter hace que me suba la bilis y, siguiendo un impulso, le doy una patada en el costado... o se la habría dado si no me hubiera agarrado el pie para tirar de él y derribarme. Me doy de espaldas contra el suelo, libero el pie y me levanto como puedo.

Tengo que permanecer de pie para que no pueda darme una patada en la cabeza; es en lo único que puedo pensar.

—Deja de jugar con ella —suelta Eric—. No tengo todo el día.

La mirada traviesa de Peter desaparece. Mueve el brazo, y el dolor me apuñala la mandíbula y se me extiende por la cara, haciendo que lo vea todo negro por los bordes y que me piten los oídos. Parpadeo y me tambaleo con el movimiento de la habitación. No recuerdo haber visto venir su puño.

Estoy demasiado desequilibrada para hacer otra cosa que no sea apartarme de él todo lo que me permite la arena. Él corre hasta ponerse delante de mí y me da una fuerte patada en el estómago. Su pie me deja sin aliento y duele, duele tanto que no puedo respirar, o quizá eso sea por la patada, no lo sé. El caso es que me caigo.

Lo único que me pasa por la cabeza es: «Levántate». Lo hago, pero Peter ya está allí. Me agarra por el pelo con una mano y me da un puñetazo en la nariz con la otra. Este dolor es distinto, menos como una puñalada y más como un crujido, un crujido en el cerebro que me hace ver muchos colores: azul, verde, rojo... Intento apartarlo, le doy con las manos en los brazos y él vuelve a pegarme, esta vez en las costillas. Tengo la cara mojada. Me sangra la nariz. Más rojo, supongo, aunque estoy demasiado mareada para bajar la vista.

Me empuja, caigo otra vez y me araño las manos en el suelo. Parpadeo, me cuesta moverme, soy lenta y noto calor. Toso y me arrastro hasta ponerme en pie. La verdad es que debería quedarme tumbada, teniendo en cuenta las vueltas que me da la sala. Y Peter también da vueltas a mi alrededor; soy el centro de un planeta que gira en torno a sí mismo, lo único que no se mueve. Algo me da en el costado y estoy a punto de caer de nuevo.

«Levántate, levántate.»

Veo una masa sólida delante de mí, un cuerpo. Golpeo lo más fuerte que puedo y mi puño da contra algo blando. Peter apenas gruñe y me pega en la oreja con la palma de la mano mientra se ríe entre dientes. Oigo un pitido e intento parpadear para librarme de los puntos negros de los ojos; ¿cómo se me ha metido algo dentro?

Por el rabillo del ojo veo que Cuatro abre la puerta y sale. Al parecer, esta pelea no le interesa lo suficiente, o puede que vaya a averiguar por qué todo da vueltas como una peonza, y no lo culpo: a mí también me gustaría saberlo.

Me ceden las rodillas y noto el suelo frío bajo la mejilla. Algo me golpea el costado y grito por primera vez, un chillido agudo que pertenece a otra persona, no a mí, y algo vuelve a golpearme en el costado y ya no puedo ver nada, ni siquiera lo que tengo delante de la cara, la oscuridad.

—¡Suficiente! —grita alguien, y yo pienso: «Demasiado y nada en absoluto».

Cuando me despierto no siento mucho, aunque noto dormido el interior de la cabeza, como si estuviera lleno de bolitas de algodón.

Sé que perdí, y lo único que mantiene el dolor a raya es lo que hace que me cueste pensar con claridad.

—¿Todavía tiene el ojo negro? —pregunta alguien.

Abro un ojo; el otro permanece cerrado, como si me hubieran echado pegamento. Will y Al están sentados a mi derecha; Christina está sentada en la cama, a mi izquierda, con una bolsa de hielo sobre la mandíbula.

—¿Qué te ha pasado en la cara? —pregunto; noto los labios torpes y demasiado grandes.

—Mira quién habla —responde ella, entre risas—. ¿Te buscamos un parche?

—Bueno, ya sé qué le pasó a mi cara. Estaba allí. Más o menos.

—¿Acabas de hacer un chiste, Tris? —dice Will, sonriendo—. Deberíamos ponerte hasta arriba de analgésicos más a menudo, si así vas a ponerte a hacer bromas. Ah, y, en respuesta a tu pregunta: le di una paliza.

—No puedo creerme que no pudieras con Will —comenta Al, sacudiendo la cabeza.

—¿Qué? Es bueno —responde ella, encogiéndose de hombros—. Además, creo que por fin he aprendido a dejar de perder. Solo necesito evitar que la gente me dé puñetazos en la mandíbula.

—Bueno, lo suyo sería que te hubieras dado cuenta desde el principio —le dice Will, guiñándole un ojo—. Ahora sé por qué no estás en Erudición. No eres muy lista, ¿eh?

—¿Te sientes bien, Tris? —pregunta Al.

Tiene los ojos castaño oscuro, casi del mismo color que la piel de Christina, y las mejillas se le ven ásperas. Da la sensación de que tendría una barba espesa si no se afeitara. Cuesta creer que solo tenga dieciséis años.

—Sí —respondo—. Solo desearía poder quedarme aquí para siempre. Así no tendría que volver a ver a Peter.

Pero no sé dónde es «aquí». Estoy en una habitación grande y estrecha en la que hay una hilera de camas a cada lado. Algunas tienen cortinas. A la derecha del cuarto hay un puesto de enfermería. Debe de ser el sitio al que van los de Osadía cuando están enfermos o heridos. La mujer del puesto nos mira por encima de una tablilla con hojas. Nunca había visto a una enfermera con tantos *piercings* en la oreja. Algunos osados deben de presentarse voluntarios para hacer trabajos que, por tradición, realizan otras facciones. Al fin y al cabo, no tendría mucho sentido que alguien de aquí fuese hasta el hospital de la ciudad cada vez que se hace daño.

La primera vez que fui al hospital tenía seis años. Mi madre se había caído en la acera, delante de casa, y se había roto un brazo. Oír sus gritos me hizo romper a llorar, pero Caleb corrió a por mi padre sin decir palabra. En el hospital, una mujer de Cordialidad que tenía las uñas muy limpias y vestía una camiseta amarilla tomó la presión a mi madre y le colocó el hueso sin dejar de sonreír.

Recuerdo que Caleb le contó que solo tardaría un mes en curarse porque era una fractura fina. Creía que lo decía para tranquilizarla, porque eso hacen las personas altruistas, pero ahora me pregunto si no estaría repitiendo algo que había estudiado; si todas sus tendencias abnegadas no serían más que rasgos de Erudición disfrazados.

—No te preocupes por Peter —dice Will—. Al menos Edward le dio una paliza. Ese chico lleva practicando combate cuerpo a cuerpo desde que tenía diez años. Por diversión.

—Bien —dice Christina, mirando la hora—. Nos vamos a perder la cena. ¿Quieres que nos quedemos, Tris?

—Estoy bien —respondo, sacudiendo la cabeza.

Christina y Will se levantan, pero Al les hace un gesto para que vayan por delante. Tiene un olor muy característico, dulce y fresco, como a salvia y hierba limón. Cuando se mueve por la noche, me llega su aroma y sé que tiene una pesadilla.

—Solo quería decirte que te has perdido el anuncio de Eric: mañana vamos de excursión a la valla, a aprender cosas sobre los distintos trabajos de Osadía. Tenemos que estar en el tren a las ocho y cuarto.

—Bien, gracias.

—Y no hagas caso a Christina. Tu cara no está tan mal —afirma, sonriendo un poco—. Bueno, quiero decir que está bien, que siempre está bien. Quiero decir... Pareces valiente. Osada.

Sus ojos pasan rozando los míos, y se rasca la parte de atrás de la cabeza. El silencio crece entre nosotros. A pesar de haber dicho una cosa bonita, actúa como si significara algo más de lo que expresaban sus palabras, aunque espero equivocarme. Nunca me atraerá Al, no podría atraerme una persona tan frágil. Sonrío todo lo que me permite mi mejilla amoratada, con la esperanza de disipar la tensión.

—Debería dejarte descansar —dice, y se levanta para marcharse, pero, antes de que lo haga, lo agarro por la muñeca.

—Al, ¿estás bien? —pregunto; se me queda mirando, inexpresivo, y añado—: Es decir, ¿te resulta ya más fácil?

—Bueno..., un poco —responde, encogiéndose de hombros.

Se suelta y mete la mano en el bolsillo. La pregunta debe de haberlo avergonzado, porque nunca lo había visto tan rojo. Si yo me pasara las noches sollozando en la almohada, también me avergonzaría un poco. Al menos yo sé cómo disimular cuando lloro.

—Perdí con Drew después de que tú perdieras con Peter —comenta, mirándome—. Recibí unos cuantos golpes, caí y me quedé en el suelo, aunque no tenía por qué hacerlo. Supongo... Supongo que, como derribé a Will, si pierdo con todos los demás no acabaré el último, y así no tendré que volver a hacer daño a nadie.

—¿Es eso lo que quieres?

—Es que no puedo hacerlo —responde, bajando la mirada—. Quizá signifique que soy un cobarde.

—No eres un cobarde simplemente por no querer hacer daño a los demás —respondo, porque sé que es lo correcto, aunque no estoy segura de pensarlo realmente.

Los dos guardamos silencio un momento, mirándonos. Quizá sí que lo piense. Si es un cobarde, no es porque no disfrute causando dolor, sino porque se niega a actuar.

—¿Crees que nos visitarán nuestras familias? —pregunta con cara de pena—. Dicen que las familias de los trasladados nunca aparecen el Día de Visita.

—No lo sé —respondo—. No sé si sería bueno o malo que vinieran.

—Creo que malo —dice, asintiendo con la cabeza—. Sí, ya es difícil de por sí.

Vuelve a asentir, como si confirmara lo que ha dicho, y se aleja.

En menos de una semana, los iniciados de Abnegación podrán visitar a sus familias por primera vez desde la Ceremonia de la Elección. Se irán a casa, se sentarán en sus salas de estar e interactuarán con sus padres como adultos por primera vez.

Antes esperaba con ansia ese día; pensaba en qué les diría cuando me permitieran hacerles preguntas en la mesa.

En menos de una semana, los iniciados nacidos en Osadía se

encontrarán con sus familias en el Pozo o en el edificio de cristal sobre el complejo y harán lo que hagan los de Osadía cuando se reúnen. Quizá se turnen para lanzarse cuchillos a la cabeza, no me sorprendería.

Y los iniciados trasladados con padres comprensivos también podrán volver a verlos. Sospecho que los míos no estarán entre ellos, no después del grito de rabia de mi padre en la ceremonia. No después de que sus dos hijos los abandonaran.

A lo mejor me habrían comprendido de haber podido contarles que era una divergente y que no sabía bien qué elegir. A lo mejor me habrían ayudado a averiguar qué es un divergente y qué significa, y por qué es peligroso. Pero no les confié mi secreto, así que nunca lo sabré.

Aprieto los dientes cuando noto llegar las lágrimas. Estoy harta, estoy harta de lágrimas y debilidad, aunque no hay mucho que pueda hacer para evitarlas.

Quizá durmiera o quizá no. Sin embargo, aquella misma noche, más tarde, salí del cuarto y volví al dormitorio. Lo único peor que permitir que Peter me metiera en el hospital era permitir que me dejara allí dentro una noche entera.

CAPÍTULO ONCE

A la mañana siguiente no oigo la alarma, los pies que se arrastran ni las conversaciones de los otros iniciados que se preparan para salir. Me despierto cuando Christina me sacude el hombro con una mano y me da en la mejilla con la otra. Ya se ha puesto una chaqueta negra con la cremallera subida hasta el cuello. Si tiene moratones de la pelea de ayer, su piel oscura hace que resulte difícil verlos.

—Vamos, a por ellos —me dice.

He soñado que Peter me ataba a una silla y me preguntaba si era divergente. Yo respondía que no, y él me golpeaba hasta que decía que sí. Me he despertado con las mejillas mojadas.

Quería decir algo, pero solo consigo gruñir. Me duele tanto el cuerpo que me cuesta hasta respirar, y no ayuda que el ataque de llanto de esta noche me haya hinchado los ojos. Christina me ofrece una mano.

El reloj marca las ocho; se supone que tenemos que estar en las vías a las ocho y cuarto.

—Iré corriendo a por el desayuno para las dos. Tú... prepárate. Parece que vas a tardar un poco.

Gruño. Intentando no doblar la cintura, rebusco en el cajón de debajo de la cama hasta que encuentro una camiseta limpia. Por suerte, Peter no está aquí para verme; cuando Christina se va, el dormitorio se queda vacío.

Me desabrocho la camisa y me quedo mirando el costado, que está salpicado de moratones. Durante un segundo me quedo hipnotizada con los colores: verde brillante, azul intenso y marrón. Me cambio lo más deprisa que puedo y me dejo el pelo suelto porque no consigo levantar los brazos lo suficiente para recogerlo.

Me miro en el espejito de la pared de atrás y veo a una desconocida. Es rubia, como yo, con una cara delgada, como la mía, pero ahí termina el parecido. Yo no tengo un ojo negro, ni un labio partido, ni una mandíbula amoratada. Yo no estoy blanca como la pared. Es imposible que esa chica sea yo, aunque nos movamos a la vez.

Cuando llega Christina con una magdalena en cada mano, yo estoy sentada en el borde de la cama mirándome los zapatos. Tendré que agacharme para atar los cordones. Me dolerá cuando me agache.

Sin embargo, Christina me pasa una magdalena y se agacha delante de mí para atarme los cordones. Noto en el pecho una punzada de gratitud, de calor y algo parecido al dolor; quizá todos llevemos dentro un abnegado, aunque no lo sepamos.

Bueno, todos salvo Peter.

—Gracias.

—Bueno, no vamos a llegar a tiempo si te los atas tú —responde—. Venga. Puedes comer y caminar a la vez, ¿no?

Caminamos a toda prisa hacia el Pozo. La magdalena es de plátano y nueces. Mi madre hacía este tipo de cosas para los abandonados, pero nunca llegué a probarlas, en esos momentos ya era demasiado mayor para mimos. Sin hacer caso del pellizco de dolor que noto en el estómago cada vez que pienso en mi madre, voy medio corriendo, medio andando detrás de Christina, que se olvida de que sus piernas son más largas que las mías.

Subimos los escalones que llevan del Pozo al edificio de cristal que hay encima y corremos hacia la salida. Cada vez que piso el suelo noto una puñalada en las costillas, pero no le presto atención. Llegamos a las vías justo cuando aparece el tren, haciendo sonar el claxon.

—¿Por qué habéis tardado tanto? —grita Will.

—La señorita piernas cortas se ha transformado en una ancianita de la noche a la mañana —responde Christina.

—Cállate ya —le digo, medio en broma.

Cuatro está delante del grupo, tan cerca de las vías que, si se mueve un par de centímetros, el tren le arrancará la nariz. Da un paso atrás para dejar que algunos de los otros suban primero. Will se sube al vagón sin mayor dificultad, aterriza sobre el estómago y arrastra las piernas hasta el interior. Cuatro se agarra al asidero del lateral del vagón y se impulsa con elegancia, como si no tuviera que llevar consigo más de metro ochenta de cuerpo.

Corro junto al vagón con una mueca en la cara, aprieto los dientes y me agarro al asidero del lateral. Esto va a doler.

Al me sujeta bajo cada brazo y me mete en el vagón como si no pesara nada. Me duele el costado, aunque solo un segundo. Veo a Peter detrás de él y me pongo roja. Al intentaba ser amable, así que le sonrío, aunque me gustaría que los demás no quisieran ser tan amables conmigo. Como si Peter no tuviera ya suficiente munición...

—¿Cómo va eso? —pregunta Peter, fingiendo simpatía: los labios torcidos hacia abajo, las cejas arqueadas y juntas—. ¿O notas los músculos un poco... estirados?

Se ríe de su propia broma, y Molly y Drew lo imitan. Molly tiene una risa fea, llena de ronquidos y movimientos de hombros, y Drew ríe en silencio, casi como si le doliera algo.

—Tu increíble ingenio nos tiene asombrados a todos —comenta Will.

—Sí, ¿seguro que no deberías estar con los de Erudición, Peter? —añade Christina—. He oído que no les importa aceptar a los gallinas.

Cuatro, que está junto a la puerta, habla antes de que Peter pueda responder.

—¿Voy a tener que aguantar vuestras tonterías hasta que lleguemos a la valla?

Todos se callan, y Cuatro se vuelve hacia el exterior. Se sujeta a los asideros de ambos lados con los brazos extendidos y se inclina hacia delante de modo que su cuerpo quede prácticamente fuera del vagón, aunque tenga los pies dentro. El viento le aprieta la camiseta contra el pecho. Intento mirar más allá de él para ver el paisaje: un mar de edificios en ruinas y abandonados que se hacen cada vez más pequeños.

Sin embargo, cada pocos segundos vuelvo a mirar a Cuatro. No sé qué espero ver o qué me gustaría ver, si es que espero o quiero ver algo, pero lo hago sin pensar.

—¿Qué crees que habrá ahí fuera? —pregunto a Christina, señalando a la puerta—. Vamos, al otro lado de la valla.

—Supongo que unas cuantas granjas —responde, encogiéndose de hombros.

—Sí, pero me refiero a... más allá de las granjas. ¿De qué protegemos a la ciudad?

—¡De monstruos! —responde, moviendo los dedos delante de mi cara.

Pongo los ojos en blanco.

—No hemos tenido guardias cerca de la valla hasta hace cinco años —dice Will—. ¿No recuerdas que los polis de Osadía patrullaban el sector de los abandonados?

—Sí —respondo.

También recuerdo que mi padre fue uno de los que votó a favor de que los osados dejaran el sector de los abandonados. Decía que los pobres no necesitaban policías, sino ayuda, y eso se lo podíamos dar nosotros. Pero no quiero mencionarlo ahora, ni aquí. Es una de las muchas cosas que los de Erudición usan para probar la incompetencia de los abnegados.

—Oh, claro —comenta Will—, supongo que los verías mucho.

—¿Por qué lo dices? —pregunto, quizá con un tono demasiado cortante, ya que no quiero que me asocien demasiado con los abandonados.

—Porque tenías que pasar por ese sector para ir a clase, ¿no?

—¿Qué hiciste? ¿Memorizar el mapa de la ciudad por gusto? —pregunta Christina.

—Sí —responde él, perplejo—. ¿Tú no?

El tren frena con un chirrido y todos caemos hacia delante con el cambio de velocidad. Me alegro del movimiento, hace que me resulte más fácil levantarme. Los edificios destartalados han desaparecido, solo vemos campos amarillos y vías. El tren se detiene bajo un toldo. Me apeo y piso la hierba sujetándome al asidero para no caerme.

Delante de mí hay una valla metálica con alambre de espino encima. Cuando empiezo a caminar me doy cuenta de que se pierde a lo lejos, perpendicular al horizonte. Más allá hay un grupo de árboles, casi todos muertos, algunos verdes. Arremolinados al otro lado de la valla hay unos cuantos guardias armados de Osadía.

—Seguidme —dice Cuatro.

Me quedo cerca de Christina. No quiero reconocerlo, ni siquiera a mí misma, pero me siento más tranquila a su lado. Si Peter intenta provocarme, ella me defenderá.

Me regaño en silencio por ser tan cobarde. Los insultos de Peter no deberían preocuparme, debería concentrarme en mejorar en combate, no en lo mal que lo hice ayer. Además, aunque no sea capaz de lograrlo, debería estar por lo menos dispuesta a defenderme, en vez de confiar en que los demás lo hagan por mí.

Cuatro nos conduce a la puerta, que es tan ancha como una casa y se abre a la carretera agrietada que conduce a la ciudad. Cuando vine aquí con mi familia, de pequeña, fuimos en un autobús por esta carretera más allá, hasta las granjas de Cordialidad, donde pasamos el día recolectando tomates y sudando a chorros.

Otro pellizco en el estómago.

—Si no quedáis entre los cinco primeros al final de la iniciación, seguramente acabaréis aquí —explica Cuatro al llegar a la puerta—. Una vez que te conviertes en guardia, hay posibilidades de ascender, pero no muchas. Puede que vayáis de patrulla más allá de las granjas de Cordialidad, pero...

—¿Qué objetivo tienen las patrullas? —pregunta Will.

—Supongo que lo descubrirás si te encuentras en una de ellas —responde Cuatro, encogiéndose de hombros—. Como iba diciendo, normalmente, los que de jóvenes vigilan la valla siguen haciéndolo hasta el final. Si eso os consuela, algunos insisten en que no es tan malo como parece.

—Sí, al menos no conduciremos autobuses ni limpiaremos la porquería de los demás, como los abandonados —me susurra Christina al oído.

—¿Cuál fue tu puesto en la clasificación? —pregunta Peter a Cuatro.

Aunque esperaba que no contestase, el instructor mira a los ojos a Peter y responde:

—Fui el primero.

—¿Y elegiste hacer esto? —pregunta de nuevo Peter, con ojos como platos, redondos y verde oscuro; me parecerían inocentes si no supiera lo mala persona que es—. ¿Por qué no fuiste a trabajar para el gobierno?

—No quise —responde él sin más.

Recuerdo lo que dijo el primer día, lo de trabajar en la sala de control, desde la que los osados supervisan la seguridad de la ciudad. Me resulta difícil imaginarlo allí, rodeado de ordenadores. En mi opinión, su sitio está en la sala de entrenamiento.

En el colegio nos enseñan cuáles son los trabajos de las facciones. Los de Osadía tienen unas opciones muy limitadas: podemos proteger la valla o trabajar en la seguridad de la ciudad; podemos trabajar en el complejo de Osadía haciendo tatuajes, fabricando armas o incluso luchando entre nosotros por diversión; o podemos trabajar para los líderes de la facción. Me parece la alternativa más viable.

El único problema es que mi puesto en la clasificación es horrible y podría quedarme sin facción al final de la primera etapa.

Nos detenemos al lado de la puerta, y unos cuantos guardias nos miran, aunque no muchos; están demasiado ocupados tirando de las puertas (que son el doble de altas que ellos y varias veces más anchas) para dejar pasar un camión.

El hombre que lo conduce tiene sombrero, barba y esboza una sonrisa. Se detiene al entrar y sale del vehículo. La parte de atrás está abierta, y en ella, sobre las pilas de cajas, van sentados unos cuantos cordiales. Me asomo a las cajas: llevan manzanas.

—¿Beatrice? —dice un chico de Cordialidad.

Me vuelvo al oír mi nombre. Uno de los cordiales del camión se levanta, tiene pelo rubio rizado y una nariz familiar, ancha en la punta y estrecha en el puente: Robert. Intento recordarlo en la Ceremonia de la Elección y no me viene nada a la cabeza salvo lo mucho que me palpitaban los oídos. ¿Quién más se trasladó? ¿Susan? ¿Habrá algún iniciado de Abnegación este año? Si Abnegación se consume es culpa nuestra, de Robert, de Caleb y mía. Mía. Me quito la idea de la cabeza.

Robert salta del camión. Lleva una camiseta gris y unos vaqueros azules. Tras un segundo de vacilación, se acerca y me abraza. Me pongo rígida, solo los de Cordialidad se abrazan para saludarse. No muevo ni un músculo hasta que me suelta.

Se le desdibuja la sonrisa cuando vuelve a mirarme.

—Beatrice, ¿qué te ha pasado? ¿Qué le ha pasado a tu cara?

—Nada, es el entrenamiento. Nada.

—¿Beatrice? —repite una voz gangosa a mi lado; es Molly, que se cruza de brazos y se ríe—. ¿Ese es tu verdadero nombre, estirada?

—¿De dónde creías que venía Tris? —respondo, mirándola.

—Ah, no sé..., ¿de enclenque? —pregunta, y se lleva la mano a la barbilla; si su barbilla fuera más grande, compensaría el tamaño de su nariz, pero es pequeña y prácticamente retrocede hasta su cuello—. No, espera, eso no empieza por Tris, perdona.

—No es necesario molestarla —dice Robert con voz tranquila—. Soy Robert, ¿y tú?

—Alguien a quien no le importa tu nombre —responde ella—. ¿Por qué no vuelves a tu camión? Se supone que no debemos confraternizar con los miembros de las otras facciones.

—¿Y por qué no te largas tú? —le suelto.

—Claro, no quiero interponerme entre tu novio y tú —responde, y se marcha sonriendo.

—No parecen muy simpáticos —comenta Robert, mirándome con cara de tristeza.

—Algunos no lo son.

—Podrías volver a casa, ¿sabes? Seguro que Abnegación haría una excepción contigo.

—¿Y qué te hace pensar que quiero volver a casa? —pregunto, con las mejillas rojas—. ¿Crees que no soy capaz de soportar esto o qué?

—No es eso —responde, sacudiendo la cabeza—. No es que no puedas, es que no deberías tener que hacerlo. Deberías ser feliz.

—Esto es lo que he elegido. Esto.

Miro por encima del hombro de Robert. Los guardias de Osadía parecen haber terminado de examinar el camión. El hombre barbudo vuelve a sentarse en el asiento del conductor y cierra la puerta.

—Además, Robert, mi objetivo en la vida no es simplemente... ser feliz.

—Vale, pero ¿no sería más fácil?

Antes de poder responder, me toca el hombro y se vuelve hacia el camión. Una de las chicas tiene un banjo en el regazo y se pone a tocarlo mientras Robert sube. Después, el camión arranca y se lleva consigo los sonidos del banjo y los gorgoritos de la chica.

Robert se despide con la mano, y de nuevo me imagino otra posible vida: me veo en la parte de atrás del camión, cantando con la chica, aunque no he cantado jamás, riéndome cuando desafino, subiendo a los árboles para recolectar las manzanas, siempre en paz y siempre a salvo.

Los guardias cierran la puerta y la bloquean. El cerrojo está en el exterior. Me muerdo el labio. ¿Por qué la querrán cerrar desde fuera y no desde dentro? Más que evitar que entre algo, es como si no quisieran que saliéramos.

Me quito la idea de la cabeza porque no tiene sentido.

Cuatro se aleja de la valla, donde estaba hablando con una guardia que se apoyaba el arma en el hombro.

—Me preocupa que tengas cierta tendencia a tomar malas decisiones —comenta cuando llega a medio metro de mí.

—Ha sido una conversación de dos minutos —respondo, cruzándome de brazos.

—No creo que por ser más corta resulte menos mala.

Frunce el ceño y me toca el rabillo del ojo morado con la punta de los dedos. Echo la cabeza atrás, pero no aparta la mano, sino que ladea la cabeza y suspira.

—Si aprendieras a atacar primero, quizá lo harías mejor, ¿sabes?

—¿Atacar primero? ¿Y de qué me va a servir?

—Eres rápida. Si consigues dar unos cuantos golpes buenos antes de que sepan lo que está pasando, podrías ganar —responde; se encoge de hombros y deja caer la mano.

—Me sorprende que lo sepas —comento en voz baja—, teniendo en cuenta que te largaste a la mitad de mi única pelea.

—No era algo que deseara ver.

«¿Qué se supone que significa eso?»

—Parece que ya ha llegado el siguiente tren —añade, tras aclararse la garganta—. Hora de irse, Tris.

CAPÍTULO DOCE

Me arrastro por el colchón y suspiro. Hace dos días de mi pelea con Peter, y los moratones se me están poniendo entre azules y morados. Me he acostumbrado al dolor cada vez que me muevo, aunque todavía me queda bastante para curarme del todo.

Aunque sigo herida, he tenido que volver a luchar hoy. Por suerte, esta vez me tocó contra Myra, que no podría dar un buen puñetazo ni con alguien moviéndole el brazo. Conseguí darle antes de que pasaran dos minutos. Se cayó al suelo y estaba demasiado mareada para volver a levantarse. Debería sentirme como una triunfadora, pero no hay nada triunfal en pegar a una chica como Myra.

En cuanto mi cabeza toca la almohada, la puerta del dormitorio se abre y un grupo de personas entra corriendo en la habitación con linternas. Me siento y estoy a punto de darme en la cabeza contra la estructura de la litera; fuerzo la vista a oscuras para enterarme de lo que sucede.

—¡Todos arriba! —ruge alguien.

Una linterna se enciende detrás de su cabeza y se refleja en los anillos de las orejas: Eric. A su alrededor hay otros osados, algunos los conozco del Pozo, otros no los había visto nunca. Cuatro está entre ellos.

Me mira a los ojos y no los mueve de ahí. Le devuelvo la mirada y se me olvida que, a mi alrededor, el resto de trasladados salen de la cama.

—¿Te has quedado sorda, estirada? —me dice Eric, así que salgo de mi estupor y me quito las mantas de encima.

Me alegra dormir vestida, porque Christina está al lado de nuestra litera y solo lleva puesta una camiseta; tiene las piernas al aire. Se cruza de brazos y mira a Eric. De repente, me gustaría ser capaz de mirar con tanto descaro a alguien estando prácticamente desnuda, pero sé que nunca lo conseguiré.

—Tenéis cinco minutos para vestiros y reuniros con nosotros junto a las vías —dice Eric—. Vamos a hacer otra excursión.

Me meto los zapatos y salgo corriendo, poniendo muecas, detrás de Christina, camino del tren. Una gota de sudor me cae por la nuca mientras subimos por los senderos que recorren las paredes del Pozo, apartando a los miembros a nuestro paso. No parecen sorprendidos de vernos. Me pregunto cuánta gente frenética y a la carrera verán cada semana.

Llegamos a las vías justo detrás de los iniciados nacidos en Osadía. Al lado de las vías hay una pila negra; distingo un grupo de cañones largos y seguros de arma.

—¿Vamos a disparar a algo? —me dice Christina entre dientes al oído.

Al lado de la pila hay cajas de lo que parece ser munición. Me acerco un poco más para leer una; en la caja pone: «balas de pintura».

No había oído hablar de ellas, pero el nombre se explica solo. Me río.

—¡Que todo el mundo elija un arma! —grita Eric.

Corremos a la pila. Soy la que está más cerca, así que agarro la primera que encuentro, que pesa bastante, aunque no tanto como para no ser capaz de levantarla, y me llevo también una caja de balas de pintura. Me meto la caja en el bolsillo y me cuelgo el fusil a la espalda de modo que la correa me cruce el pecho.

—¿Hora de llegada? —pregunta Eric a Cuatro.

—En cualquier momento —responde este, mirando el reloj—. ¿Cuánto tiempo piensas tardar en aprenderte el horario de los trenes?

—¿Para qué me lo voy a aprender si te tengo a ti para recordármelo? —responde Eric, empujándole el hombro.

Un círculo de luz aparece a mi izquierda, lejos. Crece cada vez más conforme se acerca, iluminándole un lado de la cara a Cuatro y formando una sombra en el pequeño hueco bajo su pómulo.

Es el primero en subir al tren, así que corro detrás de él sin esperar a que Christina, Will y Al me sigan. Cuatro se vuelve cuando voy paralela al vagón y me ofrece una mano. La acepto y él tira de mí para meterme en el tren. Hasta los músculos de su antebrazo están tensos y definidos.

Me suelto rápidamente, sin mirarlo, y me siento al otro lado del vagón.

Una vez estamos todos dentro, Cuatro dice:

—Nos dividiremos en dos equipos para jugar a capturar la

bandera. Cada equipo tendrá una mezcla equitativa de miembros, tanto iniciados de Osadía como trasladados. Un equipo saldrá primero y buscará un sitio en el que esconder la bandera. Después, un segundo equipo saldrá y hará lo mismo. —El vagón se balancea y Cuatro se aferra al lateral de la puerta para no caer—. Es una tradición de Osadía, así que os sugiero que os la toméis en serio.

—¿Qué nos dan si ganamos? —grita alguien.

—Es la clase de pregunta que haría alguien de fuera de la facción —responde Cuatro, arqueando una ceja—. La victoria, por supuesto.

—Cuatro y yo seremos los capitanes de los equipos —dice Eric, y mira a Cuatro—. Primero vamos a dividir a los trasladados, ¿no?

Echo la cabeza atrás. Si van a elegirnos, me quedaré la última, lo noto.

—Tú primero —ofrece Cuatro.

—Edward —dice Eric, encogiéndose de hombros.

Cuatro se apoya en el marco de la puerta y asiente con la cabeza. La luz de la luna hace que le brillen los ojos. Examina un instante al grupo de trasladados, sin mirada calculadora, y dice:

—Quiero a la estirada.

Unas débiles risas de fondo se oyen por el tren, y noto calor en las mejillas. No sé si enfadarme con la gente que se ríe de mí o sentirme halagada por que me haya elegido la primera.

—¿Es que quieres probar algo? —pregunta Eric con su característica sonrisa de suficiencia—. ¿O es que eliges a los débiles para poder echarles la culpa si pierdes?

134

—Algo así —responde Cuatro, encogiéndose de hombros.

Enfadada. Debería estar enfadada, sin duda. Frunzo el ceño y me miro las manos. Sea cual sea la estrategia de Cuatro, se basa en la idea de que soy más débil que el resto de los iniciados, y eso hace que note un sabor amargo en la boca. Tengo que demostrar que se equivoca, tengo que hacerlo.

—Te toca —dice Cuatro.

—Peter.

—Christina.

Eso supone un error en su estrategia, ya que Christina no es de los débiles. ¿Qué está haciendo exactamente?

—Molly.

—Will —dice Cuatro mientras se muerde la uña del pulgar.

—Al.

—Drew.

—Solo queda Myra, así que se queda conmigo —concluye Eric—. Ahora, los iniciados nacidos en Osadía.

Dejo de prestar atención cuando terminan con nosotros. Si Cuatro no intenta probar nada eligiendo a los débiles, ¿qué pretende? Miro a cada una de las personas que ha seleccionado. ¿Qué tienen en común?

Cuando ya llevan la mitad de los iniciados de Osadía, empiezo a imaginar de qué se trata. Salvo Will y un par más, todos compartimos el mismo tipo de cuerpo: hombros estrechos, figuras pequeñas. Por el contrario, la gente del equipo de Eric es ancha y fuerte. Ayer, Cuatro me dijo que era rápida, así que seremos más rápidos que el equipo de Eric, lo que supongo que irá bien para capturar la bandera. No he jugado nunca, pero sé que es un juego de velocidad, más que de fuerza bruta. Me tapo la boca para ocultar la sonrisa; puede que Eric sea más despiadado que Cuatro, pero Cuatro es más listo.

Terminan de hacer los equipos, y Eric dedica una sonrisita a Cuatro.

—Tu equipo puede salir segundo —dice.

—No me hagas favores —contesta Cuatro, y sonríe un poco—. Sabes que no los necesito para ganar.

—No, sé que perderás salgas cuando salgas —responde Eric, mordiéndose brevemente uno de los anillos del labio—. Llévate a tu escuálido equipo y sal primero, si quieres.

Todos nos levantamos. Al me echa una mirada de desamparo, y yo sonrío de una forma que, espero, lo consuele. Si uno de nosotros cuatro tenía que acabar en el equipo de Eric, Peter y Molly, me alegro de que sea él; normalmente lo dejan en paz.

El tren está a punto de bajar a nivel del suelo y estoy decidida a caer de pie.

Justo antes de saltar, alguien me empuja en el hombro y estoy a punto de caer de bruces del vagón. No miro atrás para ver quién es, si Molly, Drew o Peter, da igual. Antes de que puedan volver a intentarlo, salto y, esta vez, estoy lista para el impulso que me da el tren y corro unos cuantos pasos para gastarlo, pero consigo mantener el equilibrio. Un placer feroz me recorre el cuerpo y sonrío. Aunque es un pequeño logro, me hace sentir osada.

Uno de los iniciados nacidos en la facción toca el hombro de Cuatro y pregunta:

—Cuando ganó tu equipo, ¿dónde pusisteis la bandera?

—Decírtelo acabaría con el espíritu del ejercicio, Marlene —responde él, frío.

—Venga, Cuatro —se queja ella, echándole una sonrisa coqueta.

Él se quita la mano de la chica del brazo y, por algún motivo, no puedo reprimir una sonrisa.

—En Navy Pier —grita otro de los iniciados de Osadía; es alto, de piel y ojos oscuros, guapo—. Mi hermano estaba en el equipo ganador, escondieron la bandera en el carrusel.

—Pues vamos allí —sugiere Will.

Nadie pone objeciones, así que caminamos hacia el este, hacia el pantano que antes era un lago. De joven intentaba imaginar cómo sería el lago, sin una valla construida dentro del lodo para mantener la ciudad a salvo, pero resulta difícil imaginar tanta agua en un solo lugar.

—Estamos cerca de la sede de Erudición, ¿verdad? —pregunta Christina, dándole a Will en el hombro con el suyo.

—Sí, al sur de aquí —responde; mira atrás y, por un instante, se le ve la nostalgia en la cara, aunque la expresión desaparece pronto.

Estoy a menos de dos kilómetros de mi hermano, hace una semana que no estamos tan cerca. Sacudo la cabeza un poco para quitarme la idea, porque hoy no puedo pensar en él, tengo que concentrarme en superar la primera etapa. No debo pensar en él ningún día.

Cruzamos el puente. Todavía necesitamos los puentes, ya que el lodo que hay debajo está demasiado húmedo para caminar por él. Me pregunto cuánto tiempo hace que se secó el río.

Una vez al otro lado, la ciudad cambia: detrás de nosotros casi todos los edificios están en uso, e incluso los que no lo están parecen bien cuidados. Delante de nosotros hay un mar de hormigón en ruinas y cristales rotos. El silencio de esta parte de la ciudad es espeluznante, como una pesadilla. Cuesta ver por dónde voy porque ya han pasado las doce de la noche y todas las luces de la ciudad están apagadas.

Marlene saca una linterna e ilumina con ella la calle que tenemos delante.

—¿Te da miedo la oscuridad, Mar? —la pincha el iniciado de Osadía, el de los ojos oscuros.

—Si quieres pisar cristales rotos, Uriah, tú mismo —responde ella, aunque la apaga de todos modos.

Me he dado cuenta de que una parte de ser osado consiste en estar dispuesto a ponerte las cosas más difíciles con tal de valerte por ti mismo. No hay nada especialmente audaz en caminar por calles oscuras sin linterna, pero se supone que no necesitamos ayuda, ni siquiera de la luz. Se supone que somos capaces de cualquier cosa.

Eso me gusta, porque puede que un día no haya linterna, ni pistola, ni mano que nos guíe, y quiero estar preparada.

Los edificios acaban justo antes del pantano. Una franja de tierra se mete en el lodo y de ella sobresale una gigantesca rueda blanca con docenas de vagones rojos colgados a intervalos regulares: la noria.

—Pensad en ello: la gente se subía a esa cosa por diversión —comenta Will, sacudiendo la cabeza.

—Debían de ser osados —respondo.

—Sí, aunque una versión muy mala de los osados —dice

Christina entre risas—. Las norias de Osadía no tendrían vagones, habría que colgarse de las manos y tener buena suerte.

Avanzamos por el lateral del muelle. Todos los edificios de mi izquierda están vacíos, han quitado los carteles y cerrado los escaparates, pero es un vacío limpio. El que abandonara estos lugares lo hizo por elección y con tiempo. Otros sitios de la ciudad no tienen ese aspecto.

—Te reto a saltar al pantano —le dice Christina a Will.

—Tú primero.

Llegamos al carrusel. Algunos de los caballitos están arañados y desgastados, con las colas rotas o las sillas descascarilladas. Cuatro saca la bandera del bolsillo.

—Dentro de diez minutos, el otro equipo elegirá su ubicación —dice—. Sugiero que aprovechéis este tiempo para elaborar una estrategia. Puede que no seamos eruditos, pero la preparación mental forma parte de vuestra formación. Incluso podría decirse que es el aspecto más importante.

En eso tiene razón: ¿de qué sirve un cuerpo preparado si la mente está dispersa?

Will se lleva la bandera y contesta:

—Algunos deberían quedarse aquí a protegerla y otros deberían ir a ver dónde está el otro equipo.

—¿Sí? ¿Tú crees? —dice Marlene, quitándole la bandera—. ¿Quién te ha puesto al mando, trasladado?

—Nadie, pero alguien tiene que hacerlo.

—A lo mejor deberíamos desarrollar una estrategia más defensiva, esperar a que vengan y acabar con ellos —sugiere Christina.

—Eso es de gallinas —responde Uriah—. Voto que salgamos todos. Que escondamos bien la bandera para que no puedan encontrarla.

Todos se ponen a hablar a la vez, subiendo la voz con cada segundo que pasa. Christina defiende el plan de Will; los iniciados nacidos en Osadía votan por el ataque; todos discuten sobre quién debe tomar la decisión. Cuatro se sienta al borde del carrusel y apoya la espalda en la pata de un caballo de plástico. Eleva los ojos al cielo, donde no hay estrellas, sino solo una luna redonda asomándose a través de una fina capa de nubes. Tiene los músculos del brazo relajados y las manos en la nuca. Casi parece cómodo ahí tirado, con el fusil al hombro.

Cierro los ojos un momento. ¿Por qué me distrae tanto? Tengo que concentrarme.

¿Qué diría yo si pudiera hacerme oír por encima del aluvión de comentarios maliciosos que tengo detrás? No podemos actuar hasta saber dónde está el otro equipo. Podrían estar en cualquier parte, dentro de un radio de dos o tres kilómetros, aunque no se puede descartar el pantano vacío. La mejor forma de localizarlos no es discutir sobre cómo buscarlos o sobre a cuántos hay que enviar en la partida de búsqueda.

Lo mejor es trepar al punto más alto posible.

Vuelvo la vista atrás para asegurarme de que nadie me mira. No lo hacen, así que me acerco a la noria con pasos ligeros y silenciosos, apretándome el arma contra la espalda para que no haga ruido.

Cuando levanto la vista para observar la noria desde abajo, se me contrae la garganta. Es más alta de lo que pensaba, tan alta que apenas veo los vagones que se balancean en lo alto. Lo único bueno de su altura es que está fabricada para soportar peso; si la trepo, no se me caerá encima.

Me late más fuerte el corazón: ¿estaré preparada para arriesgar la vida por esto, para ganar un juego de los osados?

Está tan oscuro que apenas los veo, pero, cuando miro los enormes soportes oxidados que sujetan la noria, localizo los travesaños de una escalera. Tiene el ancho de mis hombros y no hay barandilla a la que agarrarse, pero subir una escalera es mucho mejor que trepar por los radios de la rueda.

Me agarro a un travesaño. Está oxidado, es fino y da la impresión de que se me hará pedazos entre las manos. Pongo todo mi peso sobre el más bajo para probarlo y salto para asegurarme de que resiste. El movimiento hace que me duelan las costillas, y hago una mueca.

—Tris —dice una voz grave detrás de mí.

No sé por qué no me asusta, quizá porque me estoy convirtiendo en osada y estar siempre preparada es algo que se supone debo desarrollar. Quizá sea porque su voz es grave, suave y casi tranquilizadora. Sea lo que sea, miro atrás y veo a Cuatro detrás de mí con el arma cruzada a la espalda, como la mía.

—¿Sí?

—He venido a ver qué crees que estás haciendo.

—Busco un punto más alto. No es que crea nada.

—Vale —responde, y lo veo sonreír—. Voy contigo.

Me paro a pensar un segundo. No me mira como a veces lo hacen Will, Christina y Al: como si yo fuera demasiado pequeña y débil para servir de algo, y por eso les diera lástima. Sin embargo, si insiste en ir conmigo seguramente sea porque duda de mí.

—Puedo hacerlo sola.

—Eso está claro —contesta; no noto ningún sarcasmo, pero sé que está ahí, tiene que estar ahí.

Trepo y, cuando estoy a un par de metros del suelo, me sigue. Se mueve más deprisa que yo y pronto llega con las manos a los travesaños que dejan mis pies.

—Bueno, dime... —comenta en voz baja mientras subimos; parece sin aliento—, ¿cuál crees que es el objetivo de este ejercicio? Del juego, quiero decir, no de trepar.

Miro abajo, al pavimento. Parece muy lejos, aunque todavía no llevo ni un tercio de la subida. Sobre mí hay una plataforma, justo bajo el centro de la rueda: ese es mi destino. Ni siquiera quiero pensar en cómo voy a bajar. La brisa que antes me acariciaba las mejillas ahora me sopla en el costado y, cuanto más subamos, más fuerte soplará. Tengo que estar preparada.

—Aprender sobre estrategia —respondo—. Puede que trabajo en equipo.

—Trabajo en equipo —repite, y le surge una risa extraña de la garganta, como de pánico.

—Puede que no. Parece ser que el trabajo en equipo no es una prioridad en Osadía.

La fuerza del viento aumenta, así que me acerco más al soporte blanco para no caer, aunque eso dificulta la subida. Debajo, el carrusel parece pequeño y apenas veo a mi equipo bajo el toldo. Faltan algunos, deben de haber enviado una partida de búsqueda.

—Se supone que es una prioridad —dice Cuatro—. Antes lo era.

No le presto atención porque la altura me marea. Me duelen las manos de aferrarme a los travesaños y me tiemblan las piernas, pero no sé bien por qué. No es la altura lo que me asusta, la altura me hace sentir viva y llena de energía, todos los órganos, vasos y músculos de mi cuerpo cantan en armonía.

Entonces me doy cuenta de lo que es: es él. Algo en él me hace sentir a punto de caer. O de derretirme. O de arder.

Mi mano está a punto de resbalarse del siguiente travesaño.

—Ahora, dime... —añade, con la respiración entrecortada—, ¿qué crees que tiene que ver aprender estrategia con... la valentía?

La pregunta me recuerda que es mi instructor y que se supone que debo aprender algo con esto. Una nube pasa por delante de la luna y la luz se mueve sobre mis manos.

—Te... te prepara para actuar —digo al fin—. Aprendes estrategia para poder usarla —añado, y lo oigo respirar con fuerza y deprisa detrás de mí—. ¿Estás bien, Cuatro?

—¿Eres humana, Tris? Estar tan alto... —responde, intentando tomar aire—. ¿No te da miedo?

Miro atrás, al suelo. Si caigo, moriré, pero no creo que suceda.

Una ráfaga de aire me golpea el costado izquierdo, lanzando mi peso hacia la derecha. Ahogo un grito y me agarro a los travesaños para recuperar el equilibrio. La fría mano de Cuatro me agarra por la cadera, y uno de sus dedos encuentra una tira de piel desnuda justo debajo del borde de mi camiseta. Aprieta para sujetarme y me empuja un poco hacia la izquierda hasta que recupero la estabilidad.

Ahora sí que no puedo respirar. Hago una pausa, me miro las manos, se me seca la boca. Siento el fantasma de su mano encima, sus dedos largos y finos.

—¿Estás bien? —pregunta en voz baja.

—Sí —respondo con voz alterada.

Sigo trepando en silencio hasta que llego a la plataforma. A juzgar por los extremos romos de barras metálicas, antes tenía una barandilla, pero ya no. Me siento y me arrastro hasta el otro extremo para que Cuatro pueda sentarse. Sin pensar, dejo colgar las piernas. Cuatro, por otro lado, se agacha y aprieta la espalda contra el soporte metálico, respirando con dificultad.

—Te dan miedo las alturas —comento—. ¿Cómo consigues sobrevivir en el complejo de Osadía?

—No hago caso de mi miedo. Cuando tomo decisiones, finjo que no existe.

Me quedo mirándolo un segundo, no puedo evitarlo. Para mí existe una diferencia entre no tener miedo y actuar a pesar del miedo, como hace él.

Me he quedado mirándolo demasiado.

—¿Qué? —pregunta.

—Nada.

Aparto la mirada y la dirijo a la ciudad. Tengo que centrarme, he trepado hasta aquí por una razón.

La ciudad está negra como el tizón, pero, aunque no lo estuviera, tampoco podría ver a demasiada distancia. Hay un edificio en medio.

—No estamos lo bastante altos —digo.

Levanto la cabeza: sobre mí hay un enredo de barras blancas, el andamio de la noria. Si trepo con cuidado puedo meter los pies entre los soportes y los travesaños con bastante seguridad. O con toda la seguridad posible.

—Voy a trepar —anuncio, levantándome.

Me agarro a una de las barras que tengo sobre la cabeza y me impulso hacia arriba. Una punzada de dolor me recorre los costados, pero no hago caso.

—Por amor de Dios, estirada.

—No tienes que seguirme —respondo mientras contemplo el laberinto de barras.

Meto el pie en el cruce entre dos barras y me impulso arriba, agarrándome a otra barra en el proceso. Me balanceo durante un segundo y el corazón me late tan deprisa que no noto nada más. Todos y cada uno de mis pensamientos se concentran en ese latido, se mueven al mismo ritmo.

—Sí que tengo que hacerlo —responde.

Es una locura y lo sé. Medio centímetro de error, medio segundo de vacilación y se acabó todo. El calor me desgarra el pecho y sonrío al agarrarme a la siguiente barra. Me impulso con los brazos temblorosos y obligo a mi pierna a subir para ponerme de pie sobre otra barra. Cuando me siento segura, miro abajo, a Cuatro, pero, en vez de verlo, miro hasta abajo del todo.

No puedo respirar.

Me imagino cayendo, dándome contra las barras en mi caída hasta acabar con las extremidades torcidas en el suelo, igual que la hermana de Rita cuando no llegó al tejado. Cuatro se agarra

145

a una barra con cada mano y se impulsa fácilmente, como si estuviera sentándose en la cama. Sin embargo, aquí no se siente cómodo, no es su entorno natural; se le ven sobresalir todos los músculos del cuerpo. Es estúpido que piense en eso cuando estoy a treinta metros del suelo.

Me agarro a otra barra, encuentro otro lugar en el que meter el pie. Al mirar de nuevo a la ciudad, el edificio ya no está en medio y me encuentro a la altura suficiente para ver el horizonte. Casi todos los edificios son negros sobre el fondo azul marino, pero las luces rojas de lo alto del Centro están encendidas. Laten la mitad de deprisa que mi corazón.

Bajo los edificios, las calles parecen túneles. Durante unos segundos solo veo una manta oscura sobre la tierra que tengo delante, únicamente diferencias sutiles entre el edificio, el cielo, la calle y el suelo. Entonces distingo una diminuta luz intermitente.

—¿Has visto eso? —pregunto, señalándola.

Cuatro deja de trepar al llegar detrás de mí y mira por encima de mi hombro, acercando la barbilla a mi cabeza. Su aliento me revolotea en la oreja y de nuevo vuelvo a estremecerme, igual que cuando subía la escalera.

—Sí —responde, y sonríe—. Viene del parque del final del muelle. Era de suponer, está rodeado de espacios abiertos, pero los árboles ofrecen camuflaje. Aunque está claro que no el suficiente.

—Vale.

Vuelvo la vista para mirarlo. Estamos tan cerca que se me olvida dónde me encuentro y me fijo en que tiene las comisuras de los labios un poco hacia abajo, como las mías, y una cicatriz en la barbilla.

—Ejem —digo, aclarándome la garganta—. Empieza a bajar, te sigo.

Cuatro asiente con la cabeza y baja. Tiene las piernas tan largas que encuentra fácilmente un lugar para su pie y guía su cuerpo entre las barras. Incluso a oscuras, veo que tiene las manos muy rojas y temblorosas.

Bajo un pie, echándome sobre uno de los travesaños. La barra cruje y se suelta, chocando contra media docena de otras barras en su caída para después rebotar en el pavimento. Estoy colgada de los andamios con los pies en el aire; se me escapa un grito ahogado de angustia.

—¡Cuatro!

Intento encontrar otro sitio en el que apoyar el pie, pero el punto más cercano está lejos, más lejos de lo que soy capaz de estirarme. Me sudan las manos. Recuerdo habérmelas limpiado en los pantalones antes de la Ceremonia de la Elección, antes de la prueba de aptitud, antes de cada momento importante; me aguanto las ganas de gritar. Me resbalaré, me resbalaré.

—¡Aguanta! —me grita—. Tú aguanta, tengo una idea.

Sigue bajando. Se mueve en la dirección equivocada, tendría que ir hacia mí, no alejarse de mí. Me quedo mirando las manos, que aprietan la estrecha barra con tanta fuerza que se me han quedado blancos los nudillos. Los dedos están rojo oscuro, casi morados. No resistirán mucho.

No resistiré mucho.

Cierro los ojos, es mejor no mirar, es mejor fingir que nada de esto está pasando. Oigo los chirridos de las deportivas de Cuatro contra el metal y pasos rápidos sobre los travesaños de las escaleras.

—¡Cuatro! —chillo.

A lo mejor se ha ido, a lo mejor me ha abandonado. A lo mejor es para poner a prueba mi fuerza, mi valentía. Tomo aire por la nariz y lo expulso por la boca. Cuento cada respiración para calmarme. Uno, dos. Dentro, fuera. «Venga, Cuatro —es lo único que puedo pensar—. Venga, haz algo.»

Entonces oigo que algo suelta aire y cruje. La barra a la que me agarro se estremece, y yo grito entre dientes mientras intento no soltarla.

La noria se mueve.

El aire me envuelve los tobillos y las muñecas cuando el viento sube como un géiser. Abro los ojos: me estoy moviendo... hacia el suelo. Me río, mareada por la histeria, mientras el suelo se acerca cada vez más. Sin embargo, estoy acelerando, así que, si no salto en el momento justo, los vagones en movimiento y el andamio de metal arrastrarán mi cuerpo y me llevarán con ellos; entonces sí que moriré.

Se me tensan todos los músculos del cuerpo en mi descenso hacia el suelo; al llegar a una altura desde la que veo las grietas de la acera, me dejo caer y aterrizo con los pies por delante. Se me doblan las rodillas y escondo los brazos para rodar lo más deprisa posible hacia un lado. El cemento me araña la cara y me vuelvo justo a tiempo para ver un vagón que se dirige a mí como un zapato gigante a punto de aplastarme. Ruedo otra vez y la parte de abajo del vagón me roza el hombro.

Estoy a salvo.

Me aprieto la cara con las palmas de las manos, sin intentar levantarme. Si lo hiciera, seguro que volvería a caerme. Oigo pasos y las manos de Cuatro me rodean la cintura. Dejo que me quite las manos de los ojos.

Después envuelve por completo una de ellas con las suyas. El calor de su piel es más fuerte que el dolor de mis dedos.

—¿Estás bien? —pregunta, juntando nuestras manos.

—Sí.

Empieza a reírse.

Al cabo de un segundo, yo también lo hago. Con la mano libre me apoyo para sentarme. Soy consciente del poco espacio que hay entre nosotros, unos quince centímetros, como mucho. Ese espacio parece cargado de electricidad, y siento la necesidad de que sea más pequeño.

Se levanta y tira de mí para levantarme con él. La noria sigue moviéndose, creando un viento que me echa el pelo atrás.

—Podrías haberme dicho que la noria todavía funcionaba —comento, intentando sonar como si no me importara—. Así no habríamos tenido que trepar.

—Lo habría hecho si lo hubiera sabido —responde—. No podía dejarte ahí colgada, así que me arriesgué. Venga, vamos a por su bandera.

Duda un momento y después me toma del brazo, y las puntas de sus dedos me aprietan el interior del codo. En otras facciones me habría dado tiempo para recuperarme, pero él es de Osadía, así que me sonríe y se dirige al carrusel, donde los miembros de nuestro equipo protegen la bandera. Y yo medio corro, medio

149

cojeo a su lado. Todavía me siento débil, aunque mi mente está muy despierta, sobre todo con su mano encima.

Christina está sobre uno de los caballos con las largas piernas cruzadas y la mano alrededor del poste que sostiene el animal de plástico. Tiene la bandera detrás, un triángulo reluciente en la oscuridad. Tres iniciados nacidos en Osadía están entre los otros animales gastados y sucios. Uno de ellos tiene la mano sobre la cabeza de un caballo y el ojo arañado del animal me mira entre sus dedos. Hay otra chica de Osadía, algo mayor, sentada al borde del carrusel, arañándose con el pulgar la ceja, adornada con cuatro *piercings*.

—¿Adónde han ido los otros? —pregunta Cuatro.

Parece tan emocionado como yo, se le nota la energía en los ojos.

—¿Habéis sido vosotros los que habéis puesto en marcha la noria? —pregunta la chica mayor—. ¿En qué estabais pensando? Es como si gritarais: «¡Estamos aquí! ¡Venid a por nosotros!» —protesta, sacudiendo la cabeza—. Si vuelvo a perder este año, la vergüenza será insoportable. ¿Tres años seguidos?

—La noria no importa —responde Cuatro—. Ya sabemos dónde están.

—¿Sabemos? —dice Christina, mirándonos a los dos, primero a uno y después al otro.

—Sí, mientras vosotros estabais de brazos cruzados, Tris se ha subido a la noria para buscar al otro equipo —responde Cuatro.

—¿Y ahora qué hacemos? —pregunta uno de los iniciados de Osadía, bostezando.

Cuatro me mira. Poco a poco, los ojos de los demás iniciados, Christina incluida, pasan de él a mí. Estoy a punto de encogerme de hombros para decir que no lo sé, pero, entonces, se me aparece una imagen del muelle desde arriba. Tengo una idea.

—Nos dividimos en dos grupos. Cuatro vamos por el lado derecho del muelle y tres por el izquierdo. El otro equipo está en el parque, al final del muelle, así que el grupo de cuatro atacará mientras el grupo de tres se escabulle por detrás del otro equipo para robar la bandera.

Christina me mira como si ya no me reconociera. No la culpo.

—Suena bien —comenta la chica mayor, dando una palmada—. Vamos a terminar de una vez con esto, ¿no?

Christina se une a mí en el grupo de la derecha, junto con Uriah, cuya sonrisa se ve muy blanca sobre su piel de bronce. No me había dado cuenta antes, pero tiene tatuada una serpiente detrás de la oreja. Me quedo mirando la cola que le rodea el lóbulo durante un instante, hasta que Christina empieza a correr y tengo que seguirla.

Debo correr dos veces más deprisa para que mis cortas piernas vayan a la par que las suyas, que son más largas. Mientras corro, me doy cuenta de que solo uno de nosotros tocará la bandera, y que da igual que fuera mi plan y mi información lo que nos ha llevado hasta ella si no soy yo la que se hace con ella. Aunque apenas puedo respirar, acelero y le piso los talones a Christina. Me pongo el fusil delante, con el dedo sobre el gatillo.

Llegamos al extremo del muelle y me tapo la boca para que no se oigan mis jadeos. Frenamos para no hacer tanto ruido y busco la luz intermitente de nuevo. Ahora que estoy en el suelo, es más grande y fácil de ver. Señalo, Christina asiente con la cabeza y avanza hacia ella.

Entonces oigo un coro de gritos tan fuertes que me hacen dar un salto. También oigo el ruido del aire al dispararse las balas de pintura y cómo estas salpican a sus objetivos. Nuestro equipo ha atacado y el otro equipo corre hacia ellos, así que la bandera apenas tiene protección. Uriah apunta y dispara en el muslo al último guardia. El guardia, una chica baja con pelo morado, tira el arma al suelo y le da una pataleta.

Corro para alcanzar a Christina. La bandera está colgada de una rama, muy por encima de mi cabeza. Intento agarrarla, y Christina también.

—Venga, Tris —dice—. No te hace falta, ya eres la heroína, y sabes que no llegas.

Me echa una mirada paternalista, igual que se mira a un niño cuando intenta hacerse el adulto, y baja la bandera de la rama. Sin mirarme, se vuelve y lanza un grito de victoria. La voz de Uriah se une a la suya y oigo un coro de chillidos a lo lejos.

Uriah me da una palmada en el hombro, y yo intento olvidar la mirada de Christina. Puede que tenga razón, ya he demostrado de qué soy capaz, no quiero ser codiciosa; no quiero ser como Eric y vivir aterrada de la fuerza de los demás.

Los gritos de triunfo son contagiosos, así que alzo la voz para unirme a ellos mientras corro hacia mis compañeros. Christina levanta la bandera en alto, y todos la rodean para agarrarla del brazo y alzar todavía más la bandera. Yo no llego, de modo que me quedo a un lado, sonriendo.

Una mano me toca en el hombro.

—Bien hecho —me dice Cuatro en voz baja.

—¡No puedo creer que me lo perdiera! —repite Will, sacudiendo la cabeza.

El viento que entra por la puerta del vagón le tira del pelo en todas direcciones.

—Tenías una misión muy importante: no estorbarnos —responde Christina, esbozando una gran sonrisa.

—¿Por qué he tenido que caer en el otro equipo? —se lamenta Al.

—Porque la vida no es justa, Albert, y el mundo conspira contra ti —dice Will—. Oye, ¿puedo ver otra vez la bandera?

Peter, Molly y Drew están sentados enfrente, en una esquina. Tienen el pecho y la espalda llenos de pintura azul y rosa, y parecen abatidos. Hablan en voz baja y nos miran furtivamente a los demás, sobre todo a Christina. Es la ventaja de no haber llegado a la bandera: no soy el blanco de nadie. O, al menos, no más de lo normal.

—Así que te subiste a la noria, ¿eh? —comenta Uriah.

Recorre el vagón dando tumbos y se sienta a mi lado. Marlene, la chica de la sonrisa coqueta, lo sigue.

—Sí.

—Muy inteligente por tu parte. Tan inteligente como... uno de Erudición —dice Marlene—. Me llamo Marlene.

—Tris —respondo.

En casa, que te comparen con un erudito es un insulto, pero ella lo dice como un cumplido.

—Sí, sé quién eres —contesta—. Siempre te quedas con el nombre de la primera saltadora.

Hace años que salté de un edificio con mi uniforme de Abnegación; hace décadas.

Uriah saca una de las balas de pintura de su arma y la aprieta entre el pulgar y el índice. El tren da una sacudida hacia la izquierda, y Uriah me cae encima, sus dedos aprietan la bala y un chorro de pintura rosa maloliente me mancha la cara.

Marlene se tira por el suelo, muerta de risa. Me limpio muy despacio parte de la pintura de la cara y mancho la mejilla de Uriah. El olor a aceite de pescado se extiende por el vagón.

—¡Puaj! —exclama él, y vuelve a apretar la bala para echarme encima la pintura, pero la abertura está en el lado equivocado y la pintura le entra en la boca.

El chico tose y hace ruidos exagerados, como si tuviera arcadas.

Me limpio la cara con la manga mientras me río con tantas ganas que me duele el estómago.

Si toda mi vida es así, risotadas, acción y el cansancio que se siente después de un día duro, aunque satisfactorio, me daré por satisfecha. Mientras Uriah se raspa la lengua con los dedos, me doy cuenta de que solo tengo que superar la iniciación para conseguir esa vida.

CAPÍTULO
TRECE

A la mañana siguiente, cuando entro en la sala de entrenamiento arrastrando los pies y bostezando, veo un enorme blanco en un extremo de la sala y, al lado de la puerta, una mesa cubierta de cuchillos. Otra vez tiro al blanco. Al menos no dolerá.

Eric está en el centro del cuarto, tan tieso como si le hubieran cambiado la columna vertebral por una barra metálica. Verlo hace que el aire resulte más denso, que me aplaste un poco. Al menos cuando estaba apoyado en la pared era posible fingir que no estaba allí; hoy no cabe esa posibilidad.

—Mañana será el último día de la primera etapa —dice—. Entonces volveréis a luchar. Hoy aprenderéis a apuntar. Que todo el mundo elija tres cuchillos —ordena, con una voz más profunda de lo normal—. Y prestad atención a la demostración que os hará Cuatro de la técnica correcta para lanzarlos.

Al principio, nadie se mueve.

—¡Ya!

Salimos corriendo a por los puñales. No son tan pesados como las pistolas, aunque resulta raro sujetarlos, como si fuera algo prohibido.

—Hoy está de mal humor —masculla Christina.

—¿Y cuándo está de buen humor? —respondo, también murmurando.

Sin embargo, entiendo a qué se refiere. A juzgar por la mirada venenosa que le echa a Cuatro cuando este no presta atención, haber perdido anoche debe de preocupar a Eric más de lo que da a entender. Ganar en la captura de la bandera es cuestión de orgullo, y el orgullo es muy importante en Osadía, más que la razón o el sentido común.

Observo el brazo de Cuatro cuando lanza el cuchillo. En su siguiente lanzamiento, examino su postura. Siempre acierta en el blanco y suelta el aire cuando suelta el puñal.

—¡En fila! —ordena Eric.

«Las prisas no ayudan», pienso. Mi madre me lo dijo cuando me estaba enseñando a tejer. Tengo que considerar esto un ejercicio mental, no físico, así que me paso los minutos siguientes practicando sin el cuchillo, encontrando la postura correcta y aprendiendo el movimiento correcto del brazo.

Eric da vueltas detrás de nosotros, demasiado deprisa.

—¡Creo que la estirada se ha llevado demasiados golpes en la cabeza! —comenta Peter, que está unas cuantas personas más allá—. ¡Oye, estirada! ¿Se te ha olvidado lo que es un cuchillo?

Sin hacerle caso, practico de nuevo el tiro con el cuchillo en la mano, aunque sin lanzarlo. Intento no prestar atención a las vueltas de Eric, las burlas de Peter y la constante sensación de que Cuatro me está mirando; entonces, lanzo el cuchillo. Da vueltas en el aire y golpea la tabla. La hoja no se clava, pero soy la primera persona que acierta en el blanco.

156

Esbozo una sonrisa de suficiencia cuando Peter falla otra vez, no puedo contenerme.

—Oye, Peter, ¿se te ha olvidado lo que es un blanco? —le digo.

Christina, que está a mi lado, suelta una carcajada, y su siguiente lanzamiento da en la tabla.

Media hora después, Al es el único iniciado que todavía no le ha dado al blanco. Sus cuchillos caen al suelo o rebotan en la pared. Mientras los demás nos acercamos a la tabla para recoger las armas, él va buscando las suyas por el suelo.

La siguiente vez que lo intenta y falla, Eric se acerca a él y pregunta:

—¿Cómo se puede ser tan lento, veraz? ¿Es que necesitas gafas? ¿Tengo que acercarte más el blanco?

Al se pone rojo, lanza otro cuchillo y, esta vez, vuela casi un metro a la derecha de la tabla, da un par de vueltas y golpea la pared.

—¿Qué ha sido eso, iniciado? —pregunta Eric en voz baja, acercándose más a Al.

Me muerdo el labio. Esto no va bien.

—Se... se me ha resbalado —responde Al.

—Bueno, pues deberías ir a por él —dice Eric, y mira a los demás iniciados, que han dejado de lanzar, para añadir—: ¿Os he dicho que paréis?

Los cuchillos empiezan a volar sobre el blanco. Todos hemos visto a Eric enfadado antes, pero esto es distinto, la expresión de su cara es muy similar a la de un perro rabioso.

—¿Que vaya a por él? —pregunta Al abriendo mucho los ojos—. Pero todo el mundo está lanzando...

—¿Y?

—Y no quiero que me den.

—Ten por seguro que tus compañeros iniciados tienen mejor puntería que tú —responde Eric esbozando una sonrisita, aunque su mirada sigue siendo cruel—. Ve a por tu cuchillo.

Al no suele objetar a lo que nos ordenan en Osadía. No creo que sea porque le da miedo, sino porque sabe que quejarse no sirve de nada. Esta vez, el chico aprieta la ancha mandíbula; ha llegado al límite de su docilidad.

—No.

—¿Por qué no? —pregunta Eric, con los ojillos clavados en el rostro de Al—. ¿Tienes miedo?

—¿De que me apuñalen? ¡Claro que sí!

Su error es la sinceridad. A lo mejor, de otro modo, Eric hubiese aceptado la negativa.

—¡Parad todos! —grita Eric.

Los cuchillos se detienen y también las conversaciones. Aprieto mi puñal con fuerza.

—Salid del círculo —dice Eric, y mira a Al—. Todos menos tú.

Suelto el puñal, que cae sobre el suelo lleno de polvo con un ruido sordo. Sigo a los demás iniciados hasta el lateral de la sala, y ellos se me ponen delante, deseando ver lo que a mí me revuelve el estómago: Al enfrentándose a la ira de Eric.

—Ponte de pie delante del blanco —dice el líder.

Las grandes manos de Al tiemblan mientras retrocede hacia el blanco.

—Oye, Cuatro —dice Eric, mirando atrás—, échame una mano, ¿eh?

Cuatro se rasca una ceja con la punta de un cuchillo y se acerca a Eric. Tiene círculos oscuros bajo los ojos y los labios tensos; está tan cansado como nosotros.

—Vas a quedarte ahí mientras él te lanza cuchillos —le dice Eric a Al—, hasta que aprendas a no acobardarte.

—¿De verdad tengo que hacerlo? —pregunta Cuatro; suena como si estuviera aburrido, aunque, en realidad, no lo parece: tiene tanto el cuerpo como el rostro tensos, alerta.

Cierro los puños. A pesar de que Cuatro hace como si no pasara nada, la pregunta es un reto, y Cuatro no suele retar a Eric directamente.

Al principio, Eric lo mira en silencio y Cuatro le devuelve la mirada.

Pasan los segundos y me clavo las uñas en las palmas.

—Aquí soy yo el que tiene la autoridad, ¿recuerdas? —dice Eric en voz tan baja que apenas lo oigo—. Aquí y en todas partes.

Cuatro se pone rojo, aunque no le cambia la expresión. Aprieta más el mango del cuchillo y se le ponen los nudillos blancos cuando se vuelve hacia Al.

Miro los grandes ojos oscuros de Al, después sus manos temblorosas y después la mandíbula apretada y decidida de Cuatro. Me sube la rabia por el pecho hasta estallarme en la boca.

—Para.

Cuatro da la vuelta al cuchillo y mueve los dedos con mucho cuidado por el filo metálico. Me echa una mirada tan dura que siento como si me convirtiera en piedra. Sé por qué: soy una estúpida por abrir la boca con Eric delante, soy una estúpida por abrir la boca.

—Cualquier idiota es capaz de ponerse delante de un blanco —añado—. No demuestra nada, salvo que nos estás acosando, y eso, según recuerdo, es una prueba de cobardía.

—Entonces debería resultarte fácil —responde Eric—. Si es que estás dispuesta a ocupar su lugar.

No hay nada que desee menos en el mundo que ponerme delante de ese blanco, pero ya no puedo echarme atrás. No me he dado esa opción. Me meto entre el grupo de iniciados y alguien me da un empujón en el hombro.

—Despídete de tu cara bonita —me dice Peter entre dientes—. Ah, no, que no la tienes.

Recupero el equilibrio y me acerco a Al, que asiente con la cabeza. Intento sonreír para darle ánimos, pero no lo consigo. Me pongo delante del blanco y la cabeza ni siquiera me llega al centro de la diana, aunque da lo mismo. Miro los cuchillos de Cuatro: uno en la mano derecha y dos en la izquierda.

Se me seca la garganta, intento tragar saliva y después miro a Cuatro. Él nunca es descuidado, no me dará; no me pasará nada.

Levanto la barbilla, no me acobardaré. Si me acobardo y me muevo, demostraré a Eric que esto no es tan fácil como he dicho que era; demostraré que soy una gallina.

—Si te echas atrás —dice Cuatro lentamente, con cuidado—, Al ocupa tu sitio, ¿entendido?

Asiento con la cabeza.

Me sigue mirando a los ojos cuando levanta la mano, echa el codo atrás y lanza el cuchillo. No es más que un relámpago en el aire hasta que oigo el golpe: el puñal se ha clavado en la tabla, a quince centímetros de mi mejilla. Cierro los ojos. Gracias a Dios.

—¿Has tenido suficiente, estirada? —pregunta Cuatro.

Recuerdo los ojos muy abiertos de Al y sus silenciosos sollozos por la noche; sacudo la cabeza.

—No.

—Pues abre los ojos —responde, dándose con el dedo en el espacio entre las cejas.

Me quedo mirándolo y aprieto las manos contra los costados para que nadie las vea temblar. Se pasa el cuchillo de la mano izquierda a la derecha, y no veo más que sus ojos cuando el segundo puñal da en el blanco, encima de mi cabeza. Este ha dado más cerca que el otro, lo noto flotando sobre mi cráneo.

—Vamos, estirada —me dice—, deja que otra persona te sustituya.

¿Por qué intenta pincharme para que me rinda? ¿Quiere que falle?

—¡Cállate, Cuatro!

Contengo el aliento cuando da la vuelta al último cuchillo que tiene en la mano. Veo que le brillan los ojos cuando echa el brazo atrás y lanza el cuchillo por los aires. Va directo a mí dando vueltas, alternando mango y hoja. Me pongo rígida. Esta vez, cuando da en la tabla, me pica la oreja y noto que me gotea la sangre por la piel. Me llevo la mano a la oreja: me ha cortado.

A juzgar por su mirada, lo ha hecho a posta.

—Me encantaría quedarme a ver si los demás sois tan atrevidos como ella —dice Eric con voz suave—, pero creo que ya es suficiente por hoy.

Me aprieta el hombro. Sus dedos están secos y fríos, y me reclama con la mirada, como si quisiera apropiarse de lo que he hecho. No le devuelvo la sonrisa. Lo que he hecho no tiene nada que ver con él.

—No debería quitarte ojo —añade.

El miedo me pincha por dentro, lo noto en el pecho, en la cabeza y en las manos. Es como si me hubieran grabado a fuego en la cabeza la palabra «DIVERGENTE», de modo que, si me mira demasiado, a lo mejor la lee. Pero se limita a quitarme la mano del hombro y seguir andando.

Cuatro y yo nos quedamos atrás. Espero hasta que la sala está vacía y la puerta cerrada antes de volver a mirarlo. Se dirige a mí.

—¿Está bien tu...? —empieza.

—¡Lo has hecho a posta! —grito.

—Sí —responde en voz baja—. Y deberías darme las gracias por ayudarte.

—¿Las gracias? —pregunto, entre dientes—. Casi me agujereas la oreja y te has pasado todo el tiempo intentando picarme. ¿Por qué iba a darte las gracias?

—¡Empiezo a cansarme de esperar a que lo pilles!

Me lanza una mirada furibunda, aunque sus ojos siguen con su aire pensativo. Tienen un tono azul peculiar, tan oscuro que resulta casi negro, con una manchita azul más claro en el iris izquierdo, justo al lado del rabillo del ojo.

—¿Pillar? ¿Pillar el qué? ¿Que querías probar a Eric lo duro que eres? ¿Que eres un sádico, como él?

—No soy un sádico —responde sin alzar la voz.

Ojalá alzara la voz, así me asustaría menos. Acerca su cara a la mía, lo que me recuerda haber estado a pocos centímetros de los colmillos del perro que me atacó en la prueba de aptitud, y dice:

162

—Si quisiera hacerte daño, ¿no crees que lo habría hecho ya?

Cruza la sala y clava con tanta fuerza la punta de un cuchillo en la mesa que se queda allí de pie, con el puño mirando al techo.

—¡Pues...! —empiezo a gritar, pero ya se ha ido.

Grito, frustrada, y me limpio parte de la sangre de la oreja.

CAPÍTULO
CATORCE

Hoy es el día anterior al Día de Visita. En mi cabeza, el día de mañana es equivalente al fin del mundo: da igual lo que ocurra después. Todo lo que hago va preparándome poco a poco para ese momento; quizá vea a mis padres o quizá no, ¿qué sería peor? No lo sé.

Intento meterme la pernera de un pantalón y se me encaja justo por encima de la rodilla. Me miro la pierna y frunzo el ceño: un músculo impide el paso de la tela. Dejo caer la pernera y vuelvo la vista para examinar la parte de atrás del muslo: otro músculo sobresale por ahí también.

Me voy a un lado para ponerme frente al espejo. Veo músculos que antes no se notaban en los brazos, las piernas y el estómago. Me pellizco el costado, donde antes una capa de grasa permitía intuir dónde se formarían mis curvas. Nada. La iniciación de Osadía ha acabado con lo poco blando que había en mi cuerpo. ¿Es eso bueno o malo?

Por lo menos soy más fuerte que antes. Me enrollo de nuevo con la toalla y salgo del baño de las chicas. Espero que no haya nadie en el dormitorio, no quiero que me vean con la toalla, pero es que no puedo ponerme esos pantalones.

Cuando abro la puerta, noto el peso de un ladrillo en el estómago: Peter, Molly, Drew y algunos iniciados más están riéndose en la esquina del fondo. Levantan la mirada cuando entro y empiezan a reírse por lo bajo. Las fuertes risotadas de Molly se oyen más que ninguna.

Me acerco a mi litera fingiendo que no están ahí y busco en el cajón de debajo de la cama el vestido que Christina me obligó a llevarme. Con una mano agarrando la toalla y la otra sosteniendo el vestido, me levanto, y, justo detrás de mí, está Peter.

Doy un salto atrás y estoy a punto de darme en la cabeza con la cama de Christina. Intento rodearlo, pero él pone la mano en la base de la cama de Christina y me bloquea el paso. Era de suponer que no pensaba dejarme escapar tan fácilmente.

—No sabía que estuvieras tan flacucha, estirada.

—Apártate —respondo, y logro mantener la voz tranquila.

—Esto no es el Centro, ¿sabes? Aquí nadie tiene que seguir las órdenes de los estirados.

Me recorre el cuerpo con la mirada, aunque no con avidez, como observaría un hombre a una mujer, sino con crueldad, examinando cada defecto. Noto el latido del corazón en los oídos mientras los demás se acercan y se agrupan detrás de Peter.

Esto no me gusta.

Tengo que salir de aquí.

Por el rabillo del ojo veo un camino despejado hacia la puerta. Si logro meterme bajo el brazo de Peter y correr hacia ella, quizá lo consiga.

—Miradla —comenta Molly, cruzándose de brazos y sonriendo con satisfacción—, parece una niña pequeña.

—Bueno, no sé —añade Drew—, a lo mejor esconde algo debajo de esa toalla. ¿Por qué no nos acercamos a ver?

Ahora. Me meto bajo el brazo de Peter y salgo disparada hacia la puerta. Algo me agarra la toalla y tira de ella con fuerza mientras me alejo: la mano de Peter, que tiene la tela apretada en el puño. La toalla se me escapa de la mano, y noto el aire frío en el cuerpo desnudo y que el vello de la nuca se me pone de punta.

Todos se ríen y corro lo más deprisa que puedo hacia la puerta, apretando el vestido contra el cuerpo para esconderme. Sigo corriendo por el pasillo hasta el servicio y me apoyo en la puerta, intentando recuperar el aliento. Cierro los ojos.

No importa. No me importa.

Se me escapa un sollozo y me tapo la boca para reprimirlo. Da igual lo que hayan visto. Sacudo la cabeza como si el movimiento consiguiera hacerlo verdad.

Me visto con manos temblorosas. El vestido es negro y sencillo, me llega hasta las rodillas y tiene un cuello de pico que deja ver los tatuajes de la clavícula.

Una vez vestida y desaparecida la necesidad de llorar, noto que algo caliente y violento se me retuerce en el estómago. Quiero hacerles daño.

Me miro a los ojos en el espejo. Quiero hacerlo y lo haré.

No puedo llevar vestido para pelear, así que voy al Pozo a por ropa antes de ir a la sala de entrenamiento para mi última pelea. Espero que sea con Peter.

—Hola, ¿dónde te has metido esta mañana? —pregunta Christina cuando entro en la sala.

Fuerzo la vista para ver la pizarra, que está al otro lado del cuarto: el espacio junto a mi nombre está vacío, todavía no tengo contrincante.

—Me entretuvieron.

Cuatro está frente a la pizarra y escribe un nombre al lado del mío. «Por favor, que sea Peter, por favor, por favor...»

—¿Estás bien, Tris? Pareces un poco... —dice Al.

—¿Un poco qué?

Cuatro se aparta de la pizarra; el nombre escrito junto al mío es Molly. No es Peter, pero me basta.

—Alterada —dice Al.

Mi pelea es la última de la lista, lo que significa que tengo que esperar tres combates antes de enfrentarme a ella. Edward y Peter son los penúltimos. Bien, porque Edward es el único que puede vencerlo. Christina peleará contra Al, lo que significa que Al perderá rápidamente, como ha estado haciendo toda la semana.

—No seas muy dura conmigo, ¿eh? —le pide Al a Christina.

—No prometo nada —contesta ella.

La primera pareja (Will y Myra) se coloca frente a frente en la arena. Se pasan un segundo arrastrando los pies a uno y otro lado, lanzando un puñetazo al aire y respondiendo con una patada fallida. Al otro lado de la sala, Cuatro se apoya en la pared y bosteza.

Me quedo mirando la pizarra e intento predecir el resultado de todos los combates. No tardo mucho. Después me muerdo las uñas y pienso en Molly. Christina perdió contra ella, lo que quiere decir que es buena; pega con fuerza, aunque no mueve los pies. Si no consigue darme, no me hará daño.

Como cabía esperar, la siguiente pelea, entre Christina y Al, es rápida e indolora. Al cae después de unos cuantos golpes duros a la cara y no se levanta, lo que hace que Eric sacuda la cabeza.

Edward y Peter tardan más. A pesar de ser los dos mejores luchadores, la disparidad entre ellos resulta evidente. Edward le da un puñetazo en la mandíbula a Peter, y yo recuerdo lo que Will había dicho de él: que lleva practicando desde los diez años. Es obvio. Es más veloz que Peter, incluso.

Cuando se terminan las tres peleas, yo ya me he comido las uñas hasta las raíces y tengo hambre. Salgo a la arena sin mirar a nada ni a nadie que no sea el centro de la sala. He perdido parte de mi rabia, aunque no me cuesta recuperarla. Solo tengo que volver a pensar en el frío que hacía y en lo fuerte que se reía ella: «Miradla, es una niña pequeña».

Tengo a Molly delante.

—¿Lo que te vi en el cachete izquierdo era una marca de nacimiento? —me pregunta, sonriendo—. Dios, qué pálida estás, estirada.

Ella se moverá primero, siempre lo hace.

Molly se lanza a por mí y pone todas sus fuerzas en un puñetazo. Cuando se mueve, me agacho y le doy en el estómago, justo encima del ombligo. Antes de que pueda ponerme las manos encima, salgo y levanto las manos, lista para su siguiente intento.

Ya no sonríe. Corre hacia mí como si pensara derribarme, y yo me aparto corriendo. Oigo la voz de Cuatro en mi cabeza, diciéndome que el arma más poderosa de la que dispongo es el codo. Solo tengo que encontrar la forma de usarlo.

Bloqueo su siguiente puñetazo con el antebrazo. El golpe pica, aunque apenas lo noto. Aprieta los dientes y suelta un gruñido de frustración, más animal que humano. Prueba a darme una torpe patada en el costado, pero la evito y, mientras está desequilibrada, me lanzo adelante y le doy con el codo en la cara. Ella echa la cabeza atrás justo a tiempo, así que solo le rozo la barbilla.

Me da un puñetazo en las costillas y me tambaleo mientras recupero el aliento. Hay algo que no está protegiendo, lo sé. Quiero darle en la cara, pero quizá no sea lo más inteligente. La observo unos segundos; sube demasiado las manos, las usa para proteger la nariz y las mejillas, lo que deja expuestos el estómago y las costillas. Molly y yo tenemos el mismo defecto en combate.

Nos miramos a los ojos un segundo.

Pruebo con un gancho bajo el ombligo. Se me hunde el puño en su carne, lo que la obliga a dejar escapar el aire; lo noto contra mi oreja. Mientras lo hace, la tiro de una patada en las piernas, y la chica cae al suelo levantando una nube de polvo. Echo el pie atrás y le doy en las costillas con todas mis fuerzas.

Mis padres no aprobarían que pateara a alguien que está en el suelo.

No me importa.

Se hace un ovillo para proteger el costado, pero vuelvo a patearla, esta vez en el estómago.

«Parece una niña pequeña.»

Le doy una patada en la cabeza. Le sale sangre por la nariz y se mancha toda la cara.

«Miradla.»

Otra patada en el pecho.

Echo de nuevo el pie atrás, pero Cuatro me agarra por los brazos y me aparta de ella con tanta fuerza que no puedo resistirme. Respiro entre dientes, mirando la cara cubierta de sangre de Molly; en cierto modo, el color es intenso, brillante y bonito.

La chica gruñe y emite un sonido líquido; le cae sangre por los labios.

—Ya has ganado —masculla Cuatro—. Para.

Me seco el sudor de la frente. Él me mira con los ojos demasiado abiertos, como alarmados.

—Creo que deberías irte, dar un paseo —me dice.

—Estoy bien. Ya estoy bien —repito, esta vez para mí.

Ojalá pudiera decir que me siento culpable por lo que he hecho.

No es así.

CAPÍTULO
QUINCE

Día de Visita. En cuanto abro los ojos, lo recuerdo. El corazón me salta de emoción, aunque se da un buen porrazo cuando veo a Molly cruzar cojeando el dormitorio, con la nariz morada entre tiras de vendas. Cuando la veo marcharse busco a Peter y a Drew. Ninguno de los dos está en el dormitorio, así que me cambio rápidamente, ya que, mientras ellos no estén aquí, no me importa quién me vea en ropa interior; ya no.

Todos los demás se visten en silencio, ni siquiera Christina sonríe. Todos sabemos que quizá no encontremos a nadie en el Pozo, por mucho que busquemos entre el mar de rostros.

Hago la cama con las puntas de las sábanas bien estiradas, como me enseñó mi padre. Cuando estoy quitando un pelo descarriado de la almohada, Eric entra en el cuarto.

—¡Atención! —anuncia mientras se quita un mechón de pelo oscuro de los ojos—. Quiero daros un consejo para hoy. Si, por un milagro, vuestras familias vienen de visita... —dice, y se detiene para mirarnos a la cara y sonreír—, cosa que dudo, lo mejor es no parecer demasiado unidos a ellas. Así será más fácil para vosotros y para vuestros familiares. Además, aquí nos tomamos muy en serio la frase: «La facción antes que la sangre». El vínculo con vuestra familia indica que no estáis del todo satisfechos con vuestra facción, lo que sería una vergüenza. ¿Entendido?

Lo entiendo, noto el tono de amenaza en la severa voz de Eric. De todo el discurso, lo único que decía de corazón era lo último: que somos de Osadía y que necesitamos actuar en consecuencia.

Al salir del dormitorio, Eric me para.

—Quizá te haya subestimado, estirada —dice—. Ayer lo hiciste bien.

Me quedo mirándolo y, por primera vez desde que le di la paliza a Molly, me remuerde la conciencia.

Si Eric piensa que he hecho algo bien, debo de haberlo hecho mal.

—Gracias —respondo, y salgo a toda prisa del dormitorio.

Cuando mis ojos se adaptan a la tenue luz del pasillo, veo a Christina y a Will delante, Will riéndose, seguramente de una broma de Christina. No intento alcanzarlos, ya que, por algún motivo, me da la impresión de que sería un error interrumpirlos.

Falta Al. No lo he visto en el dormitorio y no lo veo de camino al Pozo. Quizá ya esté allí.

Me paso los dedos por el pelo y me hago un moño. Reviso mi ropa, ¿estoy bien tapada? Los pantalones son estrechos y se me ve la clavícula, no lo aprobarán.

¿A quién le importa que lo aprueben? Aprieto la mandíbula. Ahora, esta es mi facción, esta es la ropa que lleva mi facción. Me paro justo antes de que acabe el pasillo.

Hay grupitos de familias en el fondo del Pozo, casi todas familias de Osadía con iniciados. Siguen resultándome extraños: una madre con un *piercing* en la ceja, un padre con un brazo tatuado, un iniciado con el pelo morado, una unidad familiar saludable. Veo a Drew y a Molly solos en un extremo de la sala y reprimo una sonrisa. Al menos sus familias no han venido.

Pero la de Peter, sí. Está al lado de un hombre alto con cejas peludas y de una mujer pelirroja de aspecto sumiso. No se parece a ninguno de ellos. Los dos llevan pantalones negros y camisas blancas, típicos trajes de Verdad, y su padre habla tan alto que casi lo oigo desde donde estoy. ¿Sabrán qué clase de persona es su hijo?

Aunque, pensándolo bien..., ¿qué clase de persona soy yo?

Al otro lado de la sala, Will está con una mujer vestida de azul. No parece lo bastante mayor como para ser su madre, aunque tiene la misma arruga entre las cejas que él y el mismo cabello dorado. Una vez nos contó que tenía una hermana; quizá sea ella.

A su lado, Christina abraza a una mujer de piel oscura vestida con el blanco y negro de Verdad. De pie detrás de Christina hay una niña, también veraz; su hermana pequeña.

¿Me molesto en buscar a mis padres entre la multitud? Podría dar media vuelta y volver al dormitorio.

Entonces la veo: mi madre está sola, al lado de la barandilla, con las manos cruzadas delante de ella. Nunca ha parecido más fuera de lugar con sus pantalones grises y su chaqueta gris abotonada hasta el cuello, el pelo sujeto en su sencillo moño y la cara serena. Voy hacia ella con los ojos llenos de lágrimas. Ha venido, ha venido por mí.

Camino más deprisa. Me ve y, por un segundo, su cara no expresa nada, como si no supiera quién soy. Entonces se le iluminan los ojos y abre los brazos: huele a jabón y a detergente.

—Beatrice —susurra, pasándome una mano por el pelo.

«No llores», me digo.

La abrazo hasta que parpadeo varias veces y logro secarme las lágrimas; después me echo atrás para volver a mirarla. Sonrío con los labios cerrados, como hace ella. Me toca la mejilla.

—Mírate, estás más ancha —dice, poniéndome un brazo sobre los hombros—. Dime cómo te encuentras.

—Tú primero.

Las viejas costumbres no se pierden. Debo dejarla hablar primero, no debo permitir que la conversación se centre en mí demasiado tiempo, debo asegurarme de que no necesita nada.

—Hoy es una ocasión especial —me dice—. He venido a verte, así que mejor hablamos más de ti. Es mi regalo.

Mi sacrificada madre. No debería darme ningún regalo, teniendo en cuenta que la he abandonado a ella y también a mi padre. Camino a su lado hacia la barandilla que da al abismo, contenta de estar cerca de ella. La última semana y media he disfrutado de menos afecto del que suponía. En casa no nos tocamos mucho y, en toda mi vida, lo más cariñoso que he visto hacer a mis padres es darse la mano en la mesa del comedor, pero era más que esto, más que aquí.

—Solo una pregunta —digo, notando el pulso en la garganta—. ¿Dónde está papá? ¿Está visitando a Caleb?

—Ah —responde, sacudiendo la cabeza—, tu padre tenía que trabajar.

—Si no quería venir, puedes decírmelo —digo, bajando la vista.

—Últimamente, tu padre está siendo muy egoísta —contesta, mirándome a la cara—. Eso no quiere decir que no te quiera, te lo prometo.

Me quedo mirándola, pasmada: mi padre..., ¿egoísta? Más sorprendente que la etiqueta es el hecho de que se la haya asignado ella. No distingo si está enfadada ni espero ser capaz de hacerlo, pero debe de estarlo; si dice que es egoísta, tiene que estar enfadada.

—¿Y Caleb? —pregunto—. ¿Lo visitarás después?

—Ojalá pudiera, pero los de Erudición han prohibido que los visitantes de Abnegación entren en su complejo. Si lo intentara, me echarían.

—¿Qué? Eso es horrible. ¿Por qué lo hacen?

—La tensión entre ambas facciones es mayor que nunca. Ojalá no fuera así, pero poco puedo hacer al respecto.

Pienso en Caleb entre los otros iniciados de Erudición, buscando a nuestra madre entre la gente, y noto un pinchazo en el estómago. Parte de mí sigue enfadada con él por no contarme sus secretos, aunque tampoco quiero que sufra.

—Eso es horrible —repito, y miro hacia el abismo.

Cuatro está solo, junto a la barandilla. Aunque ya no es iniciado, casi todos los de Osadía aprovechan el día para estar con la familia. O su familia no se reúne o no ha nacido en Osadía.

—Ese es uno de mis instructores —digo, y me acerco más a mi madre—. Intimida un poco.

—Es guapo.

Asiento con la cabeza sin darme cuenta. Ella se ríe y me quita el brazo de los hombros. Quiero apartarla de él, pero, justo cuando estoy a punto de sugerir irnos a otro sitio, él mira atrás.

Sus ojos se abren como platos al ver a mi madre, que le ofrece una mano.

—Hola, me llamo Natalie, soy la madre de Beatrice.

Nunca había visto a mi madre estrechar la mano de nadie. Cuatro se la da, muy rígido, y la sacude dos veces. El gesto resulta poco natural en ambos. No, Cuatro no es de Osadía si le cuesta estrechar la mano de otra persona.

—Cuatro, encantado de conocerla.

—Cuatro —repite mi madre, sonriendo—. ¿Es un apodo?

—Sí —responde él, aunque no lo explica; ¿cuál será su nombre real?—. Su hija lo está haciendo bien, he estado supervisando su entrenamiento.

¿Desde cuándo «supervisar» significa lanzarme cuchillos y regañarme siempre que puede?

—Me alegra oírlo —responde ella—. Sé unas cuantas cosas sobre la iniciación de Osadía y estaba preocupada por ella.

Él me mira y me recorre la cara con los ojos, desde la nariz a la boca y desde la boca a la barbilla.

—No tiene de qué preocuparse.

No puedo evitar que me suba el rubor a las mejillas, espero que no se note.

¿La tranquiliza porque es mi madre o porque realmente cree que estoy capacitada? ¿Y qué ha querido decir esa mirada?

—No sé por qué, pero me resultas familiar, Cuatro —comenta ella, ladeando la cabeza.

—No sabría decirle —contesta, y su voz se vuelve fría—. No suelo relacionarme con abnegados.

Mi madre se ríe, tiene una risa ligera, medio aire, medio sonido.

—Pocas personas lo hacen estos días, no me lo tomo como algo personal.

—Bueno —responde él, algo más relajado—, las dejo a solas.

Las dos lo observamos alejarse. El rugido del río me retumba en los oídos. Puede que Cuatro fuera de Erudición, lo que explica que odie a los abnegados. O quizá se haya creído los artículos que publican los de Erudición sobre nosotros..., sobre ellos, me recuerdo. Sin embargo, ha sido amable por su parte decirle que lo estoy haciendo bien, cuando sé que no lo cree.

—¿Siempre es así? —pregunta mi madre.

—Peor.

—¿Has hecho amigos?

—Unos cuantos —respondo, y miro atrás, a Will, Christina y sus familias.

Cuando me ve Christina, me llama, sonriendo, así que mi madre y yo vamos al otro lado del Pozo.

Sin embargo, antes de llegar a Will y Christina, una mujer rechoncha y bajita con una camisa de rayas blancas y negras me toca el brazo. Doy un respingo y resisto el impulso de apartarla de un manotazo.

—Perdona —me dice—, ¿conoces a mi hijo? ¿Albert?

—¿Albert? —repito—. Ah, ¿se refiere a Al? Sí, lo conozco.

—¿Sabes dónde puedo encontrarlo? —pregunta, haciendo

una seña al hombre que está detrás de ella, que es alto y tan robusto como una roca; el padre de Al, obviamente.

—Lo siento, no lo he visto esta mañana. A lo mejor lo encuentran allí arriba —sugiero, señalando el techo de cristal.

—Ay, preferiría no volver a subir —responde la madre de Al, abanicándose la cara con la mano—. Casi me da un ataque de pánico al bajar. ¿Por qué no hay barandillas en esos caminos? ¿Estáis todos locos?

Sonrío un poco. Hace unas semanas me habría ofendido la pregunta, pero ahora paso tanto tiempo con los trasladados de Verdad que no me sorprende su falta de tacto.

—Locos, no —respondo—. Osados, sí. Si lo veo, le diré que lo están buscando.

Veo que mi madre esboza la misma sonrisa que yo. No reacciona como algunos de los padres de los otros iniciados, que levantan la cabeza para examinar las paredes del Pozo, el techo del Pozo, el abismo... Por supuesto que no tiene curiosidad: es de Abnegación, la curiosidad le resulta ajena.

Presento a mi madre a Will y a Christina, y Christina me presenta a su madre y a su hermana. Pero cuando Will me presenta a Cara, su hermana mayor, ella me echa una mirada capaz de marchitar plantas y no me ofrece la mano. Observa con odio a mi madre.

—No puedo creerme que te relaciones con uno de ellos, Will —dice.

Mi madre aprieta los labios, pero, claro, no contesta.

—Cara —la regaña Will, frunciendo el ceño—, no hay por qué ser maleducados.

—Claro que no. ¿Sabes quién es? —responde ella, señalando a mi madre—. Es la mujer de un miembro del consejo, para que lo sepas. Dirige la «agencia de voluntarios» que, supuestamente, ayuda a los abandonados. ¿Se cree que no sabemos que guardan la mercancía para distribuirla entre los de su facción, mientras que nosotros llevamos un mes sin alimentos frescos, eh? Comida para los abandonados, qué engaño.

—Lo siento —responde mi madre con amabilidad—. Creo que se está confundiendo.

—Confundiendo, ja —suelta Cara—. Seguro que son justo lo que aparentan: una facción de buenos samaritanos sin una pizca de egoísmo en el cuerpo. Claro.

—No le hables así a mi madre —le digo, notando que me sube el calor a la cara; aprieto los puños—. Como digas otra palabra, te juro que te rompo la nariz.

—Retrocede, Tris —dice Will—, no vas a pegarle un puñetazo a mi hermana.

—¿Ah, no? —respondo, arqueando las cejas—. ¿Tú crees?

—No, no lo vas a hacer —interviene mi madre, y me toca el hombro—. Venga, Beatrice, no queremos molestar a la hermana de tu amigo.

Suena amable, pero me aprieta el brazo con tanta fuerza que estoy a punto de gritar de dolor mientras me aleja de allí a rastras. Camina a mi lado, deprisa, hacia el comedor. Sin embargo, justo antes de llegar, gira a la izquierda y se mete en uno de los oscuros pasillos que todavía no he explorado.

—Mamá. Mamá, ¿cómo sabes adónde vamos?

Se detiene al lado de una puerta cerrada y se pone de puntillas para asomarse a la base de un farol azul que cuelga del techo. Unos segundos después asiente con la cabeza y se vuelve de nuevo hacia mí.

—Te he dicho que no hagas preguntas sobre mí, y lo decía en serio. ¿Cómo te va de verdad, Beatrice? ¿Cómo han ido las peleas? ¿Qué puesto llevas en la clasificación?

—¿Clasificación? ¿Sabes que he estado luchando? ¿Sabes que me clasifican?

—El proceso de iniciación de Osadía no es información de alto secreto.

No sé lo fácil que será averiguar lo que hacen las demás facciones durante la iniciación, aunque sospecho que no tanto.

—Estoy de los últimos, mamá —respondo, despacio.

—Bien —dice, asintiendo—. Nadie se fija mucho en los últimos. Presta atención, Beatrice, es muy importante: ¿cuál fue tu resultado en la prueba de aptitud?

La advertencia de Tori me palpita en la cabeza: «No se lo cuentes a nadie». Debería decirle que me salió Abnegación, porque eso registró Tori en el sistema.

La miro a los ojos, que son verde pálido y están rodeados de un borrón negro de pestañas. Tiene arrugas alrededor de los labios, pero, aparte de eso, no aparenta su edad. Las arrugas se hacen más profundas cuando tararea; solía tararear mientras fregaba los platos.

Es mi madre.

Puedo confiar en ella.

—No fueron concluyentes —digo en voz baja.

—Eso me parecía —responde, y suspira—. Muchos de los

niños criados en Abnegación obtienen ese resultado, no sabemos por qué. Pero debes tener cuidado durante la siguiente etapa de la iniciación, Beatrice. Procura que tus resultados sean del montón, no destaques. ¿Lo entiendes?

—Mamá, ¿qué está pasando?

—Me da igual la facción que escojas —responde, tocándome las mejillas—. Soy tu madre y quiero que estés a salvo.

—Es porque soy una... —empiezo a decirlo, pero ella me tapa la boca.

—No digas esa palabra —me ordena entre dientes—. Nunca.

Así que Tori estaba en lo cierto: es peligroso ser divergente. El problema es que todavía no sé por qué, ni siquiera sé qué significa realmente.

—¿Por qué?

—No te lo puedo decir.

Vuelve la vista atrás, apenas se ve la luz del fondo del Pozo. Oigo gritos y conversaciones, risas y arrastrar de pies. El olor del comedor me llega flotando por el aire, huele a dulce y levadura: pan horneándose. Cuando mi madre se vuelve hacia mí pone cara de determinación.

—Quiero que hagas una cosa. No puedo ir a visitar a tu hermano, pero tú sí, cuando acabe la iniciación. Así que quiero que vayas a verlo y que le digas que investigue el suero de la simulación, ¿vale? ¿Podrías hacerme ese favor?

—¡No si no me explicas algo, mamá! —respondo, cruzándome de brazos—. ¡Si quieres que vaya a pasar el día al complejo de Erudición tendrás que darme un motivo!

—No puedo, lo siento —dice; me besa en la mejilla y me

183

mete detrás de la oreja un mechón de pelo que se me ha salido del moño—. Debería marcharme. Quedarás bien si parece que no estamos demasiado unidas.

—Me da igual quedar bien.

—Pues no debería. Sospecho que ya te están vigilando.

Se aleja y me quedo demasiado pasmada para seguirla; al final del pasillo se vuelve y añade:

—Tómate un trozo de tarta por mí, ¿vale? La de chocolate. Está deliciosa. —Después esboza una sonrisa extraña y torcida y dice—: Te quiero, espero que lo sepas.

Y se va.

Me quedo sola bajo la luz azul que emite el farol y lo entiendo: ha estado en el complejo antes; recordaba este pasillo; sabe cosas sobre el proceso de iniciación.

Mi madre era de Osadía.

CAPÍTULO
DIECISÉIS

Esa tarde vuelvo al dormitorio mientras los demás pasan tiempo con sus familias, y allí me encuentro con Al sentado en su cama, mirando el espacio de la pared donde suele estar la pizarra. Cuatro se la ha llevado hoy para poder calcular la clasificación de la primera etapa.

—¡Estás aquí! —exclamo—. Tus padres te estaban buscando, ¿te han encontrado?

Sacude la cabeza.

Me siento a su lado en la cama. Mi pierna no llega a ser ni la mitad de ancha que la suya, a pesar de estar más musculosa que antes. Él lleva pantalones cortos negros, y le veo la rodilla amoratada y una cicatriz que la cruza de lado a lado.

—¿No querías verlos? —pregunto.

—No quería que me preguntaran cómo me iba —responde—. Tendría que decírselo y sabrían que estaba mintiendo.

—Bueno... —respondo, intentando pensar en qué decir—. ¿Qué es lo que no te va bien?

—He perdido todas las peleas desde la de Will —responde Al, después de una risa amarga—. No voy bien.

—Pero porque tú lo has querido. ¿Eso no podrías decírselo?

—Mi padre siempre ha querido que viniese aquí —responde, sacudiendo la cabeza—. Es decir, siempre han dicho que querían que me quedara en Verdad, pero solo porque era lo que se suponía que debían decir. Siempre han admirado a los de Osadía. Si intentara explicárselo, no lo entenderían.

—Ah —respondo, y me pongo a darme golpecitos con los dedos en la rodilla; después lo miro—. ¿Por eso elegiste Osadía? ¿Por tus padres?

—No, supongo que porque... creo que es importante proteger a las personas, defenderlas. Como hiciste tú por mí —comenta, sonriendo—. Se supone que eso hacen los de Osadía, ¿no? Eso es el valor, no... hacer daño a los demás sin ningún motivo.

Recuerdo lo que me dijo Cuatro, que, antes, el trabajo en equipo era una prioridad en Osadía. ¿Cómo serían los osados en esa época? ¿Qué habría aprendido de haber estado aquí cuando mi madre era osada? Puede que no le hubiera roto la nariz a Molly, ni amenazado a la hermana de Will. Me remuerde la conciencia.

—Puede que la cosa mejore cuando termine la iniciación.

—Qué pena que vaya a quedar el último —responde Al—. Supongo que lo sabremos esta noche.

Nos quedamos sentados juntos un rato. Es mejor estar aquí, en silencio, que en el Pozo, viendo a todo el mundo reír con su familia.

Mi padre decía que, a veces, la mejor forma de ayudar a otra persona es estar a su lado. Me siento bien cuando hago algo que sé que lo haría sentirse orgulloso, como si compensara todas las cosas que he hecho y que no lo harían sentir orgulloso.

—Soy más valiente cuando estoy cerca de ti, ¿sabes? —me dice—. Como si de verdad pudiera encajar aquí, igual que tú.

Estoy a punto de responder cuando me pasa el brazo por encima de los hombros. De repente me quedo paralizada y se me encienden las mejillas.

No quería tener razón sobre lo que sentía Al por mí, pero la tenía.

No me apoyo en él, sino que me echo hacia delante para que se le caiga el brazo. Después me aprieto las manos sobre el regazo.

—Tris... —empieza a decir, tenso.

Lo miro: tiene la cara tan roja como yo, aunque no llora, solo está avergonzado.

—Lo... siento —dice—. No intentaba... Bueno, lo siento.

Ojalá pudiera responder que no se lo tomara como algo personal. Podría explicarle que mis padres rara vez iban de la mano, ni siquiera en casa, así que me he preparado para apartarme de todo tipo de gestos de afecto porque ellos me educaron para tomármelos muy en serio. Quizá si se lo hubiera dicho no notaría un poso de dolor bajo su vergüenza.

Pero, por supuesto, sí que es personal. Es mi amigo..., eso es todo. ¿Qué hay más personal que eso?

Tomo aire y, cuando lo expulso, me obligo a sonreír.

—¿Sentirlo por qué? —pregunto, como si nada; me sacudo los vaqueros, aunque no tienen nada, y me levanto—. Debería irme ya.

Él asiente con la cabeza sin mirarme.

—¿Vas a estar bien? —le digo—. Quiero decir..., por lo de tus padres. No por... —dejo la frase en el aire, no sé qué habría dicho si tuviera que terminarla.

—Ah, sí —responde, asintiendo de nuevo, quizá con demasiada energía—. Nos vemos después.

Intento no salir demasiado deprisa de la habitación. Cuando la puerta del dormitorio se cierra detrás de mí, me llevo una mano a la frente y sonrío un poco. Aparte de la incomodidad, es agradable gustar a alguien.

Hablar sobre las visitas familiares sería demasiado doloroso, así que esta noche solo se habla sobre la clasificación final de la primera etapa. Cada vez que alguien cerca de mí saca el tema, me quedo mirando un punto al otro lado de la habitación y no hago caso.

Mi puesto en la clasificación no debe de ser tan malo como al principio, sobre todo después de darle una paliza a Molly, pero quizá no baste para meterme entre los diez primeros al final de la iniciación, sobre todo cuando se incluyan los resultados de los iniciados nacidos en Osadía.

En la cena me siento con Christina, Will y Al en una mesa de la esquina. Peter, Drew y Molly están en la mesa de al lado, demasiado cerca para nuestro gusto. Cuando la conversación en nuestra mesa se estanca, oigo cada palabra que dicen los otros: especulan sobre la clasificación, menuda sorpresa.

—¿Teníais prohibidas las mascotas? —pregunta Christina, dando una palmada en la mesa—. ¿Por qué?

—Porque no son lógicas —responde Will con toda la naturalidad del mundo—. ¿Qué sentido tiene ofrecer comida y protección a un animal que solo sirve para estropear los muebles y apestarte la casa, y que al final se morirá?

Al y yo nos miramos a los ojos, como hacemos casi siempre que Will y Christina se ponen a discutir. Pero, esta vez, en cuanto lo hacemos, los dos apartamos la vista. Espero que esta situación tan incómoda no dure mucho, quiero recuperar a mi amigo.

—La cuestión es que... —empieza Christina, y ladea la cabeza—. Bueno, que es divertido tenerlos. Yo tenía un bulldog que se llamaba *Chunker*. Una vez dejamos un pollo asado entero en la encimera para que se enfriara y, cuando mi madre se fue al cuarto de baño, el perro tiró el pollo de la encimera y se lo comió, huesos y piel incluidos. Nos reímos un montón.

—Sí, gracias, eso hace que cambie de idea. Claro que quiero vivir con un animal que se come toda mi comida y destroza mi cocina —responde Will, sacudiendo la cabeza—. ¿Por qué no te buscas un perro después de la iniciación, si estás tan nostálgica?

—Porque... —responde Christina mientras pierde la sonrisa y pincha las patatas con el tenedor—. Ya no me hacen tanta gracia los perros después de..., ya sabéis, después de la prueba de aptitud.

Nos miramos entre nosotros. Todos sabemos que se supone que no podemos hablar sobre la prueba, ni siquiera después de elegir, pero para ellos esa norma no debe de ser tan importante como para mí. El corazón me salta en el pecho; para mí, esa norma significa protección, evita que tenga que mentir a mis amigos sobre los resultados. Cada vez que pienso en la palabra «divergente», oigo la advertencia de Tori, y ahora también la de mi madre: «No se lo cuentes a nadie. Peligroso».

—Te refieres a... matar el perro, ¿no? —pregunta Will.

Casi se me olvida: los que tenían aptitud para Osadía eligieron el cuchillo en la simulación y apuñalaron al perro cuando los atacó. Con razón Christina ya no quiere tener un perro de mascota. Me tiro de las mangas y entrecruzo los dedos.

—Sí —responde ella—. Bueno, vosotros también tuvisteis que hacerlo, ¿no?

Primero mira a Al y después a mí. Sus oscuros ojos se entrecierran y añade:

—¿Tú no?

—¿Hmmm?

—Estás escondiendo algo —insiste—. Estás haciendo movimientos nerviosos.

—¿Qué?

—En Verdad aprendemos a leer el lenguaje corporal, así que sabemos si alguien miente o nos oculta algo —dice Al, dándome con el hombro; bien, volvemos un poco a la normalidad.

—Ah —respondo, rascándome el cuello—. Bueno...

—¿Ves? ¡Otra vez! —exclama ella, señalándome la mano.

Es como si me tuviera que tragar el latido de mi corazón. ¿Cómo puedo mentir sobre mis resultados si ellos son capaces de detectarlo? Tendré que controlar mi lenguaje corporal. Bajo la mano y la uno a la otra, en el regazo. ¿Es eso lo que hace una persona sincera?

Al menos no tengo que mentir sobre el perro.

—No, no maté al perro.

—¿Cómo te salió Osadía si no usaste el cuchillo? —pregunta Will, mirándome con suspicacia.

—No me salió —respondo, y lo miro a los ojos, sin vacilar—. Me salió Abnegación.

Es una verdad a medias, ya que Tori informó de que mi resultado era Abnegación así que eso es lo que sale en el sistema. Cualquiera que tenga acceso a las puntuaciones podrá verlo. Lo sigo mirando a los ojos unos segundos, sé que apartar la mirada resultaría sospechoso. Después me encojo de hombros y pincho un trozo de carne con el tenedor. Espero que me crean, tienen que creerme.

—¿Y, a pesar de eso, elegiste Osadía? —pregunta Christina—. ¿Por qué?

—Ya te lo dije —repuse con una sonrisita—: fue por la comida.

—¿Sabéis que Tris no había visto nunca una hamburguesa antes de llegar aquí? —comenta ella, entre risas.

Se lanza a contar la historia de nuestro primer día y mi cuerpo se relaja, aunque sigo sintiéndome rara. No debería mentir a mis amigos, es algo que levanta barreras entre nosotros, y ya tenemos más de las que me gustaría: que Christina se llevara la bandera; que yo rechazara a Al...

Después de cenar volvemos al dormitorio y me cuesta no hacerlo corriendo, ya que sé que la clasificación estará allí cuando lleguemos. Quiero acabar de una vez. En la puerta del dormitorio, Drew me empuja contra la pared para adelantarme y me araño el hombro con la piedra, aunque sigo caminando.

Soy demasiado baja para ver por encima del grupo de iniciados que están al fondo de la sala, pero por fin encuentro un espacio entre las cabezas para mirar y veo que la pizarra está en el suelo, apoyada en las piernas de Cuatro, de espaldas a nosotros. Cuatro se levanta con una tiza en la mano.

—Para los que acabáis de entrar, estoy explicando cómo se decide la clasificación —dice—. Después de la primera ronda de peleas os clasificamos según vuestro grado de habilidad. El número de puntos que ha ganado cada uno depende de eso y del grado de habilidad de vuestro oponente. Ganáis más puntos por mejorar y más puntos por vencer a alguien de un grado superior. No recompensamos el cebarse con los más débiles, eso es cobardía.

Creo que mira un instante a Peter al decir la última frase, pero pasa tan deprisa que no estoy segura.

—Si se os ha clasificado con un grado de habilidad alto, perdéis puntos por perder contra un oponente de menor habilidad.

Molly deja escapar un ruido desagradable, una especie de resoplido o gruñido.

—La segunda etapa del entrenamiento tiene más importancia que la primera, ya que está más centrada en superar la cobardía —sigue explicando Cuatro—. Dicho esto, es extremadamente difícil obtener un puesto alto al final de la iniciación si en la primera etapa acabáis en un puesto bajo.

Cambio el peso de un pie a otro mientras intento verlo mejor. Cuando por fin lo consigo, aparto la mirada: él ya me estaba mirando, seguramente distraído por mis movimientos nerviosos.

—Mañana anunciaremos el puesto de corte —dice Cuatro—. No se tendrá en cuenta que vosotros seáis trasladados. Es posible que cuatro de vosotros acabéis sin facción y que ninguno de ellos acabe fuera. O que cuatro de ellos acaben sin facción y que ninguno de vosotros acabe fuera. O cualquier combinación similar. Dicho esto, aquí tenéis vuestra clasificación.

Cuelga la pizarra en el gancho y da unos pasos atrás para que lo veamos:

1. Edward
2. Peter
3. Will
4. Christina
5. Molly
6. Tris

¿Sexta? No es posible. Vencer a Molly debe de haber mejorado mi posición más de lo que pensaba, y su derrota parece haber empeorado la suya. Le echo un vistazo al final de la lista.

7. Drew
8. Al
9. Myra

Al no es el último, pero, a no ser que los iniciados de Osadía fallaran estrepitosamente su versión de la primera etapa de la iniciación, será un abandonado.

Miro a Christina, que ladea la cabeza y frunce el ceño, mirando la pizarra. No es la única. El silencio que guardan los presentes resulta incómodo, como si se balanceara adelante y atrás en una cornisa.

Hasta que cae.

—¿Cómo? —dice Molly, señalando a Christina—. ¡La vencí! La vencí en cuestión de minutos, ¿y ella está por encima de mí?

—Sí —responde Christina, cruzándose de brazos y esbozando una sonrisa de suficiencia—. ¿Y?

—Si pretendes asegurarte un puesto alto, te sugiero que no te acostumbres a perder contra oponentes de nivel inferior —dice Cuatro, y su voz se abre paso entre los murmullos y los gruñidos de los demás iniciados.

Se mete la tiza en el bolsillo y pasa junto a mí sin mirarme. Las palabras me pican un poco, me recuerdan que yo soy la oponente de nivel inferior de la que está hablando.

Al parecer, a Molly también se lo recuerda.

—Tú —dice, mirándome con los ojos entrecerrados—. Vas a pagar por esto.

Espero que se lance contra mí o que me golpee, pero se da media vuelta y sale hecha una furia del dormitorio, cosa que es peor: de haber estallado, su rabia se habría disipado rápidamente después de un par de puñetazos. Irse significa que quiere planear algo. Irse significa que tengo que estar en guardia.

Peter no dijo nada cuando salió la clasificación, lo que resulta sorprendente teniendo en cuenta su tendencia a quejarse por cualquier cosa que no salga a su manera. Se limita a caminar hacia su litera y sentarse para desatarse los cordones de los zapatos. Eso hace que me inquiete aún más. No es posible que esté satisfecho con el segundo puesto; Peter, no.

Will y Christina chocan las palmas de las manos, y después Will me da una palmada en la espalda con una mano que es más grande que mi omóplato.

—Mírate, la número seis —dice, sonriendo.

—Puede que no baste —le recuerdo.

—Bastará, no te preocupes. Deberíamos celebrarlo.

—Bueno, pues vamos —responde Christina, agarrándome un brazo con una mano y el brazo de Al con la otra—. Vamos, Al, no sabes cómo lo han hecho los iniciados de Osadía, no sabes nada seguro.

—Yo me voy a la cama —masculla, sacudiéndose su mano de encima.

En el pasillo me cuesta menos olvidarme de Al, y de la venganza de Molly y de la sospechosa calma de Peter, y también fingir que lo que nos separa como amigos no existe. Sin embargo, en un rinconcito de mi mente se esconde el hecho de que Christina y Will son mis competidores. Si quiero acabar entre los diez primeros, primero tengo que vencerlos.

Solo espero no tener que traicionarlos en el intento.

Por la noche me cuesta quedarme dormida. El dormitorio solía parecerme ruidoso con tantas respiraciones, pero ahora está demasiado tranquilo. Cuando está en silencio, pienso en mi familia. Gracias a Dios que el complejo de Osadía suele ser muy ruidoso.

Si mi madre era de aquí, ¿por qué eligió Abnegación? ¿Amaba su paz, su rutina, su bondad..., todas las cosas que yo echo de menos cuando me permito pensar en ello?

Me pregunto si alguien de aquí la conocería cuando era joven y podría contarme cómo era entonces. Aunque la conocieran, seguramente no querrían hablar de ella, puesto que se supone que los trasladados no deben hablar sobre sus antiguas facciones una vez se convierten en miembros. Se supone que así es más sencillo transformar su lealtad a la familia en lealtad a la facción, abrazar el principio de «la facción antes que la sangre».

Meto la cara en la almohada. Mi madre me pidió que le dijera a Caleb que investigara el suero de la simulación. ¿Por qué? ¿Tiene algo que ver con que yo sea divergente, con que esté en peligro? ¿O se trata de otra cosa? Suspiro. Tengo miles de preguntas, y ella se fue antes de poder hacérselas. Ahora me dan vueltas en la cabeza y dudo que sea capaz de dormir hasta resolverlas.

Oigo un alboroto al otro lado de la habitación y levanto la cabeza de la almohada. Mis ojos no están acostumbrados a la oscuridad, así que me quedo mirando un vacío negro, como si los tuviera cerrados. Alguien arrastra los pies y oigo zapatos que rechinan en el suelo. Un golpe sordo.

Y, después, un gemido que me hiela la sangre y me pone los pelos de punta. Aparto las mantas de un tirón y me pongo de pie sobre el frío suelo, descalza. Sigo sin ver lo suficiente como para localizar el origen del grito, aunque sí veo un bulto negro en el suelo, unas cuantas literas más allá. Otro grito me perfora los tímpanos.

—¡Encended las luces! —grita alguien.

Me acerco al sonido poco a poco para no tropezar con nada. Es como si estuviera en trance. No quiero ver de dónde vienen los gritos, un grito así solo puede significar sangre, huesos y dolor; un grito así sale del fondo del estómago y se extiende por cada centímetro de tu cuerpo.

Se encienden las luces.

Edward está tirado en el suelo, al lado de su cama, agarrándose la cara. Alrededor de su cabeza hay un halo de sangre y, entre sus dedos, sobresale el mango de un cuchillo. Noto el latido de mi corazón en los oídos, veo que es un cuchillo de mantequilla del comedor. La hoja está clavada en el ojo de Edward.

Myra, que está a los pies de Edward, grita. Otra persona grita también y alguien pide ayuda, mientras Edward sigue en el suelo, retorciéndose y gimiendo. Me agacho junto a su cabeza, arrodillándome en el charco de sangre, y le pongo las manos sobre los hombros.

—No te muevas —le digo.

Estoy tranquila, aunque no oigo nada, como si tuviera la cabeza bajo el agua. Edward se retuerce de nuevo en el suelo y repito más alto, con más autoridad:

—Te he dicho que no te muevas. Respira.

—¡Mi ojo! —grita.

Huelo algo asqueroso: alguien ha vomitado.

—¡Sácalo! —chilla—. ¡Sácalo, sácamelo, sácalo!

Sacudo la cabeza hasta que me doy cuenta de que no puede verme. Se me atasca una carcajada en las tripas, una risa histérica; tengo que reprimir la histeria si quiero ayudarlo, tengo que olvidarme de mí.

—No —respondo—, tienes que dejar que lo saque el médico, ¿me oyes? Deja que lo saque el médico. Y respira.

—Duele —solloza.

—Ya lo sé —digo, usando la voz de mi madre, en vez de la mía.

Es como si la viera agachada junto a mí en la acera frente a nuestra casa, limpiándome las lágrimas de la cara después de haberme arañado la rodilla. Yo tenía cinco años.

—No pasará nada —le digo, intentando sonar segura, como si no lo dijera para tranquilizarlo sin más, aunque, en realidad, no sé si no pasará nada. Sospecho que algo sí que pasará.

Cuando llega la enfermera me pide que me aparte y lo hago. Tengo las manos y las rodillas empapadas en sangre. Cuando miro a mi alrededor, veo que solo faltan dos caras.

Drew.

Y Peter.

Cuando se llevan a Peter, me llevo ropa limpia al baño y me lavo las manos. Christina viene conmigo y se queda junto a la puerta, pero no dice nada, cosa que le agradezco; no hay mucho que decir.

Me restriego las líneas de las palmas de las manos y me meto una uña bajo las demás uñas para sacar la sangre. Me pongo los pantalones limpios y tiro los manchados a la basura. Saco todas las toallitas de papel que me caben en la mano. Alguien tiene que limpiar la porquería del dormitorio y, como dudo que vuelva a dormirme, bien puedo hacerlo yo.

Cuando voy a girar el pomo de la puerta, Christina comenta:

—Sabes quién ha sido, ¿verdad?

—Sí.

—¿Deberíamos contárselo a alguien?

—¿De verdad crees que los de Osadía harán algo? ¿Después

de colgarte sobre el abismo? ¿Despúes de obligarnos a molernos a palos?

Ella no responde.

Me paso media hora arrodillada en el suelo del dormitorio, restregando la sangre de Edward. Christina se lleva las toallitas de papel sucias y me trae limpias. Myra no está; seguramente ha ido con Edward al hospital.

Nadie duerme mucho esta noche.

—Esto va a sonar raro —dice Will—, pero ojalá no nos hubieran dado un día libre.

Asiento con la cabeza, sé a qué se refiere. Tener algo que hacer me distraería, y eso me vendría muy bien ahora mismo.

No he pasado mucho tiempo a solas con Will, pero Christina y Al están echando una siesta en el dormitorio, y nosotros dos no queríamos estar más rato de lo necesario allí dentro. No es que Will me lo haya dicho, pero lo sé.

Me meto la uña de un dedo debajo de la de otro. Aunque me lavé las manos a conciencia después de limpiar la sangre de Edward, todavía la noto en las manos. Will y yo caminamos sin un objetivo en mente, no hay adónde ir.

—Podríamos hacerle una visita —sugiere—, pero ¿qué le decimos?: ¿«No te conocía mucho, pero siento que te hayan apuñalado en el ojo»?

No tiene gracia, lo sé en cuanto lo dice, pero, a pesar de todo, me sube la risa y dejo que salga, porque es más fácil que guardarla dentro. Will se me queda mirando un segundo antes de echarse a reír. A veces solo se puede reír o llorar, y reír sienta mucho mejor en estos momentos.

—Lo siento —respondo—, es que es tan ridículo...

No quiero llorar por Edward, al menos, no de la forma profunda y personal que lloraría por un amigo o un ser querido. Quiero llorar porque ha pasado algo terrible y yo lo he visto, y no he encontrado la forma de arreglarlo. Nadie con deseos de castigar a Peter tiene la autoridad para hacerlo, y nadie con la autoridad para hacerlo quiere castigarlo. En Osadía hay normas que prohíben atacar a alguien de esa manera, pero, con la gente como Eric al mando, sospecho que no se aplican mucho.

—Lo más ridículo es que en cualquier otra facción seríamos valientes si le contáramos a alguien lo que ha pasado —comento, más seria—. Pero aquí..., precisamente en Osadía..., la valentía no nos servirá de nada.

—¿Alguna vez has leído los manifiestos de las facciones?

—¿Tú sí? —pregunto, frunciendo el ceño, hasta que recuerdo que Will memorizó una vez por diversión un mapa de la ciudad—. Ah, claro que sí. No me hagas caso.

—Una de las líneas que recuerdo del manifiesto de Osadía es: «Creemos en los actos cotidianos de valentía, en el coraje que impulsa a una persona a defender a otra».

Suspira.

No necesita decir más, sé a qué se refiere. Quizá Osadía se formara con buenas intenciones, con los ideales y los objetivos correctos, pero se han desviado de ellos. Y me doy cuenta de que lo mismo puede decirse de Erudición. Hace mucho tiempo, en Erudición se primaba la búsqueda del conocimiento y el ingenio para hacer el bien. Ahora se prima la búsqueda del conocimiento y el ingenio por codicia. Me pregunto si las demás facciones tendrán el mismo problema, nunca lo había pensado.

Sin embargo, a pesar de la depravación que veo en Osadía, no podría abandonarla. No es solo porque la idea de vivir sin facción, completamente aislada, me parezca un destino peor que la muerte, sino porque en los breves momentos en los que me ha encantado estar aquí he visto una facción que merece la pena salvar. Quizá podamos volver a ser valientes y honorables.

—Vamos a la cafetería a comer tarta —propone Will.

—Vale —respondo, sonriendo.

Mientras nos dirigimos al Pozo me repito la línea que ha citado Will para no olvidarla: «Creo en los actos cotidianos de valentía, en el coraje que impulsa a una persona a defender a otra».

Es una idea preciosa.

Más tarde, cuando regreso al dormitorio, han quitado la ropa de cama de la litera de Edward, y sus cajones están abiertos y vacíos. Al otro lado del cuarto, la parte de Myra está igual.

Cuando pregunto a Christina dónde se han ido, me responde:

—Lo han dejado.

—¿Myra también?

—Ha dicho que no quería estar aquí sin él, que, de todos modos, la iban a echar —explica, y se encoge de hombros como si no se le ocurriera qué más decir; si es cierto, sé cómo se siente—. Al menos no echaron a Al.

Se suponía que iban a echarlo, pero la salida de Edward lo salva. Los de Osadía decidieron salvarlo hasta la siguiente etapa.

—¿Quién más ha salido? —pregunto.

—Dos de Osadía —responde Christina, encogiéndose de hombros otra vez—. No recuerdo sus nombres.

Asiento con la cabeza y miro la pizarra. Alguien ha tachado con una raya los nombres de Edward y Myra, y ha cambiado los números al lado de los nombres. Ahora, Peter es primero; Will es segundo; yo soy quinta. Empezamos la primera etapa con nueve iniciados.

Ahora somos siete.

CAPÍTULO
DIECISIETE

Es mediodía, hora de comer.

Estoy sentada en un pasillo que no reconozco. Vine aquí porque necesitaba salir del dormitorio. A lo mejor si me traigo mi manta aquí no tengo que volver allí de nuevo. Quizá sea cosa de mi imaginación, pero todavía me huele a sangre, a pesar de que restregué el suelo hasta que me dolieron las manos y alguien echó lejía esta mañana.

Me pellizco el puente de la nariz. Restregar el suelo cuando nadie más quería hacerlo es algo que hubiera hecho mi madre. Si no puedo estar con ella, al menos actuaré como ella de vez en cuando.

Oigo que se acerca alguien, sus pasos retumban en el suelo de piedra; me miro los zapatos. Cambié mis deportivas grises por otras negras hace una semana, pero las grises están guardadas en uno de mis cajones; fui incapaz de tirarlas, a pesar de que sé que es una tontería sentir apego por unas zapatillas, como si ellas tuvieran el poder de llevarme a casa.

—¿Tris?

Levanto la mirada: tengo a Uriah delante, me saluda con la

203

mano desde el grupo de iniciados de Osadía con los que va. Los demás se miran entre ellos, aunque siguen caminando.

—¿Estás bien? —me pregunta.

—He tenido una noche difícil.

—Sí, he oído lo de ese chico, Edward —responde Uriah, mirando el pasillo; los iniciados de Osadía han doblado una esquina—. ¿Quieres salir de aquí? —pregunta, sonriendo un poquito.

—¿Qué? ¿Adónde vais?

—A un pequeño ritual de iniciación. Venga, tenemos que darnos prisa.

Medito un segundo mis opciones: quedarme aquí sentada o salir del complejo.

Me pongo en pie y corro al lado de Uriah para alcanzar a los otros iniciados.

—Normalmente solo dejan ir a los iniciados con hermanos mayores en Osadía —explica—, pero quizá no se den cuenta. Tú actúa como si nada.

—¿Qué vamos a hacer exactamente?

—Algo peligroso —responde.

Me echa una mirada que solo podría describirse como de osado maníaco, aunque, en vez de echarme para atrás, como habría sucedido hace unas semanas, la imito, como si fuera contagiosa. La lúgubre sensación con la que cargo da paso a la emoción. Frenamos cuando alcanzamos a los otros.

—¿Qué hace aquí la estirada? —pregunta un chico que lleva un anillo metálico entre los orificios nasales.

—Acaba de ver cómo apuñalaban a ese chico en el ojo, Gabe —responde Uriah—. Déjala en paz, ¿vale?

Gabe se encoge de hombros y se vuelve. Nadie más dice nada, aunque algunos me miran de reojo, como si me evaluaran. Los iniciados nacidos en Osadía son como una manada de perros: si hago algo mal, no me dejarán ir con ellos. Sin embargo, por ahora, estoy a salvo.

Doblamos otra esquina y vemos a un grupo de miembros al final del siguiente pasillo. Hay demasiados para que todos sean familiares de un iniciado nacido en la facción, aunque distingo algunos parecidos entre las caras.

—Vamos —dice uno de los miembros, que se da la vuelta y se mete por una puerta a oscuras.

Los demás miembros los siguen, y nosotros los seguimos. Me quedo cerca de Uriah y doy con un escalón. Estoy a punto de caer de boca, pero me doy cuenta a tiempo y empiezo a subir.

—Escalera de atrás —dice Uriah, casi mascullando—. Suele estar cerrada.

Asiento con la cabeza, aunque no me vea, y sigo subiendo hasta que se acaban los escalones y aparece una puerta abierta en lo alto, por la que entra la luz del sol. Salimos a nivel del suelo, al lado de las vías del tren, a unos cuantos cientos de metros del edificio de cristal que está sobre el Pozo.

Es como si hubiese hecho esto miles de veces: oigo la bocina del tren, noto las vibraciones en el suelo, veo la luz en el vagón de cabeza, me crujo los nudillos y doy un salto sobre las puntas de los pies.

Corremos todos a la vez junto al vagón y, en tandas, miembros e iniciados por igual caen dentro. Uriah entra antes que yo y los demás me empujan por detrás. No puedo cometer errores;

me lanzo de lado, me agarro al asidero del lateral y me impulso al interior. Uriah me agarra del brazo para ayudarme a recuperar el equilibrio.

El tren acelera, y los dos nos sentamos con la espalda contra la pared.

—¿Adónde vamos? —grito para hacerme oír por encima del viento.

—Zeke no me lo ha dicho nunca —responde, encogiéndose de hombros.

—¿Zeke?

—Mi hermano mayor —responde, señalando a un chico que está sentado en la puerta con las piernas colgando del vagón.

Es menudo y bajito, no se parece en nada a Uriah, aparte del color de la piel.

—No se cuenta, ¡no hay que fastidiar la sorpresa! —grita la chica que tengo a la izquierda, que me ofrece una mano—. Soy Shauna.

Acepto su mano, pero no la aprieto lo suficiente y la suelto demasiado deprisa. Dudo que algún día consiga mejorar mi apretón de manos, me resulta antinatural dar la mano a desconocidos.

—Yo soy... —empiezo a decir.

—Sé quién eres, eres la estirada. Cuatro me ha hablado de ti.

Rezo para que no se me note el color de las mejillas.

—¿Ah, sí? ¿Y qué te ha dicho?

—Me dijo que eres una estirada —responde, sonriendo con malicia—. ¿Por qué lo preguntas?

—Si mi instructor está hablando de mí, me gustaría saber qué dice —respondo procurando ser firme y con la esperanza de que la mentira resulte convincente—. Él no viene, ¿no?

—No, nunca viene a esto. Seguramente ya no le interesa. Hay pocas cosas que lo asusten, ya sabes.

No viene. Algo dentro de mí se desinfla como un globo sin atar, pero no hago caso y asiento con la cabeza. Sé que Cuatro no es un cobarde, aunque también sé que hay al menos una cosa que lo asusta: las alturas. Sea lo que sea lo que vayamos a hacer, si él lo evita, debe de tener algo que ver con estar en un sitio alto. Shauna no debe de saberlo, ya que habla de él con mucha admiración.

—¿Lo conoces bien? —pregunto; soy demasiado curiosa, siempre lo he sido.

—Todos conocen a Cuatro —responde—. Fuimos iniciados juntos. Lo mío no era pelear, así que me daba clases todas las noches, mientras los demás dormían —explica; se rasca la nuca y, de repente, se pone seria—. Fue muy amable.

Se levanta y se pone detrás de los miembros que se han sentado en la puerta. Al cabo de un segundo deja de estar seria, pero sigo algo nerviosa por lo que ha dicho, medio desconcertada por la idea de que Cuatro sea «amable» y medio queriendo dar a la chica un puñetazo sin razón aparente.

—¡Allá vamos! —grita Shauna.

El tren no frena, pero se lanza afuera. Los otros miembros la siguen, un chorro de gente de negro y agujereada no mucho mayor que yo. Estoy en la puerta, al lado de Uriah. El tren va mucho más deprisa que las demás veces que he saltado, pero no puedo perder los nervios ahora, delante de todos estos miembros, así que salto, caigo con fuerza en el suelo y doy unos cuantos pasos tambaleantes antes de recuperar el equilibrio.

Uriah y yo corremos para alcanzar a los demás, junto con los otros iniciados, que apenas me miran.

Yo sí miro a mi alrededor mientras camino. Tenemos el Centro detrás, negro sobre las nubes, aunque los edificios que nos rodean están a oscuras y en silencio, lo que significa que debemos de estar al norte del puente, en el lado abandonado de la ciudad.

Doblamos una esquina y nos desperdigamos por Michigan Avenue. Al sur del puente, Michigan Avenue es una calle animada, llena de gente, pero aquí está vacía.

En cuanto levanto la mirada para examinar los edificios, sé adónde vamos: un edificio vacío, el Hancock, una columna negra con vigas entrecruzadas, el edificio más alto al norte del puente.

Pero ¿qué vamos a hacer? ¿Treparlo?

Al acercarnos, los miembros empiezan a correr, y Uriah y yo corremos para alcanzarlos. Ellos se dan codazos para entrar por las puertas de la base del edificio; el cristal de una de ellas está roto, por lo que solo queda el marco. Paso a través de él en vez de abrir la puerta y sigo a los miembros por un espeluznante vestíbulo a oscuras, oyendo el crujido de los cristales rotos bajo los zapatos.

Imagino que vamos a subir las escaleras, pero nos detenemos al lado de los ascensores.

—¿Funcionan los ascensores? —pregunto a Uriah bajando el tono de voz todo lo posible.

—Claro que sí —responde Zeke, poniendo los ojos en blanco—. ¿Crees que soy tan estúpido como para no haber venido antes a encender el generador de emergencia?

—Sí, la verdad es que sí —dice Uriah.

Zeke lanza una mirada asesina a su hermano, le agarra la cabeza con un brazo y le restriega los nudillos por el cráneo. Puede que Zeke sea más bajo que Uriah, pero debe de ser más fuerte o, al menos, más rápido. Uriah le da un golpe en el costado, y su hermano lo suelta.

Sonrío al ver el pelo alborotado de Uriah justo cuando se abren las puertas de los ascensores. Entramos todos a la vez, los miembros en uno y los iniciados en otro. Una chica de cabeza rapada me pisa al entrar y no se disculpa. Me agarro el pie, hago una mueca y considero la posibilidad de darle una patada en las espinillas. Uriah se mira en las puertas del ascensor mientras se peina con las manos.

—¿Qué planta? —pregunta la chica rapada.

—La cien —respondo.

—¿Y cómo vas a saberlo tú?

—Lynn, venga, pórtate bien —le pide Uriah.

—Estamos en un edificio abandonado de cien plantas con un grupo de Osadía —respondo—, ¿cómo es que tú no lo sabes?

No responde, se limita a clavar el pulgar en el botón correspondiente.

El ascensor sale lanzado tan deprisa que el estómago se me cae a los pies y se me taponan los oídos. Me agarro a un pasamanos del lateral y veo cómo suben los números. Dejamos atrás el veinte, el treinta, y por fin Uriah consigue alisarse el pelo. Noventa y ocho, noventa y nueve, y el ascensor se detiene en el cien. Me alegro de no haber subido por las escaleras.

—Me pregunto cómo vamos a llegar al tejado desde... —empieza Uriah, pero deja la frase a la mitad.

Una fuerte ráfaga de viento me golpea y me aparta el pelo de la cara: hay un gran agujero en el techo de la planta cien. Zeke coloca una escalera de aluminio contra el borde y se pone a subirla. La escalera cruje y oscila bajo sus pies, aunque él sigue subiendo y silbando, como siempre. Cuando llega al tejado, se vuelve y sujeta el extremo de la escalera para que suba el siguiente.

Parte de mí se pregunta si se trata de una misión suicida disfrazada de juego.

No es la primera vez que me lo he preguntado desde la Ceremonia de la Elección.

Subo detrás de Uriah; me recuerda a cuando subí por los travesaños de la noria con Cuatro pegado a mis talones. Recuerdo sus dedos en la cadera para que no me cayese, y casi me resbalo en la escalera. «Qué estúpida.»

Me muerdo el labio, llego arriba y me encuentro en el tejado del edificio Hancock.

El viento sopla con tanta fuerza que no oigo ni noto nada más. Tengo que apoyarme en Uriah para no caer por el borde. Al principio no veo más que el muerto pantano por todas partes, ancho, marrón y en contacto con el horizonte. En dirección contraria está la ciudad y, en muchos sentidos, es igual: muerta y con unos límites que desconozco.

Uriah señala algo: unido a los postes de lo alto de la torre hay un cable de acero tan grueso como mi muñeca. En el suelo hay una pila de eslingas con tela gruesa, lo bastante grandes para cargar a un ser humano. Zeke agarra una y la engancha a una polea que cuelga del cable de acero.

Recorro el cable con la mirada y veo que pasa por encima de los edificios y sigue por Lake Shore Drive. No sé dónde acaba, aunque hay algo que está claro: si continúo con esto, lo averiguaré.

Vamos a deslizarnos por un cable de acero en una eslinga negra colgada a trescientos metros de altura.

—Dios mío —dice Uriah.

Solo puedo asentir con la cabeza.

Shauna es la primera que se sube a la eslinga. Se mete boca abajo hasta apoyar casi todo su cuerpo en la tela negra, y Zeke le pasa una correa por los hombros, la parte baja de la espalda y la parte superior de los muslos. Tira la eslinga, con ella dentro, la lleva hasta el borde del edificio y cuenta hasta cinco. Shauna levanta el pulgar y él la empuja hacia la nada.

Lynn ahoga un grito cuando Shauna sale lanzada hacia el suelo en un ángulo muy pronunciado, de cabeza. Me abro paso para ver mejor y compruebo que, por lo que parece, la chica está bien sujeta; en cualquier caso, no tarda mucho en alejarse y convertirse en un punto negro sobre Lake Shore Drive.

Los miembros gritan, levantan los puños y se ponen en fila, apartándose a veces entre sí para conseguir un puesto mejor. No sé cómo lo hago, pero me convierto en la primera iniciada de la cola, justo delante de Uriah. Solo hay siete personas entre la polea y yo.

A pesar de todo, una parte de mí desearía no tener tanta gente delante. Es una extraña mezcla de terror e impaciencia, una sensación que no había experimentado hasta ahora.

El siguiente miembro, un chico que parece menor y que lleva una melena hasta los hombros, salta dentro de la loneta cabeza arriba, en vez de al revés. Extiende los brazos cuando Zeke lo empuja por el cable.

Ninguno de los miembros parece asustado, en absoluto, actúan como si lo hubieran hecho mil veces, cosa que es posible. Sin embargo, cuando miro atrás, veo que la mayoría de los iniciados están pálidos o preocupados, aunque hablen animadamente entre ellos. ¿Qué pasa entre la iniciación y la entrada a la facción que transforma el pánico en placer? ¿O es que aprenden a disimular mejor el miedo?

Tres personas delante. Otra eslinga: un miembro se mete con los pies por delante y cruza los brazos sobre el pecho. Dos personas. Un chico alto y robusto da saltitos como un niño antes de subir, y suelta un agudo chillido cuando desaparece, lo que hace que la chica que tengo delante se ría. Una persona.

La chica salta sobre la loneta de cabeza y mantiene las manos delante de ella mientras Zeke le aprieta las correas. Después, me toca.

Me estremezco cuando Zeke cuelga mi eslinga del cable. Intento meterme, pero me cuesta, me tiemblan demasiado las manos.

—No te preocupes —me dice Zeke al oído; me toma del brazo y me ayuda a entrar, boca abajo.

Noto que me aprieta las correas en torno a la cintura y que

me desliza hacia delante, hasta el borde del tejado. Me quedo mirando las vigas de acero del edificio y las ventanas negras desde aquí hasta la maltrecha acera. Soy estúpida por hacer esto, y soy estúpida por disfrutar tanto de la sensación de mi corazón golpeándome en el pecho y del sudor acumulándose en las líneas de las palmas de las manos.

—¿Lista, estirada? —pregunta Zeke, esbozando una sonrisita—. Debo decir que estoy impresionado de que no estés ya gritando y llorando.

—Te lo dije —comenta Uriah—, es una osada de los pies a la cabeza. Ahora, dale ya.

—Cuidado, hermano, que a lo mejor no te aprieto bien las correas —dice Zeke, y se da un golpe en la rodilla—. Y entonces, ¡plof!

—Sí, sí —responde Uriah—, para que nuestra madre te coma vivo.

Oírlo hablar de su madre, de su familia intacta, hace que me duela el pecho un segundo, como si alguien me hubiera pinchado con una aguja.

—Solo si se entera —dice Zeke mientras tira de la polea unida al cable de acero; se sostiene, lo que es una suerte teniendo en cuenta que, si se rompe, mi muerte será rápida y segura—. Preparada, lista, y...

Antes de terminar la palabra «ya», suelta la eslinga y me olvido de él, me olvido de Uriah, de la familia, y de todas las cosas que podrían funcionar mal y matarme. Oigo el ruido del metal deslizándose por el metal y noto un viento tan intenso que me arranca lágrimas de los ojos en mi acelerado descenso al suelo.

Es como si no tuviera sustancia ni peso. Más adelante, el pantano parece enorme, sus manchas marrones se extienden hasta perderse de vista, incluso a esta altura. El aire es tan frío y tan veloz que me hace daño en la cara. Acelero más y de mí surge un grito de euforia, aunque lo detiene el viento que me llena la boca en cuanto separo los labios.

Bien sujeta por las correas, extiendo los brazos e imagino que vuelo. Caigo en picado hacia la calle, que está agrietada e irregular, y sigue perfectamente la curva del pantano. Desde aquí arriba puedo imaginarme cómo era el pantano cuando estaba lleno de agua, como acero líquido reflejando el color del cielo.

El corazón me late tan deprisa que duele, y no puedo ni gritar ni respirar, pero también lo percibo todo, todas mis venas y fibras, todos mis huesos y nervios, todo está despierto y zumbando, como si me hubiese cargado de electricidad. Soy pura adrenalina.

El suelo crece y surge bajo mí, y veo gente diminuta en la acera. Debería gritar, como haría cualquier ser racional, pero, cuando abro de nuevo la boca, solo soy capaz de emitir una exclamación de alegría. Chillo más alto, y las figuras del suelo levantan los puños y me devuelven los gritos, aunque están tan lejos que apenas las oigo.

Miro abajo y el suelo se emborrona, una mezcla de gris, blanco y negro, cristal, pavimento y acero. Rizos de viento suave como cabello se me enroscan en los dedos y me echan los brazos atrás. Intento volver a pegar los brazos al pecho, pero no soy lo bastante fuerte. El suelo se hace cada vez más grande.

No freno hasta que pasa, como mínimo, otro minuto, sino que planeo paralela al suelo, como un pájaro.

Cuando freno, me paso los dedos por el pelo, ya que el viento me lo ha llenado de enredos. Estoy colgada a seis metros del suelo, aunque es una altura que ya no me parece gran cosa. Meto las manos detrás de mí y desabrocho las correas que me sujetan. Me tiemblan los dedos, pero consigo hacerlo. Abajo hay un grupo de miembros que se agarran de los brazos para formar una red de extremidades.

Para poder bajar tengo que confiar en que me sujetarán, tengo que aceptar que esta gente es mía y que yo soy suya. Requiere mucha más valentía que tirarse por el cable.

Me retuerzo para salir por delante y caigo con fuerza sobre sus brazos. Huesos de muñecas y antebrazos me aprietan la espalda, y después las palmas de las manos me rodean los brazos y me ponen de pie. No sé qué manos me han sostenido y qué manos no lo han hecho; veo sonrisas y oigo risas.

—¿Qué te ha parecido? —pregunta Shauna mientras me da una palmada en el hombro.

—Hmmm... —respondo.

Todos los miembros me miran, tan azotados por el viento como yo, con el frenesí de la adrenalina en los ojos y el pelo alborotado. Sé por qué mi padre dijo que los de Osadía eran una banda de locos; él no comprendía (no podía hacerlo) la camaradería que se forma después de arriesgar la vida todos juntos.

—¿Cuándo puedo tirarme otra vez? —pregunto.

Esbozo una sonrisa tan grande que se me ven los dientes y, cuando ellos se ríen, yo también. Recuerdo cuando subí las escaleras con los de Abnegación, nuestros pies siguiendo el mismo ritmo, todos iguales. Esto no es así, no somos iguales, pero, de algún modo, somos uno solo.

Miro hacia el edificio Hancock, que está tan lejos de aquí que ni siquiera veo a la gente en el tejado.

—¡Mira! ¡Ahí está! —exclama alguien señalando algo detrás de mí.

Sigo la dirección del dedo y veo una pequeña forma oscura que se desliza por el cable de acero. Unos segundos después oigo un grito que hiela la sangre.

—Apuesto a que se echa a llorar.

—¿Llorar el hermano de Zeke? Qué va, se llevaría un buen puñetazo.

—¡Está agitando los brazos!

—Suena como un gato estrangulado —comento.

Todos vuelven a reírse y noto que me remuerde la conciencia por burlarme de Uriah cuando no puede oírme, aunque habría dicho lo mismo con él delante. Espero.

Cuando por fin se detiene, sigo a los miembros para recibirlo. Nos alineamos debajo de él y cubrimos con los brazos el espacio que nos separa. Shauna me pone una mano en el codo, yo agarro otro brazo (no sé bien a quién pertenece, hay demasiadas manos enredadas) y la miro.

—Estoy bastante segura de que ya no podemos seguir llamándote estirada, Tris —dice Shauna, y asiente con la cabeza.

Todavía huelo a viento al llegar al comedor esa misma noche. Durante un segundo, al entrar, estoy rodeada de osados y me siento uno de ellos. Después, Shauna se despide con la mano, el grupo se separa, y yo me dirijo a la mesa desde la que Christina, Al y Will me miran, boquiabiertos.

No pensé en ellos cuando acepté la invitación de Uriah. En cierto modo, resulta satisfactorio ver sus expresiones de pasmo, aunque tampoco quiero que se enfaden conmigo.

—¿Dónde estabas? —pregunta Christina—. ¿Qué hacías con ellos?

—Uriah..., ya sabes, el iniciado de Osadía que estaba en nuestro equipo de capturar la bandera, iba con algunos miembros y les suplicó que me dejaran ir con ellos. En realidad no me querían allí, una tal Lynn me pisó.

—Puede que no te quisieran allí —dice Will en voz baja—, pero ahora parece que les gustas.

—Sí —respondo, no puedo negarlo—, aunque me alegro de estar de vuelta.

Con suerte no notarán que miento, aunque sospecho que sí. Me miré en un espejo de camino al complejo, y vi que tenía las mejillas y los ojos brillantes, y el pelo enredado. Tengo aspecto de haber experimentado algo fuerte.

—Bueno, te has perdido que Christina ha estado a punto de darle un puñetazo a uno de Erudición —dice Al, entusiasmado; siempre puedo contar con él para distender el ambiente—. Estaba aquí pidiendo opiniones sobre el liderazgo de Abnegación, y Christina le dijo que, si quería hacer algo útil, había cosas mucho más importantes que esa clase de entrevistas.

—Y tenía toda la razón —añade Will—. Se puso desagradable con ella, gran error.

—Grandísimo error —repito, asintiendo con la cabeza; quizá si sonrío lo suficiente logre hacerles olvidar los celos, el rencor o lo que sea que se cuece detrás de los ojos de Christina.

—Sí —responde ella—, mientras tú estabas por ahí divirtiéndote, yo hacía el trabajo sucio de defender a tu antigua facción, eliminando el conflicto entre nosotros...

—Venga ya, si te gustó... —la interrumpe Will, dándole con el codo—. Si no vas a contar toda la historia, lo haré yo: el tipo estaba...

Will se lanza a contarla y yo asiento con la cabeza, como si escuchara, aunque en lo único que pienso es en la vista desde el lateral del edificio Hancock y en la imagen mental del pantano lleno de agua, de vuelta a su antigua gloria. Miro a los miembros que están detrás de Will lanzándose trozos de comida entre ellos, como si los tenedores fuesen catapultas.

Es la primera vez que he llegado a desear de verdad ser uno de ellos.

Lo que significa que tengo que sobrevivir a la siguiente etapa de la iniciación.

CAPÍTULO
DIECIOCHO

Por lo que veo, la segunda etapa de la iniciación consiste en sentarse en un pasillo a oscuras con los otros iniciados preguntándote qué va a pasar detrás de una puerta cerrada.

Uriah está sentado frente a mí, con Marlene a su izquierda y Lynn a su derecha. Los iniciados nacidos aquí y los trasladados estábamos separados durante la primera etapa, pero entrenaremos juntos a partir de ahora. Es lo que nos ha dicho Cuatro antes de desaparecer al otro lado de la puerta.

—Bueno —dice Lynn, rascando el suelo con el zapato—, ¿quién es el primero de vosotros?

Al principio, nadie responde, pero después Peter se aclara la garganta y contesta:

—Yo.

—Seguro que puedo contigo —dice ella como si nada, dándole vueltas al anillo que tiene en la ceja—. Soy la segunda, pero seguro que cualquiera de nosotros podría contigo, trasladado.

Estoy a punto de reírme. Si siguiera siendo de Abnegación su comentario me resultaría maleducado y fuera de lugar, pero, entre los de Osadía, esa clase de retos son habituales, casi me los veo venir.

—Yo no estaría tan seguro —responde Peter; le brillan los ojos—. ¿Quién es el primero?

—Uriah —dice ella—, y sí que estoy segura. ¿Sabes cuántos años llevamos preparándonos para esto?

Si pretende intimidarnos, lo consigue, empiezo a sentir más frío.

Antes de que Peter pueda replicar, Cuatro abre la puerta y dice:

—Lynn.

Le hace un gesto para que se acerque, y ella recorre el pasillo; la luz azul que hay al final hace que le brille el cuero cabelludo.

—Así que tú eres el primero —le dice Will a Uriah.

—Sí, ¿y? —responde él, encogiéndose de hombros.

—¿Y no crees que es un poco injusto que os hayáis pasado la vida preparándoos para esto, mientras que a nosotros solo nos dan unas semanas para hacerlo? —pregunta Will, entrecerrando los ojos.

—Pues la verdad es que no. La primera etapa era sobre habilidad, sí, pero no hay preparación posible para la segunda. Al menos, eso me han dicho.

Nadie responde. Guardamos silencio durante veinte minutos, y cuento cada uno de ellos en mi reloj. Entonces, la puerta se abre de nuevo y Cuatro dice otro nombre:

—Peter.

Cada minuto me desgasta como el roce de un papel de lija. Poco a poco se reduce el número de chicos, y solo quedamos

Uriah, Drew y yo. Drew mueve la pierna, Uriah tamborilea con los dedos en la rodilla y yo intento quedarme completamente inmóvil. Solo oigo murmullos que salen de la habitación del final del pasillo y sospecho que esto forma parte del juego: quieren aprovechar cualquier oportunidad para aterrorizarnos.

La puerta se abre y Cuatro me llama:

—Vamos, Tris.

Me levanto con la espalda dolorida de haber pasado tanto tiempo apoyada en la pared y dejo atrás a los otros iniciados. Drew extiende una pierna para hacerme tropezar, pero salto por encima en el último segundo.

Cuatro me toca el hombro para guiarme al interior y cierra la puerta a mi espalda.

Cuando veo lo que hay dentro doy un paso atrás automáticamente y me chocan los hombros contra su pecho.

En el cuarto hay un sillón abatible similar al de la prueba de aptitud y, a su lado, una máquina que me resulta familiar. Esta habitación no tiene espejos y apenas está iluminada; hay una pantalla de ordenador sobre el escritorio de la esquina.

—Siéntate —me pide Cuatro; me da un apretón en los brazos y me empuja.

—¿De qué es la simulación? —pregunto, intentando que no me tiemble la voz, aunque sin éxito.

—¿Alguna vez has oído la expresión «enfrentarte a tus miedos»? Nosotros nos la tomamos de un modo literal. La simulación te enseñará a controlar tus emociones en una situación aterradora.

Me llevo una mano temblorosa a la frente. Las simulaciones

no son reales, no me suponen una amenaza real, así que, por lógica, no deberían darme miedo; sin embargo, mi respuesta es visceral. Tengo que emplear toda mi fuerza de voluntad para dirigirme al sillón, sentarme de nuevo en él y apoyarme en el reposacabezas. El frío del metal me atraviesa la ropa.

—¿Alguna vez te has encargado de las pruebas de aptitud? —pregunto, ya que parece cualificado.

—No, procuro evitar a los estirados siempre que puedo.

No sé por qué alguien iba a querer evitar a los de Abnegación. Puede que sí a los de Osadía o a los de Verdad, porque la valentía y la sinceridad hacen que la gente haga cosas extrañas, pero ¿Abnegación?

—¿Por qué?

—¿Me preguntas porque de verdad crees que te voy a responder?

—¿Por qué dices cosas a medias si no quieres que te pregunten por ellas?

Me roza el cuello con los dedos y me pongo tensa. ¿Un gesto cariñoso? No, tiene que echarme el pelo a un lado. Le da unos golpecitos a algo y vuelvo la cabeza para ver qué es: Cuatro tiene en la mano una jeringa con una aguja muy larga y ha colocado el pulgar sobre el émbolo. El líquido de la jeringuilla está teñido de naranja.

—¿Una inyección? —pregunto con la boca seca; normalmente no me dan miedo las agujas, pero esta es enorme.

—Usamos una versión más avanzada de la simulación, un suero distinto, sin cables ni electrodos.

—¿Cómo funciona sin cables?

—Bueno, yo tengo cables, así podré ver lo que pasa —responde—, pero en el suero hay un diminuto transmisor para ti que enviará datos al ordenador.

Me vuelve el brazo y mete la punta de la aguja en la tierna piel del lateral de mi cuello. Noto un dolor profundo en la garganta, hago una mueca e intento centrarme en la tranquilidad de su rostro.

—El suero hará efecto dentro de sesenta segundos. Esta simulación es distinta a la de la prueba de aptitud. Además de llevar el transmisor, el suero estimula la amígdala cerebral, que es la parte del cerebro que se encarga de procesar las emociones negativas, como el miedo, y después induce una alucinación. La actividad eléctrica del cerebro se transmite a nuestro ordenador, que traduce tu alucinación para convertirla en una imagen simulada que yo pueda ver y supervisar. Después enviaré la grabación a los administradores de Osadía. Tú te quedarás en la alucinación hasta que te calmes; es decir, hasta que te bajen las pulsaciones y controles la respiración.

Intento prestar atención a sus palabras, pero pierdo el control de mis pensamientos y empiezo a notar los síntomas típicos del miedo: palmas sudorosas, corazón acelerado, tensión en el pecho, boca seca, nudo en la garganta, dificultad para respirar... Me pone las manos a ambos lados de la cabeza y se inclina sobre mí.

—Sé valiente, Tris —susurra—. La primera vez siempre es la peor.

Sus ojos son lo último que veo.

Me encuentro en un campo de hierba seca que me llega hasta la cintura. El aire huele a humo y me quema la nariz. El cielo que me cubre es del color de la bilis, y verlo me produce ansiedad, mi cuerpo se encoge para alejarse de él.

Oigo un revoloteo, como las páginas de un libro movidas por el viento, aunque viento no hay. El aire está en calma y silencioso, salvo por el aleteo, no hace ni frío ni calor; no se parece en nada al aire, pero, a pesar de todo, puedo respirar. Una sombra desciende en picado.

Algo me aterriza en el hombro, noto su peso y el pinchazo de unas garras, y levanto el brazo para quitármelo de encima, dándole con la mano. Noto algo suave y frágil, una pluma. Me muerdo el labio y miro hacia el lado: un pájaro negro del tamaño de mi antebrazo vuelve la cabeza y clava en mí uno de sus relucientes ojos redondos.

Aprieto los dientes y golpeo de nuevo al cuervo con la mano. El animal me hinca las garras y no se mueve, así que grito, más por frustración que por dolor, y pego con ambas manos. Sin embargo, el cuervo se queda donde está, decidido, mirándome con un ojo, mientras sus plumas reflejan la luz amarilla. Suena un trueno y oigo el repiqueteo de la lluvia en el suelo, aunque no llueve.

El cielo se oscurece, como si una nube tapara el sol. Todavía intentando desprenderme del cuervo, levanto la vista: una bandada de cuervos desciende sobre mí, un ejército de garras extendidas y picos abiertos, todos graznando y llenando el aire de ruido. Los cuervos bajan en picado hacia el suelo formando una sola masa, cientos de ojos negros relucientes.

Intento correr, pero mis pies están pegados al suelo y se niegan a moverse, como el cuervo que tengo sobre el hombro. Grito cuando me rodean, las plumas me aletean en las orejas, los picos me pinchan los hombros y las garras se me enganchan a la ropa. Grito hasta que se me saltan las lágrimas, sin dejar de agitar los brazos. Con las manos golpeo cuerpos sólidos, aunque no sirve de nada, hay demasiados. Estoy sola. Me dan picotazos en las puntas de los dedos y se aprietan contra mí, noto alas deslizándose por mi nuca y patas tirándome del pelo.

Me agito y retuerzo, y caigo al suelo cubriéndome la cabeza con las manos. Me atacan con sus gritos. Noto algo que se mueve en la hierba, un cuervo que intenta abrirse paso bajo mi brazo. Abro los ojos y me picotea la cara, me da en la nariz. La sangre cae sobre la hierba y sollozo mientras lo aparto con la mano, pero otro cuervo entra por debajo del otro brazo, y sus garras se me enganchan al pecho de la camiseta.

Estoy gritando; estoy llorando.

—¡Ayuda! —chillo—. ¡Ayuda!

Y los cuervos agitan las alas con más fuerza, es como un rugido en mis oídos. Me arde el cuerpo y están por todas partes, y no puedo pensar ni respirar. Intento tomar aire, pero la boca se me llena de plumas, tengo plumas en la garganta, en los pulmones, convierten mi sangre en un peso muerto.

—Ayuda —sollozo y grito, sin sentido, sin lógica.

Me muero; me muero; me muero.

Se me rasga la piel y sangro, y los graznidos son tan fuertes que me pitan los oídos, pero no me muero, y entonces recuerdo que esto no es real, aunque parece real, parece tan, tan real...

«Sé valiente», grita la voz de Cuatro en mi memoria. Lo llamo pidiendo ayuda, respirando plumas y exhalando gritos de socorro, pero no habrá ayuda; estoy sola.

«Te quedarás en la alucinación hasta que te calmes», sigue diciendo su voz, y yo toso y tengo la cara mojada de lágrimas, y otro cuervo se me ha metido bajo los brazos y noto el borde afilado de su pico en la boca. El pico se me mete entre los labios y me araña los dientes. El pájaro me mete la cabeza en la boca y aprovecho para morder fuerte; el sabor es asqueroso. Escupo y aprieto los dientes para formar una barrera, aunque un cuarto cuervo está intentando metérseme bajo los pies y un quinto me picotea las costillas.

«Cálmate.»

No puedo, no puedo. Me palpita la cabeza.

«Respira.»

Mantengo la boca cerrada y tomo aire por la nariz. Hace horas que estaba sola en el campo; días. Expulso el aire por la nariz. El corazón me late a toda velocidad, tengo que frenarlo. Vuelvo a respirar, tengo la cara mojada de lágrimas.

Sollozo y me obligo a avanzar, estirándome sobre la hierba, que me pincha la piel. Alargo los brazos y respiro. Los cuervos empujan y me picotean los costados, metiéndose debajo de mí, y yo los dejo. Dejo que el aleteo, los graznidos, los picotazos y los empujones continúen, mientras relajo los músculos uno a uno y me resigno a convertirme en un cadáver agujereado.

El dolor me abruma.

Abro los ojos y vuelvo a estar sentada en el sillón metálico.

Grito, y agito los brazos, la cabeza y las piernas para sacudirme los pájaros de encima, pero ya no están, aunque siga notando las plumas en la nuca, y las garras en el hombro y en la piel. Gimo y me llevo las rodillas al pecho para esconder la cara en ellas.

Una mano me toca el hombro y lanzo un puñetazo que alcanza algo sólido, aunque blando.

—¡No me toques! —exclamo entre sollozos.

—Se acabó —dijo Cuatro.

La mano me acaricia, incómoda, el pelo, y recuerdo la misma caricia de mi padre cuando me daba las buenas noches, la de mi madre cuando me cortaba la melena con las tijeras. Me paso las palmas de las manos por los brazos, todavía sacudiéndome las plumas, a pesar de que sé que no hay ninguna.

—Tris.

Me mezo adelante y atrás en el sillón.

—Tris, te voy a llevar al dormitorio, ¿vale?

—¡No! —suelto; levanto la cabeza y lo miro con rabia, aunque no puedo verlo a través de las lágrimas—. No quiero que me vean... así...

—Venga, cálmate —dice, y pone los ojos en blanco—. Te sacaré por la puerta de atrás.

—No necesito... —protesto, sacudiendo la cabeza.

Me tiembla el cuerpo y estoy tan débil que no sé si seré capaz de ponerme de pie, aunque tengo que intentarlo. No puedo ser la única persona que necesita ayuda para volver al dormitorio. Aunque no me vean, lo descubrirán, hablarán sobre mí...

—Tonterías.

Me agarra por un brazo y me levanta del sillón. Parpadeo

para despejar los ojos de lágrimas, me seco las mejillas con la mano y dejo que me conduzca a la puerta que hay detrás de la pantalla del ordenador.

Caminamos por el pasillo en silencio. A unos cuantos cientos de metros de la habitación, aparto el brazo y me detengo.

—¿Por qué me habéis hecho eso? —pregunto—. ¿Qué sentido tiene, eh? ¡Cuando elegí Osadía no me imaginaba que me presentaba voluntaria a varias semanas de tortura!

—¿Creías que superar la cobardía sería fácil? —responde, muy tranquilo.

—¡Eso no es superar la cobardía! La cobardía es cómo decides ser en la vida real, ¡y en la vida real no me va a matar a picotazos una bandada de cuervos, Cuatro!

Me llevo las palmas de las manos a la cara y sollozo escondida tras ellas.

No dice nada, se queda donde está mientras lloro. Solo tardo unos segundos en parar y volver a limpiarme la cara.

—Quiero irme a casa —digo en un susurro.

Pero irse a casa ya no es una opción, o me quedo o acabo en los cochambrosos barrios de los abandonados.

No me mira con compasión, me mira sin más. Sus ojos parecen negros en esta penumbra y su boca es una línea dura.

—Aprender a pensar en una situación aterradora es una lección que todos, incluida tu familia de estirados, necesitan aprender. Si no puedes aprenderla, tendrás que salir de aquí, porque no te queremos.

—Lo intento —respondo; me tiembla el labio inferior—, pero he fracasado. Estoy fracasando.

—¿Cuánto tiempo crees que has estado en esa habitación, Tris? —pregunta, suspirando.

—No lo sé, ¿media hora?

—Tres minutos —contesta—. Has salido tres veces antes que los demás iniciados. No sé qué serás, pero está claro que no eres una fracasada.

¿Tres minutos?

—Mañana se te dará mejor, ya lo verás —añade, sonriendo un poco.

—¿Mañana?

Me toca la espalda y me guía hacia el dormitorio; noto las puntas de sus dedos a través de la camiseta. Su ligera presión hace que me olvide de los pájaros, por el momento.

—¿Qué fue tu primera alucinación? —pregunto, mirándolo.

—No fue un «qué», sino un «quién» —responde, encogiéndose de hombros—. No tiene importancia.

—¿Y has superado ya ese miedo?

—Todavía no —contesta; llegamos a la puerta del dormitorio y se apoya en la pared antes de meterse las manos en los bolsillos—. Puede que nunca lo consiga.

—Entonces, ¿no desaparecen?

—A veces, sí. Y, a veces, aparecen nuevos miedos para sustituirlos —explica, metiéndose los pulgares en las trabillas del cinturón—. Pero el objetivo no es no tenerle miedo a nada, eso es imposible. El objetivo es aprender a controlar el miedo y a liberarse de él.

Asiento con la cabeza. Antes pensaba que los de Osadía no

tenían miedo, eso era lo que parecía. Sin embargo, lo que veía como falta de miedo era, en realidad, un miedo bajo control.

—De todos modos, tus miedos rara vez son lo que parecen ser en la simulación —añade.

—¿Qué quieres decir?

—Bueno, ¿de verdad te dan miedo los cuervos? —pregunta, esbozando una sonrisa a medias; la expresión le da una calidez tal a su mirada que me olvido de que es mi instructor y se convierte en un chico que charla conmigo de camino a mi puerta—. Cuando ves uno, ¿sales corriendo pegando gritos?

—No, supongo que no.

Se me ocurre acercarme más a él, no por una razón práctica, sino solo porque quiero saber qué sentiría al estar tan cerca; solo porque quiero hacerlo.

«Tonta», dice una voz dentro de mi cabeza.

Me acerco y me apoyo también en la pared, ladeando la cabeza para mirarlo. Igual que en la noria, sé exactamente el espacio que nos separa: quince centímetros. Me inclino. Menos de quince centímetros. Noto más calor, como si emitiera una especie de energía que solo ahora, a esta distancia, soy capaz de captar.

—Entonces, ¿qué es lo que me da miedo en realidad? —pregunto.

—No lo sé. Solo puedes saberlo tú.

Asiento lentamente con la cabeza. Podrían ser docenas de cosas, pero no estoy segura de cuál es la correcta, ni tan siquiera de que exista una correcta.

—No sabía que convertirme en osada sería tan difícil —comento, y un segundo después me sorprende haberlo dicho, me sorprende haberlo admitido; me muerdo el interior de la mejilla y observo a Cuatro con atención, preguntándome si habré cometido un error.

—No siempre ha sido así, según me cuentan —responde, elevando un hombro; al parecer, mi confesión no le molesta—. Ser osado, me refiero.

—¿Qué ha cambiado?

—El liderazgo. La persona que controla el entrenamiento establece el estándar de comportamiento de la facción. Hace seis años, Max y los demás líderes cambiaron los métodos de entrenamiento para hacerlos más competitivos y brutales, se suponía que era para comprobar la fortaleza de los iniciados. Y eso cambió las prioridades de Osadía en su conjunto. Seguro que ya te imaginas quién es el nuevo protegido del líder.

La respuesta es obvia: Eric. Lo han formado para ser cruel, y ahora él nos formará a los demás para que también lo seamos.

Miro a Cuatro; el entrenamiento no funcionó con él.

—Entonces, si fuiste el primero de tu clase de iniciados, ¿en qué puesto quedó Eric?

—El segundo.

—Así que era la segunda opción para el liderazgo —respondo, asintiendo lentamente con la cabeza—. Tú eras su primera opción.

—¿Por qué lo dices?

—Por la forma en que Eric actuó la primera noche, en la cena. Estaba celoso a pesar de que tiene lo que quiere.

Cuatro no me contradice, así que debo de estar en lo cierto.

Quiero preguntarle por qué no aceptó el puesto que le ofrecieron los líderes, por qué se resiste tanto a liderar cuando parece ser un líder por naturaleza. Sin embargo, sé lo que piensa de las preguntas personales.

Me sorbo los mocos, me seco la cara una vez más y me aliso el pelo.

—¿Se nota que he estado llorando? —pregunto.

—Hmmm.

Se inclina sobre mí, más cerca, y entrecierra los ojos como si me examinara la cara. Una sonrisa le asoma a la comisura de los labios. Está aún más cerca, respiraríamos el mismo aire... si yo recordara cómo respirar.

—No, Tris —responde, y su expresión se vuelve más seria—. Pareces tan dura como una roca.

CAPÍTULO
DIECINUEVE

Cuando entro, casi todos los demás iniciados (tanto de aquí como trasladados) están entre las filas de literas, con Peter en el centro. Peter sostiene un papel con ambas manos.

—«El éxodo en masa de los hijos de los líderes de Abnegación no puede pasarse por alto ni atribuirse a la coincidencia —lee—. El reciente traslado de Beatrice y Caleb Prior, los hijos de Andrew Prior, pone en entredicho la solidez de los valores y las enseñanzas de Abnegación.»

Me sube una corriente fría por la espalda. Christina, que está de pie al final del grupo, vuelve la mirada atrás y me ve. Pone cara de preocupación. No puedo moverme. Mi padre. Ahora Erudición ataca a mi padre.

—«¿Por qué si no iban los hijos de un hombre tan importante a decidir que el estilo de vida dispuesto para ellos no era admirable? —sigue leyendo Peter—. Molly Atwood, otra trasladada a Osadía, indica que todo podría deberse a una perturbadora infancia de abusos. "Una vez la oí hablar en sueños, le decía a su padre que dejara de hacer algo. No sé qué sería, pero le provocaba pesadillas", explica Molly.»

Así que esta es la venganza de Molly, debe de haber hablado con el periodista de Erudición al que gritó Christina.

Sonríe y veo sus dientes torcidos. Si se los salto de un puñetazo, quizá le haga un favor.

—¿Qué? —exijo saber o intento exigir, ya que mi voz suena ahogada y rasposa, y tengo que aclararme la garganta para repetirlo—. ¿Qué?

Peter deja de leer y unas cuantas personas se vuelven. Algunas, como Christina, me miran con lástima, arqueando las cejas y con el arco de los labios hacia abajo. Sin embargo, la mayoría se sonríe e intercambia miradas cómplices. Peter se vuelve por fin, esbozando una amplia sonrisa.

—Dame eso —le ordeno, estirando la mano; me arde la cara.

—Es que todavía no he terminado de leer —contesta en tono burlón; sus ojos vuelven al papel—: «Sin embargo, quizá la respuesta no se encuentre en un hombre desprovisto de moral, sino en los corruptos ideales de toda una facción. Quizá la respuesta sea que hemos confiado nuestra ciudad a un grupo de tiranos proselitistas que no saben cómo sacarnos de la pobreza para conducirnos a la prosperidad».

Me lanzo contra él e intento quitarle el papel de la mano, pero él lo levanta en alto, por encima de mi cabeza, y tendría que saltar para agarrarlo, cosa que no pienso hacer. En vez de eso, levanto el talón y piso con todas mis fuerzas el punto en el que los huesos de su pie conectan con sus dedos. Peter aprieta los dientes para reprimir un gruñido.

Después me lanzo contra Molly con la esperanza de que la fuerza del impacto la pille por sorpresa y la derribe. Sin embargo, antes de poder causar algún daño, unas manos frías me agarran por la cintura.

—¡Es mi padre! —grito—. ¡Mi padre, cobarde!

Will me aleja de ella, levantándome del suelo. Respiro a toda velocidad y forcejeo para recuperar el papel antes de que nadie pueda seguir leyéndolo. Tengo que quemarlo; tengo que destruirlo; tengo que hacerlo.

Will me saca a rastras del cuarto y me lleva al pasillo; me está clavando las uñas en la piel. Cuando se cierra la puerta, me suelta y lo empujo con toda la energía que me queda.

—¿Qué? ¿Es que crees que no soy capaz de defenderme de esa basura veraz?

—No —responde él, colocándose delante de la puerta—. Se me ocurrió evitar que empezaras una pelea en el dormitorio. Cálmate.

—¿Que me calme? —repito, riéndome un poco—. ¿Que me calme? ¡Están hablando de mi familia, de mi facción!

—No, no es verdad —responde; tiene círculos oscuros bajo los ojos y parece agotado—. Es tu antigua facción y no hay nada que puedas hacer al respecto, así que será mejor que no hagas caso.

—¿Es que no lo has escuchado? —insisto; ya no noto calor en las mejillas y respiro con más calma—. Tu estúpida ex facción ya no solo insulta a Abnegación, sino que pretende derrocar el gobierno.

—No, qué va —responde Will, riéndose—. Son arrogantes y aburridos, y por eso me fui, pero no son revolucionarios. Solo quieren tener más peso, eso es todo, y están molestos porque Abnegación se niega a escucharlos.

—No quieren que la gente los escuche, quieren que la gente esté de acuerdo con ellos —contesto—. Y no se debe obligar a los demás a estar de acuerdo contigo —añado, llevándome las manos a las mejillas—. No puedo creerme que mi hermano se uniera a ellos.

—Oye, no son todos malos —dice en tono brusco.

Asiento con la cabeza, aunque no me lo creo. No logro creer que alguien salga indemne de los eruditos, aunque Will parece buen chico.

La puerta vuelve a abrirse, y Christina y Al salen por ella.

—Me toca tatuarme —dice Christina—. ¿Vienes con nosotros?

Me aliso el pelo. No puedo volver al dormitorio. Aunque Will me lo permitiera, me superan en número. Mi única alternativa es salir con ellos e intentar olvidar lo que sucede fuera del complejo de Osadía. Ya tengo bastante de lo que preocuparme, no necesito añadir a mi familia.

Delante de mí, Al lleva a Christina a caballito. La chica chilla mientras él avanza a toda prisa entre la multitud. La gente procura esquivarlos, aunque no siempre puede.

Todavía me arde el hombro. Christina me convenció para que fuera con ella a hacernos un tatuaje del sello de Osadía, que es un círculo con una llama dentro. Mi madre ni siquiera reaccionó al que me hice en la clavícula, así que ya no tengo tantos reparos sobre el tema. Aquí forman parte de la vida, son tan esenciales para mi iniciación como aprender a luchar.

Christina también me convenció para que comprara una camiseta que me deja los hombros y la clavícula al aire, y para que volviera a perfilarme los ojos. Ya no me molesto en protestar por sus intentos de maquillaje, sobre todo desde que me he dado cuenta de que me divierten.

Will y yo caminamos detrás de Christina y Al.

—No puedo creerme que te hayas hecho otro tatuaje —comenta, sacudiendo la cabeza.

—¿Por qué? ¿Porque soy una estirada?

—No, porque eres... sensata —responde, sonriendo; sus dientes son blancos y rectos—. Bueno, ¿cuál ha sido tu miedo de hoy, Tris?

—Demasiados cuervos —contesto—. ¿Y el tuyo?

—Demasiado ácido —responde entre risas.

No pregunto qué significa.

—El funcionamiento es fascinante —dice—. Básicamente, es una lucha entre el tálamo, que produce el miedo, y el lóbulo frontal, que toma las decisiones. Pero la simulación está dentro de tu cabeza, así que, aunque creas que alguien te lo está haciendo, en realidad te lo estás haciendo tú, y... —Deja la frase sin acabar—. Perdona, parezco un erudito, es la costumbre.

—Es interesante —respondo, encogiéndome de hombros.

Al está a punto de soltar a Christina, y ella se agarra con las manos a lo primero que encuentra, que resulta ser la cara del chico. Él se encoge y le sujeta mejor las piernas. A simple vista, Al parece feliz, pero hay algo que va mal en él, incluso cuando sonríe; me tiene preocupada.

Veo a Cuatro de pie junto al abismo con un grupo de gente que lo rodea. Se ríe tan fuerte que tiene que agarrarse a la barandilla para mantener el equilibrio. A juzgar por la botella que lleva en la mano y por lo que le brilla la cara, está borracho o a punto de estarlo. Había empezado a pensar que era inflexible como un soldado, olvidando que, además, solo tiene dieciocho años.

—Oh, oh —dice Will—. Alerta de instructor.

—Por lo menos no es Eric —respondo—. Si fuera Eric, seguro que nos metía en algún juego suicida.

—Seguro, pero Cuatro da miedo. ¿Recuerdas cuando le puso a Peter la pistola en la cabeza? Creo que Peter se meó encima.

—Se lo merecía.

Will no me lo discute. Quizá lo hubiera hecho hace unas semanas, pero no ahora, después de que todos hayamos visto de lo que Peter es capaz.

—¡Tris! —me llama Cuatro.

Will y yo nos miramos, medio sorprendidos, medio alarmados. Cuatro se aparta de la barandilla y se dirige a mí. Delante de nosotros, Al y Christina dejan de correr, y Christina baja al suelo. No los culpo por quedarse mirando, ya que somos cuatro personas y Cuatro solo me habla a mí.

—Pareces distinta —comenta el instructor, y sus palabras, normalmente tajantes, salen muy despacio.

—Y tú —respondo, y es verdad: parece más relajado, más joven—. ¿Qué haces?

—Coquetear con la muerte —responde, riéndose—. Beber cerca del abismo. Seguramente no es buena idea.

—No —coincido; no sé si me gusta este Cuatro, hay algo en él que me pone nerviosa.

—No sabía que tuvieras un tatuaje —comenta, mirándome la clavícula.

Le da un trago a la botella; me llega su aliento, espeso y acre, como el del hombre sin facción.

—Es verdad, los cuervos —dice; después vuelve la vista para mirar a sus amigos, que siguen sin él, no como los míos, y añade—: Te pediría que vinieras con nosotros, pero se supone que no debes verme así.

Estoy tentada de preguntarle por qué quiere que vaya con él, pero sospecho que la respuesta tiene algo que ver con la botella que lleva en la mano.

—¿Cómo? ¿Borracho? —pregunto.

—Sí..., bueno, no —se corrige, y su tono se ablanda—. Real, supongo.

—Fingiré que no lo he visto.

—Muy amable por tu parte —responde, y se acerca para susurrarme al oído—: Te veo muy bien, Tris.

Me sorprenden sus palabras y el corazón me da un vuelco, aunque preferiría que no lo hiciera porque, a juzgar por la forma en que su mirada se resbala sobre mis ojos, no tiene ni idea de qué está diciendo.

—Hazme un favor y aléjate del abismo, ¿vale? —respondo, riéndome.

—Claro —dice, y me guiña un ojo.

Sonrío, no puedo evitarlo. Will se aclara la garganta, pero no quiero apartar los ojos de Cuatro, ni siquiera después de que regrese con sus amigos.

Entonces, Al corre hacia mí como si fuera una roca rodando y me echa encima de su hombro. Chillo y la cara se me pone roja.

—Vamos, niñita —dice—, te llevo a cenar.

Apoyo los codos en la espalda de Al y me despido de Cuatro con el brazo, mientras mi amigo me aleja de allí.

—Me pareció buena idea rescatarte —comenta Al antes de dejarme en el suelo—. ¿De qué iba eso?

Está intentando sonar alegre, pero lo pregunta casi con tristeza. Todavía le importo demasiado.

—Sí, creo que a todos nos gustaría saber la respuesta a esa pregunta —añade Christina con voz cantarina—. ¿Qué te ha dicho?

—Nada —respondo, sacudiendo la cabeza—, estaba borracho, ni siquiera sabía lo que decía —añado, sacudiendo la cabeza—. Por eso he sonreído, porque es... gracioso verlo así.

—Claro, ¿y no será porque...? —empieza a decir Will.

Le doy un codazo en las costillas antes de que termine la frase. Estaba lo bastante cerca para oír lo que había comentado Cuatro sobre mi aspecto, y no necesito que se lo cuente a todo el mundo, y menos a Al. No quiero que se sienta aún peor.

En casa solía pasar tranquilamente las noches con mi familia. Mi madre tejía bufandas para los niños del barrio; mi padre ayudaba a Caleb con los deberes; la chimenea estaba encendida y mi corazón, en paz, ya que hacía justo lo que se suponía que debía hacer y todo estaba en calma.

Nunca me había llevado a cuestas un chico más grande que yo, ni me había reído hasta que me doliera el estómago mientras cenaba, ni había oído el estruendo de cientos de personas hablando a la vez. La tranquilidad es algo contenido; esto es libertad.

CAPÍTULO
VEINTE

Respiro por la nariz, dentro, fuera, dentro.

—No es más que una simulación, Tris —dice Cuatro en voz baja.

Se equivoca, la última simulación se introdujo en mi vida, tanto dormida como despierta. Pesadillas en las que no solo salían los cuervos, sino las sensaciones que había tenido en la simulación: terror e indefensión, que es lo que creo que me da miedo, en realidad. Repentinos ataques de terror en la ducha, en el desayuno, de camino aquí. Uñas mordidas hasta que me duelen los dedos. Y no soy la única que se siente así, me doy cuenta.

Sin embargo, asiento con la cabeza y cierro los ojos.

Estoy a oscuras. Lo último que recuerdo es el sillón de metal y la aguja en el cuello. Esta vez no hay campo ni cuervos. El corazón me late con fuerza, a la espera. ¿Qué monstruos saldrán de la oscuridad y me robarán la racionalidad? ¿Cuánto tendré que esperarlos?

Un orbe azul se ilumina a unos metros de mí y, después, otro, de modo que la habitación se llena de luz. Estoy en el fondo del Pozo, cerca del abismo, y los iniciados están a mi alrededor cruzados de brazos y sin expresión en la cara. Busco a Christina y la veo entre ellos. Ninguno se mueve, y eso hace que se me cierre la garganta.

Veo algo frente a mí, mi propio y tenue reflejo. Lo toco y doy con un cristal suave y liso. Levanto la mirada: hay un panel de cristal encima de mí, estoy en una caja de cristal. Levanto los brazos sobre la cabeza para ver si puedo abrirla, pero no cede. Estoy encerrada.

El corazón me late con más fuerza, no quiero estar atrapada. Alguien da unos golpecitos en la pared que tengo delante. Cuatro. Me señala los pies, sonriendo con malicia.

Hace unos cuantos segundos los tenía secos, pero ahora estoy pisando un centímetro de agua y se me han mojado los calcetines. Me agacho para ver de dónde sale el agua y es como si no saliera de ninguna parte, como si surgiera del fondo de cristal de la caja. Miro a Cuatro, que se encoge de hombros y se une al grupo de iniciados.

El agua sube deprisa, ya me cubre los tobillos. Golpeo el cristal con el puño.

—¡Eh! ¡Sacadme de aquí!

El agua me sube por las pantorrillas desnudas, fría y suave. Golpeo el cristal con más fuerza.

—¡Sacadme de aquí!

Me quedo mirando a Christina, que se inclina sobre Peter, que está a su lado, y le susurra algo al oído. Los dos se ríen.

El agua me cubre los muslos y sigo golpeando el cristal con ambos puños. Ya no intento llamar su atención, sino salir. Frenética, me lanzo contra el cristal con todas mis fuerzas, doy un paso atrás y lo golpeo con el hombro una, dos, tres, cuatro veces. Golpeo la pared hasta que me duele el hombro sin dejar de gritar pidiendo ayuda, mientras veo que el agua me llega a la cintura, a las costillas, al pecho.

—¡Ayuda! —grito—. ¡Por favor! ¡Por favor, ayuda!

Doy en el cristal con las palmas de las manos y pienso que moriré en este tanque. Me paso las temblorosas manos por el pelo.

Veo a Will de pie entre los iniciados y empiezo a recordar algo, algo que él dijo. «Venga, piensa.» Dejo de intentar romper el cristal. Cuesta respirar, pero debo intentarlo, ya que necesitaré todo el aire que pueda reunir dentro de pocos segundos.

Mi cuerpo se eleva, en el agua no pesa nada. Floto cerca del techo y echo la cabeza atrás cuando el agua me cubre la barbilla. Entre jadeos, aprieto la cara contra el cristal que tengo sobre mí, inhalando todo el aire posible. Entonces, el agua me cubre y me deja encerrada en la caja.

«No te dejes llevar por el pánico.»

No sirve de nada, me late el corazón a toda prisa y pierdo el hilo de mis pensamientos. Me sacudo en el agua, golpeo las paredes y pateo el cristal con todas mis fuerzas, pero el agua me ralentiza. «La simulación está en tu cabeza.»

Grito, y el agua me llena la boca. Si está en mi cabeza, yo lo controlo. El agua hace que me ardan los ojos, y los rostros inexpresivos de los iniciados me observan, a ellos no les importa.

Grito otra vez y empujo la pared con la palma de la mano. Oigo algo, un crujido. Cuando aparto la mano, hay una grieta en el cristal. Golpeo en el mismo sitio con la otra mano y abro otra grieta; esta se extiende desde la palma de la mano, como si fueran dedos largos y torcidos. El pecho me arde como si acabara de tragar fuego. Le doy una patada a la pared. Me duelen los dedos del impacto, y oigo un gruñido sordo y largo.

El cristal se rompe, y la fuerza del agua contra mi espalda me lanza hacia delante. Vuelvo a tener aire.

Ahogo un grito y me enderezo. Estoy en el sillón. Tomo aire con ganas y sacudo las manos. Cuatro está a mi lado, pero, en vez de ayudarme a levantarme, se me queda mirando.

—¿Qué?

—¿Cómo has hecho eso?

—¿El qué?

—Romper el cristal.

—No lo sé.

Cuatro por fin me ofrece una mano, así que paso las piernas al lateral del sillón y, cuando me levanto, veo que puedo mantener el equilibrio y que estoy tranquila.

Él suspira y me sujeta por el codo, medio llevándome, medio arrastrándome al exterior de la sala. Caminamos deprisa por el pasillo, pero me paro y aparto el brazo. Se me queda mirando sin decir nada, no me dará la información si no se la pido.

—¿Qué? —exijo saber.

—Eres divergente —contesta.

Me quedo mirándolo y noto que el miedo me recorre el cuerpo como si fuera una corriente eléctrica. Lo sabe, ¿cómo lo sabe? Debo de haber cometido un desliz o haber dicho algo equivocado.

Tendría que actuar como si nada. Me echo atrás, apoyo los hombros en la pared y respondo:

—¿Qué es divergente?

—No te hagas la tonta —responde—. Lo sospeché la última vez, pero esta vez resulta obvio. Has manipulado la simulación, eres divergente. Aunque borraré la grabación, si no quieres acabar muerta al fondo del abismo, ¡tienes que encontrar la manera de ocultarlo durante las simulaciones! Ahora, si me disculpas...

Vuelve a la habitación y cierra de un portazo. Noto el corazón en la garganta. He manipulado la simulación, he roto el cristal, no sabía que era un acto de divergencia.

¿Cómo lo sabía él?

Me aparto de la pared y sigo andando por el pasillo. Necesito respuestas y sé quién las tiene.

Voy derecha al estudio de tatuaje en el que vi a Tori por última vez.

No hay mucha gente fuera porque es media tarde y casi todos están trabajando o en clase. Hay tres personas en el estudio: el otro tatuador, que está dibujando un león en el brazo de otro hombre, y Tori, que repasa una pila de papeles en el mostrador. Levanta la mirada cuando entro.

—Hola, Tris —me saluda, y mira al otro tatuador, que está demasiado concentrado en lo que hace para prestarnos atención—. Vamos atrás.

La sigo a través de una cortina que separa las dos habitaciones. En el otro cuarto hay unas sillas, agujas de recambio para tatuar, tinta, cuadernos de papel y dibujos enmarcados. Tori cierra las cortinas y se sienta en una de las sillas. Me siento al lado y me pongo a dar con el pie en el suelo, por hacer algo.

—¿Qué pasa? —pregunta—. ¿Cómo van las simulaciones?

—Muy bien —respondo, asintiendo varias veces con la cabeza—. Demasiado bien, según me cuentan.

—Ah.

—Por favor, ayúdame a entenderlo —digo en voz baja—. ¿Qué significa ser...? —pregunto, vacilante; no debería decir la palabra «divergente» aquí—. ¿Qué narices soy? ¿Qué tiene que ver con las simulaciones?

La actitud de Tori cambia, se reclina, cruza los brazos y se vuelve más cautelosa.

—Entre otras cosas, eres... eres alguien que, cuando está en una simulación, es consciente de que lo que experimenta no es real —responde—. Alguien que puede manipularla o incluso pararla. Y también... —añade, echándose hacia delante para mirarme a los ojos—. Alguien que, por estar en Osadía..., tiende a morir.

Noto un peso en el pecho, como si cada frase que dice se me acumulara ahí dentro. La tensión crece en mi interior hasta que no puedo soportarlo más, tengo que llorar, gritar o...

Dejo escapar una risa sin alegría que acaba casi al empezar y digo:

—Así que voy a morir, ¿no?

—No necesariamente. Los líderes de Osadía todavía no saben de ti. Borré al instante tus resultados de aptitud del sistema y registré a mano que tu resultado era Abnegación. Pero no te equivoques, si descubren lo que eres, te matarán.

Me quedo mirándola en silencio: no parece loca, suena como una persona estable, aunque un poco alarmada, y nunca he sospechado que tuviera ningún problema mental, pero debe de ser eso. En nuestra ciudad no ha habido ningún asesinato desde que nací. Aunque algunas personas sean capaces de cometerlos, es imposible que los líderes de una facción lo sean.

—Estás paranoica —le digo—. Los líderes de Osadía no me matarían, la gente no hace eso, ya no. Ese era el objetivo de todo este..., de todas estas facciones.

—Ah, ¿eso crees? —pregunta, y se pone las manos en las rodillas para mirarme a los ojos con expresión feroz—. Se cargaron a mi hermano, ¿por qué no iban a hacer lo mismo contigo, eh? ¿Qué te hace especial?

—¿Tu hermano? —repito, entrecerrando los ojos.

—Sí, mi hermano. Él y yo nos trasladamos desde Erudición, pero los resultados de su prueba de aptitud no fueron concluyentes. El último día de las simulaciones encontraron su cadáver al fondo del abismo. Dijeron que era un suicidio, pero a mi hermano le iba bien en el entrenamiento, estaba saliendo con otra iniciada y era feliz —explica, sacudiendo la cabeza—. Tú tienes un hermano, ¿verdad? ¿No crees que te darías cuenta si fuera un suicida?

Intento imaginarme a Caleb suicidándose, aunque la mera idea me resulta ridícula. Incluso suponiendo que Caleb estuviera deprimido, no sería una alternativa para él.

Tori lleva la manga subida, así que veo el tatuaje de un río en su brazo derecho. ¿Se lo haría después de la muerte de su hermano? ¿Era el río otro miedo superado?

—En la segunda etapa del entrenamiento —sigue diciendo, bajando la voz—, Georgie mejoró mucho y deprisa. Decía que las simulaciones ni siquiera le daban miedo..., que eran como un juego. Así que los instructores se interesaron más por él, entraban todos en el cuarto cuando estaba en la simulación en vez de limitarse a dejar que el instructor informara de los resultados. Susurraban cosas sobre él continuamente. El último día de las simulaciones, uno de los líderes de Osadía entró a verlo en persona y, al día siguiente, Georgie ya no estaba.

Yo podría ser buena en las simulaciones si controlo la fuerza que me ha ayudado a romper el cristal. Podría ser tan buena como para que todos los instructores se enteraran. Podría, pero ¿lo seré?

—¿Eso es todo? —pregunto—. ¿Solo por cambiar las simulaciones?

—Lo dudo, pero es todo lo que sé.

—¿Cuántas personas están al tanto? —pregunto, pensando en Cuatro—. ¿Sobre lo de manipular las simulaciones?

—Dos clases de personas: las que te quieren muerta y las que lo han experimentado en persona, de primera mano. O de segunda mano, como yo.

Cuatro me dijo que borraría la grabación de la rotura del cristal, así que no me quiere muerta. ¿Será divergente? ¿Lo era un miembro de su familia? ¿Un amigo? ¿Una novia?

Me quito la idea de la cabeza, no quiero que me distraiga.

—No entiendo por qué a los líderes de Osadía les iba a importar que yo sea capaz de manipular la simulación —digo, despacio.

—Si supiera la razón, ya te lo habría dicho —responde, apretando los labios—. Lo único que se me ocurre es que no sea cambiar la simulación lo que les importe; que sea un síntoma de otra cosa. De algo que sí les importa. —Tori me toma la mano y la mete entre las suyas—. Piensa en esto: esa gente te ha enseñado a usar una pistola, te ha enseñado a luchar. ¿Crees que les costaría hacerte daño? ¿Matarte?

Me suelta la mano y se levanta.

—Tengo que salir si no quiero que Bud empiece a hacer preguntas. Ten cuidado, Tris.

CAPÍTULO
VEINTIUNO

La puerta del Pozo se cierra a mi espalda y me quedo sola. No he caminado por este túnel desde el día de la Ceremonia de la Elección, y recuerdo cómo entré entonces, que avanzaba con pasos vacilantes en busca de la luz. Ahora camino con paso seguro, ya no necesito ver.

Han pasado cuatro días de mi charla con Tori y, desde entonces, Erudición ha publicado dos artículos más sobre Abnegación. En el primero acusaban a Abnegación de esconder lujos como coches y fruta fresca a las demás facciones para obligarlas a aceptar sus creencias altruistas. Cuando lo leí pensé en la hermana de Will, Cara, que acusó a mi madre de quedarse con mercancía.

El segundo artículo hablaba del fallo que era elegir a los funcionarios del Estado según su facción y preguntaba por qué solo podían gobernar las personas que se definían como abnegadas. Se pedía una vuelta a los sistemas políticos elegidos democráticamente del pasado. Tiene mucho sentido, lo que me hace sospechar que es una llamada a la revolución disfrazada de racionalidad.

Llego al final del túnel. La red abarca el agujero, igual que cuando la vi por última vez. Subo las escaleras hasta la plataforma de madera en la que Cuatro me ayudó a pisar tierra firme y me agarro a la barra a la que está unida la red. Aquel día habría sido incapaz de levantar todo mi peso con los brazos, pero ahora lo hago casi sin pensar y ruedo hasta el centro de la red.

Sobre mí están los edificios vacíos que se asoman al borde del agujero y el cielo. Es un cielo azul oscuro y sin estrellas, no hay luna.

Los artículos me inquietaron, aunque tenía amigos para animarme, y eso ya es algo. Cuando salió el primero, Christina se cameló a uno de los cocineros para que nos dejara probar un poco de masa de tarta. Después del segundo, Uriah y Marlene me enseñaron un juego de cartas, y estuvimos jugando dos horas en el comedor.

Sin embargo, esta noche prefiero estar sola. Sobre todo, deseo recordar por qué vine aquí y por qué estaba tan decidida a quedarme que salté de un edificio, incluso antes de saber lo que era ser de Osadía. Paso los dedos a través de los agujeros de la red que tengo debajo.

Quería ser como los osados que veía en el instituto, quería dar gritos, ser atrevida y libre como ellos. Pero ellos todavía no eran miembros, solo jugaban a serlo, igual que yo cuando salté del tejado. No sabía lo que era el miedo.

Los últimos cuatro días me he enfrentado a cuatro miedos. En uno estaba atada a una estaca y Peter prendía fuego a mis pies. En otro volvía a ahogarme, esta vez en medio de un océano, con agua embravecida a mi alrededor. En el tercero veía a mi familia desangrarse hasta morir. Y en el cuarto me apuntaban a la cabeza con un arma y me obligaban a pegarles un tiro. Ya sé lo que es el miedo.

El viento azota el filo del agujero y me envuelve; cierro los ojos. Me imagino de nuevo al borde del tejado; veo cómo me desabrocho la camisa gris de Abnegación y dejo los brazos al aire, enseñando más de mi cuerpo de lo que nadie ha visto jamás. Me veo haciendo una pelota con la camisa y lanzándola al pecho de Peter.

Abro los ojos. No, me equivocaba, no salté del tejado porque quisiera ser como los osados; salté porque ya era como ellos y deseaba demostrárselo. Quería dejar constancia de una parte de mí que en Abnegación me obligaban a esconder.

Extiendo las manos por encima de la cabeza y las vuelvo a enganchar en la red. Estiro los pies todo lo que puedo para abarcar todo el espacio posible. El cielo nocturno está vacío y en silencio, y, por primera vez en cuatro días, igual está mi mente.

Me sostengo la cabeza entre las manos y respiro hondo. Hoy, la simulación ha sido la misma que ayer: alguien me apuntaba con un arma y me ordenaba disparar a mi familia. Cuando levanto la cabeza veo que Cuatro me observa.

—Sé que la simulación no es real —digo.

—No me lo tienes que explicar —contesta—. Quieres a tu familia, no quieres dispararles. No es que sea lo menos razonable del mundo.

—Ya solo puedo verlos en la simulación —respondo; aunque dice que no, siento que debo explicar por qué me cuesta tanto enfrentarme a este miedo. Me he comido las uñas hasta la raíz, me las he estado mordiendo mientras duermo y me despierto todas las mañanas con las manos ensangrentadas—. Los echo de menos. ¿Tú nunca... echas de menos a tu familia?

—No —responde al cabo de un rato, bajando la mirada—. No, pero no es lo normal.

No es lo normal, es tan poco normal que me distrae del recuerdo de ponerle a Caleb el cañón de una pistola en el pecho. ¿Cómo sería su familia para que ya no quiera saber nada de ellos?

Me detengo con la mano sobre el pomo de la puerta y vuelvo la cabeza para mirarlo.

«¿Eres como yo? —le pregunto en silencio—. ¿Eres divergente?»

Incluso pensar la palabra parece peligroso. Sus ojos se clavan en los míos y, conforme pasan los silenciosos segundos, cada vez parece menos duro. Oigo el latido de mi corazón. Llevo demasiado rato mirándolo, pero, bueno, él me devuelve la mirada y me da la impresión de que los dos intentamos decir algo que el otro no logra oír, aunque quizá me lo imagine. Demasiado rato..., y ahora más todavía, el corazón me late más fuerte, sus serenos ojos me tragan entera.

Empujo la puerta y salgo a toda prisa por el pasillo.

No debería dejar que me distrajera tan fácilmente, no debería ser capaz de pensar en nada que no fuese la iniciación. Las simulaciones deberían afectarme más, deberían hundirme, como pasa con los demás iniciados. Drew no duerme, se queda mirando la pared, hecho un ovillo. Al grita todas las noches desde sus pesadillas y llora sobre su almohada. Mis pesadillas y mis uñas mordidas no parecen nada en comparación.

Los gritos de Al me despiertan siempre, y me quedo mirando los muelles de la cama de encima y preguntándome qué narices me pasa, por qué sigo sintiéndome fuerte mientras los demás se hunden. ¿Es ser divergente lo que me mantiene equilibrada o es otra cosa?

Cuando vuelvo al dormitorio, espero encontrar lo mismo que encontré el día anterior: a unos cuantos iniciados tumbados en su cama o con la mirada perdida. En vez de eso, veo que han formado un grupo en el otro extremo de la habitación. Eric está delante de ellos con una pizarra en las manos vuelta hacia él, de modo que no veo lo que ha escrito en ella. Me pongo al lado de Will.

—¿Qué pasa? —susurro.

Espero que no sea otro artículo, porque no sé si soportaré recibir más hostilidad.

—La clasificación de la segunda etapa —responde.

—Creía que no echaban a nadie después de la segunda —digo entre dientes.

—No echan a nadie, es una especie de informe de progreso.

Asiento con la cabeza.

Ver la pizarra me marea un poco, como si algo me nadara en el estómago. Eric la levanta por encima de su cabeza y la cuelga en el clavo. Cuando se aparta, la habitación guarda silencio y yo estiro el cuello para ver lo que dice.

Mi nombre está en primera posición.

Todos se vuelven para mirarme. Sigo bajando por la lista.

Christina y Will son séptima y octavo, respectivamente. Peter es el segundo, aunque, cuando miro el tiempo que se indica al lado de su nombre, me doy cuenta de que el margen entre nosotros es notablemente amplio.

El tiempo medio de Peter en la simulación es de ocho minutos. El mío es de dos minutos cuarenta y cinco segundos.

—Buen trabajo, Tris —dice Will en voz baja.

Asiento con la cabeza y me quedo mirando la pizarra. Debería estar contenta por ser la primera, pero sé lo que significa: si Peter y sus amigos me odiaban antes, ahora me despreciarán. Ahora soy Edward, podría quedarme sin ojo... o algo peor.

Busco el nombre de Al en la lista y lo encuentro en la última posición. El grupo de iniciados se dispersa despacio, y solo nos quedamos Peter, Will, Al y yo. Quiero consolar a Al, decirle que el único motivo de que yo lo haga bien es que mi cerebro tiene algo distinto.

Peter se vuelve poco a poco, con todas sus extremidades en tensión. Una mirada de rabia habría sido menos amenazadora que la suya: una mirada de puro odio. Se va a su litera, pero, en el último segundo, da la vuelta y me empuja contra una pared, colocando una mano en cada uno de mis hombros.

—No me superará una estirada —dice entre dientes; tiene la cara tan cerca de la mía que le huelo el aliento—. ¿Cómo lo has hecho, eh? ¿Cómo narices lo has hecho?

Tira de mí unos centímetros y vuelve a golpearme contra la pared. Aprieto los dientes para no gritar, aunque el dolor del impacto me ha recorrido toda la columna. Will lo agarra por el cuello de la camisa y lo aparta de mí.

—Déjala en paz —dice—. Solo los cobardes amenazan a las niñas.

—¿Las niñas? —se burla Peter, librándose de la mano de Will—. ¿Eres ciego o estúpido? Te va a sacar de la clasificación y de Osadía, y te vas a quedar sin nada, y todo porque ella sabe cómo manipular a la gente y tú no. Cuando por fin te des cuenta de que está dispuesta a destruirnos a todos, me lo haces saber.

Peter sale del dormitorio, y Molly y Drew lo siguen con cara de asco.

—Gracias —le digo a Will, asintiendo con la cabeza.

—¿Tiene razón? —pregunta él en voz baja—. ¿Estás intentando manipularnos?

—¿Y cómo iba a hacerlo? —pregunto, frunciendo el ceño—. Solo hago lo mejor que puedo, como todo el mundo.

—No sé —responde, encogiéndose de hombros—. ¿Fingiendo ser débil para darnos pena? ¿Y después fingiendo ser dura para volvernos locos?

—¿Para volveros locos? —repito—. Soy vuestra amiga, jamás haría eso.

No dice nada, noto que no me cree... del todo.

—No seas idiota, Will —interviene Christina, que baja de un salto de su litera; me mira sin compasión y añade—: No está fingiendo.

Christina se da la vuelta y se larga sin dar un portazo. Will la sigue, así que me quedo sola en el cuarto con Al: la primera y el último.

Al nunca me ha parecido pequeño, pero ahora sí; tiene los

hombros echados hacia delante y el cuerpo se le derrumba como si fuera de papel. Se sienta al borde de su cama.

—¿Estás bien? —le pregunto.

—Claro.

Tiene muy roja la cara; aparto la mirada, le he preguntado por cortesía, ya que cualquiera con ojos en la cara vería que no está nada bien.

—Todavía no hemos terminado —le digo—. Puedes mejorar tu posición si...

Dejo la frase sin acabar cuando levanta la cabeza para mirarme. Ni siquiera sé lo que le diría si la acabara, no hay estrategia para la segunda etapa. Se meten muy dentro de ti, en tu verdadero yo, y comprueban si hay coraje ahí dentro.

—¿Ves? No es tan fácil —responde.

—Ya lo sé.

—No lo creo —dice, sacudiendo la cabeza; la barbilla le bambolea—. Para ti es fácil, todo esto es fácil.

—Eso no es verdad.

—Sí que lo es —insiste, y cierra los ojos—. No me ayudas fingiendo lo contrario. No... no creo que puedas hacer nada para ayudarme.

Es como si me hubiera encontrado de repente bajo un chaparrón y tuviera toda la ropa empapada; me siento pesada, torpe e impotente. No sé si quiere decir que nadie puede ayudarlo o que yo, específicamente, no puedo ayudarlo, pero no me gusta ninguna de las dos interpretaciones. Quiero ayudarlo. El problema es que no sé cómo hacerlo.

—Lo... —empiezo a decir con la intención de disculparme,

aunque ¿por qué? ¿Por ser más osada que él? ¿Por no saber qué decir?

—Quiero... —Las lágrimas que se le estaban acumulando en los ojos se derraman y le mojan las mejillas—. Quiero estar solo.

Asiento con la cabeza y me doy la vuelta. Dejarlo no es buena idea, pero no puedo evitarlo. La puerta se cierra a mi espalda y sigo caminando.

Dejo atrás la fuente de agua potable y atravieso los túneles que me resultaron interminables el día que llegué, aunque ahora apenas reparo en ellos. No es la primera vez que fallo a mi familia desde que estoy aquí, pero, por algún motivo, eso me parece. Las otras veces sabía qué hacer y, a pesar de ello, decidía no hacerlo. Esta vez no sabía qué hacer. ¿He perdido la capacidad de ver lo que la gente necesita? ¿He perdido parte de mí?

Sigo andando.

De algún modo encuentro el pasillo en el que me senté el día que se fue Edward. No quiero estar sola, aunque me parece que no tengo alternativa. Cierro los ojos y procuro no prestar atención a la fría piedra que tengo debajo mientras respiro el mohoso aire subterráneo.

—¡Tris! —me llama alguien desde la otra punta del pasillo.

Uriah corre hacia mí, y detrás van Lynn y Marlene, Lynn con una magdalena.

—Supuse que estarías aquí —me dice, agachándose cerca de mis pies—. He oído que vas la primera.

—¿Y querías felicitarme? —pregunto, esbozando una sonrisita—. Vaya, gracias.

—Alguien debía hacerlo, y supuse que tus amigos no estarían demasiado contentos, teniendo en cuenta que sus puestos no son tan buenos. Así que deja de suspirar y ven con nosotros. Voy a disparar a una magdalena que Marlene se va a colocar en la cabeza.

La idea es tan ridícula que no puedo contener la risa. Me levanto y sigo a Uriah hasta el final del pasillo, donde nos esperan Marlene y Lynn. Lynn me mira entrecerrando los ojos, pero Marlene sonríe.

—¿Por qué no lo estás celebrando? —pregunta—. Tienes prácticamente garantizado estar entre los diez primeros si sigues así.

—Es demasiado osada para los demás trasladados —explica Uriah.

—Y demasiado abnegada para «celebrarlo» —añade Lynn.

No le hago caso y pregunto:

—¿Por qué quieres que Marlene se ponga una magdalena en la cabeza?

—Apostó a que mi puntería no era lo bastante buena como para darle a un objeto pequeño a treinta metros de distancia —responde Uriah—. Yo aposté a que ella no tenía las agallas suficientes como para quedarse debajo cuando lo intentara. Así que es una gran idea.

La sala de entrenamiento en la que disparé por primera vez un arma no está demasiado lejos de mi escondite en el pasillo. Llegamos en menos de un minuto y Uriah enciende la luz. Está igual que la última vez que pasé por aquí: dianas a un lado de la sala, una mesa con armas de fuego al otro.

—¿Las dejan ahí sin más? —pregunto.

—Sí, pero no están cargadas —responde Uriah mientras se sube la camiseta.

Tiene una pistola metida en la cintura del pantalón, justo debajo de un tatuaje. Me quedo mirando el tatuaje, intentando averiguar lo que es, pero entonces se baja la camiseta.

—Vale, vamos a ponernos delante de una diana.

Marlene se aleja dando saltitos.

—No estarás pensando en disparar de verdad, ¿no? —le pregunto a Uriah.

—No es una pistola de verdad —responde Lynn en voz baja—. Tiene balas de plástico. Lo peor que puede pasar es que le dé en la cara y le pique o le salga un verdugón. ¿Crees que somos estúpidos?

Marlene se pone delante de uno de los blancos y se coloca la magdalena en la cabeza. Uriah entrecierra un ojo y apunta.

—¡Espera! —le grita Marlene; le quita un trocito a la magdalena y se lo mete en la boca—. ¡Ya! —grita de nuevo, con la boca llena, y levanta el pulgar.

—Supongo que estaréis bien clasificados —le comento a Lynn.

—Uriah es el segundo, yo soy la primera y Marlene es la cuarta.

—Solo eres la primera por un pelo —dice Uriah mientras apunta.

Aprieta el gatillo, la magdalena cae de la cabeza de Marlene y ella ni siquiera pestañea.

—¡Ganamos los dos! —grita ella.

—¿Echas de menos a tu antigua facción? —me pregunta Lynn.

—A veces —respondo—. Era más tranquila, no te cansabas tanto.

Marlene recoge la magdalena del suelo y le da un mordisco.

—¡Qué asco! —grita Uriah.

—Se supone que la iniciación tiene que desgastarnos lo suficiente como para saber quiénes somos realmente. Bueno, es lo que dice Eric —me cuenta Lynn, y arquea una ceja.

—Cuatro dice que es para prepararnos.

—En fin, no están de acuerdo en casi nada.

Asiento con la cabeza. Cuatro me contó que la visión de Eric sobre Osadía no es la que era, pero ojalá me contara exactamente cuál cree que es la visión correcta. De vez en cuando capto algún detalle (los vítores cuando salté del edificio, la red de brazos que me sujetó después de tirarme en tirolina), pero no es suficiente. ¿Habrá leído el manifiesto de Osadía? ¿En eso cree, en los actos cotidianos de valentía?

De repente se abre la puerta de la sala, y Shauna, Zeke y Cuatro entran justo cuando Uriah está disparando a otra diana. La bala de plástico rebota en el centro del blanco y rueda por el suelo.

—Me había parecido escuchar a alguien —comenta Cuatro.

—Resulta que es el idiota de mi hermano —dice Zeke—. Se supone que no podéis estar aquí fuera de las horas de clase. Tened cuidado, a ver si Cuatro se lo va a contar a Eric para que os arranque el cuero cabelludo.

Uriah arruga la nariz mirando a su hermano y guarda la bala. Marlene cruza la sala dándole mordiscos a la magdalena, y Cuatro se aparta de la puerta para dejarnos salir.

—No se lo contarás a Eric, ¿verdad? —pregunta Lynn, mirando a Cuatro con aire suspicaz.

—No, claro —responde él.

Cuando paso por su lado, me pone una mano en la parte alta de la espalda para empujarme un poco, y la palma me presiona entre los omóplatos y me estremezco. Espero que no se dé cuenta.

Los demás salen al pasillo, Zeke y Uriah entre empujones, Marlene dividiendo la magdalena para compartirla con Shauna, y Lynn delante. Empiezo a seguirlos.

—Espera un momento —me dice Cuatro.

Al volverme me pregunto con qué versión de Cuatro me encontraré: ¿será la que me regaña o la que trepa a la noria conmigo? Sonríe un poco, aunque la sonrisa no le llega a los ojos, que me hablan de tensión e inquietud.

—Este es tu sitio, espero que lo sepas —me dice—. Tu sitio está con nosotros. Todo terminará pronto, así que aguanta, ¿vale?

Se rasca detrás de la oreja y aparta la mirada, como si le diera vergüenza lo que ha dicho.

Me quedo mirándolo y noto el latido de mi corazón por todas partes, incluso en los dedos de los pies. Me apetece hacer algo atrevido, aunque también podría alejarme tranquilamente. No sé qué opción es la más inteligente o la mejor. Tampoco sé si me importa.

Extiendo el brazo y le sostengo la mano. Sus dedos se entrelazan con los míos. No puedo respirar.

Lo miro y él me mira. Durante un largo instante nos quedamos así. Entonces retiro la mano, y corro detrás de Uriah, Lynn y Marlene. A lo mejor ahora cree que soy estúpida o rara. A lo mejor ha merecido la pena.

Vuelvo al dormitorio antes que los demás y, cuando empiezan a entrar, me meto en la cama y finjo estar dormida. No los necesito, no si van a reaccionar así cada vez que lo haga bien. Si consigo superar la iniciación, seré de Osadía y no tendré que volver a verlos.

No los necesito pero, ¿los quiero? Cada tatuaje que me he hecho con ellos es una marca de su amistad, y casi todas las veces que me he reído en este sitio oscuro ha sido gracias a ellos. No quiero perderlos, aunque es como si ya lo hubiera hecho.

Después de al menos media hora dándole vueltas a la cabeza, me pongo boca arriba y abro los ojos. El dormitorio está a oscuras, todos se han ido a la cama. «Seguramente estar tan molestos conmigo los habrá dejado agotados», pienso, esbozando una sonrisa irónica. Como si proceder de la facción más odiada no fuera suficiente, ahora los pongo en evidencia.

Salgo de la cama para beber agua. No tengo sed, pero necesito hacer algo. Mis pies descalzos hacen ruidos pegajosos al pisar el suelo, y recorro la pared con la mano para no torcerme. Hay una bombilla azul encendida encima de la fuente.

Me echo el pelo por encima de un hombro y me inclino para

beber. En cuanto el agua me toca los labios, oigo voces al final del pasillo. Me acerco con cautela, esperando que la oscuridad me mantenga oculta.

—Por ahora no ha habido ningún indicio al respecto —oigo decir a Eric; ¿indicio de qué?

—Bueno, todavía es pronto para ver nada —contesta alguien, una mujer; la voz me resulta fría y familiar, pero familiar como en un sueño, no como en una persona real—. El entrenamiento de combate no revela nada. Sin embargo, las simulaciones dejan al descubierto quiénes son los rebeldes divergentes, si los hay, así que tendremos que examinar las grabaciones varias veces para estar seguros.

La palabra «divergente» me deja helada. Me echo hacia delante, con la espalda contra la piedra, para ver a quién pertenece la voz familiar.

—No olvides por qué te eligió Max —dice la voz—. Tu prioridad siempre debe ser encontrarlos. Siempre.

—No se me olvida.

Me echo unos centímetros más hacia delante con la esperanza de seguir escondida. Sea quien sea la persona que habla, es la que mueve los hilos; es la responsable del puesto de líder de Eric; es la que me quiere muerta. Inclino la cabeza y fuerzo el cuello para verlos antes de que doblen la esquina.

Entonces, alguien me agarra por detrás.

Empiezo a gritar, pero una mano me tapa la boca. Huele a jabón y es lo bastante grande como para taparme la parte inferior de la cara. Me revuelvo, pero los brazos que me sujetan son demasiado fuertes, así que muerdo uno de los dedos.

—¡Ay! —grita una voz ronca.

—Cállate y tápale la boca —responde otra voz más aguda y clara de lo normal en un hombre: Peter.

Una tira de tela oscura me cubre los ojos, y otro par de manos me la atan por detrás de la cabeza. Lucho por respirar. Hay al menos dos manos en mis brazos, arrastrando hacia delante, y una en mi espalda, empujándome en la misma dirección, y otra en mi boca, para que me guarde los gritos dentro. Tres personas. Me duele el pecho, no puedo enfrentarme sola a tres personas.

—Me pregunto a qué sonará un estirado cuando suplica por su vida —dice Peter entre risas—. Deprisa.

Intento concentrarme en la mano de la boca. Debe de haber algo característico en ella que me permita identificar a su dueño. Su identidad es un problema que puedo resolver, necesito resolver un problema ahora mismo para no ponerme histérica.

La palma está sudorosa y blanda. Aprieto los dientes y respiro por la nariz. El olor a jabón me resulta familiar: hierba limón y salvia. El mismo olor que rodea la litera de Al. Noto un peso en el estómago.

Oigo el ruido del agua al chocar contra las rocas. Estamos cerca del abismo…, debemos de estar por encima de él, dado el volumen del sonido. Aprieto los labios con fuerza para no gritar: si estamos por encima del abismo, ya sé lo que pretenden hacerme.

—Levántala, vamos.

Forcejeo y me rozo con su basta piel pero sé que no servirá de nada. También grito, aunque sé que nadie me oirá aquí.

Sobreviviré hasta mañana, lo haré.

Las manos me empujan de un lado a otro y arriba, y me golpeo la columna contra algo duro y frío. A juzgar por el ancho y la curvatura, es una barandilla metálica. Es la barandilla metálica, la que da al abismo. Jadeo y la niebla me toca la nuca. Las manos me obligan a arquear la espalda sobre la barandilla. Mis pies dejan de tocar el suelo, y los atacantes son lo único que evita que caiga al agua.

Una mano pesada me toca por el pecho.

—¿Seguro que tienes dieciséis años, estirada? No pareces tener más de doce.

Los otros chicos se ríen.

Me sube la bilis a la garganta y trago su amargo sabor.

—Espera, ¡creo que he encontrado algo! —exclama, mientras me aprieta.

Me muerdo la lengua para no gritar y oigo más risas.

Al me aparta la mano de la boca.

—Para ya —le dice, y reconozco su característica voz grave.

Cuando Al me suelta, me retuerzo otra vez y caigo al suelo. Esta vez muerdo con todas mis fuerzas el primer brazo que encuentro. Oigo un grito y aprieto más la mandíbula hasta que noto sangre. Algo duro me golpea la cara y noto un calor blanco que me recorre la cabeza. Si la adrenalina no corriera por mis venas como si fuera ácido, habría dicho que era dolor.

El chico recupera su brazo y me tira al suelo. Me golpeo el codo contra la piedra y me llevo las manos a la cabeza para quitarme la venda, pero un pie me tira de lado y me deja sin aire. Jadeo, toso y forcejeo con la venda. Alguien me agarra por el pelo y me golpea la cabeza contra algo duro. Dejo escapar un grito de dolor; estoy mareada.

Me toco torpemente el lateral de la cabeza para buscar el

borde de la venda, arrastro hacia arriba la mano, que me pesa mucho, me llevo con ella la tela y parpadeo. La escena que tengo delante está de lado y da botes. Veo a alguien correr hacia nosotros y a alguien huir, alguien grande, Al. Me aferro a la barandilla que tengo al lado y me sujeto a ella para levantarme.

Peter me agarra por el cuello con una mano y me levanta en el aire, poniéndome el pulgar bajo la barbilla. Su pelo, que suele estar reluciente y liso, está alborotado y se le pega a la frente. Su pálido rostro está contraído, y aprieta los dientes; me sostiene sobre el abismo mientras noto unos puntos que aparecen en los bordes de mi campo de visión, rodeándole la cara, verdes, rosas y azules. No dice nada. Intento darle una patada, pero mis piernas son demasiado cortas. Mis pulmones gritan pidiendo aire.

Oigo un grito, y Peter me suelta.

Estiro los brazos al caer, entre jadeos, y me doy en las axilas contra la barandilla. Paso los codos sobre ella para engancharme y gruño. La niebla me roza los tobillos, el mundo da vueltas y vueltas a mi alrededor, y alguien está en el Pozo (Drew) gritando. Oigo golpes, patadas, gruñidos.

Parpadeo unas cuantas veces y me concentro todo lo que puedo en la única cara que logro ver; está llena de rabia; sus ojos son azul oscuro.

—Cuatro —grazno.

Cierro los ojos, y unas manos me envuelven los brazos justo por donde se unen con los hombros. Me levanta por encima de la barandilla y me aprieta contra su pecho para cargarme en brazos, poniéndome un brazo bajo las rodillas. Escondo la cara en su hombro y, de repente, se hace un silencio hueco.

CAPÍTULO
VEINTIDÓS

Abro los ojos y me encuentro con las palabras «Teme solo a Dios» pintadas en una sencilla pared blanca. Vuelvo a oír agua que corre, aunque, esta vez, el sonido viene de un grifo y no del abismo. Pasan unos segundos antes de ver bordes en lo que me rodea, las líneas del marco de una puerta, una encimera y un techo.

El dolor es un latido constante en la cabeza, la mejilla y las costillas. No debería moverme, eso lo empeoraría todo. Veo una colcha azul de retazos bajo mi cabeza y hago una mueca cuando intento moverme para ver de dónde viene el sonido del grifo.

Cuatro está en el baño, con las manos dentro del lavabo. La sangre que le sale de los nudillos hace que el agua parezca de color rosa. Tiene un corte en la comisura de los labios, pero, por lo demás, parece ileso. Se examina los cortes con expresión apacible, cierra el grifo y se seca las manos con una toalla.

Solo tengo un recuerdo de cómo llegué hasta aquí, nada más que una imagen: tinta negra formando remolinos alrededor del lateral de un cuello (la esquina de un tatuaje) y un suave vaivén que tiene que significar que me llevaba en brazos.

Apaga la luz del cuarto de baño y saca una bolsa de hielo de la nevera que está en la esquina de la habitación. Cuando se acerca a mí considero la posibilidad de cerrar los ojos y fingir estar dormida, pero entonces nuestras miradas se encuentran y pierdo la oportunidad.

—Tus manos —grazno.

—No son asunto tuyo —contesta.

Apoya una rodilla en el colchón y se inclina sobre mí para ponerme el hielo debajo de la cabeza. Antes de apartarse, acerco la mano para tocarle el corte del labio, pero me detengo al darme cuenta de lo que estoy a punto de hacer y se me queda la mano en el aire.

«¿Qué tienes que perder?», me pregunto, y le toco con delicadeza la boca.

—Tris —dice, hablando con los labios pegados a mis dedos—, estoy bien.

—¿Por qué estabas allí? —pregunto, dejando caer la mano.

—Volvía de la sala de control y oí un grito.

—¿Qué les has hecho?

—Dejé a Drew en la enfermería hace media hora —responde—, Peter y Al salieron corriendo. Drew aseguraba que solo querían asustarte. Por lo menos, creo que eso era lo que intentaba decir.

—¿Está mal?

—Vivirá —contesta, y añade en tono cortante—: Aunque no sé en qué condiciones.

No está bien desear que alguien sufra solo porque me haya hecho daño, pero una corriente triunfal de calor al rojo blanco me recorre el cuerpo al pensar en que Drew está en la enfermería; aprieto el brazo de Cuatro.

—Bien —le digo.

La voz me suena tensa y fiera, la rabia crece en mi interior y la sangre se me convierte en agua amarga que me llena y me consume. Quiero romper algo, golpear algo, pero me da miedo moverme, así que me echo a llorar.

Cuatro se agacha al lado de la cama y me observa, no distingo compasión en su mirada. Me habría decepcionado encontrarla. Aparta la muñeca y, sorprendida, veo que me pone la mano en la mejilla y me acaricia el pómulo con el pulgar con mucho cuidado.

—Podría informar sobre esto —me dice.

—No, no quiero que piensen que tengo miedo.

Asiente con la cabeza y sigue moviendo el pulgar con aire ausente por mi pómulo, adelante y atrás.

—Suponía que dirías eso.

—¿Crees que sería mala idea sentarme?

—Te ayudaré.

Cuatro me agarra por el hombro con una mano y me sostiene la cabeza con la otra mientras me levanto. Noto estallidos agudos de dolor por todo el cuerpo, aunque intento no hacer caso y reprimo un gruñido.

—Te puedes permitir sentir dolor —me dice después de pasarme la bolsa de hielo—. Aquí solo estoy yo.

Me muerdo el labio. Tengo lágrimas en la cara, pero ninguno de los dos lo menciona, hacemos como si no estuvieran.

—Te sugiero que, a partir de ahora, confíes en la protección de tus amigos trasladados —añade.

—Creía que lo hacía —respondo, y vuelvo a sentir la mano de Al en la boca; el sollozo hace que mi cuerpo se incline hacia delante. Me llevo la mano a la frente y me mezo despacio—. Pero Al...

—Él quería que fueras la chica pequeñita y callada de Abnegación —responde Cuatro en voz baja—. Te hizo daño porque tu fuerza lo hacía sentir débil. Nada más.

Asiento con la cabeza e intento creérmelo.

—Los demás no te tendrán tantos celos si demuestras algún signo de vulnerabilidad, aunque no sea cierto.

—¿Crees que tengo que fingir ser vulnerable? —pregunto, arqueando una ceja.

—Sí —responde, y me quita la bolsa de hielo para sostenerla él mismo contra mi cabeza; sus dedos rozan los míos.

Bajo la mano sin protestar, necesito relajar el brazo. Cuatro se levanta y yo me quedo mirando el dobladillo de su camiseta.

A veces lo veo como a cualquier persona, mientras que otras veces noto su presencia en las tripas, como si fuera una puñalada.

—Lo que tienes que hacer es ir a desayunar mañana para demostrar a tus atacantes que no te ha afectado lo de hoy —añade—, pero que se te vea el moratón de la mejilla, y camina con la cabeza gacha.

La idea me provoca náuseas.

—Creo que no podré hacerlo —digo con voz apagada, mirándolo.

—Tienes que hacerlo.

—Me parece que no lo entiendes —insisto, y se me pone la cara roja—. Me tocaron.

Se tensa de arriba abajo al oírlo, sus manos aprietan con fuerza la bolsa de hielo.

—Te tocaron —repite, y sus oscuros ojos se vuelven muy fríos.

—No... de la forma que estás pensando —añado, aclarándome la garganta; al decirlo no me he dado cuenta de lo incómodo que me resultaría hablar de ello—. Pero... casi.

Aparto la vista.

Se queda en silencio y quieto tanto rato que, al final, tengo que decir algo.

—¿Qué pasa? —pregunto.

—No quiero decir esto, pero creo que debo hacerlo. Por ahora, es más importante para ti estar a salvo que tener razón, ¿lo entiendes?

Ha bajado las cejas, siempre rectas, hasta que se le han quedado prácticamente pegadas a los ojos. Se me retuerce el estómago, en parte porque sé que está en lo cierto y no quiero reconocerlo, y en parte porque quiero algo que no sé cómo expresar; quiero apretarme contra el aire hasta hacer desaparecer el espacio que nos separa.

Asiento con la cabeza.

—Pero, por favor, en cuanto veas la oportunidad... —añade, y me aprieta la mejilla con la mano, fría y fuerte, para ladearme la cabeza hasta obligarme a mirarlo; le brillan los ojos, parece un depredador—. Destrúyelos.

—Das un poco de miedo, Cuatro —respondo, dejando escapar una risa temblorosa.

—Hazme un favor, no me llames eso.

—¿Y qué te llamo?

—Nada —responde, y me quita la mano de la cara—, todavía.

CAPÍTULO VEINTITRÉS

Esta noche no vuelvo al dormitorio. Dormir en el mismo cuarto que la gente que me atacó solo para parecer valiente habría sido una estupidez. Cuatro duerme en el suelo y yo en su cama, encima de la colcha, respirando el aroma de su funda de almohada. Huele a detergente y a algo denso, dulce y claramente masculino.

El ritmo de su respiración se ralentiza y me asomo un poco para ver si está dormido. Está tumbado boca abajo, con un brazo alrededor de la cabeza. Tiene los ojos cerrados y los labios entreabiertos. Por primera vez aparenta la poca edad que tiene y me pregunto quién será en realidad. ¿Quién es cuando no es de Osadía, ni instructor, ni Cuatro, ni nada en particular?

Sea quien sea, me gusta. Me resulta más fácil admitirlo ahora, a oscuras, después de todo lo sucedido. No es dulce ni cariñoso, ni tampoco especialmente amable, pero es listo y valiente, y, a pesar de haberme salvado, me ha tratado como si yo fuera una persona fuerte. Es lo único que necesito saber.

Me quedo mirando cómo se le dilatan y contraen los músculos de la espalda hasta que me quedo dormida.

Me despierto dolorida por todas partes. Hago una mueca al sentarme, sosteniéndome las costillas, y me acerco al espejito de la pared de enfrente. Soy demasiado baja para reflejarme en él, pero consigo verme la cara poniéndome de puntillas. Como esperaba, tengo un moratón azul oscuro en la mejilla. Odio la idea de dejarme caer con esta pinta en la silla del comedor, pero me he quedado con las instrucciones de Cuatro: debo arreglar las cosas con mis amigos, necesito parecer débil para obtener protección.

Me recojo el pelo en un moño detrás de la cabeza. La puerta se abre y entra Cuatro con una toalla en la mano y el pelo reluciente de la ducha. Noto un escalofrío en el estómago cuando veo la línea de piel que aparece sobre su cinturón cuando levanta la mano para secarse el pelo; tengo que obligarme a mirarlo a la cara.

—Hola —lo saludo con voz tensa; ojalá no sonara tensa.

Él me toca la mejilla amoratada con la punta de los dedos.

—No está mal —comenta—. ¿Qué tal tu cabeza?

—Bien —respondo, aunque miento, ya que la noto palpitar.

Me rozo el chichón con los dedos y el dolor me recorre todo el cuero cabelludo. Podría ser peor, podría estar flotando en el río.

Se me tensan todos los músculos del cuerpo cuando baja la mano hasta mi costado, donde me dieron la patada. Lo hace como si nada, pero yo me quedo paralizada.

—¿Y el costado? —pregunta con voz grave.

—Solo me duele cuando respiro.

—Va a ser difícil evitarlo —responde, sonriendo.

—Seguro que Peter montaría una fiesta si dejo de respirar.

—Bueno, yo solo iría si invitan a tarta.

Me río y hago una mueca; pongo una mano encima de la suya para sujetarme las costillas. Él la baja despacio, rozándome el costado con la punta de los dedos. Después levanta por fin los dedos y noto un dolor en el pecho. Cuando termine este momento, tengo que recordar lo que pasó anoche; y quiero quedarme aquí, con él.

Asiente con la cabeza y salimos los dos.

—Yo iré primero —dice cuando llegamos a la puerta del comedor—. Nos vemos después, Tris.

Atraviesa las puertas y me quedo sola. Ayer me dijo que creía que yo tendría que fingir ser débil, pero se equivocaba, ya que no tendré que fingir nada. Me preparo apoyando la espalda en la pared y apretándome la frente con las manos. Me cuesta respirar hondo, así que respiro deprisa unas cuantas veces. No puedo dejar que pase, me atacaron para hacerme sentir débil y, para protegerme, puedo fingir que tuvieron éxito, pero no permitir que sea cierto.

Me aparto de la pared y entro en el comedor sin pensarlo más. Tras dar unos pasos recuerdo que tiene que parecer que soy débil, así que freno un poco, me pego a la pared y mantengo la cabeza gacha. Uriah, que está en la mesa de al lado de la de Will y Christina, levanta la mano para saludarme... y la vuelve a bajar.

Me siento al lado de Will.

Al no está aquí, no está por ninguna parte.

Uriah se sienta a mi lado, y deja su magdalena a medio comer y su vaso de agua a medio beber en la otra mesa. Durante un segundo, los tres se limitan a mirarme.

—¿Qué te ha pasado? —pregunta Will, bajando la voz.

Miro por encima de su hombro, hacia la mesa que está detrás de la nuestra. En ella está Peter comiéndose una tostada y susurrándole algo a Molly. Aprieto con fuerza la mesa, quiero hacerle daño, pero no es el momento.

Drew no está, lo que significa que sigue en la enfermería. Al pensarlo noto un placer malvado.

—Peter, Drew... —empiezo a decir en voz baja; me agarro el costado cuando alargo la mano para coger una tostada porque me duele al estirarme, así que al final hago una mueca y me inclino hacia delante con toda la intención del mundo—. Y... —añado, tragando saliva—. Y Al.

—Dios mío —dice Christina con los ojos muy abiertos.

—¿Estás bien? —pregunta Uriah.

Los ojos de Peter se encuentran con los míos y tengo que obligarme a apartar la mirada. Mostrarle que le tengo miedo hace que note un sabor amargo en la boca, pero debo hacerlo. Cuatro tenía razón, debo hacer todo lo posible para asegurarme de que no vuelvan a atacarme.

—No mucho —respondo.

Me arden los ojos y no lo estoy fingiendo, a diferencia de la mueca de antes. Me encojo de hombros y empiezo a creerme la advertencia de Tori: Peter, Drew y Al estaban dispuestos a tirarme al abismo por celos, ¿por qué no voy a creerme que los líderes de Osadía sean capaces de asesinar?

Me siento incómoda, como si llevase puesta la piel de otra persona. Si no tengo cuidado, moriré. Ni siquiera puedo confiar en los líderes de mi facción, en mi nueva familia.

—Pero si no eres más... —empieza Uriah, apretando los labios—. No es justo, ¿tres contra uno?

—Sí, con lo que se preocupa Peter por la justicia. Por eso fue a por Edward mientras dormía y le clavó un cuchillo en el ojo —responde Christina, sacudiendo la cabeza—. Pero ¿Al? ¿Estás segura, Tris?

Me quedo mirando el plato, soy la siguiente Edward. Sin embargo, a diferencia de él, yo no pienso irme.

—Sí, estoy segura.

—Tiene que haber sido por desesperación —comenta Will—. Ha estado comportándose... No sé, como otra persona. Desde que empezó la segunda etapa.

Entonces Drew entra en el comedor arrastrando los pies. Dejo caer la tostada y se me queda la boca abierta.

Decir que está «magullado» sería decir poco. Tiene la cara hinchada y morada, un labio roto y un corte en la ceja. Mantiene la cabeza baja de camino hacia su mesa, ni siquiera la levanta para mirarme. Miro a Cuatro, que está al otro lado del comedor; esboza la sonrisa satisfecha que a mí me gustaría esbozar.

—¿Lo has hecho tú? —pregunta Will entre dientes.

—No, alguien, no vi quién era, me encontró antes de que... —Me interrumpo y trago saliva, decirlo en voz alta hace que sea peor, que sea real—. Antes de que me tiraran al abismo.

—¿Te iban a matar? —pregunta Christina en voz baja.

—Puede. Quizá solo planearan colgarme por encima de él para asustarme —respondo, y encojo un hombro—. Funcionó.

Christina me mira con cara de pena y Will clava una mirada furibunda en la mesa.

—Tenemos que hacer algo —dice Uriah en voz baja.

—¿El qué? ¿Darles una paliza? —pregunta Christina—. Parece que ya se ha encargado alguien.

—No, ese dolor pueden superarlo —contesta Uriah—. Tenemos que echarlos de la clasificación, eso arruinará su futuro. Para siempre.

Cuatro se levanta y se coloca entre las dos mesas, cortando de golpe la conversación.

—Trasladados, hoy vamos a hacer algo distinto —dice—. Seguidme.

Nos levantamos y Uriah arruga la frente.

—Ten cuidado —me pide.

—No te preocupes —contesta Will—. La protegeremos.

Cuatro nos saca del comedor y nos lleva por los senderos que rodean el Pozo. Tengo a Will a la izquierda y a Christina a la derecha.

—No llegué a decirte que lo siento —comenta Christina—. Por llevarme la bandera cuando fuiste tú quien se la ganó. No sé qué me pasó.

No estoy segura de si será inteligente perdonarla..., perdonarlos a los dos, después de lo que me dijeron ayer cuando salió la clasificación. Sin embargo, mi madre me diría que la gente tiene sus defectos y que hay que ser comprensivo con ellos. Y Cuatro me pidió que confiara en mis amigos.

No sé en quién debería confiar más, puesto que ya no sé quiénes son mis amigos de verdad. ¿Uriah y Marlene, que estuvieron de mi parte incluso después de parecer fuerte, o Christina y Will, que siempre me han protegido cuando parecía débil?

Cuando sus grandes ojos castaños se encuentran con los míos, asiento con la cabeza.

—Vamos a olvidarlo.

Sigo queriendo estar enfadada, pero tengo que desprenderme de mi rabia.

Subimos más que nunca antes, hasta que la cara de Will se pone blanca cada vez que mira abajo. Casi siempre disfruto de las alturas, así que me agarro al brazo de Will como si necesitara su apoyo..., aunque, en realidad, le estoy prestando el mío. Sonríe, agradecido.

Cuatro se vuelve y retrocede unos pasos... de espaldas, de espaldas en un sendero estrecho sin barandilla. ¿Tan bien conoce este lugar?

Mira a Drew, que arrastra los pies al final del grupo, y dice:

—¡Acelera, Drew!

Es un chiste cruel, pero me cuesta reprimir una sonrisa..., hasta que Cuatro se fija en que voy agarrada al brazo de Will y veo que se pone muy serio. Su expresión me provoca escalofríos, ¿está celoso?

Nos acercamos cada vez más al techo de cristal y, por primera vez en varios días, veo el sol. Cuatro sube unas escaleras metálicas que llevan a un agujero del techo. Crujen bajo los pies y miro abajo, al Pozo y al abismo.

Caminamos sobre el cristal, que es más bien un suelo que un techo, y atravesamos una habitación cilíndrica con paredes de cristal. Los edificios que nos rodean están medio derruidos y parecen abandonados, seguramente por eso nunca había visto el complejo de Osadía antes de llegar aquí. Además, el sector de Abnegación está muy lejos.

En la habitación de cristal hay varios miembros de Osadía hablando en grupos, dos de ellos luchan con palos y se ríen cuando uno de ellos no acierta y golpea el aire. Sobre mí hay dos cuerdas que cruzan la sala, una unos pocos metros más alta que la otra. Seguramente tiene algo que ver con las atrevidas proezas que dan fama a la facción.

Cuatro nos lleva hacia otra puerta. Al otro lado hay un espacio frío y húmedo con paredes llenas de grafitis y tuberías al aire. La habitación está iluminada mediante una serie de anticuados tubos fluorescentes con cubiertas de plástico; deben de ser muy viejos.

—Esto es un tipo de simulación distinta, conocida como el paisaje del miedo —dice Cuatro; le brillan los ojos—. La han desactivado para nosotros, así que no tendrá este aspecto la próxima vez que la veáis.

Detrás de él han pintado en rojo con letras artísticas la palabra «Osadía» en un muro de hormigón.

—A lo largo de las simulaciones hemos almacenado datos sobre vuestros peores miedos. El paisaje del miedo accede a esos datos y os presenta una serie de obstáculos virtuales. Algunos serán miedos a los que ya os hayáis enfrentado en las anteriores simulaciones. Otros miedos serán nuevos. La diferencia es que, en el paisaje del miedo, seréis conscientes de que se trata de una simulación, así que estaréis alerta durante todo el proceso.

Eso significa que todos serán divergentes en el paisaje del

miedo. No sé si es un alivio, ya que no me podrán detectar, o un problema, ya que no contaré con esa ventaja.

—El número de miedos que tengáis en vuestros paisajes variará según el número de miedos que tenga cada uno —sigue explicando Cuatro.

¿Cuántos miedos tendré? Pienso en enfrentarme de nuevo a los cuervos y me estremezco, aunque el aire está caliente.

—Ya os dije antes que la tercera etapa de la iniciación se centra en la preparación mental —dice Cuatro; recuerdo cuándo lo dijo, el primer día, justo antes de ponerle a Peter una pistola en la cabeza. Qué pena que no disparara.

—Eso es porque debéis controlar tanto las emociones como el cuerpo, combinar las habilidades físicas que adquiristeis en la primera etapa con el dominio emocional que aprendisteis en la segunda para estar equilibrados —explica; uno de los tubos fluorescentes del techo parpadea; Cuatro deja de mirar a los iniciados y se centra en mí—. La semana que viene pasaréis lo más deprisa posible por vuestro paisaje del miedo delante de un tribunal de líderes de Osadía. Será la prueba final, la que determinará la clasificación de la tercera etapa. Igual que la segunda tenía más peso que la primera, la tercera es la que más se valora de todas. ¿Lo entendéis?

Todos asentimos con la cabeza, incluso Drew, que duele solo de mirarlo.

Si hago bien mi última prueba tengo muchas posibilidades de quedar entre los diez primeros y convertirme en miembro. Convertirme en miembro de Osadía. La idea casi hace que me maree de alivio.

—Tenéis dos formas de superar cada obstáculo: o conseguís calmaros lo suficiente para que la simulación registre un pulso normal y uniforme, o conseguís enfrentaros a vuestro miedo, lo que puede obligar a la simulación a seguir adelante. Un modo de enfrentarse al miedo a morir ahogado es sumergirse a más profundidad, por ejemplo —dice Cuatro, encogiéndose de hombros—. Así que os sugiero que aprovechéis la próxima semana para meditar sobre vuestros miedos y desarrollar estrategias para enfrentaros a ellos.

—No parece justo —protesta Peter—. ¿Y si una persona solo tiene siete miedos y otra tiene veinte? No es culpa suya.

Cuatro se queda mirándolo unos segundos antes de reírse.

—¿De verdad quieres hablar conmigo de justicia? —le pregunta; se acerca a Peter, y el grupo de iniciados le abre paso hasta que se coloca delante de él, cruza los brazos y añade, en tono asesino—: Entiendo que estés preocupado, Peter. Lo que pasó anoche prueba sin lugar a dudas que eres un despreciable cobarde. —Peter le devuelve la mirada, inmutable—. Bueno, ahora todos sabemos que te da miedo una chica bajita y escuálida de Abnegación —dice Cuatro, sonriendo.

Will me rodea con un brazo, mientras que la risa reprimida de Christina hace que se le agiten los hombros. Y yo también consigo encontrar una sonrisa dentro de mí.

Cuando volvemos al dormitorio por la tarde, Al está allí.

Will se pone detrás de mí y me sujeta los hombros un poco, como para recordarme que está conmigo. Christina se acerca más a mí.

Hay sombras bajo los ojos de Al, y tiene la cara hinchada de tanto llorar. Noto una punzada de dolor cuando lo veo, y no puedo moverme. El olor a hierba limón y salvia, que antes me gustaba, ahora me huele a rancio.

—Tris —dice Al, y se le rompe la voz—. ¿Puedo hablar contigo?

—¿Estás de coña? —pregunta Will, apretándome los hombros—. No te vuelvas a acercar a ella en la vida.

—No te haré daño, no quería hacerte daño... —insiste Al, tapándose la cara con ambas manos—. Solo quería decirte que lo siento, que lo siento mucho. No... No sé qué me pasa. Por favor, perdóname, por favor...

Levanta un brazo como si fuera a tocarme el hombro o una mano; tiene la cara cubierta de lágrimas.

En algún lugar de mi interior hay una persona compasiva y bondadosa. En algún lugar hay una chica que intenta comprender por lo que pasa la gente, que acepta que las personas hacen cosas malas y que la desesperación las conduce a lugares más oscuros de lo que jamás habrían imaginado. Juro que esa chica existe y que sufre por el chico arrepentido que tengo delante.

Pero, si la viera, no la reconocería.

—Aléjate de mí —digo en voz baja; me noto rígida y fría, y no estoy enfadada, no estoy dolida, no estoy nada—. No vuelvas a acercarte a mí —añado.

Nos miramos a los ojos, los suyos son oscuros y vidriosos. Yo no soy nada.

—Si lo haces, te juro por Dios que te mataré —le digo—, cobarde.

CAPÍTULO
VEINTICUATRO

—Tris.

En mi sueño, mi madre dice mi nombre. Me llama, y yo cruzo la cocina para ponerme a su lado. Me señala la olla que está en el fuego, y levanto la tapa para ver qué hay dentro. El ojo redondo y oscuro de un cuervo me devuelve la mirada, tiene las plumas del ala apretadas contra la pared de la olla y su gordo cuerpo está cubierto de agua hirviendo.

—A cenar —dice mi madre.

—¡Tris! —oigo de nuevo, y abro los ojos: Christina está de pie al lado de mi cama, con las mejillas manchadas de lágrimas teñidas de rímel—. Es Al. Ven.

Otros iniciados están despiertos, aunque no todos. Christina me da la mano y me saca del dormitorio. Corro descalza por el suelo de piedra mientras parpadeo para apartar las nubes de mis ojos; todavía me pesan las piernas, estoy medio dormida. Ha pasado algo terrible, lo noto en cada latido de mi corazón. «Es Al.»

Corremos por el Pozo hasta que Christina se detiene. Una multitud se ha reunido alrededor del borde, pero hay espacio entre los presentes, así que no me cuesta dejar atrás a Christina, rodear a un hombre alto de mediana edad y llegar al frente.

Dos hombres están al borde del abismo, izando algo con cuerdas. Los dos gruñen por el esfuerzo, echan todo su peso atrás para que las cuerdas se deslicen sobre la barandilla y después se inclinan hacia delante para volver a tirar. Una forma oscura y enorme surge por el borde, y unos cuantos miembros corren a ayudar a los dos hombres a dejarla en el suelo.

La forma cae en el suelo del Pozo. Un brazo pálido, hinchado por el agua, da contra la piedra. Un cadáver. Christina se aprieta contra mí, agarrándose a mi brazo. Esconde la cabeza en mi hombro y solloza, pero yo no consigo apartar la mirada. Unos cuantos hombres dan la vuelta al cadáver y la cabeza se gira a un lado.

Los ojos están abiertos y vacíos. Oscuros. Ojos de muñeco. Y la nariz tiene un gran arco, un puente estrecho y la punta redonda. Los labios están azules. La cara en sí no es humana, es medio cadáver y medio animal. Me arden los pulmones, me cuesta respirar la siguiente bocanada de aire. Al.

—Uno de los iniciados —comenta alguien detrás de mí—. ¿Qué ha pasado?

—Lo mismo que pasa todos los años —responde otro—. Se ha tirado por el borde.

—No seas tan morboso, podría ser un accidente.

—Lo han encontrado en medio del abismo, ¿crees que tropezó con el cordón de los zapatos y..., vaya por Dios, salió volando cinco metros?

Christina cada vez me aprieta el brazo con más fuerza. Debería decirle que me soltara, que me empieza a doler. Alguien se arrodilla al lado de la cara de Al y le cierra los ojos. Intenta que parezca que duerme, supongo. Qué estupidez, ¿por qué la gente finge que la muerte es como dormir? No lo es. No lo es.

Algo dentro de mí se derrumba. Tengo el pecho tirante, me ahogo, no puedo respirar. Caigo al suelo y arrastro a Christina conmigo. La piedra me raspa las rodillas. Oigo algo, el recuerdo de algo: los sollozos de Al, sus gritos por las noches. Debería haberlo sabido. Sigo sin poder respirar. Me llevo ambas manos al pecho y me balanceo adelante y atrás para liberar la presión.

Cuando parpadeo, veo la parte de arriba de la cabeza de Al mientras me lleva a cuestas al comedor. Noto el rebote de sus pisadas. Es grande, cálido y torpe. No, era. Eso es la muerte, cambiar de «es» a «era».

Respiro con dificultad. Alguien ha traído una enorme bolsa negra para meter el cadáver. Va a ser pequeña. La risa me sube por la garganta y me sale por la boca, forzada y borboteante. Al no cabe en la bolsa para cadáveres; qué tragedia. A mitad de la carcajada, me tapo la boca y suena como un gruñido. Me suelto de Christina, me levanto y la dejo en el suelo. Corro.

—Toma —me dice Tori, dándome una taza humeante que huele a menta.

La sostengo con ambas manos y el calor hace que me piquen los dedos.

Se sienta frente a mí. En cuestión de funerales, en Osadía no se pierde el tiempo. Tori me contó que prefieren hacer frente a la muerte en cuanto se produce. En la habitación principal del estudio de tatuajes no hay nadie, pero el Pozo está abarrotado de miembros, casi todos borrachos. No sé de qué me sorprendo.

En casa, los funerales son acontecimientos sombríos, todos se reúnen para dar su apoyo a la familia del fallecido y nadie está desocupado, pero no hay risas, ni gritos, ni bromas. Y en Abnegación no se bebe alcohol, así que todos están sobrios. Tiene sentido que los funerales de esta facción sean justo lo contrario.

—Bébetelo —me dice—. Te sentirás mejor, te lo prometo.

—No creo que esto se solucione con infusión —respondo despacio, pero me la bebo de todos modos.

Me calienta la boca y la garganta, y me baja hasta el estómago. No me había dado cuenta del frío que tenía hasta que he dejado de tenerlo.

—He dicho «mejor», no «bien» —me corrige ella, sonriendo, aunque no se le arrugan los rabillos de los ojos, como le pasa siempre—. Creo que no vas a estar «bien» durante un tiempo.

—¿Cuánto...? —empiezo a preguntar después de morderme un labio, en busca de las palabras correctas—. ¿Cuánto tardaste en volver a estar bien después de que tu hermano...?

—No lo sé —responde, sacudiendo la cabeza—. Algunos días es como si siguiera sin estar bien. Otros, me siento satisfecha, incluso contenta. Tardé unos cuantos años en dejar de planear la venganza, eso sí.

—¿Por qué lo dejaste?

Observa con la mirada perdida la pared que tengo detrás. Se da unos golpecitos con los dedos en la pierna durante unos segundos y responde:

—No creo que lo haya dejado, exactamente. Es más que...
espero mi oportunidad.

Sale de su aturdimiento y mira su reloj.

—Hora de irse —anuncia.

Echo el resto de la infusión en el fregadero. Cuando aparto
la mano de la taza me doy cuenta de que tiemblo. Eso no es
bueno. Me suelen temblar las manos antes de empezar a llorar,
y no puedo llorar delante de todos.

Sigo a Tori al exterior del estudio y bajamos por el camino
hasta el fondo del Pozo. Todas las personas que antes daban
vueltas por ahí están en el saliente, y el aire huele mucho a alcohol. La mujer que tengo delante de mí se tuerce hacia la derecha, perdiendo el equilibrio, y se le escapa una risita nerviosa
cuando se choca con el hombre que tiene al lado. Tori me agarra
del brazo y me aleja.

Encuentro a Uriah, Will y Christina de pie entre los demás
iniciados. Christina tiene los ojos hinchados. Uriah lleva una
petaca plateada y me la ofrece, pero sacudo la cabeza.

—Sorpresa, sorpresa —dice Molly detrás de mí, dándole un
codazo a Peter—. La que nace estirada, siempre será estirada.

No debería hacerle caso, sus opiniones no deberían impor-
tarme.

—Hoy he leído un artículo muy interesante —dice, acercándose a mi oreja—. Algo sobre tu padre y la verdadera razón por
la que te fuiste de allí.

Defenderme no es mi prioridad ahora mismo, aunque sí es lo
más fácil de solucionar.

Me vuelvo y le doy un puñetazo en la mandíbula. Los nudillos me pican del golpe y ni siquiera recuerdo haber decidido pegarle. No recuerdo haber cerrado el puño.

Se lanza sobre mí con las manos estiradas, pero no llega muy lejos, ya que Will la agarra del cuello de la camiseta y tira de ella hacia atrás. La mira, me mira y dice:

—Dejadlo, las dos.

Parte de mí desearía que no la hubiera detenido; una pelea me distraería, sobre todo ahora que Eric se está subiendo a una caja que han colocado al lado de la barandilla. Lo miro y me cruzo de brazos para mantenerme firme. Me pregunto qué dirá.

En Abnegación nadie se ha suicidado desde hace tiempo, que yo recuerde, pero la facción tiene clara su opinión al respecto: para ellos, el suicidio es un acto de egoísmo. Una persona realmente desinteresada no piensa en sí misma lo suficiente como para desear morir. Nadie diría eso en voz alta si sucediera, pero todos lo pensarían.

—¡Silencio, callaos! —grita Eric; alguien hace sonar algo que parece un gong y los gritos van disminuyendo, aunque no así los murmullos—. Gracias. Como sabéis, estamos aquí porque Albert, un iniciado, saltó al abismo anoche.

Los murmullos desaparecen también, solo se oye el agua del fondo del precipicio.

—No sabemos el porqué y lo más sencillo sería lamentarnos esta noche por su pérdida —sigue diciendo Eric—, pero no elegimos la vía fácil cuando entramos en Osadía, y lo cierto es... —añade, sonriendo; si no lo conociera, pensaría que la sonrisa es auténtica, pero lo conozco—. Lo cierto es que Albert ahora está explorando un lugar desconocido e incierto, y ha saltado en las crueles aguas para llegar hasta allí. ¿Quién de nosotros es lo bastante audaz como para aventurarse en la oscuridad sin saber lo que se esconde detrás de ella? Albert todavía no era uno de nosotros, pero, sin duda, ¡era un valiente!

Del centro de la multitud surge un grito unánime. Los osados vitorean con distintos tonos, agudos y graves, alegres y profundos. Su rugido imita el rugido del agua. Christina le quita la petaca a Uriah y bebe. Will le pasa un brazo sobre los hombros y la acerca a él. Las voces me llenan los oídos.

—¡Hoy le rendiremos homenaje y siempre lo recordaremos! —chilla Eric; alguien le pasa una botella oscura y él la levanta—. ¡Por Albert el Valeroso!

—¡Por Albert! —grita la multitud.

A mi alrededor se alzan los brazos, y los osados corean su nombre:

—¡Albert, Al-bert, Al-bert!

Lo corean hasta que su nombre ya no parece su nombre, sino que suena como el grito primitivo de una raza antigua.

Doy la espalda a la barandilla, no puedo seguir soportando esto.

No sé adónde voy, sospecho que no voy a ninguna parte, que solo me alejo. Recorro un pasillo oscuro. Al final está la fuente, bañada en el brillo azul de la luz que tiene encima.

Sacudo la cabeza. ¿Valeroso? Valeroso habría sido reconocer la debilidad y abandonar Osadía a pesar de la vergüenza que le supusiera. El orgullo es lo que ha matado a Al, y ese es el defecto que se encuentra en todos los corazones osados. Y también está en el mío.

—Tris.

293

Me sobresalto y vuelvo la vista: tengo a Cuatro detrás, justo dentro del círculo de luz azul. Le da un aspecto espeluznante, le deja a oscuras las cuencas de los ojos y le proyecta sombras bajo los pómulos.

—¿Qué haces aquí? —pregunto—. ¿No deberías estar presentando tus respetos?

Lo digo como si las palabras supieran mal y tuviera que escupirlas.

—¿Y tú? —pregunta; da un paso hacia mí y vuelvo a verle los ojos, que parecen negros con esta luz.

—No puedo presentar mis respetos cuando no los tengo —contesto, pero me siento un poco culpable, así que sacudo la cabeza—. No quería decir eso.

—Ah —dice, y, a juzgar por su mirada, no me cree; no lo culpo.

—Esto es ridículo —exclamo, y noto calor en las mejillas—. Se tira por un precipicio, ¿y Eric dice que es un valiente? ¿Eric, el que intentó que lanzaras cuchillos a la cabeza de Al? —pregunto, y noto algo amargo en la boca; las falsas sonrisas de Eric, sus palabras artificiales, sus ideales retorcidos... me ponen enferma—. ¡No era valiente! ¡Estaba deprimido, era un cobarde y casi me mata! ¿Esas son las cosas que se respetan aquí?

—¿Y qué quieres que hagan? —me pregunta—. ¿Que lo condenen? Al ya está muerto, no puede oírlo y es demasiado tarde.

—Esto no es por Al —suelto—, ¡es por todos los que están mirando! Por todos los que ahora creen que tirarse al abismo es una opción viable. Quiero decir, ¿por qué no hacerlo si después todos dicen que eres un héroe? ¿Por qué no hacerlo si así todo el mundo recordará tu nombre? Es que... No puedo...

Sacudo la cabeza, me arde la cara y el corazón se me acelera, e intento mantener el control, pero no lo consigo.

—¡Esto nunca habría pasado en Abnegación! —exclamo, casi a gritos—. ¡Nada de esto! Nunca. Este sitio absorbió a Albert y lo destruyó, y no me importa que decirlo me convierta en una estirada. No me importa. ¡No me importa!

Cuatro mira hacia el muro que está por encima de la fuente.

—Ten cuidado, Tris —me advierte, sin dejar de mirar el muro.

—¿No tienes nada más que decir? —insisto, frunciendo el ceño—. ¿Que tenga cuidado? ¿Ya está?

—Eres tan insoportable como los de Verdad, ¿lo sabías?

Me agarra del brazo y me aleja de la fuente; me hace daño, pero no soy lo bastante fuerte como para soltarme.

Tengo su cara tan cerca que le veo unas cuantas pecas en la nariz.

—No voy a repetirlo, así que escucha con atención —empieza, y me pone las manos en los hombros para apretármelos; me siento pequeña—. Están observando. Te están observando a ti, en concreto.

—Suéltame —respondo débilmente.

Me suelta de golpe y se endereza. Parte del peso que siento en el pecho desaparece cuando deja de tocarme. Me dan miedo sus cambios de humor, me indican que existe algo inestable en su interior, y la inestabilidad es peligrosa.

—¿Te observan a ti también? —pregunto en voz tan baja que no podría oírme si no estuviera tan cerca de mí.

—He intentado protegerte —dice, sin responder a la pregunta—, pero tú te niegas a que te ayude.

—Ah, vale, me ayudas. Cortarme la oreja con un cuchillo, burlarte de mí y gritarme más que a nadie me ayuda un montón.

—¿Burlarme de ti? ¿Te refieres a lo de los cuchillos? No me burlaba, te recordaba que, si fallabas, otra persona tendría que ocupar tu lugar.

Me pongo una mano en la nuca y me paro a pensar en el incidente. Cada vez que hablaba era para recordarme que, si me rendía, Al ocuparía mi lugar delante de la diana.

—¿Por qué? —pregunto.

—Porque eres de Abnegación, y eres más valiente cuando actúas de manera desinteresada.

Ahora lo entiendo: no intentaba convencerme para que me rindiera, me recordaba por qué no debía hacerlo, que necesitaba proteger a Al. Me duele pensar en ello. Proteger a Al. Mi amigo. Mi atacante.

No puedo odiar a Al todo lo que desearía.

Tampoco puedo perdonarlo.

—Te aconsejo que intentes fingir un poco mejor que estás perdiendo tus impulsos altruistas —me dice—, porque, si lo descubre la gente equivocada..., bueno, no te conviene.

—¿Por qué? ¿Por qué les iban a importar mis intenciones?

—Las intenciones son lo único que les importa. Intentan hacerte pensar que les importa lo que haces, pero no, no quieren que actúes de cierta manera. Lo que quieren es que pienses de cierta manera, así les resulta fácil entenderte y no les supones una amenaza.

Pone una mano en la pared, al lado de mi cabeza, y se apoya en ella. Su camiseta está tan tirante que le veo la clavícula y la suave depresión entre el músculo del hombro y los bíceps.

Ojalá fuera más alta. Si fuera más alta, mi complexión delgada se consideraría esbelta en vez de infantil, y él no me vería como a una hermana pequeña a la que debe proteger.

No quiero que me vea como a una hermana.

—No entiendo por qué les importa lo que piense —le digo—, siempre que actúe como ellos quieren.

—Ahora estás actuando como ellos quieren, pero ¿qué pasa si tu cerebro de Abnegación te dice que hagas otra cosa, algo que ellos no quieren?

No tengo respuesta, y ni siquiera sé si está en lo cierto conmigo. ¿Mi cerebro es de Abnegación o de Osadía?

Quizá de ninguna de las dos facciones, quizá mi cerebro sea divergente.

—Quizá no necesite tu ayuda, ¿se te ha ocurrido? —pregunto—. No soy débil, ¿sabes? Puedo hacerlo yo sola.

—Crees que mi instinto me impulsa a protegerte porque eres bajita, una chica o una estirada —dice, sacudiendo la cabeza—. Te equivocas.

Se acerca más y me rodea la barbilla con los dedos. La mano le huele a metal. ¿Cuándo fue la última vez que sostuvo una pistola o un cuchillo? Me cosquillea la piel en el punto de contacto, como si me transmitiera electricidad.

—Mi instinto me impulsa a presionarte hasta que estalles, solo por ver lo que aguantas —añade, y aprieta los dedos al decir «estalles»; su tono de voz hace que me ponga tensa, que me encoja como un muelle antes de saltar y que se me olvide respirar—. Pero resisto el impulso —añade, mirándome con sus oscuros ojos.

—¿Por qué...? —empiezo, pero me detengo para tragar saliva—. ¿Por qué te pide eso tu instinto?

—A ti el miedo no te paraliza, sino que te despierta. Lo he visto. Es fascinante —responde, y me suelta, aunque no se aparta, y me roza con la mano la mandíbula, el cuello...—. A veces... solo quiero verlo, verte despertar.

Le pongo las manos en la cintura. No recuerdo haber decidido hacerlo, pero ya no puedo apartarlas. Me acerco a su pecho y lo rodeo con los brazos para acariciarle los músculos de la espalda.

Al cabo de un momento, me toca la parte inferior de la espalda, me acerca más a él y me acaricia el pelo con la otra mano. Me vuelvo a sentir pequeña, aunque, esta vez, no me da miedo. Cierro los ojos con fuerza; Cuatro ya no me da miedo.

—¿Debería llorar? —pregunto, y mi voz suena ahogada, ya que tengo la boca pegada a su camiseta—. ¿Es que me pasa algo malo?

Las simulaciones destrozaron tanto a Al que no pudo superarlo. ¿Por qué a mí no? ¿Por qué no soy como él?... ¿Y por qué esa idea hace que me sienta tan incómoda, como si yo también estuviera al borde del abismo?

—¿Y qué sé yo de lágrimas? —pregunta él en voz baja.

Cierro los ojos. No espero que Cuatro me consuele, y él no intenta hacerlo, pero me siento mejor aquí que entre mis amigos, los de mi facción. Aprieto la frente contra su hombro.

—Si lo hubiera perdonado, ¿crees que seguiría vivo? —le pregunto.

—No lo sé —contesta; me pone la mano en la mejilla y giro la cara para esconderla dentro, sin abrir los ojos.

—Me siento como si fuese por mi culpa.

—No es culpa tuya —responde, apoyando su frente en la mía.

—Pero debería haberlo hecho, debería haberlo perdonado.

—Quizá. Quizá todos deberíamos haber hecho algo más, pero tenemos que permitir que la culpa nos recuerde hacerlo mejor la próxima vez.

Frunzo el ceño y me aparto. Eso lo aprendemos los miembros de Abnegación: la culpabilidad como instrumento, en vez de como arma contra uno mismo. Es una frase sacada directamente de las lecturas de mi padre en nuestras reuniones semanales.

—¿De qué facción vienes, Cuatro?

—Da igual —responde, bajando la mirada—. Ahora estoy en esta. Y a ti te vendría bien recordar lo mismo.

Me mira con expresión turbada y me da un ligero beso en la frente, justo entre las cejas. Cierro los ojos. No entiendo esto, sea lo que sea, pero no quiero fastidiarlo, así que no digo nada. No se mueve, se queda donde está, con los labios sobre mi piel, y yo me quedo donde estoy, con las manos en su cintura, durante un buen rato.

CAPÍTULO
VEINTICINCO

Estoy con Will y Christina en la barandilla que da al abismo. Es última hora de la noche y la mayoría de los osados se han ido a dormir. Me pican los hombros por culpa de la aguja de tatuar; todos nos hemos hecho tatuajes nuevos hace media hora.

Tori era la única que quedaba en el estudio de tatuaje, así que no me dio miedo hacerme el símbolo de Abnegación (un par de manos con las palmas hacia arriba, como si ayudaran a alguien a levantarse, rodeadas por un círculo) en el hombro derecho. Sé que es arriesgado, sobre todo después de lo sucedido, pero ese símbolo forma parte de mi identidad y me pareció importante llevarlo sobre la piel.

Me subo a una de las barras cruzadas de la barrera y apoyo las caderas en la barandilla para mantener el equilibrio. Aquí es donde se puso Al. Miro abajo, al abismo, al agua negra, a las rocas afiladas. El agua golpea el muro y salpica hacia arriba, empañándome la cara. ¿Tuvo miedo cuando se subió aquí? ¿O estaba tan decidido a saltar que le resultó fácil?

Christina me pasa una pila de papeles. He sacado una copia de cada informe publicado por Erudición en los últimos seis meses. Sé que tirarlos al abismo no hará que me libre de ellos para siempre, pero quizá me haga sentir mejor.

Me quedo mirando el primero, en el que se ve una fotografía de Jeanine, la representante de Erudición. Sus ojos, cortantes aunque atractivos, me están mirando.

—¿La conoces? —pregunto a Will mientras Christina forma una pelota con el primer informe y lo lanza al agua.

—¿A Jeanine? La vi una vez —contesta.

Agarra el siguiente informe y lo hace trizas; los trocitos flotan en el río. Lo hace sin el rencor de Christina, me da la impresión de que solo participa en esto para probarme que no está de acuerdo con las tácticas de su antigua facción. No me queda claro si en realidad cree en lo que dicen o no, y me da miedo preguntárselo.

—Antes de convertirse en líder trabajaba con mi hermana. Intentaban desarrollar un suero que durara más para las simulaciones —añade—. Jeanine es tan lista que se le nota antes de que abra la boca. Como..., como si fuera un ordenador que camina y habla.

—¿Qué...? —empiezo a preguntar mientras tiro una hoja por la barandilla, apretando los labios; tengo que preguntarlo sin más—. ¿Qué te parece lo que dice?

—No lo sé —responde, encogiéndose de hombros—. Quizá sea bueno tener a más de una facción en el Gobierno y quizá estaría bien que hubiera más coches, más... fruta fresca y más...

—Te das cuenta de que no existe ningún almacén secreto en el que se guardan esas cosas, ¿no? —pregunto, poniéndome roja.

—Sí, claro, solo creo que la comodidad y la prosperidad no

son prioridades de Abnegación, y quizá sí lo serían si otras facciones se involucraran en nuestra toma de decisiones.

—Porque darle a un chico erudito un coche es más importante que dar comida a los abandonados —le suelto.

—Chicos, chicos —dice Christina, rozando el hombro de Will con la punta de los dedos—. Se supone que esto es una alegre sesión de destrucción simbólica de documentos, no un debate político.

Me trago lo que iba a decir y me quedo mirando la pila de papeles que tengo en la mano. Will y Christina comparten muchos roces casuales últimamente, me he dado cuenta. ¿Se habrán dado cuenta ellos?

—Pero todo eso que dijo sobre tu padre hace que la odie —añade Will—. No sé de qué puede servir decir esas cosas tan espantosas.

Yo sí: si Jeanine consigue que crean que mi padre y los demás líderes de Abnegación son personas corruptas y horribles, obtendrá el apoyo que necesita para la revolución que está planeando, si es que esa es su intención. Sin embargo, no quiero seguir discutiendo, así que asiento con la cabeza y tiro las hojas restantes al abismo. Flotan adelante y atrás, adelante y atrás, hasta llegar al agua. Se quedarán en el filtro del muro del abismo y los tirarán.

—Hora de irse a dormir —dice Christina, sonriendo—. ¿Listos para volver? Creo que voy a meter la mano de Peter en un cuenco de agua tibia para que se mee en la cama.

Le doy la espalda al abismo y veo movimiento en la zona de la derecha del Pozo. Una figura sube hacia el techo de cristal y, a juzgar por su fluida forma de caminar, como si los pies apenas tocaran el suelo, sé que es Cuatro.

—Suena genial, pero tengo que hablar un momento con Cuatro —respondo, señalando a la sombra que asciende por el camino; los ojos de Christina siguen la dirección que indico con la mano.

—¿Seguro que quieres estar por aquí tú sola de noche?

—No estaré sola, estaré con Cuatro —respondo, y me muerdo el labio.

Christina está mirando a Will, y Will está mirando a Christina, así que, en realidad, ninguno de los dos me ha prestado atención.

—Vale —dice Christina, distraída—. Bueno, nos vemos después.

Los dos caminan hacia el dormitorio, Christina alborotándole el pelo a Will, y Will dándole codazos en las costillas. Me quedo mirándolos un segundo y me siento como si fuera testigo de algo, aunque no sé bien de qué.

Corro por el camino del lado derecho del Pozo y empiezo a subir intentando no hacer ruido. A diferencia de Christina, a mí no me cuesta mentir. No pretendo hablar con Cuatro, al menos, no hasta que averigüe por qué va a estas horas al edificio de cristal que tenemos encima.

Corro en silencio, sin aliento al llegar a las escaleras, y me quedo en un extremo de la sala de cristal mientras Cuatro permanece en el otro. A través de las ventanas veo las luces de la ciudad encendidas, aunque ya empiezan a apagarse; se supone que deben hacerlo a medianoche.

Al otro lado de la habitación, Cuatro se pone en la puerta del paisaje del miedo. Lleva una caja negra en una mano y una jeringa en la otra.

—Ya que estás aquí —dice, sin volver la vista atrás—, podrías entrar conmigo.

—¿En tu paisaje del miedo? —pregunto, mordiéndome el labio.

—Sí.

—¿Puedo hacer eso? —pregunto de nuevo al acercarme.

—El suero te conecta al programa —responde—, pero el programa determina de quién es el paisaje que atraviesas. Y, ahora mismo, está configurado para que sea el mío.

—¿Y me dejas verlo?

—¿Por qué crees que voy a entrar si no? —pregunta en voz baja, sin levantar la mirada—. Quiero enseñarte algunas cosas.

Levanta la jeringa, y yo ladeo la cabeza para dejar más expuesto el cuello. Noto un dolor agudo cuando entra la aguja, aunque ya estoy acostumbrada. Cuando termina, me ofrece la caja negra. Dentro hay otra jeringuilla.

—No lo he hecho nunca —comento al sacarla de la caja; no quiero hacerle daño.

—Justo aquí —me indica, señalando un punto de su cuello con la uña.

Me pongo de puntillas e introduzco la aguja, algo temblorosa. Él ni pestañea.

No deja de mirarme en ningún momento y, cuando termino, mete las dos jeringas en la caja y la deja junto a la puerta.

Cuatro sabía que lo seguiría hasta aquí; o lo sabía o lo esperaba. En cualquier caso, a mí me parece bien.

Me ofrece una mano y la acepto. Sus dedos son fríos y frágiles. Siento que debo decir algo, pero estoy demasiado aturdida y no se me ocurre nada. Abre la puerta con la mano libre y lo sigo a la oscuridad. Ya estoy acostumbrada a entrar sin vacilaciones en lugares desconocidos. Procuro respirar con normalidad y sujeto bien la mano de Cuatro.

—A ver si adivinas por qué me llaman Cuatro —me dice.

La puerta se cierra detrás de nosotros y se lleva con ella toda la luz. El aire del pasillo es frío; noto cómo me entra cada una de sus partículas en los pulmones. Me acerco un poco más a él para que mi brazo esté contra el suyo y mi barbilla cerca de su hombro.

—¿Cómo te llamas de verdad? —pregunto.

—A ver si también puedes adivinarlo.

La simulación nos absorbe. El suelo sobre el que estoy ya no es de cemento, sino que cruje como metal. Entra luz por todos los ángulos y la ciudad nos rodea, edificios de cristal y el arco de las vías del tren, y estamos muy por encima de ella. No había visto un cielo azul desde hace tiempo, así que, cuando se extiende sobre mí, me quedo sin aliento y me mareo.

Entonces empieza a soplar el viento, a soplar con tanta fuerza que tengo que apoyarme en Cuatro para permanecer en pie. Él me suelta la mano y me rodea los hombros con el brazo. Al principio creo que es para protegerme, pero no, tiene problemas para respirar y me necesita para no caerse. Se obliga a inspirar y espirar por la boca, y tiene los dientes apretados.

Para mí, es precioso estar a esta altura, pero, si está aquí, debe de ser una de las peores pesadillas de Cuatro.

—Tenemos que saltar, ¿no? —pregunto a gritos, para hacerme oír por encima del viento.

Asiente con la cabeza.

—A la de tres, ¿vale?

Asiente otra vez.

—¡Uno..., dos..., tres! —tiro de él y salgo corriendo.

Después de dar el primer paso, el resto es fácil, los dos saltamos del tejado del edificio y caemos como piedras, deprisa, con el viento empujándonos y el suelo cada vez más cerca. Entonces, la escena desaparece y me encuentro a cuatro patas en el suelo, sonriendo. Me encantó ese subidón el día que elegí Osadía y me sigue encantando.

A mi lado, Cuatro jadea y se lleva una mano al pecho. Me levanto y lo ayudo a hacer lo mismo.

—¿Qué toca ahora?

—Es...

Algo duro me da en la espalda y me doy contra Cuatro, de cabeza contra su clavícula. Aparecen paredes a izquierda y derecha. El espacio es tan estrecho que Cuatro tiene que llevarse las manos al pecho para caber. Un techo cae con estrépito sobre las paredes que nos rodean, y él se agacha, gruñendo. La habitación es del tamaño justo para que quepa Cuatro, nada más.

—Encierro.

Deja escapar un sonido gutural; ladeo la cabeza y me retiro lo suficiente como para observarlo. Apenas le veo la cara, está demasiado oscuro y no hay distancia, compartimos respiraciones. Hace una mueca, como si le doliera algo.

—Eh —le digo—, no pasa nada. Ven...

Le guío las manos para que me rodeen el cuerpo y así tenga más espacio. Se aferra a mi espalda y pone la cara cerca de la mía, sin enderezarse del todo. Su cuerpo emite calor, pero solo noto huesos y los músculos que los rodean; nada cede. Me pongo roja, ¿se dará cuenta de que sigo teniendo cuerpo de niña?

—Es la primera vez que me alegro de ser tan bajita —comento, riéndome.

Si bromeo, a lo mejor se calma; y, además, así me distraigo.

—Hmmm —murmura, tenso.

—No podemos salir de aquí, es más fácil enfrentarse al miedo y ya está, ¿no? —pregunto, aunque sigo hablando sin esperar respuesta—. Lo que tienes que hacer es reducir el espacio, empeorarlo para que mejore, ¿no?

—Sí —responde, una palabrita tirante y tensa.

—Vale, tenemos que agacharnos, ¿listo?

Le aprieto la cintura para bajarlo conmigo. Noto la dura línea de sus costillas contra la mano y oigo el crujido de un tablón de madera contra otro al bajar más el techo. Me doy cuenta de que no cabremos si sigue habiendo tanto espacio entre nosotros, así que me vuelvo y me hago una bola, con la espalda contra su pecho. Una de sus rodillas está doblada al lado de mi cabeza, mientras que la otra está debajo de mí, de modo que me encuentro sentada en su tobillo. Somos un revoltijo de extremidades. Respira en mi oído.

—Ah —comenta con voz ronca—, esto es peor, sin duda...

—Chisss —le ordeno—, rodéame con los brazos.

Obediente, me pasa los brazos en torno a la cintura. Sonrío a la pared; no estoy disfrutando con esto, de ningún modo, ni siquiera un poquitín, no.

—La simulación mide tu miedo —digo en voz baja; no hago más que repetir lo que él nos contó, pero quizá ayude recordárselo—. Así que si consigues calmar el pulso, pasará al siguiente escenario. ¿Recuerdas? Intenta olvidar que estamos aquí.

—¿Sí? —pregunta, y noto que mueve los labios sobre mi oreja al hablar, lo que hace que me recorra una ola de calor—. Así de fácil, ¿no?

—A la mayoría de los chicos les gustaría quedarse atrapados en un sitio estrecho con una chica, ¿sabes? —comento, poniendo los ojos en blanco.

—¡No a los claustrofóbicos, Tris! —exclama; empieza a sonar desesperado.

—Vale, vale —respondo, y le pongo la mano encima de la suya para guiarla hasta mi pecho, justo encima de mi corazón—. Nota mis latidos, ¿los notas?

—Sí.

—¿Ves lo regulares que son?

—Van deprisa.

—Sí, bueno, pero eso no tiene que ver con la caja —digo, pero hago una mueca en cuanto termino; acabo de reconocer algo, aunque espero que no se dé cuenta—. Cada vez que me sientas respirar, respira. Concéntrate en eso.

—Vale.

Respiro hondo, y su pecho se eleva y desciende con el mío. Al cabo de unos segundos, comento, tranquilamente:

—¿Por qué no me cuentas de dónde viene este miedo? A lo mejor hablar de eso nos ayuda... de alguna manera.

No sé por qué, pero suena correcto.

—Hmmm..., vale —responde, y respira de nuevo conmigo—. Este viene de mi fantástica niñez. Castigos de la niñez. El diminuto armario de la planta de arriba.

Aprieto los labios. Recuerdo que de pequeña me castigaban: me enviaban a mi cuarto sin cenar, me quitaban tal o cual cosa, me regañaban con caras muy serias... Jamás me encerraron en un armario. Crueldad inteligente; lo siento muchísimo por él. No sé qué decir, así que intento sonar despreocupada.

—Mi madre guardaba los abrigos de invierno en nuestro armario.

—No quiero... —empieza, pero se detiene a jadear—. No quiero seguir hablando de eso.

—Vale, pues... yo hablo. Pregúntame algo.

—Vale —responde, y suelta una risa temblorosa—. ¿Por qué te late tan deprisa el corazón, Tris?

—Bueno... —respondo, encogida, intentando buscar una excusa que no tenga nada que ver con la forma en que me abraza—. Apenas te conozco. —«No te conozco lo suficiente»—. Apenas te conozco y estoy apretujada a tu lado en una caja, Cuatro, ¿tú qué crees?

—Si estuviéramos en tu paisaje del miedo, ¿yo estaría dentro?

—No me das miedo.

—Claro que no, pero no me refería a eso.

Se ríe otra vez y, cuando lo hace, las paredes se rompen con estruendo y se caen, dejándonos en un círculo de luz. Cuatro suspira y aparta los brazos. Yo me pongo en pie a toda prisa y me sacudo la ropa, aunque no me he ensuciado de polvo, que yo sepa. Me seco las palmas de las manos en los vaqueros. Encontrarme de repente sin él me ha dejado la espalda fría.

Se pone frente a mí, sonriendo, y no sé bien si me gusta su expresión.

—A lo mejor estás hecha para Verdad —comenta—, porque eres una pésima mentirosa.

—Creo que mi prueba de aptitud lo descartó bastante bien.

—La prueba de aptitud no sirve para nada —responde, sacudiendo la cabeza.

—¿Qué intentas decirme? —pregunto, entrecerrando los ojos—. ¿Que tu prueba no es la razón por la que acabaste en Osadía?

La emoción me recorre las venas como si fuera sangre, impulsada por la esperanza de que me confirme que es divergente, como yo, de que podamos averiguar juntos lo que significa.

—No del todo, no, es que...

Vuelve la vista atrás y deja la frase a medias: hay una mujer a unos cuantos metros de nosotros, apuntándonos con una pistola. Está completamente inmóvil y tiene unos rasgos muy comunes; si nos fuéramos ahora mismo, no la recordaría. A mi derecha aparece una mesa. En ella hay una pistola y una sola bala. ¿Por qué no nos dispara?

«Oh», pienso. El miedo no tiene que ver con la amenaza a su vida, sino con la pistola de la mesa.

—Tienes que matarla —digo en voz baja.

—Todas y cada una de las veces.

—No es real.

—Parece real —responde, y se muerde el labio—. Me parece real.

—Si lo fuera, ya te habría matado.

—No pasa nada, lo... haré. Este no es tan... malo. No me entra tanto pánico.

No tanto pánico, pero mucho más miedo. Lo veo en sus ojos cuando recoge el arma y abre la recámara, como si lo hubiera hecho mil veces..., y quizá sea así. Mete la bala en la recámara y levanta la pistola con ambas manos. Cierra un ojo y toma aire lentamente.

Al espirar, dispara y la cabeza de la mujer se mueve hacia atrás. Veo un relámpago rojo y aparto la mirada. La oigo caer al suelo.

Cuatro suelta la pistola. Nos quedamos mirando su cadáver, y lo que ha dicho es cierto: parece real. «No seas ridícula.»

—Vamos —digo, agarrándolo del brazo—. Sigue moviéndote.

Tras un segundo tirón, sale de su aturdimiento y me sigue. Cuando pasamos junto a la mesa, el cadáver de la mujer desaparece, aunque permanece en mi memoria y en la de Cuatro. ¿Cómo sería tener que matar a alguien cada vez que pasara por mi paisaje del miedo? A lo mejor lo averiguo.

Sin embargo, algo me desconcierta: se supone que estos son los peores temores de Cuatro y, aunque le entró el pánico en la caja y en el tejado, ha matado a la mujer sin gran dificultad. Es como si la simulación intentara aferrarse a cualquier miedo que encontrara en su interior, ya que no ha encontrado muchos.

—Allá vamos —susurra.

Una figura oscura se mueve más adelante, acecha al borde del círculo de luz esperando a que demos otro paso. ¿Quién es? ¿Quién frecuenta las pesadillas de Cuatro?

El hombre que aparece es alto y delgado, y lleva el pelo muy corto. Va con las manos detrás de la espalda y viste la ropa gris de Abnegación.

—Marcus —susurro.

—Ahora es cuando tienes que averiguar mi nombre —dice Cuatro con voz temblorosa.

—¿Es...? —empiezo a preguntar, mirando primero a Marcus, que camina despacio hacia nosotros, y después a Cuatro, que retrocede poco a poco, y todo encaja: Marcus tenía un hijo que se unió a Osadía, y se llamaba...—. Tobias.

Marcus nos enseña las manos y veo que lleva un cinturón enrollado en uno de los puños. Lo desenrolla poco a poco.

—Es por tu propio bien —dice, y las palabras se repiten una docena de veces.

Una docena de Marcus aparecen en el círculo de luz, todos con el mismo cinturón y con el mismo rostro inexpresivo. Cuando los Marcus parpadean, sus ojos se convierten en pozos negros y vacíos. Los cinturones se deslizan por el suelo, que ahora es de losetas blancas. Un escalofrío me sube por la espalda: Erudición acusó a Marcus de crueldad y, por una vez, tenían razón.

Miro a Cuatro, a Tobias, y está paralizado. Se le hunden los hombros, parece varios años más viejo y, a la vez, varios años más joven. El primer Marcus echa el brazo atrás y el cinturón sube por encima de su hombro, listo para golpear. Tobias se encoge y levanta los brazos para protegerse la cara.

Corro a ponerme delante de él, y el cinturón me da en la muñeca y se enrolla en ella. Un dolor caliente me sube por el brazo hasta el codo, pero aprieto los dientes y tiro con todas mis fuerzas. Marcus suelta el cinturón, así que me quedo con él y lo agarro por la hebilla.

Hago girar el brazo lo más deprisa que puedo, lo que hace que la articulación del hombro me duela por el movimiento repentino, y el cinturón da en el hombro de Marcus, que grita y se lanza a por mí con las manos extendidas, enseñando unas uñas que parecen zarpas. Tobias me empuja para ponerse delante de mí, entre Marcus y él. Parece enfadado, no asustado.

Todos los Marcus desaparecen, las luces se encienden y nos permiten ver una habitación larga y estrecha con paredes de ladrillo roto y suelo de cemento.

—¿Ya está? —pregunto—. ¿Esos eran tus peores miedos? ¿Por qué tienes solo cuatro...? —empiezo, pero dejo la frase sin terminar: solo cuatro miedos—. Oh —añado, y vuelvo la vista atrás para mirarlo—. Por eso te llaman...

Las palabras se me escapan cuando le veo la cara: tiene los ojos muy abiertos y parece casi vulnerable a la luz de la sala. También tiene entreabiertos los labios. Si no estuviéramos aquí, lo describiría como una expresión de asombro, pero no entiendo por qué me mira así.

Me rodea el codo con las manos y me aprieta con el pulgar la suave piel de encima de mi antebrazo antes de acercarme a él. La piel de la muñeca todavía me pica, como si el cinturón fuese real, aunque está tan pálida como el resto de mi persona. Mueve los labios poco a poco sobre mi mejilla, me aprieta los hombros con los brazos y esconde la cara en mi cuello, respirando sobre mi clavícula.

Me quedo rígida un segundo, y después lo abrazo y suspiro.

—Eh —digo en voz baja—, lo hemos conseguido.

Levanta la cabeza y me mete los dedos en el pelo para ponérmelo detrás de la oreja. Nos miramos en silencio, mientras él acaricia con aire ausente un mechón de mi pelo.

—Gracias a ti —dice al final.

—Bueno —respondo; tengo la boca seca, intento no hacer caso de la electricidad nerviosa que me recorre el cuerpo cada segundo que sigue tocándome—, es fácil ser valiente cuando no son mis miedos.

Dejo caer las manos y me las limpio con aire ausente en los vaqueros, esperando que no se dé cuenta.

Si lo hace, no lo comenta. Enlaza sus dedos con los míos.

—Vamos, tengo que enseñarte una cosa —me dice.

CAPÍTULO VEINTISÉIS

Caminamos de la mano hacia el Pozo. Estoy pendiente de la presión de mi mano: primero me parece que no aprieto lo suficiente y después me da la impresión de que aprieto demasiado. Nunca había entendido por qué la gente caminaba de la mano, pero, entonces, él me acaricia la palma con las puntas de los dedos, me estremezco y lo entiendo perfectamente.

—Entonces... —comento, aferrándome al último pensamiento coherente que recuerdo—. Cuatro miedos.

—Cuatro miedos entonces, cuatro miedos ahora —responde, asintiendo con la cabeza—. No han cambiado, así que sigo viniendo aquí, pero... todavía no he conseguido avanzar.

—Es imposible no tener miedo a nada, ¿recuerdas? Porque todavía hay cosas que te importan, te importa tu vida.

—Lo sé.

Paseamos por el borde del Pozo, por un camino estrecho que da a las rocas del fondo. No lo había visto antes (se camufla en la pared de roca), pero se ve que Tobias lo conoce bien.

Aunque no quiero fastidiar el momento, tengo que saber lo de su prueba, tengo que saber si es divergente.

317

—Me ibas a contar lo de los resultados de tu prueba de aptitud —le digo.

—Ah —responde, rascándose la nuca con la mano libre—. ¿Importa?

—Sí, quiero saberlo.

—Qué exigente —dice, sonriendo.

Llegamos al final del camino, al fondo del abismo, donde las rocas forman un terreno inestable y surgen de la corriente de agua en cortantes ángulos. Me conduce arriba y abajo, por pequeños huecos y afiladas crestas. Los zapatos se me pegan a las rocas, y las suelas dejan marcada una huella húmeda en cada una de ellas.

Encuentra una roca relativamente plana cerca de un lateral en el que la corriente no es tan fuerte, y se sienta con los pies colgando del borde. Me siento a su lado. Aquí parece sentirse cómodo, a pocos centímetros de las peligrosas aguas.

Me suelta la mano y miro el irregular borde de la roca.

—No le cuento estas cosas a la gente, ¿sabes? Ni siquiera a mis amigos —me dice.

Entrelazamos nuestros dedos y le aprieto la mano. Es el lugar perfecto para que me cuente que es divergente, si es que lo es. El rugido del abismo evitará que nos oigan; no sé por qué eso me pone tan nerviosa.

—Mi resultado era el que cabría esperar: Abnegación.

—Oh —respondo, y algo dentro de mí se desinfla; me había equivocado con él.

Pero... había supuesto que, si no era divergente, le habría salido Osadía en la prueba. Y, técnicamente, yo también obtuve un resultado de Abnegación..., según el sistema. ¿Le pasó lo mismo a él? Y, si es así, ¿por qué no me cuenta la verdad?

—Pero elegiste Osadía de todos modos —comento.

—Por necesidad.

—¿Por qué tenías que irte?

Aparta rápidamente la mirada y clava la vista al frente, como si buscara la respuesta en el aire. No necesita darme ninguna, todavía noto el dolor fantasma de un cinturón en la muñeca.

—Tenías que huir de tu padre —le digo—. ¿Por eso no querías ser líder de Osadía? ¿Porque, si lo fueras, a lo mejor tendrías que volver a verlo?

—Por eso y porque siempre he sentido que, en realidad, no pertenezco a Osadía —responde, encogiéndose de hombros—. Al menos, no como es ahora.

—Pero eres... increíble —salto, y hago una pausa para aclararme la garganta—. Quiero decir, según los estándares de Osadía. Cuatro miedos es algo inaudito. ¿Cómo no vas a pertenecer a Osadía?

Se encoge de hombros, no parece importarle su talento, ni tampoco su estatus entre los osados, y eso es lo que se esperaría de alguien de Abnegación. No estoy segura de cómo tomármelo.

—Tengo una teoría: creo que el altruismo y la valentía no son tan distintos —responde—. Te entrenan toda la vida para olvidarte de ti, de modo que, cuando estás en peligro, ese es tu primer instinto. Encajaría igual de bien en Abnegación.

De repente noto un peso sobre los hombros: a mí no me bastó con toda una vida de entrenamiento, ya que mi primer instinto sigue siendo la supervivencia.

—Sí, bueno —le digo—, dejé Abnegación porque no era lo bastante altruista, por mucho que lo intentara.

—Eso no es del todo cierto —responde, sonriendo—. Esa chica que dejó que le lanzaran cuchillos para salvar a un amigo, que recibió un golpe con el cinturón de mi padre para protegerme..., ¿no eras tú?

Ha averiguado más sobre mí que yo misma. Aunque parezca imposible que sienta algo por mí, teniendo en cuenta todo lo que no soy..., quizá no sea tan imposible.

—Has estado prestándome mucha atención, ¿no? —pregunto, frunciendo el ceño.

—Me gusta observar a la gente.

—A lo mejor estás hecho para Verdad, Cuatro, porque eres un pésimo mentiroso.

Pone la mano en la roca que tiene al lado, alineando sus dedos con los míos. Miro nuestras manos: tiene dedos largos y finos, manos hechas para movimientos diestros y elegantes. No son manos de Osadía, que deberían ser gruesas, duras, listas para romper cosas.

—De acuerdo —responde, acercándose a mi cara, centrando la vista en mi barbilla, en mis labios, en mi nariz—. Te observaba porque me gustas —dice tranquilamente, con valentía, y me mira a los ojos—. Y no me llames Cuatro, ¿vale? Me gusta volver a oír mi nombre.

Así, sin más, por fin se ha declarado, y yo no sé qué responder. Noto las mejillas calientes y solo se me ocurre decir:

—Pero eres mayor que yo..., Tobias.

—Sí —contesta, sonriendo—, ese insalvable abismo de dos años que nos separa, ¿no?

—No intento menospreciarme, es que no lo entiendo. Soy más joven, no soy guapa...

Se ríe, una risa grave que suena como salida de lo más profundo de su interior, y me besa en la sien.

—No finjas —le digo con la voz entrecortada—, sabes que no lo soy. No soy fea, pero tampoco es que sea guapa.

—Vale, no eres guapa, ¿y qué? —pregunta, y me besa en la mejilla—. Me gusta tu aspecto, eres tan lista que das miedo, eres valiente y, a pesar de saber lo de Marcus... —añade, más blando—, no me estás echando la típica mirada que se le echa a un cachorrito maltratado o algo así.

—Es que no lo eres.

Durante un segundo me mira a los ojos y guarda silencio. Entonces me toca la cara y se acerca más para rozar mis labios con los suyos. El río ruge y noto el agua salpicarme los tobillos. Él sonríe y aprieta su boca contra la mía.

Al principio me pongo tensa, insegura, así que, cuando se aparta, pienso que he hecho algo mal o que me he equivocado. Sin embargo, él me sujeta la cara entre las manos, me acaricia la piel y vuelve a besarme, esta vez con más decisión, más seguro. Lo rodeo con un brazo, deslizándole la mano por el cuello y metiéndosela en el pelo.

Nos besamos durante unos minutos, en el fondo del abismo, con el estruendo del agua a nuestro alrededor, y, cuando nos levantamos de la mano, me doy cuenta de que si los dos hubiésemos elegido cosas distintas podríamos haber acabado haciendo lo mismo, solo que en un lugar más seguro, vestidos de gris en vez de negro.

CAPÍTULO
VEINTISIETE

A la mañana siguiente me siento ligera y tonta. Cada vez que reprimo la sonrisa, vuelve a aparecer. Al final dejo de intentar evitarla, me suelto el pelo y abandono mi uniforme de camisetas amplias para ponerme una que me deja los hombros al aire y permite que se me vean los tatuajes.

—¿Qué te pasa hoy? —pregunta Christina de camino a desayunar; todavía tiene los ojos hinchados de recién levantada, y el pelo enredado le forma un halo encrespado alrededor de la cara.

—Bueno, ya sabes, el sol brilla, los pájaros cantan...

Ella arquea una ceja, como queriendo recordarme que estamos en un túnel subterráneo.

—Deja que la chica siga de buen humor —le dice Will—. Es una ocasión única.

Le doy una palmada en el brazo y me apresuro a llegar al comedor. El corazón me late con fuerza porque sé que, en algún momento de la próxima media hora, veré a Tobias. Me siento en mi sitio de siempre, al lado de Uriah, y con Will y Christina enfrente. El asiento de mi izquierda se queda vacío. Me pregunto si Tobias se sentará ahí, si me sonreirá durante el desayuno, si me mirará de esa forma secreta y furtiva con la que me imagino que yo lo miraré a él.

Cojo una tostada de la bandeja que está en el centro de la mesa y empiezo a untarle mantequilla con un pelín más de entusiasmo de la cuenta. Me comporto como una lunática, aunque no puedo evitarlo, sería como negarme a respirar.

Entonces, entra él. Lleva el pelo más corto, lo que hace que parezca más oscuro, casi negro. Me doy cuenta de que es un corte de Abnegación. Le sonrío y levanto la mano para saludarlo, pero se sienta al lado de Zeke sin tan siquiera mirar hacia mí, así que dejo caer la mano y me quedo mirando la tostada. Ya no me resulta tan sencillo sonreír.

—¿Pasa algo? —pregunta Uriah con la boca llena de tostada.

Sacudo la cabeza y doy un mordisco a la mía. ¿Qué me esperaba? Que nos hayamos besado no quiere decir que vaya a cambiar algo. A lo mejor ha cambiado de idea y ya no le gusto. A lo mejor cree que besarme fue un error.

—Hoy toca paisaje del miedo —dice Will—. ¿Creéis que veremos nuestros propios paisajes?

—No —responde Uriah, sacudiendo la cabeza—, pasaréis por uno de los paisajes de los instructores, me lo contó mi hermano.

—Oooh, ¿de qué instructor? —pregunta Christina, animándose de golpe.

—Oye, no es justo que vosotros tengáis información privilegiada y nosotros no —añade Will, mirando con rabia a Uriah.

—Como si vosotros no fueseis a aprovechar la ventaja si la tuvierais —responde Uriah.

—Espero que sea el paisaje de Cuatro —comenta Christina sin hacerles caso.

—¿Por qué? —pregunto, y la pregunta me sale demasiado incrédula; me muerdo el labio deseando poder retirarla.

—Parece que a alguien le ha cambiado el humor —dice ella, poniendo los ojos en blanco—. Como si tú no quisieras saber cuáles son sus miedos. Se hace tanto el duro que seguro que le dan miedo las nubes de azúcar y las puestas de sol demasiado brillantes, o algo así. Se pasa para compensar.

—No será el suyo —respondo.

—¿Y cómo lo sabes?

—Es una predicción.

Recuerdo al padre de Tobias en su paisaje del miedo; no dejará que nadie lo vea. Lo miro y, durante un segundo, sus ojos se encuentran con los míos, pero sin expresar nada. Después, aparta la vista.

Lauren, la instructora de los iniciados nacidos en Osadía, está de pie con las manos en las caderas en la puerta de la sala del paisaje del miedo.

—Hace dos años me daban miedo las arañas, ahogarme, las paredes que me atrapaban y me aplastaban, que me echaran de Osadía, desangrarme, que me pillara un tren, la muerte de mi padre, la humillación pública y que me secuestraran unos hombres sin rostro —anuncia, y todos la miramos sin expresión alguna—. La mayoría de vosotros tendréis entre diez y quince miedos en vuestros paisajes. Esa es la media.

—¿Cuál es el número más bajo que se ha conseguido? —pregunta Lynn.

—En los últimos años, cuatro —responde Lauren.

Aunque no he mirado a Tobias desde que salimos del comedor, no puedo evitar mirarlo ahora. Mantiene la vista fija en el suelo. Yo sabía que cuatro era un número muy bajo, lo bastante como para merecer un apodo, pero no sabía que la media era más del doble.

Me observo con rabia los pies: es una persona excepcional, y ahora ni siquiera me mira.

—Hoy no averiguaréis cuál es vuestro número —dice Lauren—. La simulación está programada para mostrar mi paisaje del miedo, así que experimentaréis mis miedos, en vez de los vuestros.

Le echo una mirada mordaz a Christina, puesto que yo tenía razón: no pasaremos por el paisaje de Cuatro.

—Sin embargo, para este ejercicio cada uno de vosotros pasará por tan solo uno de mis miedos, para que así os hagáis una idea de cómo funciona la simulación.

Lauren nos señala al azar y nos asigna un miedo a cada uno. Yo estoy en la parte de atrás, así que iré casi la última. Me ha asignado el miedo al secuestro.

Como no estoy enganchada al ordenador mientras espero, no veo la simulación, sino la reacción de cada persona. Es la forma perfecta de distraerme de mis preocupaciones sobre Tobias: cierro las manos formando puños mientras Will se aparta unas arañas que yo no veo y Uriah empuja unas paredes que son invisibles para mí, y sonrío cuando Peter se pone completamente rojo durante lo que sea que esté experimentando en su «humillación pública». Entonces, me toca a mí.

El obstáculo no me resultará cómodo, pero, como he sido capaz de manipular las simulaciones anteriores y no solo esta, y como ya he pasado por el paisaje de Tobias, no me pongo nerviosa cuando Lauren me pincha en el cuello.

Entonces la escena cambia y empieza el secuestro. El suelo se convierte en hierba, y unas manos me agarran por los brazos y me tapan la boca. Está oscuro y no veo nada. Estoy cerca del abismo, oigo el rugido del agua. Grito tras la mano que me cubre la boca y forcejeo para liberarme, pero los brazos son demasiado fuertes; mis secuestradores son demasiado fuertes. Me veo cayendo en la oscuridad, la misma imagen que ahora llevo siempre conmigo en mis pesadillas. Vuelvo a gritar; grito hasta que me duele la garganta y lágrimas calientes me caen de los ojos.

Sabía que volverían a por mí. Grito de nuevo…, no pidiendo ayuda, ya que no me ayudará nadie, sino porque eso es lo que haces cuando estás a punto de morir y no hay forma de evitarlo.

—Paradlo —dice una voz seria.

Las manos desaparecen y se encienden las luces. Estoy de pie en un suelo de cemento, en la sala del paisaje del miedo. Me tiembla el cuerpo, caigo de rodillas y me llevo las manos a la cara. Acabo de fracasar, he perdido el control y el juicio, el miedo de Lauren se había transformado en el mío.

Y todos me han visto, Tobias me ha visto.

Oigo pasos. Tobias se acerca y me levanta de golpe.

—¿Qué narices ha sido eso, estirada?

—Es que... No... —intento responder, entre hipidos.

—¡Contrólate! Esto es lamentable.

Noto que algo se suelta dentro de mí. Dejo de llorar, noto una corriente de calor por el cuerpo que acaba con la debilidad y hace que le dé tal puñetazo que me arden los nudillos. Se me queda mirando con un lado de la cara rojo, y yo le devuelvo la mirada.

—Cierra la boca —le digo; me suelto de su mano y salgo del cuarto.

CAPÍTULO
VEINTIOCHO

Me cubro bien los hombros con la chaqueta. Llevo mucho tiempo sin salir al exterior; el sol me ilumina la cara con sus pálidos rayos, y observo el vaho que formo al respirar.

Al menos he conseguido una cosa: convencer a Peter y a sus amigos de que ya no soy una amenaza. Mañana, cuando pase por mi propio paisaje, solo tengo que asegurarme de probar que se equivocan. Ayer, fallar me parecía imposible, pero hoy no estoy tan segura.

Me paso las manos por el pelo. Ya no siento el impulso de llorar. Me lo trenzo y lo sujeto con la goma que llevo en la muñeca. Vuelvo a ser yo, y eso es lo único que necesito: recordar quién soy. Soy alguien que no permite que la detengan cosas intrascendentes, como los chicos o las experiencias cercanas a la muerte.

Me río y sacudo la cabeza; ¿de verdad lo soy?

Oigo la bocina del tren. Las vías rodean el complejo de Osadía y siguen más allá de lo que me alcanza la vista. ¿Dónde empiezan? ¿Dónde terminan? ¿Cómo es el mundo del otro lado? Camino hacia ellas.

Quiero irme a casa, pero no puedo. Eric nos advirtió que no demostrásemos demasiado apego por nuestros padres el Día de Visita, así que ir a casa sería traicionar a Osadía, cosa que no puedo permitirme. Sin embargo, Eric no dijo nada sobre visitar a gente de otras facciones que no fueran la nuestra, y mi madre me pidió que visitara a Caleb.

Sé que no tengo permiso para salir sin supervisión, pero no me detengo. Camino cada vez más deprisa hasta que echo a correr. Impulsándome con los brazos, corro en paralelo al último vagón hasta que logro agarrarme al asidero y subir; hago una mueca cuando mi cuerpo dolorido se queja.

Una vez en el vagón, me tumbo boca arriba cerca de la puerta y contemplo el complejo de Osadía hasta que desaparece. No quiero volver; sin embargo, decidir abandonar, quedarme sin facción, sería lo más valiente que haya hecho nunca, y hoy me siento bastante cobarde.

El aire me pasa por encima y me da vueltas en los dedos. Dejo la mano colgando por el borde para que note la presión del viento. No puedo volver a casa, pero sí puedo ir a buscar un trocito de ella. Caleb está en todos mis recuerdos de la niñez, es parte de mis raíces.

El tren frena cuando llega al centro de la ciudad, y me siento para observar cómo los edificios más pequeños se convierten en edificios mayores. En Erudición viven en grandes edificios de piedra que dan al pantano. Me agarro al asidero y salgo lo bastante como para ver adónde van las vías. Bajan a la altura de la calle justo antes de torcer al este. Inhalo y me llega el olor a pavimento mojado y aire del pantano.

El tren baja, frena un poco, y salto. Me tiemblan las piernas con el impacto del aterrizaje, así que corro unos pasos para recuperar el equilibrio. Camino por el centro de la calle en dirección sur, hacia el pantano. Hay tierra vacía hasta donde me alcanza la vista, una llanura marrón que choca con el horizonte.

Tuerzo a la izquierda. Los edificios de Erudición se yerguen sobre mí, oscuros y extraños. ¿Cómo voy a encontrar a Caleb?

Los eruditos guardan registros, forma parte de su naturaleza. Deben de guardar registros de sus iniciados, y alguien tendrá acceso a los registros, solo hay que encontrarlo. Examino los edificios. Lógicamente, el central debe de ser el más importante, así que puedo empezar por ahí.

Hay miembros de la facción por todas partes. Las normas de Erudición establecen que los miembros tienen que llevar puesta, como mínimo, una prenda de vestir azul, ya que el azul hace que el cuerpo libere sustancias químicas calmantes y «una mente tranquila es una mente clara». El color también sirve para identificar a su facción. Ahora, ese color tan brillante me molesta; me he acostumbrado a la penumbra y la ropa oscura.

Esperaba tener que abrirme paso entre la gente esquivando codos y mascullando «perdone», como siempre, pero no hace falta. Convertirme en osada me ha hecho visible. La multitud me deja pasar y me mira. Me quito la goma del pelo y lo sacudo para soltarlo antes de entrar por las puertas principales.

En el interior, me paro un momento y echo la cabeza atrás: la habitación es enorme, está en silencio y huele a páginas cubiertas de polvo. El suelo de madera cruje bajo mis pies. Las paredes de ambos lados están llenas de libros, aunque parecen más decorativos que otra cosa, ya que en las mesas del centro de la habitación hay ordenadores y nadie lee. Todos están concentrados en las pantallas, tensos.

Debería haber sabido que el edificio principal de Erudición sería una biblioteca. Me llama la atención el retrato que hay colgado en la pared de enfrente, mide el doble que yo, es cuatro veces más ancho y en él se ve a una mujer atractiva con ojos gris pálido y gafas: Jeanine. Se me enciende la garganta al verla. Como es la representante de Erudición, ella fue la que publicó el informe sobre mi padre. No me gustó desde que mi padre empezó a despotricar sobre ella a la hora de cenar, pero ahora directamente la odio.

Bajo ella hay una enorme placa en la que pone: «El conocimiento conduce a la prosperidad».

Prosperidad. Para mí, la palabra tiene una connotación negativa. Abnegación la usa para describir la falta de moderación.

¿Cómo puede haber elegido Caleb a esta gente? Todo lo que hacen y quieren está mal, aunque seguro que él opina lo mismo de Osadía.

Me acerco al escritorio que hay justo debajo del retrato de Jeanine. El joven sentado tras él no levanta la mirada cuando me pregunta:

—¿En qué puedo ayudarla?

—Estoy buscando a alguien, se llama Caleb. ¿Sabe dónde puedo encontrarlo?

—No se me permite dar información personal —responde sin más mientras toca la pantalla que tiene delante.

—Es mi hermano.

—No se me permi...

Doy una palmada en el escritorio, y él sale de su aturdimiento y me mira desde el otro lado de sus gafas. Varias personas se vuelven para mirarme.

—He dicho que estoy buscando a alguien —insisto en tono seco—. Es un iniciado. ¿Puede al menos decirme dónde encontrarlos?

—¿Beatrice? —pregunta una voz a mi espalda.

Me vuelvo, y allí está Caleb, detrás de mí, con un libro en la mano. Le ha crecido el pelo, así que lo tiene levantado sobre las orejas, y lleva una camiseta azul y unas gafas rectangulares. Aunque parece distinto y ya no se me permite quererlo, corro hacia él lo más deprisa que puedo y lo abrazo.

—Tienes un tatuaje —dice con voz ahogada.

—Y tú tienes gafas —respondo, retirándome un poco para mirarlo con ojos entrecerrados—. Tu visión es perfecta, Caleb, ¿qué estás haciendo?

—Hmmm —dice, mirando hacia las mesas que nos rodean—. Ven, vamos a salir de aquí.

Salimos del edificio y cruzamos la calle. Tengo que correr para seguirle el ritmo. Enfrente de la sede de Erudición hay algo que antes era un parque, ahora simplemente lo llamamos «Millenium», y no es más que una extensión de tierra vacía y varias esculturas de metal oxidado: una es un mamut abstracto chapado, otra tiene forma de haba gigante.

Nos detenemos en el hormigón que rodea el haba metálica, donde los de Erudición se sientan en grupitos con periódicos o libros. Se quita las gafas y se las mete en el bolsillo, después se pasa una mano por el pelo y me mira a los ojos un segundo, nervioso, como si estuviera avergonzado. Quizá yo también debería estarlo: estoy tatuada, llevo el pelo suelto y ropa ajustada. Pero no, no lo estoy.

—¿Qué haces aquí? —pregunta.

—Quería ir a casa y tú eras lo más parecido que se me ocurría.

Aprieta los labios.

—No pareces muy contento de verme —añado.

—Eh —responde, poniéndome las manos en los hombros—. Estoy encantado de verte, ¿vale? Es que no está permitido. Hay normas.

—Me da igual. No me importa, ¿vale?

—A lo mejor debería importarte —dice en tono amable; ha puesto su típica cara de «esto no lo apruebo»—. Si estuviera en tu lugar, no querría tener problemas con tu facción.

—¿Qué se supone que quiere decir eso?

Sé perfectamente lo que quiere decir: ve mi facción como la más cruel de las cinco, nada más.

—Es que no quiero que te hagan daño. No te enfades tanto conmigo —añade, ladeando la cabeza—. ¿Qué te ha pasado ahí?

—Nada, no me ha pasado nada.

Cierro los ojos y me restriego la nuca con una mano. Aunque pudiera explicárselo todo, no querría hacerlo, ni siquiera soy capaz de reunir la fuerza de voluntad suficiente para pensar en ello.

—¿Crees...? —empieza, y se mira los zapatos—. ¿Crees que hiciste la elección correcta?

—No creo que hubiera una correcta. ¿Y tú?

Echa un vistazo a su alrededor; la gente se nos queda mirando cuando pasa por nuestro lado. Él los mira de reojo y sigue estando nervioso, aunque quizá no sea ni por su aspecto ni por mí, sino por ellos. Lo agarro por el brazo y me lo llevo bajo el arco del haba metálica. Caminamos bajo su barriga hueca. Veo mi reflejo por todas partes, distorsionado por la curva de las paredes, roto por las zonas oxidadas y sucias.

—¿Qué está pasando? —pregunto, cruzándome de brazos; no me había dado cuenta antes de las ojeras de Caleb—. ¿Algo va mal?

Caleb apoya una mano en la pared metálica. En su reflejo, la cabeza es pequeña y está aplastada por un lado, y su brazo parece doblarse hacia dentro. Sin embargo, mi reflejo es pequeño y achaparrado.

—Está pasando algo gordo, Beatrice, algo malo —responde, y veo que tiene los ojos vidriosos y muy abiertos—. No sé qué es, pero la gente corre de un lado a otro hablando en voz baja, y Jeanine está todo el tiempo, casi a diario, dando discursos sobre lo corrupta que es Abnegación.

—¿Y la crees?

—No. Puede. No... No sé qué creer —concluye, sacudiendo la cabeza.

—Sí que lo sabes —respondo en tono severo—. Sabes quiénes son nuestros padres, sabes quiénes son nuestros amigos. ¿Crees que el padre de Susan es un corrupto?

—¿Y cuánto sé yo? ¿Cuándo me permitieron saber? No se nos permitía hacer preguntas, Beatrice; ¡no se nos permitía saber nada! Y aquí... —añade, y levanta la vista, y en el círculo plano de espejo que tenemos encima contemplo nuestras diminutas figuras, del tamaño de uñas; creo que ese es nuestro verdadero reflejo: tan pequeño como nosotros—. Aquí la información circula libremente, siempre está disponible.

—Esto no es la facción de Verdad, aquí hay mentirosos, Caleb. Hay personas que son tan listas que saben cómo manipularte.

—¿No crees que me enteraría si me estuvieran manipulando?

—Si son tan listos como dices, no, creo que no te enterarías.

—No sabes de lo que hablas —insiste, sacudiendo la cabeza.

—Sí, ¿cómo iba a saber yo lo que es una facción corrupta? Total, solo me entreno para ser de Osadía, por amor de Dios. Al menos, yo sé de qué formo parte, Caleb, mientras que tú has decidido no hacer caso de lo que siempre hemos sabido: que estas personas son arrogantes y codiciosas, y que no te llevarán a ninguna parte.

—Creo que deberías irte, Beatrice —responde en tono seco.

—Será un placer —le digo—. Ah, y supongo que no te importará, pero mamá me dijo que te pidiera que investigases el suero de la simulación.

—¿La has visto? —pregunta, dolido—. ¿Por qué no...?

—Porque los de Erudición ya no permiten que los de Abnegación entren en su complejo. ¿Esa información no estaba disponible?

Lo empujo para que me deje pasar, y me alejo de la cueva de espejo y la escultura para volver a la acera. No debería haberme marchado. Ahora el complejo de Osadía es mi hogar; al menos allí sé por dónde piso: sé que piso terreno peligroso.

Cada vez hay menos gente a mi alrededor, así que levanto la mirada para ver por qué. De pie, a pocos metros de mí, hay dos hombres de Erudición cruzados de brazos.

—Perdone —me dice uno de ellos—, pero tiene que venir con nosotros.

Uno de los hombres camina detrás de mí, aunque tan cerca que noto su aliento en la nuca. El otro me conduce por la biblioteca y a lo largo de tres pasillos hasta llegar a un ascensor. Más allá de la biblioteca, el suelo pasa de madera a losetas blancas y las paredes brillan como el techo de la sala de la prueba de aptitud. El brillo rebota en las puertas plateadas del ascensor, así que entrecierro los ojos para poder ver.

Intento mantener la calma, me hago preguntas sacadas de la formación de Osadía: «¿Qué haces si alguien te ataca por detrás?». Me imagino clavando un codo en un estómago o una entrepierna. Me imagino corriendo. Ojalá tuviera una pistola. Son pensamientos de Osadía, pensamientos que he hecho míos.

«¿Qué haces si te atacan dos personas a la vez?»

Sigo al hombre por un pasillo vacío e iluminado que conduce a un despacho. Las paredes son de cristal; supongo que ya sé qué facción diseñó mi instituto.

Hay una mujer sentada detrás de un escritorio metálico. Me quedo mirando su cara: es la misma cara que preside la biblioteca de Erudición, la misma que empapela todos los artículos que publican los eruditos. ¿Cuánto tiempo hace que odio esa cara? Ni me acuerdo.

—Siéntate —dice Jeanine, y su voz me resulta familiar, sobre todo cuando está irritada; clava en mí sus líquidos ojos grises.

—Mejor no.

—Siéntate —repite; sin duda, he oído esa voz antes.

La oí en el pasillo, hablando con Eric, antes de que me atacaran. La oí mencionar a los divergentes y, antes de eso, la oí...

—La voz de la simulación era suya —le digo—. En la prueba de aptitud, quiero decir.

Ella es el peligro del que me advirtieron Tori y mi madre, el peligro que conlleva ser divergente. Lo tengo sentado delante.

—Correcto. La prueba de aptitud es, de lejos, mi mayor logro como científica —contesta—. Consulté tus resultados, Beatrice. Al parecer, hubo un problema con la prueba, no se grabó y tuvieron que introducir los datos a mano. ¿Lo sabías?

—No.

—¿Sabías que eres una de las únicas dos personas que, después de obtener un resultado de Abnegación, se pasaron a Osadía?

—No —respondo, intentando disimular la sorpresa. ¿Tobias y yo somos los únicos? Pero su resultado era genuino y el mío, una mentira, así que, en realidad, él es el único.

Me da un vuelco el estómago al pensar en él. Ahora mismo me da igual lo único que sea; dijo que yo era lamentable.

—¿Qué te hizo elegir Osadía?

—¿Qué tiene esto que ver con nada? —pregunto, intentando suavizar el tono, aunque sin conseguirlo—. ¿No me va a regañar por abandonar mi facción para buscar a mi hermano? «La facción antes que la sangre», ¿no? —añado, y hago una pausa—. Ahora que lo pienso, ¿por qué estoy en su despacho? Se supone que es usted una persona importante, ¿no?

Puede que eso le baje un poco los humos.

—Dejaré las reprimendas para Osadía —responde tras fruncir los labios un segundo; después, se reclina en su silla.

Coloco las manos en el respaldo de la silla en la que me he negado a sentar y aprieto los dedos. Detrás de ella hay una ventana que da a la ciudad, y veo que el tren toma despacio una curva a lo lejos.

—En cuanto a la razón de tu presencia aquí..., una de las cualidades de mi facción es la curiosidad y, mientras repasaba tu historial, he visto que había otro error en otra de tus simulaciones. Tampoco pudo grabarse. ¿Lo sabías?

—¿Por qué tiene acceso a mi historial? Solo pueden acceder los de Osadía.

—Porque Erudición desarrolló las simulaciones, así que tenemos un... acuerdo con Osadía, Beatrice —responde, ladeando la cabeza para sonreírme—. Únicamente me preocupa la competencia de nuestra tecnología. Si falla contigo, debo asegurarme de que no sigue haciéndolo, ¿lo entiendes?

Solo entiendo una cosa: me está mintiendo. Le da igual la tecnología; lo que pasa es que sospecha que hay algo raro en los resultados de mi prueba. Igual que los líderes de Osadía, está olisqueando en busca de divergentes, y si mi madre quiere que Caleb investigue el suero de la simulación, seguramente será porque lo desarrolló Jeanine.

Pero ¿por qué les supone tanta amenaza mi habilidad para manipular las simulaciones? ¿Por qué le importa eso precisamente a la representante de Erudición?

339

No tengo respuesta, aunque la mirada que me echa me recuerda a la del perro que ataca en la prueba de aptitud: una mirada cruel, de depredador. Quiere hacerme pedazos, y ahora no puedo tumbarme para demostrarle sumisión, sino que yo también debo convertirme en un perro al ataque.

Noto el corazón en la garganta.

—No sé cómo funcionan —digo—, pero el líquido que me inyectaron me puso mala. Puede que la persona que se encargó de mi simulación estuviera distraída viéndome vomitar, y por eso se le olvidó grabarla. También me mareé después de la prueba de aptitud.

—¿Sueles tener un estómago sensible, Beatrice? —pregunta, y su voz es como el filo de una navaja; se pone a dar golpecitos con sus uñas perfectas sobre el escritorio.

—Desde que era pequeña —respondo con toda la calma posible.

Suelto el respaldo de la silla y lo rodeo para sentarme en ella. No puedo parecer tensa, por mucho que sienta como si se me retorcieran las entrañas.

—Has tenido mucho éxito en las simulaciones —comenta—. ¿A qué atribuyes la facilidad con la que las has superado?

—Soy valiente —respondo, mirándola a los ojos; las demás facciones ven de cierta manera a Osadía: gente desenvuelta, agresiva, impulsiva, creída. Así que tengo que ser lo que ella espera—. Soy la mejor iniciada que tienen —añado, sonriendo.

Me echo hacia delante y apoyo los codos en las rodillas. Tendré que ir más lejos si quiero resultar convincente.

—¿Quiere saber por qué elegí Osadía? —pregunto—. Porque estaba aburrida. —Más, tengo que ir más allá, las mentiras requieren compromiso—. Estaba cansada de ser una niñita buena y quería salir de allí.

—Entonces, ¿no echas de menos a tus padres? —pregunta con delicadeza.

—¿Que si echo de menos que me regañen por mirarme en un espejo? ¿Que si echo de menos que me manden callar cuando estamos comiendo? —pregunto, y sacudo la cabeza—. No, no los echo de menos. Ya no son mi familia.

La mentira me quema la garganta al salir, o puede que sean las lágrimas que reprimo. Me imagino a mi madre detrás de mí, cepillo y tijeras en mano, sonriendo un poquito mientras me corta el pelo, y preferiría gritar antes que insultarla de esta manera.

—Entonces, ¿puedo dar por sentado que...? —empieza a decir Jeanine, aunque frunce los labios y se detiene unos segundos antes de terminar—. ¿Que estás de acuerdo con los informes que se han publicado sobre los líderes políticos de esta ciudad?

¿Los informes que aseguran que mi familia es un grupo de dictadores corruptos y ambiciosos con aires de superioridad moral? ¿Los informes que incluyen sutiles amenazas y apuntan a la revolución? Me ponen mala. Saber que ella es la que los publicó hace que me entren ganas de estrangularla.

Sonrío.

—De todo corazón —respondo.

Uno de los lacayos de Jeanine, un hombre con camisa azul y gafas de sol, me conduce de vuelta al complejo de Osadía en un lustroso coche plateado que no tiene nada que ver con los coches que he visto antes. El motor apenas hace ruido. Cuando pregunto por él al hombre, me dice que funciona con energía solar e inicia una larga explicación de cómo los paneles del techo convierten la luz del sol en energía. Dejo de prestar atención al cabo de sesenta segundos y me dedico a mirar por la ventana.

No sé qué me harán cuando regrese, aunque sospecho que no será agradable. Me imagino con los pies colgando del abismo y me muerdo el labio.

Cuando el conductor aparca delante del edificio de cristal que está encima del complejo, Eric me está esperando en la puerta para agarrarme del brazo y llevarme al interior sin dar las gracias al chófer. Los dedos de Eric me aprietan tanto que sé que me saldrán moratones.

Se pone entre la puerta que lleva adentro y yo, y empieza a hacer crujir los nudillos. Por lo demás, se queda completamente inmóvil.

Me estremezco sin querer.

El suave ruidito de sus nudillos es lo único que oigo aparte de mi propia respiración, que se acelera por segundos. Cuando termina, entrelaza los dedos delante de él.

—Bienvenida de nuevo, Tris.

—Eric.

Se acerca a mí, dando cada paso con sumo cuidado.

—¿En qué... —dice en voz baja— estabas pensando... —añade, más alto— exactamente?

—No... —empiezo a responder; está tan cerca que veo los agujeros en los que entran todos sus pendientes—. No lo sé.

—Me tienta la idea de declararte traidora a la facción, Tris. ¿Es que nunca has oído la frase: «La facción antes que la sangre»?

He visto a Eric hacer cosas horribles y lo he oído decir cosas horribles, pero nunca lo había visto así. Ya no es un maníaco, sino que está perfectamente controlado, perfectamente tranquilo. Tranquilo y cuidadoso.

Por primera vez, reconozco a Eric por lo que es: un erudito disfrazado de osado; un genio, además de un sádico; un cazador de divergentes.

Quiero salir corriendo.

—¿No te satisface la vida que has encontrado aquí? ¿Te arrepientes de tu decisión? —pregunta Eric, arqueando sus dos cejas repletas de metal y arrugando la frente—. Me gustaría oír una explicación de por qué has traicionado a Osadía, te has traicionado a ti y me has traicionado a mí —añade, dándose un golpecito en el pecho— para aventurarte a entrar en la sede de otra facción.

—Pues...

Respiro hondo. Me mataría si supiera lo que soy, lo noto. Aprieta los puños. Estoy sola, si me pasa algo, nadie lo sabrá y nadie lo verá.

—Si no puedes explicarte —insiste, bajando la voz—, puede que me vea obligado a reconsiderar tu puesto en la clasificación. O, como pareces tan apegada a tu antigua facción..., a lo mejor me veo obligado a reconsiderar los puestos de tus amigos. Puede que la pequeña abnegada que llevas dentro se tome más en serio esa amenaza.

Mi primer pensamiento es que no puede hacerlo, que no

sería justo. El segundo, que, por supuesto, claro que lo haría, que no dudaría un segundo en hacerlo. Y tiene razón: la idea de que mi comportamiento imprudente expulse a alguien de una facción hace que se me encoja el corazón de miedo. Lo intento otra vez.

—Pues...

Pero me cuesta respirar.

Entonces se abre la puerta y sale Tobias.

—¿Qué estás haciendo? —pregunta a Eric.

—Sal de aquí —dice Eric en voz más alta y no tan monocorde. Suena más como el Eric que conozco, y también le cambia la expresión, se hace más móvil y viva. Me quedo mirando, maravillada ante su capacidad de transformación, y me pregunto qué estrategia se esconderá detrás.

—No —responde Tobias—. No es más que una chica estúpida, no hace falta arrastrarla hasta aquí e interrogarla.

—Una chica estúpida —repite Eric—. Si solo fuera una chica estúpida no iría la primera, ¿no?

Tobias se pellizca el puente de la nariz y me mira a través del espacio entre los dedos. Intenta decirme algo; pienso a toda velocidad; ¿qué consejo me ha dado Cuatro recientemente?

Lo único que se me ocurre es: «Finge ser vulnerable».

Ya me ha funcionado antes.

—Es que... estaba avergonzada y no sabía qué hacer —digo, metiendo las manos en los bolsillos y mirando al suelo; entonces me pellizco una pierna con tanta fuerza que se me saltan las lágrimas, y miro a Eric sorbiéndome los mocos—. Intenté... y... —añado, sacudiendo la cabeza.

—¿Intentaste qué? —pregunta Eric.

—Besarme —responde Tobias—. Y yo la rechacé, así que salió corriendo como una cría de cinco años. De lo único que podemos culparla es de ser estúpida.

Los dos esperamos.

Eric me mira, mira a Tobias y se ríe, aunque con una risa demasiado fuerte y demasiado larga; es un sonido amenazador y que raspa como papel de lija.

—¿No es un poco mayor para ti, Tris? —pregunta, sonriendo de nuevo.

Me limpio la mejilla como si me secara una lágrima.

—¿Puedo irme ya?

—Vale —responde Eric—, pero no se te permite abandonar el complejo de nuevo sin supervisión, ¿me oyes? Y tú —añade, volviéndose hacia Tobias—, será mejor que te asegures de que ningún trasladado vuelva a salir del complejo. Y de que ninguno más intente besarte.

—Vale —contesta Tobias, poniendo los ojos en blanco.

Dejo la habitación y vuelvo a salir al exterior, sacudiendo las manos para librarme de los temblores. Me siento en el pavimento y me abrazo las rodillas.

No sé cuánto tiempo llevo aquí sentada, con la cabeza gacha y los ojos cerrados, cuando la puerta se abre de nuevo. Puede que hayan sido veinte minutos o puede que una hora. Tobias se me acerca.

Me levanto y cruzo los brazos, a la espera de la reprimenda. Le di una bofetada y después me metí en líos con Osadía, tiene que haber una reprimenda.

—¿Qué? —pregunto.

—¿Estás bien? —dice; le aparece una arruga entre las cejas y me toca la mejilla con delicadeza, pero le aparto la mano.

—Bueno, primero me insultan delante de todos, después tengo que charlar con la mujer que intenta destruir a mi antigua facción y, por último, Eric está a punto de expulsar a mis amigos de Osadía, así que, sí, está resultando ser un gran día..., Cuatro.

Él sacude la cabeza y mira hacia el edificio derruido de su derecha, que está hecho de ladrillo y apenas se parece en algo a la reluciente aguja de cristal que tengo detrás. Debe de ser muy antiguo; ya no se construye con ladrillo.

—¿Y qué más te da a ti, por cierto? —añado—. O eres el instructor cruel o eres el novio preocupado —digo, y me pongo tensa al pronunciar la palabra «novio»; no quería hacerlo con tanta indiferencia, pero ya es tarde—. No puedes interpretar los dos papeles a la vez.

—No soy cruel —responde, frunciendo el ceño—. Esta mañana te estaba protegiendo. ¿Cómo crees que habrían reaccionado Peter y sus amigos idiotas si descubren que tú y yo estamos...? Nunca ganarías —asegura, suspirando—. Dirían que tu puesto es resultado de favoritismo, no de tu habilidad.

Abro la boca para protestar, pero no puedo. Se me ocurren unos cuantos comentarios sarcásticos, pero los descarto. Tiene razón. Me pongo roja e intento refrescarme las mejillas con las manos.

—No tenías que insultarme para probarles nada —digo al fin.

—Y tú no tenías que salir corriendo a ver a tu hermano solo porque te hice daño —responde, restregándose la nuca—. Además..., funcionó, ¿no?

—A mi costa.

—No sabía que te afectaría tanto —asegura; después baja la mirada y se encoge de hombros—. A veces se me olvida que puedo hacerte daño, que es posible hacerte daño.

Me meto las manos en los bolsillos y me balanceo sobre los talones. Una extraña sensación me recorre el cuerpo, una dulce y dolorosa debilidad: Tobias hizo lo que hizo porque creía en mi fortaleza.

En casa, Caleb era el fuerte porque podía olvidarse de sí mismo, porque todas las características que mis padres valoraban a él le salían de manera natural. Hasta ahora, nadie había estado convencido de mi fortaleza.

Me pongo de puntillas, levanto la cabeza y lo beso. Solo se tocan nuestros labios.

—Eres genial, ¿sabes? —comento, sacudiendo la cabeza—. Siempre sabes lo que hay que hacer.

—Solo porque llevo pensando en esto mucho tiempo —responde, dándome un beso rápido—. En cómo manejaría la situación si tú y yo... —Se aparta un momento y sonríe—. ¿Te he oído decir que soy tu novio, Tris?

—No exactamente. ¿Por qué? ¿Quieres que lo haga?

Él me pasa las manos por el cuello y me levanta la barbilla con los pulgares hasta que mi frente toca la suya. Durante un momento se queda así, con los ojos cerrados, respirando mi aire. Noto el pulso en las puntas de sus dedos. Noto que se le acelera la respiración. Parece nervioso.

—Sí —dice al fin, y pierde la sonrisa—. ¿Crees que los hemos convencido de que no eres más que una niña tonta?

—Espero que sí. A veces ayuda ser tan pequeñita. Aunque no estoy segura de haber convencido a los eruditos.

Tobias pierde del todo la sonrisa y me mira, muy serio.

—Tengo que contarte una cosa.

—¿El qué?

—Ahora no —responde, mirando a su alrededor—. Reúnete conmigo a las once y media. No le cuentes a nadie adónde vas.

Asiento con la cabeza y se vuelve para irse tan deprisa como ha venido.

—¿Dónde te has metido todo el día? —me pregunta Christina cuando regreso al dormitorio; la habitación está vacía, los demás deben de estar cenando—. Te busqué fuera, pero no te encontré. ¿Va todo bien? ¿Te has metido en líos por pegar a Cuatro?

Sacudo la cabeza, ya que la mera idea de contarle la verdad sobre mi salida me deja agotada. ¿Cómo voy a explicarle el impulso de saltar a un tren para ir a visitar a mi hermano? ¿O la espeluznante calma en la voz de Eric cuando me interrogó? ¿O la razón por la que estallé y pegué a Tobias?

—Tenía que largarme. Estuve dando vueltas por ahí un buen rato. Y no, no me he metido en líos. Me gritó, me disculpé..., y ya está.

Mientras hablo procuro mirarla a los ojos y mantener las manos pegadas a los costados.

—Bien —responde—, porque tengo que contarte una cosa.

Mira por encima de mí, hacia la puerta, y se pone de puntillas para examinar la parte superior de las literas, seguramente para asegurarse de que están vacías. Después me pone las manos sobre los hombros.

—¿Puedes ser una chica durante unos segundos?

—Siempre soy una chica —respondo, frunciendo el ceño.

—Ya sabes lo que quiero decir, una chica tonta y fastidiosa.

—Chachi —respondo en tono infantil, enrollándome un mechón de pelo en el dedo.

Ella esboza una sonrisa tan amplia que le veo hasta las últimas muelas.

—Will me dio un beso.

—¿Qué? ¿Cuándo? ¿Cómo? ¿Qué pasó?

—¡Vaya, sí que puedes ser una chica! —exclama, y se endereza, quitándome las manos de los hombros—. Bueno, después de tu pequeña escena, fuimos a comer y después de paseo cerca de las vías. Estábamos hablando de... Ni siquiera me acuerdo de lo que hablábamos. Y entonces se paró, se inclinó y... me besó.

—¿Sabías que le gustabas? Quiero decir, ya sabes, así.

—¡No! —responde, entre risas—. Esa fue la mejor parte. Después seguimos andando y hablando como si no hubiera pasado nada. Bueno, hasta que yo lo besé a él.

—¿Cuánto hace que sabes que te gusta?

—No lo sé, supongo que no lo sabía. Pero los pequeños detalles... Que me pusiera un brazo sobre los hombros en el funeral, que me abriera la puerta como si yo fuese una chica y no alguien que puede darle una paliza...

Me río. De repente quiero hablarle de Tobias y contarle todo lo que ha pasado entre nosotros, pero me detienen las mismas razones que me dio él para fingir que no estamos juntos. No quiero que piense que mi posición tiene algo que ver con mi relación con él, así que me limito a decir:

—Me alegro mucho por ti.

—Gracias. Yo también me alegro. Y creía que tardaría mucho en poder sentir..., ya sabes.

Se sienta en el borde de mi cama y contempla el dormitorio. Algunos de los iniciados ya han hecho las maletas. Pronto nos trasladaremos a unos apartamentos al otro lado del complejo, y los que tengan trabajos gubernamentales se mudarán al edificio de cristal que se yergue sobre el Pozo. No tendré que volver a preocuparme por que Peter me ataque mientras duerme, ni tampoco tendré que seguir viendo la cama vacía de Al.

—No puedo creerme que casi hayamos terminado —me dice—. Es como si acabáramos de llegar, pero también es como..., como si llevara un siglo fuera de casa.

—¿La echas de menos? —le pregunto, apoyándome en la estructura de la cama.

—Sí —responde, encogiéndose de hombros—. Aunque algunas cosas no cambian. Es decir, en casa todos son tan gritones como aquí, y eso está bien, aunque allí todo resulta más fácil. Siempre sabes a qué atenerte con la gente, básicamente porque te lo dice. No hay... manipulación.

Asiento con la cabeza. Abnegación me preparó para ese aspecto de la vida en Osadía: los abnegados no son manipuladores, pero tampoco tan directos.

—De todos modos, creo que no habría sobrevivido a la iniciación en Verdad —sigue explicando, y sacude la cabeza—. Allí, en vez de simulaciones, tienes detectores de mentiras.

Todo el día, todos los días. Y la prueba final... —añade, arrugando la nariz—. Te dan una cosa que llaman suero de la verdad y te sientan delante de todos para hacerte un montón de preguntas muy personales. En teoría, si confiesas todos tus secretos, no tendrás ganas de mentir nunca más sobre nada. Como lo peor de ti ya ha quedado al descubierto, ¿por qué no ser sincera?

No sé cómo he conseguido acumular tantos secretos: ser divergente; mis miedos; lo que siento por mis amigos, mi familia, Al y Tobias... La iniciación de Verdad sacaría a la luz cosas que ni siquiera las simulaciones pueden tocar; una cosa así me destrozaría.

—Parece horrible —comento.

—Siempre supe que no podría ser veraz. Vamos, que intento ser sincera, pero hay algunas cosas que no quieres que la gente sepa. Además, me gusta controlar lo que pienso.

Como a todos.

—En fin —sigue diciendo, y abre el armario que está a la izquierda de nuestra litera.

Al hacerlo, una polilla sale volando directa hacia su cara, y Christina suelta un chillido tan fuerte que casi me para el corazón y empieza a darse palmadas en las mejillas.

—¡Quítamela! ¡Quítamela, quítamela, quítamela! —grita.

La polilla se aleja volando.

—¡Se ha ido! —grito, y me echo a reír—. ¿Te dan miedo las... polillas?

—Son asquerosas. Esas alas como de papel y esos estúpidos cuerpos de bicho... —responde, estremeciéndose.

Sigo riéndome. Me río tanto que tengo que sentarme y sujetarme el estómago.

—¡No tiene gracia! —exclama—. Bueno..., vale, a lo mejor sí. Un poquito.

Por la noche, cuando me reúno con Tobias, no me dice nada, se limita a tomarme de la mano y tirar de mí hacia las vías.

Se sube con apabullante facilidad al primer tren que pasa y me ayuda a hacer lo mismo. Caigo sobre él, con la mejilla sobre su pecho, y él me desliza los dedos por los brazos y me sujeta por los codos mientras el vagón avanza entre traqueteos por las vías de acero. El edificio de cristal que domina el complejo de Osadía se hace cada vez más pequeño.

—¿Qué tenías que contarme? —le grito para hacerme oír por encima del viento.

—Todavía no —responde.

Se deja caer en el suelo y tira de mí, de modo que él queda sentado con la espalda apoyada en la pared, mientras que yo estoy de cara a él, con las piernas a un lado, sobre el suelo polvoriento. El viento me suelta mechones de pelo y me los lanza contra el rostro. Tobias me pone las manos en la cara, desliza los dedos índice detrás de mis orejas y me atrae hacia su boca.

Oigo el chirrido de los frenos del tren, lo que significa que debemos de estar cerca del centro de la ciudad. El aire es frío, pero sus labios son cálidos, igual que sus manos. Ladea la cabeza y me besa la piel de debajo de la mandíbula. Me alegro de que el aire haga tanto ruido, ya que así no me oye suspirar.

El vagón se bambolea y me hace perder el equilibrio, así que bajo una mano para no caerme. Una fracción de segundo después me doy cuenta de que la he puesto sobre su cadera, que noto el hueso en la palma de la mano. Debería apartarla, pero no quiero. Una vez me dijo que fuera valiente y, aunque he sido capaz de no moverme mientras me lanzaba cuchillos a la cara y también de tirarme de un tejado, jamás se me habría ocurrido que iba a necesitar ser valiente en los pequeños momentos de la vida; pero así es.

Me muevo, paso una pierna por encima de él hasta quedar sentada a horcajadas, y, aunque noto el corazón en la garganta, lo beso. Él se sienta más derecho y noto que me pone las manos en los hombros. Sus dedos se deslizan por mi columna, y un escalofrío los acompaña en su camino hasta el final de mi espalda. Me baja la cremallera de la chaqueta unos centímetros, y yo aprieto las manos contra las piernas para que dejen de temblarme. No debería estar nerviosa, se trata de Tobias.

El aire frío me acaricia la piel desnuda. Él se aparta y observa con atención los tatuajes que me hice sobre la clavícula. Los roza con las puntas de los dedos y sonríe.

—Pájaros —comenta—. ¿Son cuervos? Siempre se me olvida preguntártelo.

—Sí —respondo, intentando devolverle la sonrisa—. Uno por cada miembro de mi familia. ¿Te gustan?

No responde, sino que me aprieta más contra él y me besa los cuervos, uno a uno. Cierro los ojos. Me toca con cuidado, con delicadeza. Una sensación cálida y densa, como de miel derramada, me llena por dentro y ralentiza mis pensamientos. Me toca la mejilla.

—Odio tener que decirlo, pero hay que levantarse ya —me dice.

Asiento con la cabeza y abro los ojos. Los dos nos levantamos y Tobias tira de mí hacia la puerta abierta del vagón. Como el tren ha frenado, el viento ya no es tan fuerte. Es más de medianoche, así que todas las luces de la ciudad están apagadas, y los edificios parecen mamuts que surgen de la oscuridad y vuelven a sumergirse en ella. Tobias levanta una mano y señala un grupo de edificios que están tan lejos que parecen del tamaño de una uña. Son el único punto iluminado del oscuro mar que nos rodea: otra vez la sede de Erudición.

—Al parecer, las ordenanzas de la ciudad no significan nada para ellos —dice—, porque dejan las luces encendidas toda la noche.

—¿Nadie más se ha dado cuenta? —pregunto, frunciendo el ceño.

—Seguro que sí, pero no han hecho nada para evitarlo. Puede que sea porque no quieren meterse en problemas por algo tan insignificante —responde Tobias encogiéndose de hombros, aunque está tan tenso que me preocupa—. De todos modos, hace que me pregunte qué estarán haciendo en Erudición para necesitar luces por la noche. —Se vuelve hacia mí y se apoya en la pared—. Debes saber dos cosas sobre mí. La primera es que sospecho de todo el mundo en general; siempre espero lo peor de la gente. Y la segunda es que resulta sorprendente lo bien que se me dan los ordenadores.

Asiento con la cabeza. Me había dicho que su otro trabajo consistía en trabajar con ordenadores, aunque todavía me cuesta imaginármelo sentado frente a una pantalla todo el día.

—Hace unas semanas, antes de que empezara el entrenamiento, estaba en el trabajo y encontré una forma de entrar en los archivos protegidos de Osadía. Al parecer, no se nos da tan bien como a Erudición la seguridad, y lo que descubrí parecían planes de guerra: órdenes apenas veladas, listas de suministros, mapas..., cosas así. Y eran archivos enviados por Erudición.

—¿Guerra? —pregunto, apartándome el pelo de la cara.

Escuchar a mi padre insultar a Erudición toda mi vida me ha hecho desconfiar de ellos, y mis experiencias en el complejo de Osadía me han hecho desconfiar de la autoridad y de los seres humanos en general, así que tampoco me sorprende tanto que una facción planee una guerra.

Y lo que Caleb me dijo antes...: «Está pasando algo gordo, Beatrice». Miro a Tobias.

—¿Guerra contra Abnegación?

Me toma las manos, entrelazando los dedos, y responde:

—Contra la facción que controla el gobierno, sí.

Noto un nudo en el estómago.

—Pretendían que sus informes levantaran a la gente contra Abnegación —dice, y fija la mirada en la ciudad—. Está claro que ahora quieren acelerar el proceso, y no tengo ni idea de qué hacer al respecto..., ni siquiera de qué podría hacerse.

—Pero ¿por qué iba Erudición a aliarse con Osadía?

Entonces se me ocurre algo, algo que es como un puñetazo en la barriga y que me corroe las tripas: Erudición no tiene armas y no sabe cómo luchar, pero Osadía sí.

Miro a Tobias con ojos como platos.

—Van a usarnos —digo.

—Me pregunto cómo pretenderán obligarnos a luchar.

Le aseguré a Caleb que Erudición sabe cómo manipular a los demás. Podrían convencernos a algunos pasándonos información falsa o apelando a la codicia, hay muchas formas. Sin embargo, en Erudición son tan meticulosos como manipuladores, así que no lo dejarían todo en manos del azar, se asegurarían de cubrir todos sus puntos débiles. Pero ¿cómo?

El viento me pone el pelo en la cara y lo veo todo a rayas; no sigo adelante con la reflexión.

—No lo sé —respondo.

CAPÍTULO VEINTINUEVE

Salvo este, he asistido todos los años a la ceremonia de iniciación de Abnegación y se trata de un acontecimiento tranquilo. Los iniciados, que se pasan treinta días haciendo servicios a la comunidad antes de convertirse en miembros de pleno derecho, se sientan todos juntos en un banco. Uno de los miembros mayores lee el manifiesto de Abnegación, que es un corto párrafo sobre olvidar el egoísmo y procurar alejarse de los peligros de la egolatría. Después, todos los miembros mayores lavan los pies a los iniciados. Para finalizar, hay una comida en la que todo el mundo sirve a la persona que tiene a la izquierda.

En Osadía no lo celebran así.

El día de la iniciación hace que el complejo de Osadía sea presa del caos y la demencia. Hay gente por todas partes y, a mediodía, casi todo el mundo está ya ebrio. Me abro paso entre ellos para conseguir un plato de comida y llevármelo al dormitorio. De camino, veo a alguien caerse del sendero que recorre la pared del Pozo y, por los gritos y la forma en que se agarra la pierna, diría que se ha roto algo.

Al menos, el dormitorio está tranquilo. Me quedo mirando

el plato de comida; me he echado a toda prisa lo que mejor pinta tenía y, ahora que lo observo con atención, me doy cuenta de que es una pechuga de pollo, un cucharón de guisantes y un trozo de pan oscuro. Comida de Abnegación.

Suspiro: soy una abnegada. Es lo que soy cuando no pienso en lo que hago; es lo que soy cuando me ponen a prueba; es lo que soy incluso cuando parezco ser valiente. ¿Estoy en la facción equivocada?

Pensar en mi antigua facción hace que me tiemblen las manos, ya que debo advertir a mi familia sobre la guerra que planea Erudición, pero no sé cómo. Encontraré el modo, aunque hoy no, hoy tengo que concentrarme en lo que me espera. Cada cosa a su tiempo.

Como igual que un robot, eligiendo por turnos un trozo de pollo, unos guisantes, un bocado de pan y vuelta a empezar. Da lo mismo cuál sea en realidad mi facción, dentro de dos horas caminaré por la sala del paisaje del miedo con los otros iniciados, atravesaré mis temores y me convertiré en osada. Es demasiado tarde para echarse atrás.

Cuando termino, escondo la cara en la almohada. No quiero quedarme dormida, pero, al cabo de un rato, me duermo y no me despierto hasta que Christina me sacude el hombro.

—Hora de irse —me dice; está lívida.

Me restriego los ojos para espantar el sueño. Ya tengo los zapatos puestos. Los otros iniciados están en el dormitorio atándose los cordones, abrochándose las chaquetas y sonriendo como queriendo dar a entender que no pasa nada. Me hago un moño y me pongo la chaqueta negra con la cremallera subida hasta el cuello. Pronto terminará la tortura, pero ¿podremos olvidar las simulaciones? ¿Volveremos a dormir de un tirón, a pesar de los recuerdos de nuestros miedos? ¿O conseguiremos olvidarlos hoy todos, como se supone que debe ser?

Vamos hasta el Pozo y subimos por el camino que lleva al edificio de cristal. Levanto la mirada para ver el techo transparente. No veo la luz del sol porque hay suelas de zapatos tapando cada centímetro del cristal que tenemos encima. Durante un segundo me parece oír un crujido, pero es cosa de mi imaginación. Sigo subiendo las escaleras con Christina, y la multitud me ahoga.

Soy demasiado baja para ver por encima de las cabezas de los demás, así que me quedo mirando la espalda de Will y camino tras él. El calor de tanto cuerpo junto hace que me cueste respirar, y noto que las perlas de sudor se me acumulan en la frente. La multitud se abre un poco y logro ver qué es lo que hay en el centro: una serie de pantallas en la pared de mi izquierda.

Oigo vítores y me paro para ver las pantallas. En la de la izquierda hay una chica vestida de negro que está en la sala del paisaje del miedo: Marlene. La veo moverse con los ojos muy abiertos, aunque no sé a qué obstáculo se enfrenta. Gracias a Dios, la gente de aquí fuera tampoco verá mis miedos, sino tan solo cómo reacciono ante ellos.

En la pantalla del centro se ve su pulso. Se le acelera durante un segundo y después baja. Cuando alcanza un ritmo normal, la pantalla se pone verde y los osados lanzan vítores. En la pantalla de la derecha se ve su tiempo.

Me obligo a dejar de mirar la pantalla, y corro para alcanzar a Christina y a Will. Tobias está de pie, a la entrada de una puerta en la que no me había fijado mucho antes, a la izquierda de la sala. Está al lado de la habitación del paisaje del miedo. Paso junto a él sin mirarlo.

La sala es grande y tiene otra pantalla similar a la de fuera. Una fila de personas está sentada frente a ella; allí están Eric y Max. Los otros también son mayores y, a juzgar por los cables que llevan conectados a la cabeza y los ojos inexpresivos, están observando la simulación.

Detrás de ellos hay otra fila de sillas, todas ocupadas. Soy la última en entrar, así que no me siento.

—¡Eh, Tris! —me llama Uriah desde el otro lado de la habitación.

Está sentado con los demás iniciados nacidos en Osadía, y solo quedan cuatro, el resto ya ha pasado por su paisaje.

—Puedes sentarte en mi regazo, si quieres —me ofrece, dándose una palmadita en la pierna.

—Muy tentador —respondo, sonriendo—, pero no pasa nada, me gusta estar de pie.

Además, no quiero que Tobias me vea sentada encima del regazo de otro.

Las luces iluminan la habitación del paisaje del miedo y dejan al descubierto a Marlene, que está agachada y con la cara cubierta de lágrimas. Max, Eric y otros más salen del aturdimiento de la simulación y se levantan. Unos segundos después, los veo en la pantalla, felicitando a la chica por haber terminado.

—Trasladados, pasaréis por la última prueba en orden, según vuestro puesto actual en la clasificación —anuncia Tobias—. Así que Drew entrará primero y Tris será la última.

Eso significa que tendré a cinco personas delante.

Me quedo en la parte de atrás, a unos cuantos metros de Tobias; nos miramos cuando Eric pincha a Drew con la aguja y lo envía a la habitación del paisaje del miedo. Cuando me toque ya sabré cómo lo han hecho los demás y cuánto tendré que esforzarme para superarlos.

Los paisajes del miedo no son interesantes desde fuera; veo que Drew se mueve, pero no sé por qué. Al cabo de unos minutos, cierro los ojos en vez de seguir mirando e intento no pensar en nada. Especular sobre los miedos a los que tendré que enfrentarme y sobre cuántos serán no tiene ya sentido. Solo debo recordar que tengo el poder de manipular las simulaciones y que ya lo he practicado antes.

Molly es la siguiente; tarda la mitad que Drew, pero incluso ella tiene problemas. Se pasa demasiado tiempo con la respiración entrecortada, intentando controlar el pánico. En cierto momento hasta se pone a gritar a todo pulmón.

Me sorprende lo fácil que me resulta abstraerme de todo: la guerra contra Abnegación, Tobias, Caleb, mis padres, mis amigos, mi nueva facción..., todo desaparece. Lo único que puedo hacer en estos momentos es superar este obstáculo.

Christina es la siguiente. Después, Will. Después, Peter. No miro la pantalla, solo sé cuánto tardan en salir: doce minutos, diez minutos, quince minutos. Y, entonces, mi nombre.

—Tris.

Abro los ojos y camino hasta la parte delantera de la sala de observación, donde está Eric con una jeringa llena de líquido naranja. Apenas noto la aguja entrarme en el cuello, apenas veo la cara perforada de Eric al presionar el émbolo. Me imagino que el suero es adrenalina líquida que me corre por las venas haciéndome más fuerte.

—¿Lista? —me pregunta.

CAPÍTULO
TREINTA

Estoy lista. Entro en el cuarto armada no con una pistola ni un cuchillo, sino con el plan que medité anoche. Tobias me dijo que la tercera etapa se basa en la preparación mental, en elaborar estrategias para superar mis miedos.

Ojalá supiera en qué orden aparecerán. Me pongo a rebotar sobre los talones mientras espero a que salga el primer miedo; ya noto la respiración algo entrecortada.

De repente, el suelo que tengo bajo los pies cambia, del hormigón crece una hierba que se mece con un viento que no noto. Un cielo verde sustituye a las tuberías. Presto atención por si oigo los pájaros, y noto el miedo como algo lejano, un corazón que late fuerte y un pecho encogido, pero no algo que exista en mi cabeza. Tobias me aconsejó que averiguara qué quiere decir esta simulación. Tenía razón: no tiene nada que ver con los pájaros, sino con el control.

Noto el aleteo al lado de la oreja, y las garras del cuervo se me clavan en el hombro.

Esta vez no golpeo al pájaro con todas mis fuerzas; me agacho, me quedo escuchando el trueno de alas que tengo detrás y meto la mano entre la hierba, justo encima de la tierra, para acariciarla. ¿Con qué se combate la impotencia? Con poder. Y la primera vez que me sentí poderosa en el complejo de Osadía fue cuando me dieron la pistola.

Noto un nudo en la garganta, ¡quiero quitarme las garras de encima! El cuervo grazna y se me encoge el estómago, pero entonces noto algo duro y metálico en la hierba: mi pistola.

Apunto con ella al pájaro que tengo en el hombro, y el animal sale volando por los aires en un estallido de sangre y plumas. Me vuelvo, apunto al cielo y veo la nube de plumas oscuras que desciende sobre mí. Aprieto el gatillo, y disparo una y otra vez al mar de pájaros, mientras sus cuerpos oscuros se desploman sobre la hierba.

Al apuntar y disparar noto la misma sensación de poder que la primera vez que sostuve un arma. El corazón me late más despacio, y el campo, la pistola y los pájaros desaparecen. Estoy de nuevo a oscuras.

Cambio de postura y algo cruje bajo mis pies. Me agacho y paso la mano por un panel frío y suave: cristal. Tengo paredes de cristal a ambos lados del cuerpo, es otra vez el tanque. No me da miedo ahogarme, esto no es por el agua, es por mi incapacidad para escapar del tanque, por mi debilidad. Solo tengo que convencerme de que soy lo bastante fuerte como para romper el cristal.

Se encienden las luces azules y el agua empieza a cubrir el suelo, pero no permito que la simulación llegue tan lejos: doy un golpe con la palma de la mano en la pared que tengo delante, suponiendo que se romperá.

La mano me rebota sin causar daños.

Se me acelera el pulso, ¿y si lo que funcionaba en la primera simulación ya no funciona? ¿Y si no puedo romper el cristal a no ser que esté en grave peligro? El agua me lame los tobillos, entra cada vez más deprisa. Tengo que calmarme, calmarme y centrarme. Me apoyo en la pared que tengo detrás y doy una patada a la otra con todas mis fuerzas. Otra vez. Me duelen los dedos del pie, pero no pasa nada.

Me queda otra opción, puedo esperar a que el tanque se llene de agua (ya me llega a la altura de las rodillas) e intentar calmarme mientras me ahogo. Me pego a la pared, sacudiendo la cabeza: no, no pienso ahogarme, no lo haré.

Cierro las manos y golpeo la pared con los puños, soy más fuerte que el cristal; el cristal es fino como agua recién congelada, mi mente hará que lo sea. Cierro los ojos. El cristal es hielo, el cristal es hielo, el cristal es...

El cristal se rompe en mil pedazos, el agua se derrama por el suelo y, entonces, vuelve la oscuridad.

Sacudo las manos. Tendría que haber sido un obstáculo fácil de superar, me he enfrentado a él antes en las simulaciones. No puedo permitirme volver a perder tanto tiempo.

De repente, algo que parece un muro sólido me golpea por detrás y me deja sin aire, de modo que caigo al suelo entre jadeos. No sé nadar; solo he visto masas de agua de este tamaño, con esta fuerza, en imágenes. Debajo tengo una roca de aristas irregulares, resbaladiza por culpa del agua. Y el agua me tira de las piernas, así que me agarro a la roca y noto la sal en los labios. Por el rabillo del ojo veo un cielo oscuro y una luna roja como la sangre.

Me golpea otra ola en la espalda, me doy con la barbilla contra la piedra y hago una mueca. El mar es frío, aunque la sangre que me cae por el cuello está caliente. Estiro un brazo y encuentro el borde de la roca. El agua me tira de las piernas con una fuerza irresistible. Me sujeto todo lo que puedo, pero no soy lo bastante fuerte, el agua tira y la ola lanza mi cuerpo hacia atrás, de modo que las piernas me vuelan por encima de la cabeza y los brazos a los lados hasta acabar chocándome contra la piedra, con la espalda sobre ella y el agua en la cara. Mis pulmones piden aire a gritos. Me retuerzo y me agarro al borde de la roca, levantándome sobre el agua. Jadeo, y me golpea otra ola aún más fuerte que la anterior, aunque ahora estoy mejor agarrada.

En realidad no debe de darme miedo el agua, seguro que lo que temo es perder el control. Para enfrentarme a esto, debo recuperar el control.

Con un grito de frustración, estiro el brazo y encuentro un agujero en la roca. Me tiemblan mucho los brazos mientras me arrastro hacia delante, y logro sacar los pies antes de que la ola me lleve con ella. Una vez tengo los pies libres, me levanto y echo a correr, a esprintar, mis pies vuelan sobre la piedra, veo la luna roja delante, pero el océano ha desaparecido.

Y, a continuación, todo lo demás desaparece también y me quedo inmóvil. Demasiado inmóvil.

Intento mover los brazos, pero los tengo bien atados a los lados. Bajo la vista y veo que una cuerda me rodea el pecho, los brazos y las piernas. Hay una pila de troncos a mis pies y un poste detrás. Estoy en alto.

Empieza a salir gente de entre las sombras, y sus caras me

resultan familiares: son los iniciados, con Peter al frente, y todos llevan antorchas. Los ojos de Peter son pozos negros, y esboza una sonrisa de satisfacción demasiado amplia, tanto que se le arrugan las mejillas. Alguien empieza a reírse entre la gente, y la risa gana intensidad al unirse a ella otras voces. Solo oigo carcajadas.

Mientras las carcajadas aumentan de volumen, Peter acerca su antorcha a la madera, y las llamas suben desde el suelo, titilando al borde de cada tronco para después arrastrarse sobre la corteza. No intento desatarme, sino que cierro los ojos y me lleno los pulmones de aire. Esto es una simulación, no puede hacerme daño. El calor de las llamas me rodea. Sacudo la cabeza.

—¿Hueles eso, estirada? —pregunta Peter; habla tan alto que lo oigo por encima de las carcajadas.

—No —respondo, aunque las llamas siguen subiendo.

—Es el olor de tu carne ardiendo —responde, olisqueando el aire.

Cuando abro los ojos, las lágrimas me enturbian la visión.

—¿Sabes qué huelo yo? —pregunto.

Intento que mi voz sea tan fuerte que se oiga más que la risa que me rodea, que la risa que me oprime tanto como el calor. Me pican los brazos y quiero luchar contra las cuerdas, pero no lo haré, no lucharé en vano, no me entrará el pánico.

Me quedo mirando a Peter a través de las lágrimas, notando que el calor atrae la sangre hacia la superficie de mi piel, que fluye a través de mí y derrite las puntas de mis zapatos.

—Huelo a lluvia —añado.

Los truenos rugen sobre mi cabeza y grito cuando una llama

me toca las puntas de los dedos y hace que el dolor me grite por la piel. Echo la cabeza atrás y me concentro en las nubes que se agrupan en el cielo, cargadas de lluvia, oscuras por la lluvia. Un relámpago lo ilumina todo y noto la primera gota en la frente.

«¡Más deprisa, más deprisa!»

La primera gota me cae por la aleta de la nariz y una segunda me da en el hombro, es tan grande que parece hecha de hielo o de roca, en vez de agua.

Una manta de lluvia me rodea, y oigo el fuego chisporrotear por encima de la risa. Sonrío, aliviada, cuando la lluvia apaga las llamas y me alivia las quemaduras de las manos. Las cuerdas caen y me paso las manos por el pelo.

Ojalá fuese como Tobias, que solo tuvo que enfrentarse a cuatro miedos, pero yo no soy tan buena.

Me aliso la camiseta y, cuando levanto la mirada, estoy en mi dormitorio del sector de Abnegación de la ciudad. Nunca antes había visto este miedo. Las luces están apagadas, pero la habitación se ilumina gracias a la luz de luna que entra por las ventanas. Una de las paredes está cubierta de espejos, así que me vuelvo hacia ella, desconcertada. Esto no está bien, no me permiten tener espejos.

Miro la imagen del espejo: tengo los ojos muy abiertos, las sábanas grises de la cama están bien tirantes, la cómoda con mi ropa, la estantería, las paredes desnudas... Me fijo en la ventana que tengo detrás.

Y en el hombre que está al otro lado.

Noto que el frío me baja por la espalda como si fuera una gota de sudor y me pongo rígida. Lo reconozco, es el hombre de la cicatriz en la cara, el de la prueba de aptitud. Va de negro y está quieto como una estatua. Parpadeo, y otros dos hombres aparecen a su izquierda y a su derecha, igual de inmóviles, aunque sus caras no tienen rasgos, no son más que cráneos cubiertos de piel.

Me vuelvo rápidamente y veo que están en mi dormitorio. Retrocedo hasta estar pegada al espejo.

Durante un instante, la habitación queda en silencio, hasta que los puños empiezan a golpear la ventana, no solo dos, cuatro o seis, sino docenas de puños con docenas de dedos estrellándose contra el cristal. El ruido es tan fuerte que noto la vibración en las costillas; entonces, el hombre de la cicatriz y sus dos compañeros comienzan a acercarse con movimientos cautelosos.

Han venido a por mí, como Peter, Drew y Al, a matarme. Lo sé.

Simulación, esto es una simulación. Con el corazón a punto de salírseme del pecho, aprieto la palma de la mano contra el espejo que tengo detrás y lo deslizo hacia la izquierda, ya que no es un espejo, sino la puerta de un armario. Me digo dónde estará el arma: colgada de la pared de la derecha, a pocos centímetros de mi mano. No le quito los ojos de encima al hombre de la cicatriz, pero localizo la pistola con la punta de los dedos y agarro la culata.

Me muerdo el labio y disparo al de la cicatriz. No espero a ver si le da la bala, sino que apunto a los hombres sin rostro uno a uno, lo más deprisa que puedo. Me duele el labio de mordérmelo y, aunque se detienen los golpes contra la ventana, oigo un chirrido y los puños se convierten en manos con dedos doblados que arañan el cristal intentando entrar. El cristal cruje por la presión de las manos, se agrieta y se hace pedazos.

Grito.

No me quedan suficientes balas en la pistola.

Cuerpos pálidos (cuerpos humanos, aunque destrozados, brazos torcidos en ángulos extraños, bocas demasiado abiertas y con dientes afilados, cuencas de ojos vacías) entran a trompicones en mi dormitorio, unos detrás de otros, se ponen en pie como pueden y se acercan a mí. Me meto en el armario y cierro la puerta. Una solución, necesito una solución. Me hago un ovillo y me llevo la pistola a la cabeza. No puedo ganarles, no puedo ganarles, así que tengo que tranquilizarme. El paisaje del miedo registrará que se me ralentiza el pulso y respiro con normalidad, y pasará al siguiente obstáculo.

Me siento en el suelo del armario. La pared que tengo detrás cruje, oigo golpes (los puños lo están intentando otra vez, están golpeando la puerta del armario), pero me vuelvo y me asomo a través del panel oscuro que tengo detrás. No es una pared, sino otra puerta. Consigo empujarla y abrirla, y veo el pasillo de arriba. Sonriendo, me arrastro por el agujero y me pongo de pie. Huelo algo que se hornea: estoy en casa.

Respiro hondo y veo que mi casa se desvanece. Por un segundo, se me había olvidado que estaba en la sede de Osadía.

Entonces, Tobias aparece frente a mí.

Sin embargo, Tobias no me da miedo. Vuelvo la vista atrás, a lo mejor hay otra cosa en la que deba concentrarme, pero no, detrás solo veo una cama con dosel.

¿Una cama?

Tobias se acerca despacio.

«¿Qué está pasando?»

Me quedo mirándolo, paralizada. Él me sonríe, y es una sonrisa que me resulta amable, familiar.

Me besa y abro los labios. Aunque creía que sería imposible olvidarme de que estaba en una simulación, me equivocaba, él hace que todo lo demás se desintegre.

Sus dedos encuentran la cremallera de mi chaqueta y la bajan de un solo tirón. Me quita la chaqueta de los hombros.

«Oh.»

Es lo único que puedo pensar mientras vuelve a besarme.

«Oh.»

Me da miedo estar con él. He recelado del afecto toda mi vida, pero no sabía lo profundo que era ese recelo.

Sin embargo, este obstáculo no parece como los otros, es una clase de miedo distinta, pánico nervioso, más que terror ciego.

Me pasa las manos por los brazos y me aprieta las caderas, deslizando los dedos por la piel que asoma por encima del cinturón. Noto un escalofrío.

Lo aparto con delicadeza y me aprieto la frente con las manos. Me han atacado cuervos y hombres de caras grotescas; me ha prendido fuego el chico que casi me tira por un precipicio; he estado a punto de ahogarme... dos veces, ¿y este es el miedo que soy incapaz de superar? ¿Este es el miedo para el que no tengo solución? ¿Que un chico que me gusta quiera... mantener relaciones sexuales conmigo?

El Tobias de la simulación me besa en el cuello.

Intento pensar, tengo que enfrentarme al miedo, tengo que

controlar la situación y descubrir un modo de que no me asuste tanto.

Miro a los ojos al Tobias de la simulación y afirmo, muy seria:

—No voy a acostarme contigo en una alucinación, ¿vale?

Entonces lo agarro por los hombros y lo vuelvo hacia el poste de la cama, empujándolo contra él. Noto algo que no es miedo, un pinchazo en la barriga, una burbuja de risa. Me aprieto contra él y lo beso mientras le rodeo los brazos con las manos. Noto su fuerza, hace que me sienta... bien.

Y desaparece.

Me río escondiendo la boca en la mano hasta que noto calor en la cara. Debo de ser el único iniciado con este miedo.

Oigo el chasquido de un gatillo al lado de mi oreja.

Casi se me había olvidado este. Noto el peso de una pistola en la mano y la sujeto con los dedos, poniendo el índice sobre el gatillo. Un foco que sale del techo, de origen desconocido, ilumina un punto de la habitación y, dentro del círculo de luz, están mi madre, mi padre y mi hermano.

—Hazlo —dice entre dientes una voz a mi lado; es de mujer, aunque dura, como si estuviera llena de rocas y cristales rotos. Suena como Jeanine.

El cañón de una pistola me aprieta la sien formando un círculo frío sobre mi piel. El frío me atraviesa el cuerpo, hace que el vello de la nuca se me ponga de punta. Me limpio el sudor de las manos en los pantalones y miro a la mujer por el rabillo del ojo. Sí que es Jeanine; tiene las gafas torcidas y no distingo sentimiento alguno en sus ojos.

Mi peor miedo: que mi familia muera y yo sea la responsable.

—Hazlo —repite, con más insistencia—. Hazlo o te mataré.

Me quedo mirando a Caleb, que asiente, juntando las cejas, comprensivo.

—Adelante, Tris —dice en voz baja—. Lo entiendo, no pasa nada.

—No —respondo; me arden los ojos y tengo un nudo tan enorme en la garganta que me duele.

Sacudo la cabeza.

—¡Te daré diez segundos! —grita la mujer—. ¡Diez! ¡Nueve!

Dejo de mirar a mi hermano y miro a mi padre. La última vez que lo vi me miró con desprecio, aunque ahora lo hace con cariño y los ojos muy abiertos. Nunca le he visto esa expresión en la vida real.

—Tris —me dice—, no tienes alternativa.

—¡Ocho!

—Tris —dice mi madre, y sonríe; tiene una sonrisa muy dulce—. Te queremos.

—¡Siete!

—¡Cállate! —grito, levantando la pistola.

Puedo hacerlo, puedo dispararles. Lo entenderán, me lo están pidiendo. No querrían que me sacrificara por ellos. Ni siquiera son reales, esto es una simulación.

—¡Seis!

No es real, no significa nada. Los amables ojos de mi hermano son como dos taladros que me abren un agujero en la cabeza. El sudor hace que se me resbale un poco la pistola.

—¡Cinco!

No tengo alternativa. Cierro los ojos y pienso, tengo que pensar. Que mi corazón se acelere con la urgencia del problema depende de una sola cosa: la amenaza a mi vida.

—¡Cuatro! ¡Tres!

¿Qué fue lo que me dijo Tobias?: «El altruismo y la valentía no son tan distintos».

—¡Dos!

Quito el dedo del gatillo, suelto el arma y, antes de perder las agallas, me doy la vuelta y aprieto la frente contra el cañón de la pistola que tengo detrás.

«Dispárame a mí.»

—¡Uno!

Oigo un chasquido y un estruendo.

CAPÍTULO TREINTA Y UNO

Se encienden las luces. Estoy sola en la sala vacía de paredes de hormigón, temblando. Caigo de rodillas y me abrazo el pecho. No hacía frío cuando entré, pero ahora sí que lo noto, así que me froto los brazos para librarme de la carne de gallina.

Nunca antes me había sentido tan aliviada, todos y cada uno de los músculos de mi cuerpo se relajan de golpe, y vuelvo a respirar con calma. Ni se me ocurriría pasar por el paisaje del miedo en mi tiempo libre, como hace Tobias. Aunque antes me parecía valiente, ahora me suena más a masoquismo.

La puerta se abre y me levanto. Max, Eric, Tobias y unas cuantas personas que no conozco entran en la habitación en fila y forman un grupito frente a mí. Tobias me sonríe.

—Enhorabuena, Tris —dice Eric—, has concluido con éxito tu evaluación final.

Intento sonreír, pero no me sale. No consigo quitarme de la cabeza el recuerdo de la pistola contra la cabeza. Todavía noto el cañón entre las cejas.

—Gracias —respondo.

—Una última cosa antes de que vayas a prepararte para el

banquete de bienvenida —añade, y llama a una de las personas desconocidas que hay detrás de él.

La mujer, que tiene el pelo azul, le entrega una cajita negra. Eric la abre, y saca una jeringa y una larga aguja.

Me pongo tensa al verla. El líquido naranja de la jeringa me recuerda a lo que nos inyectan antes de las simulaciones, y se supone que ya he acabado con ellas.

—Por lo menos no te dan miedo las agujas —comenta—. Esto sirve para inyectarte un dispositivo de seguimiento que se activará si se informa de tu desaparición. Por precaución.

—¿Con qué frecuencia desaparece la gente? —pregunto, frunciendo el ceño.

—No mucha —responde Eric, sonriendo—. Es un nuevo invento, cortesía de Erudición. Se lo hemos inyectado a todos los osados a lo largo del día, y supongo que el resto de las facciones también lo harán en cuanto les sea posible.

Se me retuerce el estómago: no puedo dejar que me inyecte nada, y menos algo desarrollado por Erudición..., quizá incluso por Jeanine. Sin embargo, tampoco puedo negarme si no quiero que vuelva a dudar de mi lealtad.

—De acuerdo —respondo con un nudo en la garganta.

Eric se acerca con la aguja y la jeringa en la mano. Me aparto el pelo del cuello y ladeo la cabeza. Aparto la vista cuando Eric me limpia el cuello con una toallita antiséptica e introduce la aguja. Noto un dolor profundo que se me extiende por el cuello, fuerte, aunque breve. Él guarda la jeringa en su estuche y me pega una venda adhesiva sobre el pinchazo.

—El banquete es dentro de dos horas —me dice—. Enton-

376

ces anunciaremos tu puesto en la clasificación de los iniciados, incluidos los nacidos en Osadía. Buena suerte.

El grupito sale de la habitación, pero Tobias se queda atrás, se detiene al lado de la puerta y me llama para que lo siga, cosa que hago. En la sala de cristal que está sobre el Pozo hay muchísimos osados, algunos caminando por las cuerdas extendidas sobre nuestras cabezas, otros hablando y riendo en grupos. Tobias me sonríe, no debe de haber estado observando la prueba.

—Me ha llegado el rumor de que solo has tenido que enfrentarte a siete obstáculos —me dice—. Algo casi inaudito.

—¿No... no estabas viendo la simulación?

—Solo las pantallas. Los líderes son los únicos que lo ven todo. Parecían impresionados.

—Bueno, siete miedos no es tan impresionante como cuatro —contesto—, pero bastará.

—No me sorprendería que acabaras la primera.

Entramos en la sala de cristal. La gente sigue aquí, aunque hay menos, ya que la última persona (yo) ya ha salido.

Al cabo de unos segundos empiezan a reconocerme. Me quedo cerca de Tobias cuando empiezan a señalarme, pero no consigo caminar lo suficientemente deprisa como para evitar algunos vítores, algunas palmadas en el hombro y algunas felicitaciones. Mientras observo a la gente que me rodea, me doy cuenta de lo extraños que les resultarían a mis padres y a mi hermano, y de lo normales que me parecen a mí, a pesar de los anillos metálicos en la cara y de los tatuajes en los brazos, el cuello y el pecho. Les devuelvo la sonrisa.

Bajamos los escalones hasta el Pozo.

—Tengo una pregunta —comento, y me muerdo el labio—. ¿Qué te han contado de mi paisaje del miedo?

—La verdad es que nada, ¿por qué?

—Por nada —respondo, dándole una patada a un guijarro para tirarlo por el borde.

—¿Tienes que volver al dormitorio? —pregunta—. Porque, si quieres un poco de tranquilidad, puedes quedarte conmigo hasta el banquete.

Se me encoge el estómago.

—¿Qué pasa? —pregunta.

No quiero volver al dormitorio y no quiero que Tobias me dé miedo.

—Vamos —respondo.

Tobias cierra la puerta a nuestra espalda y se quita los zapatos.

—¿Quieres agua? —pregunta.

—No, gracias —respondo, manteniendo las manos delante de mí.

—¿Estás bien?

Me toca la mejilla, y su mano me acuna la cara, metiéndome los largos dedos entre el pelo. Sonríe y me sujeta la cabeza mientras me besa. Noto que el calor se extiende por mi cuerpo, al igual que el miedo, que me vibra como una alarma en el pecho.

Sin apartar sus labios de los míos, me quita la chaqueta de los hombros. Me encojo cuando la oigo caer y lo aparto de un empujón. Me arden los ojos y no sé por qué me siento así, no me sentí así cuando me besó en el tren. Me llevo las manos a la cara y me tapo los ojos.

—¿Qué? ¿Qué pasa?

Sacudo la cabeza.

—No me digas que no es nada —insiste en tono frío, agarrándome por el brazo—. Oye, mírame.

Me quito las manos de la cara y lo miro a los ojos. Me sorprende ver el dolor y la rabia que se reflejan en su rostro y en lo apretado de su mandíbula.

—A veces me pregunto qué sacas de esto —empiezo, con toda la calma que puedo—. Con esto... sea lo que sea.

—¿Que qué saco de esto? —repite, y da un paso atrás, sacudiendo la cabeza—. Eres idiota, Tris.

—No soy idiota, y por eso sé que es un poco raro que, de todas las chicas que podrías haber elegido, te quedaras conmigo. Así que, si solo buscas..., bueno, ya sabes..., eso...

—¿El qué? ¿Sexo? —pregunta, frunciendo el ceño—. Si solo quisiera eso seguramente no serías la primera a la que acudiría.

Es como si me hubiera dado un puñetazo en el estómago; claro que no acudiría a mí, ni soy la primera, ni la más guapa, ni la más deseable. Me aprieto el vientre y aparto la mirada mientras intento reprimir las lágrimas. No soy de las que lloran, ni tampoco de las que gritan. Parpadeo unas cuantas veces, bajo las manos y lo miro.

—Me voy a ir —anuncio en voz baja, y me vuelvo hacia la puerta.

—No, Tris —responde, agarrándome por la muñeca para tirar de mí.

Lo aparto de un fuerte empujón, pero él me agarra por la otra muñeca y mantiene nuestros brazos cruzados entre los dos.

—Siento haber dicho eso —asegura—. Lo que quería decir es que tú no eres así y lo supe en cuanto te conocí.

—Tú eras uno de los obstáculos de mi paisaje del miedo —confieso, y noto que me tiembla el labio inferior—. ¿Lo sabías?

—¿Qué? —dice, soltándome las muñecas y volviendo a poner cara de sentirse dolido—. ¿Me tienes miedo?

—A ti no —respondo; me muerdo el labio para mantenerlo quieto—. A estar contigo..., con cualquiera. Nunca he tenido una relación con nadie y... tú eres mayor, y no sé qué es lo que esperas, y...

—Tris, no sé qué historias te habrás montado en la cabeza, pero esto también es nuevo para mí.

—¿Historias? —repito—. ¿Quieres decir que no has...? —pregunto, pero me paro y arqueo las cejas—. Oh. Oooh. Suponía... —Suponía que, como yo estoy tan obsesionada con él, el resto del mundo también lo estaría—. Bueno, ya sabes.

—Pues supusiste mal —responde, y aparta la mirada; le brillan las mejillas, como si le diera vergüenza—. Puedes contarme cualquier cosa, ¿sabes? —me asegura, tomando mi cara entre sus manos, manos con dedos fríos y palmas calientes—. Soy más amable de lo que parezco en el entrenamiento, te lo prometo.

Me lo creo, pero esto no tiene nada que ver con la amabilidad.

Me da un beso entre las cejas y en la punta de la nariz, y, a continuación, en la boca. Estoy de los nervios, noto electricidad por las venas, en vez de sangre. Quiero que me bese, sí; lo que temo es lo que pueda pasar después.

Baja las manos hasta mis hombros, y sus dedos acarician el borde de la venda. Se aparta, preocupado.

—¿Te has hecho daño? —pregunta.

—No, es otro tatuaje. Está curado, pero... no quería destaparlo.

—¿Puedo verlo?

Asiento con la cabeza, a pesar del nudo que tengo en la garganta. Me bajo la manga y dejo el hombro al aire. Tobias se queda mirando el hombro durante un segundo antes de recorrerlo con los dedos, que suben y bajan con la curva de mis huesos, que me sobresalen más de lo que me gustaría. Cuando me toca, es como si la conexión cambiara cada punto en que nuestras pieles se encuentran. Noto un escalofrío en el estómago, no de miedo, sino también de otra cosa. Un anhelo.

Levanta la esquina de la venda y sus ojos examinan el símbolo de Abnegación; sonríe.

—Yo tengo el mismo —comenta, riéndose—. En la espalda.

—¿En serio? ¿Me lo enseñas?

Él vuelve a colocar la venda sobre el tatuaje y me pone bien la camiseta.

—¿Me estás pidiendo que me desnude, Tris?

—Solo... un poco —respondo, y una risa nerviosa me sale de la garganta.

Tobias asiente y, de repente, pierde la sonrisa, me mira a los ojos y se baja la cremallera de la sudadera. La deja caer por los hombros y la lanza sobre la silla del escritorio. Ya no tengo ganas de reír, solo me siento capaz de mirarlo.

Sus cejas se juntan en el centro de la frente mientras tira del borde de su camiseta y, con un movimiento rápido, se la saca por la cabeza.

Unas llamas de Osadía le adornan el lado derecho, pero, aparte de eso, el pecho no tiene marca alguna. Aparta la mirada.

—¿Qué pasa? —pregunto, frunciendo el ceño; parece... incómodo.

—No invito a muchas personas a mirarme. A nadie, de hecho.

—No sé por qué —respondo en voz baja—. En fin, con ese cuerpo...

Lo rodeo despacio y veo que en la espalda tiene más tinta que piel. Se ha dibujado los símbolos de todas las facciones: Osadía en lo alto de la columna, Abnegación justo debajo, y las otras tres, más pequeñas, al fondo. Me quedo mirando unos segundos la balanza que representa a Verdad, el ojo de Erudición y el árbol símbolo de Cordialidad. Tiene sentido que se ponga el símbolo de Osadía, su refugio, e incluso el de Abnegación, su lugar de origen, como yo, pero ¿y los otros tres?

—Creo que cometimos un error —explica en voz baja—. Todos hemos empezado a menospreciar las virtudes de las demás facciones para reafirmar las nuestras. No quiero que sea así, quiero ser valiente y altruista, y también inteligente, amable y sincero —añade, aclarándose la garganta—. La amabilidad me cuesta bastante.

—Nadie es perfecto —susurro—. No funciona así. Una cosa mala se va y aparece otra para sustituirla.

Yo cambié la cobardía por la crueldad; cambié la debilidad por la ferocidad.

Acaricio el símbolo de Abnegación con la punta de los dedos.

—Tenemos que avisarlos, y pronto.

—Lo sé —responde—. Lo haremos.

Se vuelve hacia mí. Quiero tocarlo, pero me da miedo su desnudez, me da miedo que me desnude a mí también.

—¿Esto te da miedo, Tris?

—No —respondo con la voz rota; me aclaro la garganta—. La verdad es que no. Solo me da miedo... lo que deseo.

—¿Y qué deseas? —pregunta, y al instante le noto la tensión en el rostro—. ¿A mí?

Asiento con la cabeza, muy despacio.

Él hace lo mismo y me toma las manos con dulzura, guiándolas hacia su estómago. Con la mirada gacha, me sube las manos por su torso, por su pecho y me las sujeta contra su cuello. Tocar su piel, suave y cálida, me hace cosquillas en las manos. Noto calor en la cara, pero me estremezco de todos modos. Me mira.

—Algún día —dice—, si todavía me deseas, podemos... —empieza, aunque hace una pausa para aclararse la garganta—. Podemos...

Esbozo una sonrisita y lo abrazo antes de que termine la frase, apretando una mejilla contra su pecho. Noto el latido de su corazón en la cara, va tan deprisa como el mío.

—¿Te doy miedo, Tobias?

—Me aterras —contesta, sonriendo.

Giro la cabeza y le beso en el hueco bajo el cuello.

—A lo mejor ya no vuelves a aparecer en mi paisaje del miedo —murmuro.

Él se inclina un poco y me besa muy despacio.

—Entonces todos podrán llamarte Seis.

—Cuatro y Seis —respondo.

Nos besamos de nuevo y, esta vez, me resulta familiar. Sé exactamente cómo encajamos juntos, con su brazo alrededor de mi cintura, mis manos en su pecho, la presión de sus labios en los míos. Nos conocemos de memoria.

CAPÍTULO
TREINTA Y DOS

Observo con atención el rostro de Tobias de camino al comedor en busca de cualquier indicio de decepción. Nos hemos pasado dos horas tumbados en su cama, hablando, besándonos y, al final, durmiendo hasta que hemos oído gritos en el pasillo: gente que se dirige al banquete.

Lo único que veo es que quizá esté un poco más contento que antes. Al menos, sonríe más.

Cuando llegamos a la entrada, nos separamos. Yo entro primero, y corro a la mesa que comparto con Will y Christina. Él entra unos minutos después y se sienta al lado de Zeke, que le pasa una botella oscura, pero él la rechaza.

—¿Dónde te habías metido? —pregunta Christina—. Todos los demás volvieron al dormitorio.

—He estado dando vueltas por ahí. Estaba demasiado nerviosa como para hablar con los demás del tema.

—No tienes por qué estarlo —asegura ella, sacudiendo la cabeza—. Me volví un momento para hablar con Will y ya no estabas.

Detecto una pizca de celos en su voz y, de nuevo, desearía

poder explicarle que estaba bien preparada para la simulación por lo que soy. Sin embargo, me limito a encogerme de hombros.

—¿Qué trabajo piensas elegir? —le pregunto.

—Estoy pensando que puede que me guste un trabajo como el de Cuatro, entrenar a los iniciados. Matarlos del susto. Ya sabes, algo divertido. ¿Y tú?

Estaba tan concentrada en superar la iniciación que apenas lo había pensado. Podría trabajar para los líderes de Osadía, pero me matarían si descubren lo que soy. ¿Qué otras opciones hay?

—Supongo... que podría ser embajadora ante las otras facciones. Creo que ser trasladada me ayudaría.

—Esperaba que dijeras que te gustaría formarte como líder —responde Christina, suspirando—. Porque eso es lo que quiere Peter, no dejaba de hablar del tema en el dormitorio.

—Y es lo que yo quiero —añade Will—. Con suerte quedaré por encima de él..., oh, y de los iniciados de Osadía, me había olvidado de ellos —dice, gruñendo—. Ay, Dios, es misión imposible.

—Qué va —responde Christina, dándole la mano como si fuera la cosa más natural del mundo; Will se la aprieta.

—Pregunta —dice ella, echándose hacia delante—: los líderes que examinaban tu paisaje del miedo... estaban riéndose de algo.

—¿Ah, sí? —pregunto, y me muerdo el labio con ganas—. Me alegro de que mi terror los divierta tanto.

—¿Alguna idea de qué obstáculo les hacía tanta gracia?

—No.

—Estás mintiendo, siempre te muerdes el interior de la mejilla cuando mientes. Eso te delata.

Dejo de morderme el interior de la mejilla.

—Will aprieta los labios, si eso te hace sentir mejor —añade, y Will se tapa la boca de inmediato.

—Vale, de acuerdo: me daba miedo la... intimidad.

—Intimidad —repite Christina—. ¿El... sexo?

Me pongo tensa y me obligo a asentir con la cabeza. Aunque solo estuviera aquí Christina y nadie más, también me entrarían ganas de estrangularla. Repaso unas cuantas formas de provocar daños graves con el mínimo esfuerzo. Intento lanzarle llamas con los ojos.

Will se ríe.

—¿Y cómo fue? —pregunta Christina—. Quiero decir, ¿alguien intentó... hacerlo contigo? ¿Quién?

—Bueno, ya sabes, sin rostro... hombre no identificable —respondo—. ¿Qué tal tus polillas?

—¡Me prometiste que no lo dirías! —grita ella, dándome en el brazo.

—Polillas —repite Will—. ¿Te dan miedo las polillas?

—No una simple nube de polillas —responde ella—, sino como... un enjambre entero de polillas. Por todas partes. Todas esas alas, patas y... —Se estremece y sacude la cabeza.

—Aterrador —bromea Will, fingiendo estar serio—. Esa es mi chica, dura como una bola de algodón.

—Oh, cállate.

En algún lugar chirría un micrófono con tanta fuerza que me tapo los oídos. Miro al otro lado de la sala y veo que Eric está encima de una de las mesas, micrófono en mano, dándole golpecitos con la punta de los dedos. Cuando termina y la multitud de Osadía guarda silencio, se aclara la garganta y empieza a hablar.

—Aquí no se nos dan demasiado bien los discursos, la elocuencia es para los eruditos —dice, y la gente se ríe.

Me pregunto si sabrán que él viene de Erudición, que bajo toda su falsa temeridad e incluso brutalidad osada, es más un erudito que otra cosa. Si lo supieran, dudo que se rieran con él.

—Así que voy a ser breve —sigue diciendo—. Es un nuevo año y tenemos un nuevo grupo de iniciados y un grupo ligeramente más pequeño de nuevos miembros. Les damos nuestra enhorabuena.

Al oír la palabra «enhorabuena», los asistentes, en vez de romper en aplausos, se ponen a dar puñetazos en las mesas. El ruido me vibra dentro del pecho y sonrío.

—Creemos en la valentía. Creemos en la acción. Creemos en liberarnos del miedo y en adquirir las habilidades necesarias para eliminar el mal de nuestro mundo, de modo que el bien pueda prosperar y florecer. Si vosotros también creéis en estas cosas, os damos la bienvenida.

Aunque sé que es muy probable que Eric no crea en ninguna de esas cosas, no puedo evitar sonreír, ya que yo sí creo en ellas. Por mucho que los líderes de Osadía hayan retorcido los ideales de la facción, esos ideales siguen siendo los míos.

Más puñetazos, esta vez acompañados de gritos de júbilo.

—Mañana, en su primer acto como miembros, nuestros diez mejores iniciados elegirán su profesión en el orden en que hayan quedado clasificados —dice Eric—. Sé que lo que todos esperáis es la clasificación. Se determina a partir de una combinación de tres puntuaciones: la primera, de la etapa de entrenamiento en combate; la segunda, de la etapa de simulaciones; y la cuarta, del examen final, el paisaje del miedo. La clasificación aparecerá en la pantalla que tengo detrás.

En cuanto la palabra «detrás» sale de su boca, los nombres aparecen en la pantalla, que es casi tan grande como la pared. Al lado del número uno está mi foto y el nombre «Tris».

Es como si me quitaran un peso del pecho. No me había dado cuenta de que ese peso estaba ahí hasta que desaparece y dejo de sentirlo. Sonrío y noto un cosquilleo por todo el cuerpo: la primera. Divergente o no, esta facción es la mía.

Me olvido de la guerra; me olvido de la muerte. Will me da un abrazo de oso. Oigo vítores, risas y gritos. Christina señala la pantalla con los ojos muy abiertos y llenos de lágrimas.

1. Tris
2. Uriah
3. Lynn
4. Marlene
5. Peter

Peter se queda; reprimo un suspiro. Pero, entonces leo el resto de los nombres.

6. Will
7. Christina

Sonrío, y Christina se inclina sobre la mesa para abrazarme. Estoy demasiado distraída para protestar por la demostración de afecto, y ella se ríe en mi oído.

Alguien me agarra por detrás y me grita al oído; es Uriah. No puedo girarme, así que echo una mano atrás y le aprieto el hombro.

—¡Enhorabuena! —le grito.

—¡Les has vencido! —me grita; después me suelta, riéndose, y corre hacia un grupo de iniciados nacidos en Osadía.

Estiro el cuello para volver a mirar la pantalla y sigo bajando por la lista.

El octavo, el noveno y el décimo son chicos de Osadía cuyos nombres apenas reconozco.

El once y el doce son Molly y Drew.

Molly y Drew están fuera. Drew, el que intentó huir mientras Peter me tenía agarrada por el cuello sobre el abismo, y Molly, que contó mentiras a Erudición sobre mi padre, se quedarán sin facción.

No es la victoria que quería, pero no deja de ser una victoria.

Will y Christina se besan con demasiado baboseo para mi gusto. A mi alrededor solo se oyen los puñetazos de los osados en las mesas. Entonces noto que alguien me toca el hombro y, al volverme, veo a Tobias detrás de mí. Me levanto y esbozo una sonrisa de oreja a oreja.

—¿Crees que abrazarte sería arriesgarse demasiado? —pregunta.

—La verdad es que me da lo mismo.

Me pongo de puntillas y le beso en los labios.

Es el mejor momento de mi vida.

Un instante después, el pulgar de Tobias roza el punto del cuello donde me pusieron la inyección y unas cuantas cosas encajan de repente. No sé cómo no me había dado cuenta antes.

Uno: El suero teñido contiene transmisores.

Dos: Los transmisores conectan la mente a un programa de simulación.

Tres: Erudición desarrolló el suero.

Cuatro: Eric y Max trabajan con Erudición.

Me aparto de Tobias y me quedo mirándolo con los ojos como platos.

—¿Tris? —pregunta, desconcertado.

—Ahora no —respondo, sacudiendo la cabeza, aunque quería decir: «Aquí no». No con Will y Christina a medio metro de mí (mirándonos con la boca abierta, seguramente porque acabo de besar a Tobias) y el estruendo de Osadía a nuestro alrededor. Pero tiene que saber lo importante que es.

—Después, ¿vale? —le digo.

Él asiente con la cabeza. Ni siquiera sé cómo se lo voy a explicar después; ni siquiera sé cómo pensar con claridad.

Lo que sí sé es cómo Erudición piensa hacernos luchar.

CAPÍTULO
TREINTA Y TRES

Intento pillar solo a Tobias después del anuncio de la clasificación, pero hay demasiados miembros e iniciados, y la energía de sus felicitaciones lo aparta de mí. Decido escabullirme del dormitorio cuando todos duerman y buscarlo, pero el paisaje del miedo me ha cansado más de lo que creía, así que no tardo en dormirme yo también.

Me despierto al oír un chirrido de muelles y pies arrastrándose por el suelo. Está demasiado oscuro para ver con claridad, pero, una vez se acostumbran mis ojos, veo que Christina se está atando los cordones de los zapatos. Abro la boca para preguntarle qué hace, hasta que me doy cuenta de que, frente a mí, Will se pone una camiseta. Todos están despiertos, pero nadie habla.

—Christina —murmuro; ella no me mira, así que la agarro del hombro y la sacudo—. ¡Christina!

Ella sigue atándose los cordones.

Me da un vuelco el corazón cuando le veo la cara: tiene los ojos abiertos, aunque en blanco, y los músculos de la cara están flácidos. Se mueve sin mirar lo que hace, con la boca medio abierta; no está despierta, pero lo parece, y todas las personas que me rodean están igual que ella.

—¿Will? —pregunto, cruzando la habitación.

Todos los iniciados se ponen en fila cuando terminan de vestirse y empiezan a salir en silencio del dormitorio. Me agarro al brazo de Will para que no se vaya, pero es imposible detenerlo. Aprieto los dientes y lo sujeto con todas mis fuerzas, clavando los talones en el suelo. Will me arrastra con él.

Son sonámbulos.

Me meto los zapatos a toda prisa, no puedo quedarme aquí sola. Me los ato rápidamente, me pongo una chaqueta y salgo corriendo del dormitorio para alcanzar el final de la fila de iniciados y adaptarme a su ritmo. Tardo unos segundos en darme cuenta de que se mueven al unísono, el mismo pie adelante y el mismo brazo atrás. Los imito lo mejor que sé, aunque el ritmo me resulta extraño.

Marchamos hacia el Pozo, pero, cuando llegamos a la entrada, los primeros de la fila tuercen a la izquierda. Max está en el pasillo, observándonos. El corazón me late con fuerza en el pecho y miro al frente con toda la inexpresividad posible, concentrándome en el ritmo de mis pies. Me pongo tensa cuando paso a su lado; se va a dar cuenta, se va a dar cuenta de que no tengo el cerebro frito, como los demás, y entonces me pasará algo malo. Lo sé.

Los ojos de Max pasan por encima de mí.

Subimos un tramo de escaleras y avanzamos al mismo ritmo por cuatro pasillos. Entonces, el pasillo se abre a una caverna enorme, y dentro veo una multitud de osados.

Hay filas de mesas con montañas negras encima. No veo lo que son las pilas hasta estar a pocos centímetros de ellas: armas de fuego.

Claro, Eric dijo que ayer pusieron las inyecciones a todos los miembros de la facción, así que, ahora, toda la facción está con el cerebro en punto muerto, obediente y entrenada para matar. Soldados perfectos.

Recojo una pistola, una pistolera y un cinturón, imitando a Will, que está justo delante de mí. Intento copiar sus movimientos, aunque no puedo predecir lo que va a hacer, así que acabo siendo menos precisa de lo que me gustaría. Aprieto los dientes, tengo que confiar en que nadie me observa.

Una vez armada, sigo a Will y a los otros iniciados a la salida.

No puedo luchar contra Abnegación, contra mi familia. Preferiría morir, eso ya lo probó mi paisaje del miedo. Mi lista de opciones se reduce y veo el camino que debo seguir. Fingiré lo suficiente como para llegar al sector de Abnegación, salvaré a mi familia y lo que pase después no tiene importancia. Me calmo por completo.

La fila de iniciados entra en un pasillo oscuro. No veo a Will ni nada de lo que tengo delante. Mi pie da con algo duro, tropiezo y extiendo los brazos. Mi rodilla da contra algo: un escalón. No me ha visto nadie, está demasiado oscuro. Por favor, que esté demasiado oscuro.

Cuando la escalera gira, entra luz en la caverna y, por fin, vuelvo a ver los hombros de Will delante de mí. Me concentro en ir a su mismo ritmo hasta llegar a lo alto de las escaleras, donde hay otro líder de Osadía. Ahora sé identificar a los líderes, ya que son los únicos que están despiertos.

Bueno, los únicos no. Yo debo de estar despierta porque soy divergente. Y, si estoy despierta, eso quiere decir que Tobias también, a no ser que me equivoque con él.

Tengo que encontrarlo.

Me pongo de pie al lado de las vías del tren, en medio de un grupo que se extiende hasta donde alcanza mi visión periférica. El tren se detiene delante de nosotros con todos los vagones abiertos. Uno a uno, mis compañeros suben al vagón que nos corresponde.

No puedo volver la cabeza para buscar a Tobias entre la multitud, aunque sí miro por el rabillo del ojo. No me suenan las caras de la izquierda, pero sí distingo a un chico alto de pelo corto a unos metros a mi derecha. Quizá no sea él, no puedo estar segura, pero es mi mejor oportunidad. No sé cómo llegar hasta él sin llamar la atención; tengo que llegar hasta él.

El vagón que tengo delante se llena, y Will se vuelve hacia el siguiente. Lo sigo imitando y, en vez de detenerme cuando él se detiene, avanzo unos pasos a la derecha. La gente que me rodea es más alta que yo, me taparán. Vuelvo a moverme hacia la derecha, apretando los dientes. Demasiado movimiento, me van a pillar. «Por favor, que no me pillen.»

Un osado inexpresivo del vagón de al lado le ofrece una mano al chico que tengo delante, y el chico la acepta con movimientos robóticos. Me agarro a la siguiente mano sin mirarla y subo al vagón con toda la elegancia que puedo.

Me quedo mirando a la persona que me ha ayudado. Levanto la mirada solo un segundo para verle la cara: Tobias, tan inexpresivo como todos los demás. ¿Me he equivocado? ¿No es divergente? Se me saltan las lágrimas y tengo que reprimirlas mientras le doy la espalda.

Hay mucha gente dentro del vagón, así que formamos cuatro filas, hombro con hombro. Entonces sucede algo peculiar, unos dedos se entrelazan con los míos y una palma se pega a mi palma: Tobias me da la mano.

Todo mi cuerpo se llena de energía. Le aprieto la mano y me devuelve el apretón. Está despierto, yo tenía razón.

Quiero mirarlo, pero me obligo a quedarme quieta y mantener la vista al frente cuando el tren empieza a moverse. Él mueve el pulgar formando un lento círculo por el dorso de mi mano. Se supone que es para consolarme, aunque solo sirve para frustrarme más, ya que necesito hablar con él, necesito mirarlo.

No veo adónde va el tren porque la chica que tengo delante es muy alta, así que me quedo mirándole la nuca y me concentro en la mano de Tobias hasta que las vías rechinan. No sé cuánto tiempo llevo aquí de pie, pero me duele la espalda, por lo que supongo que ha sido un buen rato. El tren frena entre chirridos y mi corazón late tan fuerte que me cuesta respirar.

Justo antes de saltar, veo que la cabeza de Tobias entra en mi campo de visión y puedo mirarlo. La expresión de sus ojos oscuros es de apremio cuando dice:

—Corre.

—Mi familia —respondo.

Vuelvo a mirar al frente y salto del vagón cuando me toca. Tobias camina por delante. Debería concentrarme en su nuca, pero las calles por las que ahora camino me son familiares y la fila de osados que sigo ya no capta mi atención. Paso por el lugar al que iba cada seis meses con mi madre a llevarme ropa nueva para la familia; la parada de autobús en la que esperaba por las mañanas para ir a clase; la zona de acera que estaba tan agrietada que Caleb y yo nos inventamos un juego de saltar para cruzarla.

Ahora es todo distinto: los edificios están vacíos y a oscuras; las calles, llenas de soldados de Osadía que avanzan al mismo ritmo, salvo los oficiales, que están a unos cientos de metros, observándonos o reuniéndose en grupitos para hablar de algo. Nadie parece hacer nada. ¿De verdad hemos venido a la guerra?

Camino casi un kilómetro antes de encontrar la respuesta.

Empiezo a oír pequeños estallidos. No puedo mirar a mi alrededor para ver de dónde vienen, pero, cuanto más camino, más fuertes y nítidos son, hasta que me doy cuenta de que son disparos. Aprieto la mandíbula, tengo que seguir andando, tengo que seguir mirando al frente.

Muy por delante de nosotros veo a una soldado de Osadía obligar a un hombre de gris a ponerse de rodillas. Reconozco al hombre, es un miembro del consejo. La soldado saca la pistola y, con ojos ciegos, le mete una bala en la parte de atrás de la cabeza al miembro del consejo.

La soldado tiene un mechón gris en el pelo; es Tori. Estoy a punto de perder el paso.

«Sigue andando —me ordeno, aunque me arden los ojos—. Sigue andando.»

Dejamos atrás a Tori y al miembro caído del consejo; cuando paso por encima de su mano estoy a punto de romper a llorar.

Entonces, los soldados que tengo delante se detienen y yo hago lo mismo. Me quedo tan inmóvil como puedo, pero lo único que deseo es ir en busca de Jeanine, Eric y Max, y matarlos a todos. Me tiemblan las manos de manera descontrolada; respiro deprisa por la nariz.

Otro disparo. Por el rabillo del ojo veo un borrón gris que se derrumba sobre el pavimento. Toda Abnegación morirá si esto sigue así.

Los soldados de Osadía cumplen unas órdenes silenciosas sin vacilar y sin hacer preguntas. Se están llevando a algunos miembros adultos de Abnegación a uno de los edificios cercanos, junto con los niños. Un mar de soldados de negro vigila las puertas, y la única gente que no veo entre ellos son los líderes de Abnegación. A lo mejor ya están todos muertos.

Uno a uno, los soldados que tengo delante se dispersan para realizar una u otra tarea. Pronto los líderes se darán cuenta de que yo no recibo las señales que están recibiendo los demás, ¿qué haré cuando suceda?

—Esto es una locura —susurra una voz masculina a mi derecha.

Veo un mechón de pelo largo y grasiento, y un anillo de plata: Eric. Me da en la mejilla con el índice y yo resisto el impulso de apartarlo de un manotazo.

—¿De verdad no pueden vernos? ¿Ni oírnos? —pregunta una voz femenina.

—Oh, sí, pueden ver y oír, pero no procesan de la misma forma lo que ven y oyen —responde Eric—. Reciben órdenes de nuestros ordenadores en los transmisores que les hemos inyectado...

Mientras lo dice, me aprieta con los dedos el punto de la

inyección para enseñarle a la mujer dónde está. «Quédate quieta —me digo—. Quieta, quieta, quieta.»

—Y las llevan a cabo sin problemas —añade Eric; después da un paso a un lado y se acerca a la cara de Tobias, sonriendo—. Vaya, esto sí que me alegra la vista. El legendario Cuatro. Ya nadie recordará que quedé el segundo, ¿verdad? Nadie me va a preguntar: «¿Cómo fue entrenarse con el tipo que solo tenía cuatro miedos?».

Entonces saca una pistola y apunta a la sien izquierda de Tobias, y el corazón se me acelera tanto que lo noto en el cráneo. No puede disparar, no lo hará.

—¿Crees que alguien se dará cuenta si recibe un disparo accidental? —pregunta Eric, ladeando la cabeza.

—Adelante —responde la mujer, como si estuviera aburrida; si le está dando permiso a Eric, debe de ser una líder de Osadía—. Ahora no es nadie.

—Qué pena que no aceptaras la oferta de Max, Cuatro. Bueno, qué pena para ti, claro —dice Eric en voz baja mientras mete la bala en la recámara.

Me arden los pulmones, llevo casi un minuto sin respirar. Por el rabillo del ojo veo que a Tobias le tiembla la mano, pero yo ya he puesto la mía en mi pistola. Aprieto el cañón contra la frente de Eric, que abre mucho los ojos, pierde toda expresión y, por un instante, se parece mucho a los demás soldados dormidos de Osadía.

Mi dedo índice está suspendido sobre el gatillo.

—Aparta la pistola de su cabeza —ordeno.

—No me dispararás —contesta Eric.

—Una teoría muy interesante —respondo, pero no soy capaz de asesinarlo, imposible.

Aprieto los dientes y bajo el arma para dispararle en el pie. Él grita y se lo agarra con ambas manos. En cuanto su pistola deja de apuntar a la cabeza de Tobias, Tobias saca la suya y dispara en la pierna a la amiga de Eric. No espero a ver si le da la bala, agarro a Tobias del brazo y salgo corriendo.

Si conseguimos llegar al callejón, desapareceremos en los edificios y no nos encontrarán. Hay que recorrer casi doscientos metros. Oigo pisadas detrás de nosotros, aunque no miro atrás. Tobias me da la mano y la aprieta, tirando de mí para que corra más deprisa que nunca, más deprisa de lo que soy capaz. Tropiezo detrás de él, oigo un tiro.

El dolor es agudo y repentino, me empieza en el hombro y se extiende hacia el exterior con unos dedos eléctricos. Ahogo un grito y caigo, raspándome la mejilla con el pavimento. Levanto la cabeza y veo que Tobias se arrodilla junto a mi cara, así que le grito:

—¡Corre!

—No —responde con voz tranquila y serena.

En pocos segundos nos rodean, y Tobias me ayuda a levantarme, cargando con mi peso. Me cuesta concentrarme por culpa del dolor. Los soldados nos apuntan con sus armas.

—Rebeldes divergentes —dice Eric, que solo apoya un pie en el suelo y tiene una palidez enfermiza—. Entregad vuestras armas.

CAPÍTULO
TREINTA Y CUATRO

Me apoyo completamente en Tobias, mientras el cañón de pistola que me aprieta la espalda me urge a seguir caminando. Entramos por la puerta principal de la sede de Abnegación, un sencillo edificio gris de dos plantas. Me cae sangre por el costado. No me da miedo lo que se avecina, me duele demasiado como para pensar en ello.

La pistola me empuja hacia una puerta vigilada por dos soldados de Osadía. Tobias y yo la atravesamos, y entramos en un despacho sencillo en el que hay un escritorio, un ordenador y dos sillas vacías. Jeanine está sentada detrás del escritorio, hablando por teléfono.

—Bueno, pues envía a algunos de vuelta en el tren —dice—. Tiene que estar bien protegido, es lo más importante..., no estoy dici... Tengo que irme.

Cuelga de golpe y me clava sus ojos grises. Me recuerdan al acero fundido.

—Rebeldes divergentes —dice uno de los de Osadía; debe de ser un líder, o puede que un recluta al que han sacado de la simulación.

—Sí, ya lo veo.

Se quita las gafas, las dobla y las deja en el escritorio. Seguramente las lleva por vanidad y no por necesidad, porque cree que la hacen parecer más lista; eso decía mi padre.

—Lo tuyo —dice, señalándome— me lo esperaba. Todo el lío con tu prueba de aptitud me hizo sospechar de ti desde el principio. Pero lo tuyo... —sigue diciendo, sacudiendo la cabeza mientras vuelve la mirada hacia Tobias—. Tobias, ¿o debería llamarte Cuatro?, tú conseguiste eludirme —explica en voz baja—. Todos tus datos encajaban: los resultados de la prueba, las simulaciones de iniciación, todo. Pero aquí estás, a pesar de ello. —Junta las manos y apoya la barbilla en ellas—. Quizá puedas explicarme cómo es posible.

—Tú eres el genio —responde Tobias en tono frío—. ¿Por qué no me lo explicas tú?

—Mi teoría es que en realidad tendrías que estar en Abnegación —contesta ella, sonriendo—, que tu divergencia es más débil.

Sonríe con más ganas, como si se divirtiera. Aprieto los dientes, y medito la posibilidad de lanzarme sobre la mesa y estrangularla. Si no tuviera una bala metida en el hombro, puede que lo hiciera.

—Tu razonamiento deductivo es asombroso —suelta Tobias—, estoy adecuadamente impresionado.

Lo miro de reojo. Casi se me había olvidado este lado suyo, el lado que tiende más a estallar que a tumbarse y morir.

—Una vez verificada tu inteligencia, a lo mejor te decides a matarnos de una vez —sigue diciendo Tobias, y cierra los ojos—.

Al fin y al cabo, todavía te quedan unos cuantos líderes de Abnegación por asesinar.

Si el comentario de Tobias molesta a Jeanine, no se le nota, ya que sigue sonriendo y se levanta con elegancia. Lleva puesto un vestido azul que se le pega al cuerpo desde los hombros hasta las rodillas, lo que revela una capa de grasa en la cintura. La habitación me da vueltas cuando intento concentrarme en su cara, y me inclino sobre Tobias para que me sujete. Él me rodea la cintura con un brazo para que no me caiga.

—No seas tonto, no hay prisa —dice Jeanine, como si nada—. Los dos estáis aquí para servir a un propósito de suma importancia. Verás, durante un tiempo me desconcertó bastante que los divergentes fueran inmunes al suero que había desarrollado, así que he estado trabajando para solucionarlo. Creía que lo había hecho con el último lote, pero, como sabéis, me equivocaba. Por suerte, tengo otro lote listo para hacer la prueba.

—¿Por qué molestarte? —pregunto.

A ella y a los líderes de Osadía nunca les ha costado matar a los divergentes, ¿por qué ahora es distinto?

Me sonríe.

—Hay una pregunta a la que doy vueltas desde que empecé con el proyecto de Osadía, y es la siguiente: ¿por qué, entre todas las facciones, la mayoría de los divergentes son don nadies débiles y píos de Abnegación? —dice mientras sale de detrás de su escritorio, acariciando la superficie con un dedo.

No sabía que la mayoría de los divergentes fueran de Abnegación y no sé por qué será. Y, probablemente, no viva lo suficiente para averiguarlo.

—Débiles —se burla Tobias—. Hace falta una gran voluntad para manipular una simulación, al menos la última vez que vi una. Ser débil es controlar mentalmente a un ejército porque es demasiado difícil entrenarlo tú mismo.

—No soy tonta —responde Jeanine—. Una facción de intelectuales no es un ejército. Estamos cansados de que nos domine un puñado de idiotas santurrones que rechazan la riqueza y el progreso, pero no podíamos hacer esto solos. Y vuestros líderes osados estuvieron más que contentos de hacerme el favor si, a cambio, les garantizaba un sitio en nuestro nuevo y mejorado gobierno.

—Mejorado —repite Tobias, resoplando.

—Sí, mejorado. Mejorado y preparado para trabajar por un mundo en el que la gente disfrute de abundancia, confort y prosperidad.

—¿A costa de quién? —pregunto, y mi voz suena espesa, arrastro las palabras—. Toda esa abundancia... no sale de la nada.

—En la actualidad, los abandonados suponen una sangría de recursos —contesta Jeanine—. Igual que Abnegación. Estoy segura de que cuando los restos de tu antigua facción sean absorbidos por el ejército de Osadía, Verdad cooperará y por fin seremos capaces de empezar a trabajar.

Absorbidos por el ejército de Osadía. Sé lo que significa: también quiere controlarlos a ellos. Quiere que todos sean maleables y fáciles de controlar.

—Empezar a trabajar —repite Tobias en tono amargo, alzando la voz—. No te equivoques, estarás muerta antes de que acabe el día...

—Si fueras capaz de controlar tu genio —lo interrumpe Jeanine—, a lo mejor no te encontrarías en esta situación, Tobias.

—Estoy en esta situación porque tú me pusiste en ella —responde él—. En cuanto organizaste el ataque contra personas inocentes.

—Personas inocentes —dice ella entre risas—. Me parece muy divertido viniendo de ti. Suponía que el hijo de Marcus comprendería que no todas estas personas son inocentes —añade, y se sienta en el borde del escritorio, de modo que la falda le deja las rodillas al descubierto; están llenas de estrías—. Sinceramente, ¿me dices que no te alegrarías si descubrieras que han matado a tu padre en el ataque?

—No —responde él entre dientes—, pero al menos su maldad no implicaba la manipulación de una facción entera y el asesinato sistemático de todos los líderes políticos que tenemos.

Se quedan mirando unos segundos, lo bastante como para ponerme completamente en tensión, hasta que por fin Jeanine se aclara la garganta.

—Lo que iba a decir es que, dentro de poco, docenas de abnegados y sus hijos pequeños estarán bajo mi responsabilidad, y que no me vendría nada bien que muchos de ellos fueran divergentes como vosotros, incapaces de controlar mediante las simulaciones.

Se levanta y camina unos pasos hacia la izquierda con las manos cruzadas delante de ella. Tiene las uñas mordidas hasta la raíz, como yo.

—Por tanto, era necesario desarrollar una nueva forma de simulación a la que no sean inmunes. Me he visto obligada a reevaluar mis propias hipótesis. Ahí es donde entráis vosotros —añade, dando unos pasos a la derecha—. Como bien decís, vuestra voluntad es fuerte, no soy capaz de controlarla. Pero sí puedo controlar otras cosas.

Se detiene para mirarnos. Apoyo la sien en el hombro de Tobias mientras la sangre me cae por la espalda. El dolor ha sido tan constante durante los últimos minutos que he llegado a acostumbrarme, como cuando una persona se acostumbra a una sirena si el ruido es continuo.

Jeanine aprieta las palmas de las manos y no veo ningún brillo malicioso en sus ojos, ni tampoco el sadismo que esperaba. Es más máquina que maníaca. Ve problemas y aporta soluciones a partir de los datos que reúne. Abnegación se interponía en su deseo de poder, así que encontró la forma de eliminarla. No tenía ejército, así que se buscó uno en Osadía. Sabía que necesitaría controlar a grandes grupos de personas para estar segura, así que desarrolló una forma de hacerlo mediante sueros y transmisores. La divergencia no es más que otro problema que debe solucionar, y por eso es una persona tan aterradora: porque es lo suficientemente lista como para resolver cualquier cosa, incluso el problema de nuestra existencia.

—Puedo controlar lo que veis y oís —sigue explicando—, así que he creado un suero nuevo que adaptará lo que os rodea para manipular vuestra voluntad. Los que se niegan a aceptar nuestro liderazgo deben ser supervisados muy de cerca.

Supervisados... o privados de su libre albedrío. Se le dan bien las palabras.

—Tú serás el primer sujeto de prueba, Tobias. Sin embargo,

Beatrice... —añade, sonriendo—. Estás demasiado herida para serme de mucha utilidad, así que tu ejecución tendrá lugar cuando concluya esta reunión.

Intento ocultar el estremecimiento que me recorre el cuerpo ante la palabra «ejecución» y, con el hombro matándome de dolor, miro a Tobias. Me cuesta reprimir las lágrimas cuando veo el terror que se refleja en sus ojos, grandes y oscuros.

—No —dice Tobias; le tiembla la voz, aunque su expresión es firme cuando sacude la cabeza—. Preferiría morir.

—Me temo que no tienes más alternativa —contesta Jeanine en tono alegre.

Tobias me sujeta la cara entre las manos y me besa, presionando con sus labios para abrir los míos. Me olvido del dolor y del terror de una muerte inminente y, durante un instante, me siento agradecida de poder tener fresco el recuerdo de este beso cuando llegue el final.

Entonces me suelta y tengo que apoyarme en la pared. Sin más aviso que la súbita tensión de sus músculos, Tobias se lanza sobre el escritorio y agarra el cuello de Jeanine. Los guardias de Osadía que hay junto a la puerta saltan sobre él con las armas preparadas, y yo grito.

Hacen falta dos soldados para apartarlo de Jeanine y tirarlo al suelo. Uno de ellos lo sujeta con las rodillas sobre sus hombros y las manos sobre su cabeza, apretándole la cara contra la alfombra. Yo me lanzo sobre ellos, pero otro guardia me da un manotazo en los hombros y me pega contra la pared. Estoy débil por la pérdida de sangre y soy demasiado pequeña.

Jeanine se apoya en el escritorio, resoplando y jadeando. Se restriega el cuello, que está rojo y muestra las huellas de Tobias. Por muy mecánica que parezca, no deja de ser humana: le veo lágrimas en los ojos cuando saca una caja del cajón del escritorio y la abre; dentro hay una aguja y una jeringa.

Todavía con la respiración entrecortada, va con ella hacia Tobias, que aprieta los dientes y da un codazo en la cara a uno de los guardias. El guardia le golpea en la cabeza con la culata de la pistola, y Jeanine le clava la aguja en el cuello. Tobias se desmaya.

Dejo escapar un ruido, no es ni sollozo ni grito, sino un graznido, un gemido chirriante que suena lejano, como si saliera de otra persona.

—Deja que se levante —dice Jeanine con voz ronca.

El guardia se levanta, y Tobias también. No tiene el mismo aspecto que los soldados sonámbulos, sus ojos están alerta y mira a su alrededor unos segundos, como si lo desconcertara lo que ve.

—Tobias —lo llamo—. ¡Tobias!

—No te reconoce —dice Jeanine.

Tobias vuelve la vista atrás, entrecierra los ojos y se dirige a mí a toda prisa. Antes de que los guardias puedan detenerlo, me agarra por la garganta con una mano y me aprieta la traquea con la punta de los dedos. Me ahogo, noto la sangre caliente acudirme a la cara.

—La simulación lo manipula —explica Jeanine, aunque apenas la oigo por culpa del latido de mi corazón—. Altera lo que ve y hace que tome al amigo por enemigo.

Uno de los guardias me quita a Tobias de encima. Yo jadeo y respiro hondo con dificultad para llenar los pulmones de aire.

Se ha ido; ahora lo controla la simulación y asesinará a las personas que hace tres minutos consideraba inocentes. Que Jeanine lo asesinara me habría dolido menos que esto.

—La ventaja de esta versión de la simulación —sigue diciendo ella; le brillan mucho los ojos— es que puede actuar de manera autónoma y, por tanto, es mucho más efectiva que un soldado sin mente.

Mira a los guardias que retienen a Tobias, que forcejea con ellos, tenso, mirándome a mí aunque sin verme, sin verme como antes me veía.

—Enviadlo a la sala de control. Necesitaremos tener allí a un ser humano con sus capacidades intactas para supervisar las cosas y, por lo que tengo entendido, antes trabajaba allí. —Tras decir esto, junta las palmas de las manos y añade—: Y, a ella, llevadla a la sala B13.

Agita la mano para que nos vayamos. Con ese movimiento ordena mi ejecución, pero para ella no es más que tachar una tarea de su lista, la única evolución lógica del camino que está siguiendo. Me examina sin sentir nada mientras dos soldados de Osadía me sacan de la habitación.

Me arrastran por el pasillo. Aunque por dentro me siento entumecida, por fuera soy una fuerza que grita y se retuerce. Muerdo una mano que pertenece al hombre de mi derecha y sonrío al notar el sabor a sangre. Entonces me golpea y todo desaparece.

CAPÍTULO
TREINTA Y CINCO

Me despierto a oscuras, metida en una dura esquina. El suelo que tengo debajo es suave y frío. Me toco la cabeza, que me sigue palpitando, y un líquido se me escurre entre los dedos: rojo sangre. Cuando bajo de nuevo la mano, me doy con el codo contra una pared. ¿Dónde estoy?

Una luz se enciende en el techo tras parpadear un instante. La bombilla es azul e ilumina poco. Veo las paredes de un tanque de cristal a mi alrededor y mi reflejo en sombra delante de mí. La habitación en la que está metido es pequeña, tiene paredes de hormigón sin ventanas y no hay nadie más. Bueno, prácticamente nadie: veo una camarita de vídeo colgada de una de las paredes de hormigón.

A mis pies hay una pequeña abertura; está conectada a un tubo que, a su vez, está conectado a un enorme depósito en la esquina de la habitación.

El temblor me empieza en los dedos y se me extiende por los brazos; en pocos segundos, todo el cuerpo me tiembla.

Esta vez no estoy en una simulación.

Tengo el brazo derecho dormido. Cuando salgo de la esquina veo un charco de sangre en el lugar en donde estaba sentada. Ahora no puedo dejarme llevar por el pánico. Me levanto, me apoyo en una pared y respiro. ¿Qué es lo peor que podría pasarme ahora? Solo ahogarme en el tanque. Aprieto la frente contra el cristal y me río: precisamente eso es lo peor que soy capaz de imaginar. Mi risa se convierte en sollozo.

Si me niego a rendirme quedaré como una valiente ante quien esté detrás de esa cámara, pero, a veces, lo valiente no es luchar, sino enfrentarse a la muerte segura. Sollozo con la cara contra el cristal. Aunque no me da miedo morir, quiero hacerlo de otra forma, de cualquier otra forma.

Es mejor gritar que llorar, así que grito y golpeo la pared con el talón. El pie me rebota y doy otra patada tan fuerte que me hago polvo el talón. Doy una patada tras otra, me aparto y me lanzo contra la pared con el hombro izquierdo por delante. El impacto hace que la herida del hombro derecho me arda como si me hubiesen pegado con un atizador al rojo vivo.

El agua empieza a entrar por el fondo del tanque.

Que haya una cámara de vídeo significa que me están observando..., no, que me están estudiando, como solo los eruditos harían. Quieren comprobar si mi reacción coincide con la de la simulación. Quieren probar que soy una cobarde.

Abro las manos y las dejo caer. No soy una cobarde. Levanto la cabeza y me quedo mirando la cámara que tengo frente a mí. Si me concentro en la respiración, me olvidaré de que estoy a punto de morir. Me quedo mirando la cámara hasta que reduzco mi campo de visión y la cámara es lo único que veo. El agua me sube por los tobillos, por las pantorrillas y después por los muslos. Me sube por las puntas de los dedos. Inspiro, espiro. El agua es suave, como de seda.

Inspiro. El agua me lavará las heridas. Espiro. Mi madre me sumergió en agua cuando era un bebé para entregarme a Dios. Hace mucho tiempo que no pienso en Dios, pero ahora creo en él. Es lógico. De repente, me alegro de haber disparado a Eric en el pie, en vez de en la cabeza.

Mi cuerpo sube con el agua. En vez de agitar las piernas para mantenerme a flote, expulso todo el aire de los pulmones y me hundo hasta el fondo. El agua ahoga el sonido. Noto su movimiento sobre la cara. Pienso en respirar el agua para que me llene los pulmones y me mate antes, pero no reúno el valor necesario para hacerlo. Echo burbujas por la boca.

«Relájate.»

Cierro los ojos, me arden los pulmones.

Dejo que me floten las manos hasta lo alto del tanque. Dejo que el agua me lleve en sus brazos de seda.

Cuando era pequeña, mi padre me subía por encima de su cabeza y corría conmigo para que me pareciera estar volando. Recuerdo la sensación del aire deslizándose por mi cuerpo y pierdo el miedo. Abro los ojos.

Hay una figura oscura frente a mí. Si ya empiezo a ver cosas, será que me queda poco para morir. Noto una puñalada de dolor en los pulmones. Asfixiarse es doloroso. Una mano toca el cristal que tengo frente a la cara y, durante un instante, al mirar a través del agua, creo ver el rostro borroso de mi madre.

Oigo un disparo y el cristal se resquebraja. El agua sale a chorros por un agujero cercano a la parte superior del tanque, y el panel se rompe por la mitad. Me vuelvo cuando el cristal se hace añicos, y la fuerza del agua lanza mi cuerpo contra el suelo. Jadeo, tragando tanto agua como aire, y toso y vuelvo a jadear, y unas manos me rodean los brazos y oigo mi nombre.

—Beatrice —dice—. Beatrice, tenemos que correr.

Se echa mi brazo sobre los hombros y tira de mí para levantarme. Va vestida como mi madre y parece mi madre, pero lleva una pistola y tiene una expresión decidida que no me resulta familiar. Avanzo a trompicones a su lado, por encima de los cristales rotos y a través del agua, hasta salir por una puerta abierta. Los guardias osados yacen muertos en el suelo.

Me resbalo en las losetas en nuestro avance por el pasillo, que es lo más rápido que me permiten mis débiles piernas. Cuando doblamos la esquina, ella dispara a los dos guardias que están junto a la puerta del final. Las balas les dan en la cabeza y caen al suelo. Me empuja contra la pared y se quita su chaqueta gris.

Debajo lleva una camiseta sin mangas. Cuando levanta el brazo, veo la esquina de un tatuaje bajo la axila. Con razón nunca se cambiaba de ropa delante de mí.

—Mamá —digo, aunque me cuesta hablar—, eras de Osadía.

—Sí —responde, sonriendo; convierte su chaqueta en un cabestrillo para mi brazo y me ata las mangas detrás del cuello—. Y hoy me ha venido bien. Caleb, tu padre y algunos otros están escondidos en un sótano, en el cruce de North con Fairfield. Tenemos que llegar hasta ellos.

Me quedo mirándola. Me senté a su lado en la cocina dos veces al día durante dieciséis años y jamás se me ocurrió la posibilidad de que no hubiera nacido en Abnegación. ¿Hasta qué punto conocía de verdad a mi madre?

—Ya habrá tiempo para preguntas —me dice; se levanta la camiseta y se saca una pistola de la cintura de los pantalones para ofrecérmela. Después, me toca la mejilla—. Ahora tenemos que irnos.

Corre hacia el final del pasillo y yo corro detrás de ella.

Estamos en el sótano de la sede de Abnegación. Mi madre ha trabajado aquí desde que tengo uso de razón, así que no me sorprende que me conduzca por unos cuantos pasillos a oscuras y una escalera húmeda hasta que llegamos a la luz del día sin más incidentes. ¿A cuántos guardias habrá matado antes de encontrarme?

—¿Cómo sabías dónde estaba? —pregunto.

—He estado vigilando los trenes desde que empezaron los ataques —contesta, volviendo la vista atrás para mirarme—. No sabía qué haría cuando te encontrara, pero mi intención era salvarte.

—Pero te traicioné, te abandoné —respondo, notando un nudo en la garganta.

—Eres mi hija, las facciones me dan igual —afirma, sacudiendo la cabeza—. Mira adónde nos han llevado. Los seres humanos en su conjunto no aguantan mucho tiempo siendo buenos; al final la maldad regresa para volver a envenenarnos.

Se detiene en el cruce del callejón con la calle.

Sé que no es momento de charlar, pero tengo que saber una cosa.

—Mamá, ¿cómo sabías lo de los divergentes? ¿Qué es? ¿Por qué...?

417

Ella abre la recámara de la pistola para ver cuántas balas le quedan. Después se saca unas cuantas de los bolsillos y recarga. Reconozco su expresión, es la misma cara que pone cuando enhebra una aguja.

—Lo sé porque soy una de ellos —responde mientras coloca la bala en su sitio—. Solo me mantuve a salvo porque mi madre era una líder de Osadía. El Día de la Elección me dijo que debía abandonar mi facción para buscarme una más segura. Elegí Abnegación. —Se mete una bala en el bolsillo y se endereza—. Pero quería que tú tomaras la decisión por ti misma.

—No entiendo por qué somos una amenaza para los líderes.

—Cada facción condiciona a sus miembros para que piensen y actúen de cierta manera, y casi todos lo hacen. A la mayoría no le cuesta aprender, encontrar un patrón de pensamiento que le funciona y ceñirse a él —explica; me toca el hombro bueno y sonríe—. Pero nuestras mentes se mueven en varias direcciones a la vez, no nos limitamos a una sola forma de pensamiento, y eso aterra a nuestros líderes. Significa que no nos pueden controlar y significa que, por mucho que hagan, siempre les causaremos problemas.

Es como si alguien hubiera llenado mis pulmones con aire limpio. No soy de Abnegación, no soy de Osadía.

Soy divergente.

Y no me pueden controlar.

—Ahí vienen —dice mi madre, asomándose a la esquina.

Echo un vistazo por encima de su hombro y veo a unos cuantos osados con armas que se mueven al mismo ritmo y se dirigen a nosotras.

Mi madre vuelve la vista atrás: a lo lejos, otro grupo de Osadía corre por el callejón hacia nosotras, todos moviéndose a la vez.

Me toma de las manos y me mira a los ojos. Contemplo el movimiento de sus largas pestañas al parpadear. Ojalá hubiera algo suyo en mi pequeña cara anodina; al menos, tengo algo suyo en mi cerebro.

—Ve a por tu padre y tu hermano. Es por el callejón de la derecha, en el sótano. Llama dos veces, después tres y después seis. —Me sujeta las mejillas; tiene las manos frías y las palmas ásperas—. Voy a distraerlos, tienes que correr lo más deprisa que puedas.

—No —respondo, sacudiendo la cabeza—. No voy a ninguna parte sin ti.

—Sé valiente, Beatrice —responde, sonriendo—. Te quiero.

Noto sus labios en la frente antes de que salga corriendo al centro de la calle. Sostiene la pistola por encima de la cabeza y dispara tres veces al aire, así que los osados van a por ella.

Corro por la calle y me meto en el callejón. Mientras corro, miro atrás para ver si me sigue alguien. Sin embargo, mi madre dispara al grupo de guardias y están tan concentrados en ella que no me ven.

Vuelvo de nuevo la vista atrás cuando los oigo disparar. Vacilo y me detengo.

Mi madre se pone rígida y arquea la espalda. Le sale sangre de una herida en el abdomen, sangre que le tiñe la camiseta de rojo. Una mancha de sangre se le extiende por el hombro. Parpadeo, y el reluciente carmesí me llena el interior de los párpados. Parpadeo otra vez, y la veo sonreír mientras barre el pelo que me ha cortado.

Cae, primero de rodillas, con las manos inertes a ambos lados del cuerpo, y después al pavimento, derrumbándose de lado como una muñeca de trapo. Se queda quieta y deja de respirar.

Me tapo la boca con la mano y grito. Noto las mejillas calientes y llenas de unas lágrimas que no sé cuándo empezaron. La sangre me grita que debo estar con ella y me urge a regresar, y oigo las palabras de mi madre mientras corro, las que me pedían que fuera valiente.

El dolor me atraviesa cuando todo lo que me compone se derrumba, todo mi mundo se deshace en un instante. El pavimento me araña las rodillas. Si me tumbo ahora, habrá terminado todo. A lo mejor Eric tenía razón cuando decía que elegir la muerte es como explorar un lugar desconocido e incierto.

Recuerdo a Tobias acariciándome el pelo antes de la primera simulación, lo oigo decirme que sea valiente; oigo a mi madre diciéndome que sea valiente.

Los soldados de Osadía se vuelven como si compartieran un mismo cerebro, así que tengo que conseguir levantarme y empezar a correr.

Soy valiente.

CAPÍTULO
TREINTA Y SEIS

Tres soldados de Osadía me persiguen corriendo al unísono, el eco de sus pisadas retumba en el callejón. Uno de ellos dispara, así que me agacho y me araño las manos en el suelo. La bala da en el muro de mi derecha y los trocitos de ladrillo vuelan por todas partes. Me lanzo detrás de una esquina y meto una bala en la recámara de mi arma.

«Han matado a mi madre.»

Apunto con la pistola al callejón, sin asomarme, y disparo a ciegas. En realidad no han sido ellos, pero da igual, tiene que darme igual y, como la muerte, ahora mismo no puede ser real.

Ya solo oigo las pisadas de una persona. Agarro la pistola con ambas manos y salgo al callejón para apuntar al soldado. Aprieto un poco el gatillo, aunque no lo suficiente para disparar: el hombre que corre hacia mí no es un hombre, sino un chico, un chico de pelo enmarañado y ceño fruncido.

Will. Con los ojos ciegos y sin vida, pero Will. Deja de correr y me imita, se detiene y me apunta con su pistola. En un segundo veo su dedo sobre el gatillo, oigo la bala que se mete en la recámara y disparo con los ojos cerrados con fuerza. No puedo respirar.

La bala le da en la cabeza, lo sé porque ahí apuntaba.

Me vuelvo sin abrir los ojos y salgo a trompicones del callejón. North con Fairfield. Tengo que buscar la placa de la calle para ver dónde estoy, pero no logro leerla, tengo la visión borrosa. Parpadeo unas cuantas veces y compruebo que estoy a pocos metros del edificio donde se esconde lo que queda de mi familia.

Me arrodillo al lado de la puerta. Tobias me diría que no es buena idea hacer ruido, que el ruido atraerá a los soldados.

Aprieto la cabeza contra la pared y grito. Al cabo de unos segundos me llevo la mano a la boca para ahogar el sonido y vuelvo a gritar, un grito que se convierte en sollozo. La pistola cae al suelo. Sigo viendo a Will.

En mi recuerdo, sonríe; labios en curva, dientes rectos, luz en los ojos; se ríe, bromea, está más vivo en mi recuerdo que yo en la realidad. Era él o yo, y me elegí a mí, aunque yo también me siento muerta.

Golpeo la puerta dos veces, después tres veces y después seis veces, como me explicó mi madre.

Me seco las lágrimas, es la primera vez que veré a mi padre desde que lo abandoné, y no quiero que me vea medio desmayada y sollozando.

La puerta se abre y Caleb aparece en el umbral. Verlo me deja aturdida. Se me queda mirando unos segundos y, acto seguido, me rodea con sus brazos y una de sus manos me presiona la herida del hombro. Me muerdo el labio para no gritar de dolor, pero se me escapa un gruñido, así que Caleb retrocede.

422

—Beatrice, Dios mío, ¿te han disparado?

—Vamos dentro —respondo débilmente.

Él se pasa el pulgar por los ojos para secarlos, y la puerta se cierra detrás de nosotros.

La habitación apenas está iluminada, pero veo rostros familiares, antiguos vecinos y compañeros de clase, y también los colegas de mi padre. Mi padre, que me mira como si me hubiese salido una segunda cabeza. Marcus. Verlo me duele, pienso en Tobias...

No, no voy a hacer eso, no voy a pensar en él.

—¿Cómo has sabido que estábamos aquí? —pregunta Caleb—. ¿Te encontró mamá?

Asiento con la cabeza; tampoco quiero pensar en mamá.

—El hombro —digo.

Una vez a salvo, la adrenalina que me ayudaba a avanzar desaparece y el dolor empeora. Caigo de rodillas. Tengo la ropa chorreando, y veo que el agua forma un charco en el suelo de cemento. Un sollozo desesperado lucha por escapar de mi garganta, pero lo reprimo.

Una mujer llamada Tessa, que vivía en nuestra calle, saca un camastro. Estaba casada con un miembro del consejo, aunque no lo veo; seguramente estará muerto.

Otra persona pasa una lámpara de una esquina a la otra para que tengamos luz. Caleb saca un botiquín de primeros auxilios y Susan me trae una botella de agua. No hay mejor sitio en el que pedir ayuda que una habitación llena de miembros de Abnegación. Miro a Caleb y veo que vuelve a ir vestido de gris. Ahora me parece un sueño haberlo visitado en el complejo de Erudición.

Mi padre se me acerca, se echa mi brazo a los hombros y me ayuda a cruzar la habitación.

—¿Por qué estás mojada? —pregunta Caleb.

—Intentaron ahogarme. ¿Por qué estás aquí?

—Hice lo que me pediste..., lo que pidió mamá. Investigué el suero de la simulación y descubrí que Jeanine intentaba desarrollar transmisores de largo alcance para el suero, de modo que su señal llegara más lejos, y eso me condujo a una información sobre los eruditos y los osados... En fin, que dejé la iniciación en cuanto supuse lo que ocurría. Te habría advertido, pero era demasiado tarde. Ahora estoy sin facción.

—No, no es cierto —responde mi padre en tono severo—. Estás con nosotros.

Me arrodillo en el camastro y Caleb me corta un trozo de camiseta del hombro con unas tijeras médicas. Aparta el cuadrado de tela y deja al aire el tatuaje de Abnegación que tengo en el hombro derecho, y después el segundo tatuaje, el de los tres pájaros sobre la clavícula. Caleb y mi padre se quedan mirando los dos con la misma expresión de fascinación y sorpresa, pero no comento nada al respecto.

Me tumbo boca abajo. Caleb me aprieta la mano mientras mi padre saca el antiséptico del botiquín.

—¿Alguna vez le has extraído una bala a alguien? —pregunto medio en broma, temblorosa.

—Te sorprenderían las cosas que sé hacer —contesta.

Puede que me sorprendieran muchas cosas sobre mis padres. Pienso en el tatuaje de mi madre y me muerdo el labio.

—Esto va a doler —me avisa mi padre.

No veo entrar el cuchillo, pero sí que lo noto. El dolor se me extiende por el cuerpo y grito entre dientes, aplastando la mano de Caleb. Por encima de los gritos, oigo a mi padre pedirme que relaje la espalda, así que hago lo que me dice mientras las lágrimas me caen por la cara. El dolor empieza otra vez, noto el movimiento del cuchillo bajo la piel y sigo gritando.

—La tengo —dice, y suelta algo que cae en el suelo con un ruido metálico.

Caleb mira a mi padre, después a mí y después se ríe. Llevo tanto tiempo sin oírlo reír que el sonido me hace llorar.

—¿Qué tiene tanta gracia? —pregunto entre sollozos.

—Creía que no volveríamos a estar juntos —responde.

Mi padre me limpia la piel que rodea la herida con algo frío y anuncia:

—Hora de coser.

Asiento con la cabeza, y él enhebra la aguja como si lo hubiera hecho mil veces.

—Uno —cuenta—, dos..., tres.

Aprieto la mandíbula y, esta vez, guardo silencio. De todo el dolor que he sufrido hoy (el del disparo y el ahogamiento, el de sacar la bala, el de encontrar y perder a mi madre y a Tobias), este es el más fácil de soportar.

Mi padre termina de coser la herida, hace un nudo con el hilo y cubre los puntos con una venda. Caleb me ayuda a sentarme, separa los dobladillos de sus dos camisetas, se saca la de manga larga por la cabeza y me la ofrece.

Mi padre me ayuda a guiar el brazo derecho a través de la

manga y yo me meto el resto por la cabeza. Es ancha y huele a limpio, huele a Caleb.

—Bueno, ¿dónde está tu madre? —pregunta mi padre al fin.

Bajo la mirada, no quiero dar esta noticia, no quiero que exista esta noticia.

—La hemos perdido —respondo—. Me salvó la vida.

Caleb cierra los ojos y respira hondo.

Mi padre se queda blanco, pero se recupera, aparta su mirada llorosa y asiente con la cabeza.

—Eso está bien —comenta, y suena forzado—. Una buena muerte.

Si hablo ahora me hundiré, cosa que no puedo permitirme, así que me limito a asentir.

Aunque Eric dijo que el suicidio de Al era un acto de valentía, se equivocaba. La muerte de mi madre sí ha sido un acto de valentía. Recuerdo lo tranquila que estaba, lo decidida que estaba. No solo fue valiente por morir por mí, sino también porque lo hizo sin anunciarlo, sin vacilar y sin considerar ninguna otra opción.

Me ayuda a levantarme y llega el momento de enfrentarse al resto de la habitación. Mi madre me pidió que los salvara, por eso y porque soy de Osadía, mi deber es liderarlos. No tengo ni idea de cómo llevar esta carga.

Marcus se pone en pie. De repente me llega una imagen suya azotándome con un látigo y noto un nudo en el pecho.

—No podemos quedarnos aquí demasiado tiempo —dice Marcus al fin—. Tenemos que salir de la ciudad. Nuestra mejor opción es ir al complejo de Cordialidad con la esperanza de que nos acepten. ¿Sabes algo de la estrategia de Osadía, Beatrice? ¿Dejarán de luchar por la noche?

—No es una estrategia de Osadía —respondo—. Todo esto está organizado por Erudición, y no es que estén dando órdenes.

—No están dando órdenes... —repite mi padre—. ¿Qué quieres decir?

—Quiero decir que el noventa por ciento de los miembros de Osadía van sonámbulos. Están en una simulación y no saben lo que hacen. La única razón por la que no estoy con ellos es que soy... —empiezo, pero vacilo al decir la palabra—. Es que el control mental no me afecta.

—¿Control mental? Entonces, ¿no saben que están matando gente? —me pregunta mi padre, con los ojos muy abiertos.

—No.

—Eso es... terrible —comenta Marcus, sacudiendo la cabeza; su tono compasivo me suena a falso—. Despertarte y darte cuenta de lo que has hecho...

La habitación guarda silencio, seguramente porque todos los de Abnegación se están poniendo en el lugar de los soldados; entonces tengo una idea.

—Hay que despertarlos.

—¿Qué? —pregunta Marcus.

—Si despertamos a los de Osadía, es muy probable que se rebelen al darse cuenta de lo que pasa —explico—. Erudición no tendrá ejército y no morirán más abnegados. Esto se acabará.

—No será tan sencillo —responde mi padre—. Incluso sin tener detrás a los de Osadía, Erudición encontrará otra forma de...

—¿Y cómo vamos a despertarlos? —pregunta Marcus.

—Encontraremos los ordenadores que controlan la simulación y destruiremos los datos. El programa, todo.

—Es más fácil decirlo que hacerlo —interviene Caleb—. Podrían estar en cualquier parte. No podemos aparecer en el complejo de Erudición y ponernos a buscar.

—Están... —empiezo a decir, y frunzo el ceño.

Jeanine estaba hablando de algo importante cuando Tobias y yo entramos en el despacho, lo bastante importante como para colgarle a alguien. «No puedes dejarlo sin protección», dijo. Y después, cuando sacaron a Tobias, añadió: «Enviadlo a la sala de control». La sala de control en la que antes trabajaba Tobias, con los monitores de seguridad de Osadía y los ordenadores de Osadía.

—Están en la sede de Osadía —digo por fin—. Tiene sentido, ahí es donde guardan todos los datos sobre la facción, así que ¿por qué no controlarlos desde allí?

Me doy cuenta, como de pasada, de que he dicho «controlarlos». Desde ayer soy, técnicamente, de Osadía, aunque no me siento como si lo fuera. Pero tampoco soy una abnegada.

Supongo que soy lo que siempre he sido, ni osada, ni abnegada, ni abandonada: divergente.

—¿Estás segura? —pregunta mi padre.

—Se trata de una suposición bien fundada, y es la mejor teoría que tengo.

—Entonces tendremos que decidir quién va y quién se marcha a Cordialidad —responde—. ¿Qué tipo de ayuda necesitas, Beatrice?

La pregunta me sorprende, igual que la expresión de mi padre, que me mira de igual a igual. Me habla como si fuera su igual. O ha aceptado que ya soy adulta o ha aceptado que ya no soy su hija. Lo segundo es más probable, aunque también más doloroso.

—A cualquier persona que sepa disparar una pistola y que no tema las alturas —respondo.

CAPÍTULO
TREINTA Y SIETE

Las fuerzas de Erudición y Osadía se concentran en el sector de Abnegación, así que, cuanto más nos alejemos de él, menos probable es que nos encontremos con dificultades.

No llegué a decidir quién venía conmigo. Caleb era la elección más obvia, ya que lo sabe casi todo sobre el plan de Erudición. Marcus insistió en ir, a pesar de mis protestas, porque se le dan bien los ordenadores. Y mi padre actuó como si su puesto en la operación estuviera decidido desde el principio.

Me quedo mirando unos segundos a los demás, que corren en dirección contraria (hacia la seguridad, hacia Cordialidad), y después me vuelvo hacia el otro lado, hacia la ciudad, hacia la guerra. Nos ponemos junto a las vías del tren que nos llevará hasta el peligro.

—¿Qué hora es? —le pregunto a Caleb.

—Las tres y doce —responde, mirando el reloj.

—Llegará en cualquier momento.

—¿Se parará? —me pregunta.

—Por la ciudad pasa despacio —contesto después de sacudir

la cabeza—. Correremos paralelos al vagón unos metros y saltaremos al interior.

Saltar a los trenes ahora me parece fácil, natural, pero no será tan sencillo para el resto. Sin embargo, ahora no puedo detenerme. Miro atrás, por encima del hombro izquierdo, y veo los faros dorados iluminar los edificios y las carreteras grises. Doy unos cuantos botes sobre las puntas de los pies mientras las luces aumentan de tamaño; entonces, la parte delantera del tren pasa junto a mí y empiezo a correr. Cuando veo un vagón abierto, acelero para mantenerme al mismo ritmo que el tren, me agarro al asidero de la izquierda y me lanzo al interior.

Caleb salta, se da un buen golpe al aterrizar, rueda y ayuda a Marcus a subir. Mi padre aterriza boca abajo y tira de las piernas hacia el interior. Se apartan de la puerta, pero yo me quedo en el borde con una mano en el asidero, viendo pasar la ciudad.

Si yo fuera Jeanine, habría enviado a casi todos los soldados a la entrada de Osadía, sobre el Pozo, en el exterior del edificio de cristal. Lo más inteligente sería entrar por atrás, lo que supone saltar de un edificio.

—Supongo que ahora te arrepentirás de haber elegido a Osadía —comenta Marcus.

Me sorprende que mi padre no me hiciera la misma pregunta, pero él, como yo, está observando la ciudad. El tren pasa por el complejo de Erudición, que está a oscuras. De lejos parece en calma y, seguramente, dentro de sus muros se respira la tranquilidad. Están lejos del conflicto y de la realidad de lo que han hecho.

Sacudo la cabeza.

—¿Ni siquiera después de que los líderes de tu facción decidieran unirse a un complot para acabar con el gobierno? —insiste Marcus.

—Tenía que aprender algunas cosas.

—¿A ser valiente? —pregunta mi padre en voz baja.

—A ser altruista —respondo—. A menudo las dos cosas son lo mismo.

—¿Por eso te tatuaste el símbolo de Abnegación en el hombro? —pregunta Caleb; estoy casi segura de distinguir una sonrisa en los ojos de mi padre.

Le devuelvo débilmente la sonrisa y asiento con la cabeza.

—Y el de Osadía en el otro.

El edificio de cristal que se yergue sobre el Pozo hace que la luz del sol me dé en los ojos. Me pongo de pie y me agarro al asidero de la puerta para no caerme; ya casi hemos llegado.

—Cuando os diga que saltéis, saltad tan lejos como podáis.

—¿Saltar? —pregunta Caleb—. Estamos a siete plantas de altura, Tris.

—A un tejado —añado; al ver su cara de pasmo, le digo—: Por eso lo consideran una prueba de valentía.

La valentía depende en gran medida de la perspectiva. La primera vez que hice esto me pareció una de las cosas más difíciles que había hecho nunca. Ahora, prepararme para saltar de un tren en movimiento no es nada, ya que he hecho más cosas difíciles esta semana que la mayoría de la gente en toda su vida. Sin embargo, ninguna de esas cosas puede compararse con lo que estoy a punto de hacer en el complejo de Osadía. Si sobrevivo, sin duda pasaré a hacer cosas aún más difíciles que esa, como vivir sin facción, algo que nunca había creído posible.

—Papá, tú primero —le digo, y me aparto para que se ponga en el borde.

Si Marcus y él van primero, puedo sincronizarlo para que tengan que cubrir una distancia menor en el salto. Espero que Caleb y yo logremos saltar más lejos, puesto que somos más jóvenes; es un riesgo que debo correr.

Las vías del tren toman la curva y, cuando se alinean con el borde del tejado, grito:

—¡Salta!

Mi padre dobla las rodillas y se lanza. No espero a ver si lo ha conseguido, sino que empujo a Marcus mientras le grito:

—¡Salta!

Mi padre aterriza en el tejado, tan cerca del borde que ahogo un grito. Se sienta en la gravilla, y yo empujo a Caleb delante de mí. Mi hermano se pone en el borde y salta sin que tenga que darle la orden. Retrocedo unos pasos para tomar carrerilla y salto del vagón justo cuando el tren llega al final del tejado.

Durante un instante me encuentro suspendida en la nada, hasta que mis pies dan contra el cemento y me caigo de lado, lejos del borde. Me duelen las rodillas, y el impacto hace que me tiemble todo el cuerpo y que me palpite el hombro. Me siento, con la respiración entrecortada, y miro el tejado: Caleb y mi padre están al borde del tejado, agarrando a Marcus por los brazos; no lo ha conseguido, pero tampoco ha caído todavía.

Una voz cruel dentro de mí canturrea: «Cáete, cáete, cáete».

Sin embargo, no se cae, mi padre y Caleb lo suben al tejado. Me levanto y me sacudo la grava de los pantalones. La idea de lo que viene a continuación me tiene preocupada: una cosa es pedirle a alguien que salte de un tren, pero ¿de un tejado?

—Ahora viene la razón por la que pedí a gente sin miedo a la altura —explico, y me acerco al borde del tejado.

Los oigo arrastrar los pies detrás de mí y acercarse a la cornisa. El viento sube por el lateral del edificio y me levanta la camiseta. Me quedo mirando el agujero del suelo, siete plantas por debajo, y cierro los ojos cuando el aire me sopla en la cara.

—Hay una red en el fondo —digo, mirando atrás.

Parecen desconcertados, todavía no saben lo que les estoy pidiendo.

—No penséis, saltad.

Me vuelvo y, al hacerlo, me echo hacia atrás para perder el equilibrio. Caigo como una piedra, cierro los ojos y estiro un brazo para notar el viento. Relajo los músculos todo lo posible antes de dar contra la red, que es como una losa de cemento contra mi hombro. Aprieto los dientes y ruedo a un lado para agarrarme al poste que sujeta la red y sacar las piernas. Aterrizo de rodillas en la plataforma con los ojos llorosos.

Caleb chilla cuando la red se retuerce sobre su cuerpo y después se endereza. Me levanto con algo de dificultad.

—¡Caleb! —lo llamo entre dientes—. ¡Por aquí!

Con la respiración entrecortada, Caleb se arrastra hasta el lateral de la red y se deja caer por el borde. Se da contra la plataforma, hace una mueca, se levanta y se me queda mirando con la boca abierta.

—¿Cuántas veces... has tenido... que hacer eso? —pregunta entre jadeo y jadeo.

—Es la segunda.

Él sacude la cabeza.

Cuando mi padre llega a la red, Caleb lo ayuda a salir y, al llegar a la plataforma, se inclina y vomita por el borde. Bajo las escaleras hasta el fondo y oigo a Marcus gruñir cuando da contra la red.

La caverna está vacía y los pasillos, a oscuras.

Jeanine hablaba como si no quedara nadie en Osadía, salvo los soldados que había enviado de vuelta para proteger los ordenadores. Si encontramos a los soldados, encontraremos los ordenadores. Vuelvo la vista atrás: Marcus está en la plataforma, blanco como la cal, pero ileso.

—Así que este es el complejo de Osadía —comenta.

—Sí, ¿y?

—Y nunca imaginé que llegaría a verlo —contesta, acariciando una pared con la mano—. No hace falta que te pongas a la defensiva, Beatrice.

Nunca antes me había dado cuenta de lo fríos que eran sus ojos.

—¿Tienes un plan, Beatrice? —pregunta mi padre.

—Sí.

Y es cierto, lo tengo, aunque no sé bien cuándo lo he desarrollado.

Tampoco estoy segura de si funcionará o no. Puedo contar con unas cuantas cosas: que no hay muchos osados en el complejo, que los osados no son famosos por su sutileza y que haré lo que sea necesario para detenerlos.

Bajamos por el pasillo que da al Pozo, que está iluminado cada tres metros. Cuando entramos en la primera zona con luz, oigo un disparo y me tiro al suelo. Alguien debe de habernos visto. Me arrastro hasta el siguiente tramo oscuro. La chispa de la pistola ha salido del otro lado de la sala, de la puerta que lleva al Pozo.

—¿Todos bien? —pregunto.

—Sí —responde mi padre.

—Quedaos aquí.

Corro hasta el otro lado de la sala. Las luces sobresalen de la pared, así que justo debajo de cada una de ellas hay una rendija de sombra. Soy lo bastante menuda como para esconderme en ella si me pongo de lado. Puedo arrastrarme por el borde de la sala y sorprender al guardia que nos ha disparado antes de que me meta una bala en la cabeza. Puede.

Una de las cosas que agradezco a Osadía es la preparación para eliminar el miedo.

—¡Seas quien seas, baja el arma y levanta las manos! —grita una voz.

Me vuelvo hacia un lado y aprieto la espalda contra la pared de piedra. Me muevo rápidamente, cruzando un pie por delante del otro y entrecerrando los ojos para intentar ver en la oscuridad. Oigo otro tiro, llego a la última luz y me quedo un instante en la sombra, adaptándome a la iluminación.

No puedo ganar en una pelea, pero, si me muevo deprisa, no tendré que pelear. Con pasos ligeros camino hacia el guardia que está en la puerta. A pocos metros me doy cuenta de que conozco ese pelo oscuro que siempre brilla, incluso en la penumbra, y esa larga nariz de puente estrecho.

Es Peter.

Una corriente fría me recorre la piel, y me rodea el corazón y el estómago.

Tiene el rostro tenso, no está sonámbulo. Mira a su alrededor, pero sus ojos otean el aire sobre mí y más allá. A juzgar por su silencio, no pretende negociar con nosotros, nos matará sin hacer preguntas.

Me humedezco los labios, corro los últimos pasos y le golpeo con la almohadilla de la palma de la mano. Acierto en la nariz, y él grita y levanta las dos manos para cubrirse la cara. Mi cuerpo recibe una sacudida de energía nerviosa y, mientras él entrecierra los ojos, yo le doy una patada en la ingle. Cae de rodillas, y con él la pistola, que corro a recoger para ponérsela contra la cabeza.

—¿Estás despierto? —pregunto.

Él levanta la cabeza y yo meto la bala en la recámara, arqueando una ceja.

—Los líderes de Osadía... evaluaron mi historial y me sacaron de la simulación.

—Porque supusieron que ya tenías tendencias homicidas y que no te importaría matar a unos cuantos cientos de personas estando consciente —respondo—. Tiene sentido.

—¡No soy un... asesino!

—Jamás había conocido a un veraz tan mentiroso —le digo, dándole golpecitos en el cráneo con la pistola—. ¿Dónde están los ordenadores que controlan la simulación, Peter?

—No me dispararás.

—La gente tiende a sobrevalorarme —respondo en voz

baja—. Creen que no puedo ser cruel porque soy pequeña, mujer o estirada. Pero se equivocan.

Muevo el cañón ocho centímetros a la izquierda y le disparo en el brazo.

Su grito retumba por el pasillo, la sangre sale a chorros de la herida y él vuelve a gritar, apretando la frente contra el suelo. Coloco otra vez la pistola sobre su cabeza sin hacer caso de la punzada de culpabilidad que noto en el pecho.

—Ahora que eres consciente de tu error, te daré otra oportunidad para contarme lo que necesito saber. Si no, te dispararé en otro sitio peor —aviso.

Otra cosa con la que puedo contar: Peter no es nada altruista.

Se vuelve hacia mí y me clava un ojo muy brillante. Se muerde el labio inferior y la respiración le tiembla al salir. Y al entrar. Y al volver a salir.

—Están escuchando —me suelta—. Si no me matas tú, lo harán ellos. Solo te lo diré si me sacas de aquí.

—¿Qué?

—Que me saques..., aaah..., de aquí —dice, haciendo una mueca de dolor.

—¿Quieres que te lleve conmigo? ¿Que me lleve a la persona que intentó matarme?

—Sí —gruñe—. Si es que quieres que te diga lo que necesitas saber.

Parece una elección, pero no la hay: cada minuto que paso mirando a Peter, pensando en cómo me persigue en mis pesadillas y en el daño que me hizo, es otro minuto en el que muere otra docena de abnegados a manos del ejército dormido de Osadía.

439

—Vale —respondo, a punto de ahogarme con la palabra—.
Vale.

Oigo pasos detrás de mí. Con el arma bien sujeta, me vuelvo:
mi padre y los demás se acercan a nosotros.

Mi padre se quita su camisa de manga larga y veo que lleva
una camiseta gris de manga corta debajo. Se agacha al lado de
Peter y le ata con fuerza la tela alrededor del brazo. Mientras
aprieta la tela contra la sangre que le corre por el brazo, me mira
y pregunta:

—¿De verdad era necesario dispararle?

No respondo.

—A veces, el dolor es por el bien común —dice Marcus con
mucha calma.

Me lo imagino de pie ante Tobias, con un cinturón en la
mano, y oigo el eco de su voz: «Es por tu propio bien». Me
quedo mirándolo unos segundos; ¿de verdad se lo creerá? Suena
como algo que diría un osado.

—Vamos. Levántate, Peter.

—¿Quieres que camine? —pregunta Caleb—. ¿Te has vuelto loca?

—¿Le he disparado en la pierna? —pregunto a mi vez—.
No, así que va a caminar. ¿Adónde, Peter?

Caleb lo ayuda a levantarse.

—Al edificio de cristal —responde, haciendo una mueca—.
Octava planta.

Él abre la marcha.

Al entrar oigo el rugido del río y veo el brillo azul del Pozo,
que está más vacío que nunca. Examino las paredes en busca de

indicios de vida, pero no veo movimiento ni figuras en la oscuridad. Con la pistola siempre a mano, me dirijo hacia el camino que lleva al techo de cristal. Ver esto tan vacío me produce escalofríos; me recuerda al campo interminable de mis pesadillas de cuervos.

—¿Qué te hace pensar que tienes derecho a disparar a alguien? —pregunta mi padre mientras me sigue; pasamos por el estudio de tatuajes y me pregunto dónde estarán Tori y Christina.

—No es momento para debates sobre ética —respondo.

—Es el momento perfecto, porque pronto se te presentará la oportunidad de disparar a otra persona y, si no te das cuenta de...

—¿De qué? —lo corto, sin volverme—. ¿De que cada segundo que pierdo supone la muerte de otro abnegado y que otro osado se convierta en asesino? Me he dado cuenta de eso. Ahora te toca a ti.

—Existe una forma correcta de hacer las cosas.

—¿Y por qué estás tan seguro de saber cuál es?

—Dejad de discutir, por favor —nos interrumpe Caleb, regañándonos—. Tenemos cosas más importantes entre manos.

Sigo subiendo, colorada. Hace unos meses no me habría atrevido a replicar a mi padre, ni puede que tampoco hace unas horas. Sin embargo, algo cambió cuando dispararon a mi madre, cuando se llevaron a Tobias.

Me llega el ruido de los jadeos de mi padre a pesar del estruendo del agua. Se me había olvidado que es mayor que yo, que su esqueleto ya no tolera el peso de su cuerpo.

Antes de subir por las escaleras metálicas que me llevarán por encima del techo de cristal, espero en la oscuridad y observo la luz que proyecta el sol sobre las paredes del Pozo. Lo hago hasta que una sombra se mueve sobre la pared iluminada por el sol y cuento hasta que la siguiente sombra aparece. Los guardias hacen sus rondas cada minuto y medio, paran veinte segundos y siguen avanzando.

—Ahí hay hombres armados. Cuando me vean, me matarán, si pueden —le digo en voz baja a mi padre, mirándolo a los ojos—. ¿Dejo que lo hagan?

Él se me queda mirando unos segundos.

—Ve —responde—, y que Dios te ayude.

Subo con cuidado las escaleras y me detengo justo antes de sacar la cabeza. Espero, observo el movimiento de las sombras y, cuando una de ellas se detiene, salgo, apunto y disparo.

La bala no le da al guardia, sino que rompe la ventana que tiene detrás. Disparo de nuevo y me agacho cuando las balas dan en el suelo a mi alrededor. Gracias a Dios que esto está blindado; si no, el cristal se rompería y yo me mataría del golpe.

Un guardia menos. Respiro hondo y saco la mano por encima del techo, mirando a través del cristal para ver a mi objetivo. La bala le da en el brazo y, por suerte, es su brazo de disparar, ya que suelta la pistola, que se desliza por el suelo.

Con el cuerpo temblándome, me lanzo por el agujero del techo y agarro el arma antes de que lo haga él. Una bala me pasa junto a la cabeza, tan cerca que me mueve el pelo. Abro mucho los ojos y vuelvo el brazo derecho por encima del hombro para disparar tres veces detrás de mí, lo que me provoca un dolor agudo en todo el cuerpo. Por un milagro, una de las balas da a un guardia; el dolor del hombro hace que me lloren los ojos. Acaban de abrírseme los puntos, seguro.

Tengo otro guardia delante de mí. Me tumbo boca abajo y apunto hacia él con ambas pistolas, apoyando los brazos en el suelo. Me quedo mirando el puntito negro del cañón de su pistola.

Entonces ocurre algo sorprendente: agita la barbilla hacia un lado, diciéndome que me vaya.

Debe de ser divergente.

—¡Vía libre! —grito.

El guardia se mete en la sala del paisaje del miedo y desaparece.

Me pongo de pie despacio, pegándome el brazo derecho al pecho. Estoy concentrada en mi objetivo, corro por este camino y no podré detenerme, no podré pensar en nada hasta que llegue al final.

Le paso una pistola a Caleb y me meto la otra en el cinturón.

—Creo que Marcus y tú deberíais quedaros aquí con él —digo, señalando a Peter con la cabeza—. Nos frenaría. Asegúrate de que nadie nos siga.

Espero que no entienda lo que hago, que es mantenerlo aquí para que esté a salvo, aunque sé que no le importaría dar la vida por esto. Si subo al edificio, seguramente no volveré a bajar. Como mucho, espero destruir la simulación antes de que alguien me mate. ¿Cuándo decidí lanzarme en esta misión suicida? ¿No debería costarme más?

—No puedo quedarme aquí mientras tú arriesgas la vida —responde Caleb.

—Necesito que lo hagas.

Peter cae de rodillas, con la cara bañada en sudor. Por un

segundo casi me siento mal por él, pero entonces recuerdo a Edward y recuerdo la tela que me tapaba los ojos cuando me atacaron, y mi compasión se diluye en el odio. Al final, Caleb asiente con la cabeza.

Me acerco a uno de los guardias caídos y le quito el arma, apartando la mirada de la herida que lo ha matado. La cabeza me palpita. No he comido, no he dormido, no he llorado ni gritado, ni tan siquiera me he detenido un momento. Me muerdo el labio y me obligo a caminar hacia los ascensores que están a la derecha. Planta octava.

Cuando las puertas se cierran, apoyo el lateral de la cabeza en el cristal y me quedo escuchando los pitidos.

Miro a mi padre.

—Gracias por proteger a Caleb —me dice—. Beatrice...

El ascensor llega a la octava planta y las puertas se abren. Dos soldados nos esperan con las armas preparadas y sin expresión alguna en el rostro. Abro mucho los ojos y me tiro boca abajo al suelo justo cuando empiezan a disparar. Oigo balas dando en el cristal. Los guardias caen, uno vivo y gruñendo, y el otro a punto de morir. Mi padre está de pie, frente a ellos, con la pistola todavía en alto.

Me pongo en pie como puedo. Hay guardias corriendo por el pasillo de la izquierda y, a juzgar por lo sincronizado de sus pasos, los controla la simulación. Podría correr por el pasillo de la derecha, pero, si los guardias vienen por el de la izquierda, ahí es donde estarán los ordenadores. Me dejo caer al suelo entre los guardias a los que mi padre acaba de derribar y me quedo lo más quieta posible.

Mi padre sale del ascensor y corre hacia el pasillo de la derecha para atraer la atención de los guardias. Me tapo la boca con la mano para no gritarle; tarde o temprano, ese pasillo se acabará.

Aunque intento bajar la cabeza para no verlo, no lo consigo. Me asomo por encima de la espalda del guardia: mi padre se vuelve para disparar a los guardias que lo persiguen, pero no es lo bastante rápido. Una bala le da en el estómago, y él deja escapar un gruñido tan fuerte que casi lo noto en el pecho.

Se agarra el vientre, se da con los hombros contra la pared y dispara una vez. Y otra. Los guardias están dentro de una simulación, así que siguen avanzando a pesar de los tiros que reciben, siguen avanzando hasta que se les para el corazón, aunque no llegan hasta mi padre. A mi padre se le escurre la sangre entre los dedos, y su rostro pierde color. Un disparo más y cae el último guardia.

—Papá —digo; intento que sea un grito, pero no es más que un susurro.

Cae al suelo; nos miramos a los ojos como si los metros que nos separan no fueran nada.

Abre la boca como si fuera a decir algo, pero la mandíbula le cae hasta el pecho y su cuerpo se relaja.

Me arden los ojos y estoy demasiado débil para levantarme; el olor a sudor y sangre me da náuseas, quiero apoyar la cabeza en el suelo y dejar que todo acabe, quiero dormir y no volver a despertar.

Sin embargo, lo que le dije a mi padre era cierto: cada segundo que perdemos supone la muerte de otro miembro de Abnegación. Ya solo me queda una cosa que hacer en el mundo: destruir la simulación.

Consigo levantarme, corro por el pasillo y tuerzo a la derecha al final. Solo hay una puerta delante, así que la abro.

La pared de enfrente está cubierta de pantallas de treinta centímetros de alto por treinta de ancho. Hay docenas, y cada una de ellas muestra una zona distinta de la ciudad: la valla; el Centro; las calles del sector de Abnegación, rebosantes de soldados de Osadía; la planta baja del edificio en el que estamos, donde Caleb, Marcus y Peter esperan mi regreso. Es una pared en la que aparece todo lo que he visto y sabido en mi vida.

En una de ellas hay una línea de código en vez de una imagen, una línea que pasa tan deprisa que soy incapaz de leerla. Es la simulación, el código compilado, una complicada lista de órdenes que se anticipan a miles de resultados posibles y los solucionan.

Frente a la pantalla hay una silla y un escritorio, y sentado en la silla veo a un soldado de Osadía.

—Tobias.

CAPÍTULO
TREINTA Y OCHO

Tobias vuelve la vista atrás y me mira con sus oscuros ojos. Frunce el ceño, se pone de pie, parece desconcertado; levanta la pistola.

—Suelta el arma —me ordena.

—Tobias, estás en una simulación.

—Suelta el arma o disparo —insiste.

Jeanine dijo que no me reconocería y que la simulación convertía a los amigos de Tobias en enemigos. Me disparará si tiene que hacerlo.

Dejo el arma a mis pies.

—¡Suelta el arma! —me grita.

—Ya lo he hecho.

Una vocecita en mi cabeza me canturrea que no me oye, que no me ve, que no me conoce. Las llamas me lamen los ojos, no puedo quedarme aquí y dejar que me dispare.

Corro hacia él y lo agarro por la muñeca. Noto el movimiento de sus músculos al apretar el gatillo y me agacho justo a tiempo: la bala se estrella contra la pared que tengo detrás. Entre jadeos, le doy una patada en las costillas y le retuerzo la muñeca con todas mis fuerzas. Suelta la pistola.

Es imposible que venza a Tobias en una pelea, lo tengo claro, pero debo destruir el ordenador. Me lanzo a por la pistola y, antes de llegar a ella, me agarra y me empuja a un lado.

Me quedo mirando sus ojos, oscuros y turbados, durante un instante, hasta que me da un puñetazo en la mandíbula. Mi cabeza se tuerce hacia un lado e intento apartarme de él a la vez que levanto las manos para protegerme la cara. No puedo caerme; si caigo, me dará una patada, y eso será peor, mucho peor. Sin hacer caso del dolor de la mandíbula, le doy con el talón a la pistola para que no pueda recogerla y le pego una patada en el estómago.

Él me agarra el pie y tira, de modo que caigo sobre mi hombro. El dolor me oscurece la visión por los bordes. Lo miro, y él levanta el pie como si fuera a darme una patada, así que ruedo hasta ponerme de rodillas y alargo la mano para alcanzar la pistola. No sé qué haré con ella. No puedo dispararle, no puedo dispararle, no puedo. Tobias está ahí, en alguna parte.

Me agarra por el pelo y tira de mí. Yo echo la mano atrás y me aferro a su muñeca, pero es demasiado fuerte y me doy con la frente en la pared.

Tobias está ahí, en alguna parte.

—Tobias —lo llamo.

¿Ha vacilado su mano? Me retuerzo para darle una patada y acierto con el talón en su pierna. Cuando mi pelo se le escurre entre los dedos, me tiro a por la pistola y agarro el frío metal con la punta de los dedos. Me pongo boca arriba y apunto a Tobias con la pistola.

—Tobias, sé que estás ahí.

Sin embargo, si lo estuviera, seguramente no se dirigiría a mí como si esta vez pretendiera matarme de verdad.

Me palpita la cabeza. Me levanto.

—Tobias, por favor —le suplico, soy lamentable; las lágrimas me calientan la cara—. Por favor, mírame —le digo, y él sigue avanzando hacia mí con movimientos peligrosos, rápidos, poderosos; me tiembla la pistola en la mano—. Por favor, mírame, ¡Tobias, por favor!

Incluso cuando frunce el ceño, su expresión es pensativa, y recuerdo la curva que forman sus labios cuando sonríe.

No soy capaz de matarlo. No sé si lo que siento es amor, no sé si es por eso, pero estoy segura de lo que haría él si estuviera en mi lugar y yo en el suyo. Y estoy segura de que no hay nada en el mundo que sea más importante que su vida.

He hecho esto antes en mi paisaje del miedo, con la pistola en la mano y una voz gritándome que dispare a la gente que quiero. Aquella vez preferí morir antes que hacerlo, aunque no sé de qué me va a servir eso ahora. Sin embargo, sé lo que es correcto, lo sé sin lugar a dudas.

Mi padre dice..., decía que el sacrificio tiene poder.

Le doy la vuelta a la pistola y pongo el mango en la palma de Tobias.

Él me pone el cañón en la frente. Ya no lloro, y el aire que me da en las mejillas me resulta frío. Le pongo la mano en el pecho para poder sentir el latido de su corazón; al menos, su latido sigue siendo suyo.

La bala entra en la recámara. A lo mejor me resulta tan fácil como en el paisaje del miedo, como en mis sueños. A lo mejor no será más que un ruido fuerte que apagará todas las luces y me llevará a otro mundo. Me quedo quieta y espero.

¿Se me perdonará por todo lo que he hecho para llegar hasta aquí?

No lo sé. No lo sé.

Por favor...

CAPÍTULO
TREINTA Y NUEVE

El disparo no llega. Tobias se me queda mirando con la misma ferocidad, aunque no se mueve. ¿Por qué no me dispara? Su corazón late con fuerza contra la palma de mi mano, y mi propio corazón se aligera. Es divergente, puede luchar contra esta simulación, contra cualquier simulación.

—Tobias, soy yo.

Doy un paso adelante y lo abrazo. Su cuerpo permanece rígido y le late más deprisa el corazón, lo noto contra la mejilla, un golpe contra mi mejilla, un golpe cuando la pistola cae al suelo. Me agarra por los hombros con demasiada fuerza, clavándome los dedos en el sitio del que me sacaron la bala. Grito mientras él me echa un poco hacia atrás, quizá pretenda matarme de una forma más cruel.

—Tris —dice, y vuelve a ser él.

Su boca choca con la mía.

Me rodea con un brazo y me levanta, me aprieta contra él y me clava las manos en la espalda. Tiene la cara y la nuca cubiertos de sudor, le tiembla el cuerpo y a mí me arde el hombro, pero no me importa, no me importa, no me importa.

Me deja en el suelo y me mira mientras me acaricia con los dedos la frente, las cejas, las mejillas y los labios.

Se le escapa una mezcla de sollozo, suspiro y gemido, y me vuelve a besar. Las lágrimas hacen que le brillen los ojos; nunca imaginé que vería llorar a Tobias. Duele.

Me aprieto contra su pecho y lloro sobre su camisa. Entonces vuelve a palpitarme la cabeza y a dolerme el hombro, y es como si todo mi cuerpo pesara el doble. Me apoyo en él y él me sostiene.

—¿Cómo lo has hecho? —pregunto.

—No lo sé —responde—. Oí tu voz.

Al cabo de unos segundos recuerdo la razón por la que estoy aquí, así que me aparto, me limpio las mejillas con el dorso de la mano y me vuelvo de nuevo hacia las pantallas. Veo una que da a la fuente y recuerdo que Tobias se puso paranoico cuando empecé a despotricar allí contra Osadía, no dejaba de mirar la pared que había por encima de la fuente. Ahora sé por qué.

Nos quedamos quietos un momento. Creo que sé lo que está pensando, porque yo estoy pensando lo mismo: ¿cómo puede algo tan pequeño controlar a tanta gente?

—¿Era yo el que hacía funcionar la simulación? —pregunta.

—Creo que más bien la supervisabas. Ya está casi completa. No sé cómo, pero Jeanine ha conseguido que funcione sola.

—Es... increíble —responde, sacudiendo la cabeza—. Terrible, malvado..., pero increíble.

Veo movimiento en uno de los monitores, y compruebo que

mi hermano, Marcus y Peter están de pie en la planta baja del edificio, rodeados de soldados de Osadía, todos de negro, todos armados.

—Tobias —digo rápidamente—, ¡ahora!

Corre a la pantalla del ordenador y le da unas cuantas veces con el dedo. No veo lo que hace, ya que no logro apartar la mirada de mi hermano, que sostiene la pistola que le di alejada del cuerpo, como si estuviera dispuesto a usarla. Me muerdo el labio y pienso: «No dispares». Tobias pulsa en la pantalla unas cuantas letras que no entiendo. «No dispares.»

Veo un relámpago de luz (la chispa de una de las pistolas) y ahogo un grito. Mi hermano, Marcus y Peter se tiran al suelo con los brazos sobre la cabeza. Al cabo de un momento se mueven, así que sé que siguen vivos, y los soldados avanzan. Un anillo negro rodea a mi hermano.

—Tobias —insisto.

Él vuelve a tocar la pantalla y toda la planta baja guarda silencio.

Dejan caer los brazos a los lados.

Entonces, los osados despiertan, mueven las cabezas de un lado a otro, sueltan las armas y mueven los labios como si gritaran; después se empujan unos a otros, y algunos caen de rodillas con la cabeza entre las manos y se ponen a mecerse adelante y atrás, adelante y atrás.

Toda la tensión que se me acumulaba en el pecho se desvanece, y me siento, suspirando.

Tobias se agacha al lado del ordenador y levanta el lateral de la carcasa.

—Tengo que sacar los datos para que no vuelvan a iniciar la simulación —explica.

Observo el frenesí de la pantalla, es el mismo que debe de estar produciéndose en las calles. Examino los monitores, uno a uno, en busca de alguno en el que se vea el sector de Abnegación. Por fin encuentro el único que lo muestra, está al otro lado de la sala, al fondo. Los osados de esa pantalla se disparan entre sí, se empujan, gritan... Es el caos. Hombres y mujeres de negro caen al suelo. La gente corre en todas direcciones.

—Lo tengo —anuncia Tobias, enseñándome el disco duro del ordenador; es un trozo de metal del tamaño de la palma de su mano.

Me lo ofrece y yo me lo meto en el bolsillo de atrás.

—Tenemos que irnos —le digo, poniéndome de pie y señalando la pantalla de la derecha.

—Sí —responde, pasándome un brazo sobre los hombros—. Vamos.

Caminamos juntos por el pasillo y doblamos la esquina. El ascensor me recuerda a mi padre y no consigo evitar mirar su cadáver.

Está en el suelo, al lado del ascensor, rodeado de los cadáveres de varios guardias. Se me escapa un grito de dolor y vuelvo la cara; noto que la bilis me sube a la garganta y vomito contra la pared.

Durante un segundo es como si todo lo que tengo dentro se rompiera, y me agacho junto a un cadáver, respirando por la boca para no oler la sangre. Me tapo la boca con la mano para ahogar un sollozo. Cinco segundos más. Cinco segundos de debilidad y después me levanto. Uno, dos. Tres, cuatro.

Cinco.

No soy muy consciente de lo que me rodea, hay un ascensor, una habitación de cristal y una ráfaga de aire frío. Hay un grupo de soldados de Osadía gritando. Busco el rostro de Caleb, pero no lo encuentro, no lo encuentro hasta que dejamos el edificio de cristal y salimos a la luz del día.

Caleb corre hacia mí cuando cruzo las puertas, y yo me dejo caer sobre él; me abraza con fuerza.

—¿Papá? —pregunta, y yo sacudo la cabeza—. Bueno —responde, y casi se ahoga con la palabra—, es lo que él habría querido.

Por encima del hombro de Caleb veo que Tobias se detiene a medio paso, que todo su cuerpo se queda rígido y que clava la mirada en Marcus. Con las prisas por destruir la simulación, se me olvidó avisarlo.

Marcus se acerca a Tobias y abraza a su hijo. Tobias se queda paralizado, con los brazos caídos y la cara sin expresión alguna. Veo que la nuez le sube y le baja, y que sus ojos miran al techo.

—Hijo —suspira Marcus.

Tobias hace una mueca.

—Eh —digo, apartándome de Caleb; recuerdo la caricia del cinturón en la muñeca durante mi visita al paisaje del miedo de Tobias y me meto entre ellos para apartar a Marcus—. Eh, aléjate de él.

Noto el aliento de Tobias en el cuello; su respiración es entrecortada.

—Aléjate —ordeno entre dientes.

—Beatrice, ¿qué haces? —pregunta Caleb.

—Tris —dice Tobias.

Marcus me mira como si estuviera escandalizado, una mirada que me parece falsa: tiene los ojos y la boca demasiado abiertos. Si supiera cómo quitarle esa expresión de un guantazo, lo haría.

—No todos los artículos de Erudición eran una sarta de mentiras —explico, entrecerrando los ojos.

—¿De qué hablas? —pregunta Marcus en voz baja—. No sé qué te habrán contado, Beatrice, pero...

—La única razón por la que todavía no te he pegado un tiro es porque no soy yo la que debe hacerlo —lo interrumpo—. Aléjate de él si no quieres que cambie de idea.

Las manos de Tobias me rodean los brazos y me los aprietan. Marcus me mira a los ojos durante unos segundos, y no puedo evitar verlos como pozos negros, igual que en el paisaje de Tobias. Entonces, aparta la mirada.

—Tenemos que irnos —dice Tobias con voz temblorosa—. El tren estará a punto de llegar.

Caminamos por el duro suelo hacia las vías del tren. Tobias va con la mandíbula apretada y la vista fija al frente. Me arrepiento un poco de lo que he hecho, quizá debería haber dejado que él se enfrentara a su padre por sí mismo.

—Lo siento —mascullo.

—No tienes nada que sentir —contesta, tomándome de la mano; todavía le tiemblan los dedos.

—Si subimos al tren en dirección contraria, hacia el exterior de la ciudad en vez del interior, llegaremos a la sede de Cordialidad —le digo—. Allí fueron los demás.

—¿Y Verdad? —pregunta mi hermano—. ¿Qué crees que harán?

No sé cómo responderá Verdad ante el ataque. No estarán aliados con Erudición, nunca harían algo tan solapado, pero quizá tampoco luchen contra ellos.

Nos quedamos junto a las vías unos minutos hasta que llega el tren. Al final, Tobias me levanta en brazos porque no puedo más y apoyo la cabeza en su hombro, inhalando con ganas el olor de su piel. Desde que me salvó del ataque, asocio ese aroma con la seguridad, así que, mientras estoy concentrada en él, me siento a salvo.

Lo cierto es que no me sentiré a salvo del todo mientras Peter y Marcus estén con nosotros. Intento no mirarlos, pero noto su presencia como si fuera una manta sobre la cara. La crueldad del destino es que debo viajar con las personas que odio, mientras que las que amo yacen muertas detrás de mí.

Muertas o convertidas en asesinas. ¿Dónde estarán ahora Christina y Tori? ¿Vagando por las calles, abrumadas por la culpa después de lo que han hecho? ¿O han vuelto sus armas contra la gente que las obligó a hacerlo? ¿O también han muerto? Ojalá lo supiera.

Por otro lado, espero no descubrirlo nunca. Si sigue viva, Christina encontrará el cadáver de Will y, si vuelve a verme, sus entrenados ojos veraces descubrirán que fui yo la que lo mató, lo sé. Lo sé, y la culpa me ahoga y me aplasta, así que tengo que olvidarlo, me obligo a olvidarlo.

Llega el tren y Tobias me deja en el suelo para que pueda saltar. Corro unos cuantos pasos junto al vagón y me lanzo al interior, aterrizando sobre el brazo izquierdo. Me retuerzo por el suelo y me siento contra la pared. Caleb se sienta frente a mí y Tobias a mi lado, de modo que se convierten en una barrera entre mi cuerpo y los de Marcus y Peter. Mis enemigos. Sus enemigos.

El tren toma una curva y veo la ciudad detrás de nosotros. Se hará cada vez más pequeña hasta que veamos el punto en el que acaban las vías y empiezan los bosques y campos que vi por última vez cuando era demasiado joven para apreciarlos. La amabilidad de los cordiales nos consolará un tiempo, aunque no podremos quedarnos allí para siempre. Pronto, Erudición y los corruptos líderes de Osadía irán a buscarnos, y tendremos que movernos.

Tobias me aprieta contra él. Los dos doblamos las rodillas e inclinamos la cabeza para quedar encerrados en nuestra propia habitación, incapaces de ver a los que nos perturban, mientras nuestros alientos se mezclan al entrar y al salir.

—Mis padres han muerto —le digo.

Aunque lo he dicho, aunque sé que es cierto, no parece real.

—Han muerto por mí —añado, porque me parece importante.

—Te querían —contesta—. Para ellos era la mejor forma de demostrarlo.

Asiento con la cabeza y sigo la línea de su mandíbula con la mirada.

—Hoy has estado a punto de morir —me dice—. Casi te disparo. ¿Por qué no me disparaste, Tris?

—No podía hacerlo. Habría sido como pegarme un tiro.

Se acerca más a mí, afligido, de modo que sus labios rozan los míos cuando habla.

—Tengo que decirte una cosa —añade; yo le paso los dedos por los tendones de la mano y lo miro—. Puede que esté enamorado de ti —dice, y sonríe un poco—. Pero estoy esperando a estar seguro para decírtelo.

—Qué sensato por tu parte —respondo, sonriendo—. Deberíamos buscar un papel para que hicieras una lista, una gráfica o algo.

Noto su risa contra el costado, su nariz deslizándose por mi mandíbula, sus labios detrás de mi oreja.

—Puede que ya esté seguro, pero no quiera asustarte —concluye.

—Entonces deberías conocerme mejor —respondo, riéndome.

—Vale, pues te quiero.

Lo beso mientras el tren se dirige a una tierra oscura e incierta. Lo beso todo lo que quiero, más de lo que debería, teniendo en cuenta que mi hermano está a un metro de mí.

Meto la mano en el bolsillo y saco el disco duro que contiene los datos de la simulación. Le doy vueltas entre las manos, dejando que la luz del atardecer se refleje en él. Marcus está pendiente de cada movimiento, lo observa con codicia. «No estoy a salvo —pienso—. No del todo.»

Aprieto el disco duro contra el pecho, apoyo la cabeza en el hombro de Tobias e intento dormir.

Abnegación y Osadía están rotas, sus miembros se han dispersado. Ahora somos iguales a los abandonados. No sé cómo será la vida separada de una facción, es como si estuviera desconectada, como una hoja arrancada del árbol que le da sustento. Somos hijos de la pérdida; hemos dejado todo atrás. No tengo hogar, ni camino, ni certeza. Ya no soy Tris, la egoísta, ni tampoco Tris, la valiente.

Supongo que ahora no basta con ser una o la otra.

AGRADECIMIENTOS

Gracias, Señor, por tu Hijo y por bendecirme de esta manera.

Gracias también a:

Joanna Stampfel-Volpe, mi superagente, que trabaja más que nadie que conozca; tu amabilidad y tu generosidad no dejan de asombrarme. Molly O'Neill, también conocida como la Editora Milagrosa; no sé cómo consigues tener, a la vez, un gran corazón y una gran vista editorial, pero así es. Es una enorme suerte poder contar con dos personas como vosotras.

Katherine Tegen, que dirige una imprenta asombrosa. Barb Fitzsimmons, Amy Ryan y Joel Tippie, que diseñaron una cubierta preciosa y con mucha fuerza. Brenna Franzitta, Amy Vinchesi y Jennifer Strada, mi editora de producción, correctora y maquetadora (respectivamente), también conocidas como las ninjas de la gramática, la puntuación y la maquetación; vuestro trabajo es de suma importancia. Mis fantásticas directoras de marketing y publicidad, Suzanne Daghlian, Patty Rosati, Colleen O'Connell y Sandee Roston; Allison Verost, mi publicista; y todos los demás empleados de los departamentos de marketing y publicidad.

Jean McGinley, Alpha Wong y el resto del equipo de derechos subsidiarios, que han hecho posible que mi libro se lea en más idiomas de los que yo jamás seré capaz de leer, y gracias a todas las increíbles editoriales extranjeras que han dado un hogar a mi libro.

El equipo de producción y el equipo de audiolibros y libros electrónicos de HarperMedia, por su buen trabajo. Los fenomenales empleados de ventas, que han hecho mucho por mi libro y que, según he oído, aman a Cuatro casi tanto como yo. Y a todos los de HarperCollins que han apoyado mi novela; hace falta una gran familia para sacar un libro adelante, y me alegro mucho de formar parte de la vuestra.

Nancy Coffey, leyenda entre los agentes literarios, por creer en mi novela y por darme una bienvenida tan afectuosa. Pouya Shahbazian, por ser un mago de los derechos para el cine y por compartir mi adicción por *Top Chef*. Shauna Seliy, Brian Bouldrey y Averill Curdy, mis profesores, por ayudarme a mejorar drásticamente mi forma de escribir. Jennifer Wood, mi compañera de escritura, por ser una experta aportando ideas. Sumayyah Daud, Veronique Pettinghill, Kathy Bradey, Debra Driza, Lara Erlich y Abigail Schmidt, mis lectoras de prueba, por todas sus notas y su entusiasmo. Nelson Fitch, por hacerme fotos y darme su apoyo.

Mis amigos, que no me abandonan aunque esté de mal humor y me encierre en casa. Mike, por enseñarme mucho sobre la vida. Ingrid y Karl, mi hermana y mi hermano, por su amor constante y su entusiasmo, y Frank, por ayudarme con sus palabras a superar los malos momentos; vuestro apoyo significa más de lo que imagináis. Y Barbara, mi madre, que siempre me animó a escribir, incluso antes de que ninguno de nosotros supiera que serviría para algo.